オレデシュ川沿いの村

オレデシュ川沿いの村

アナイート・グリゴリャン
高田映介訳

水声社

フィクションの楽しみ

目次

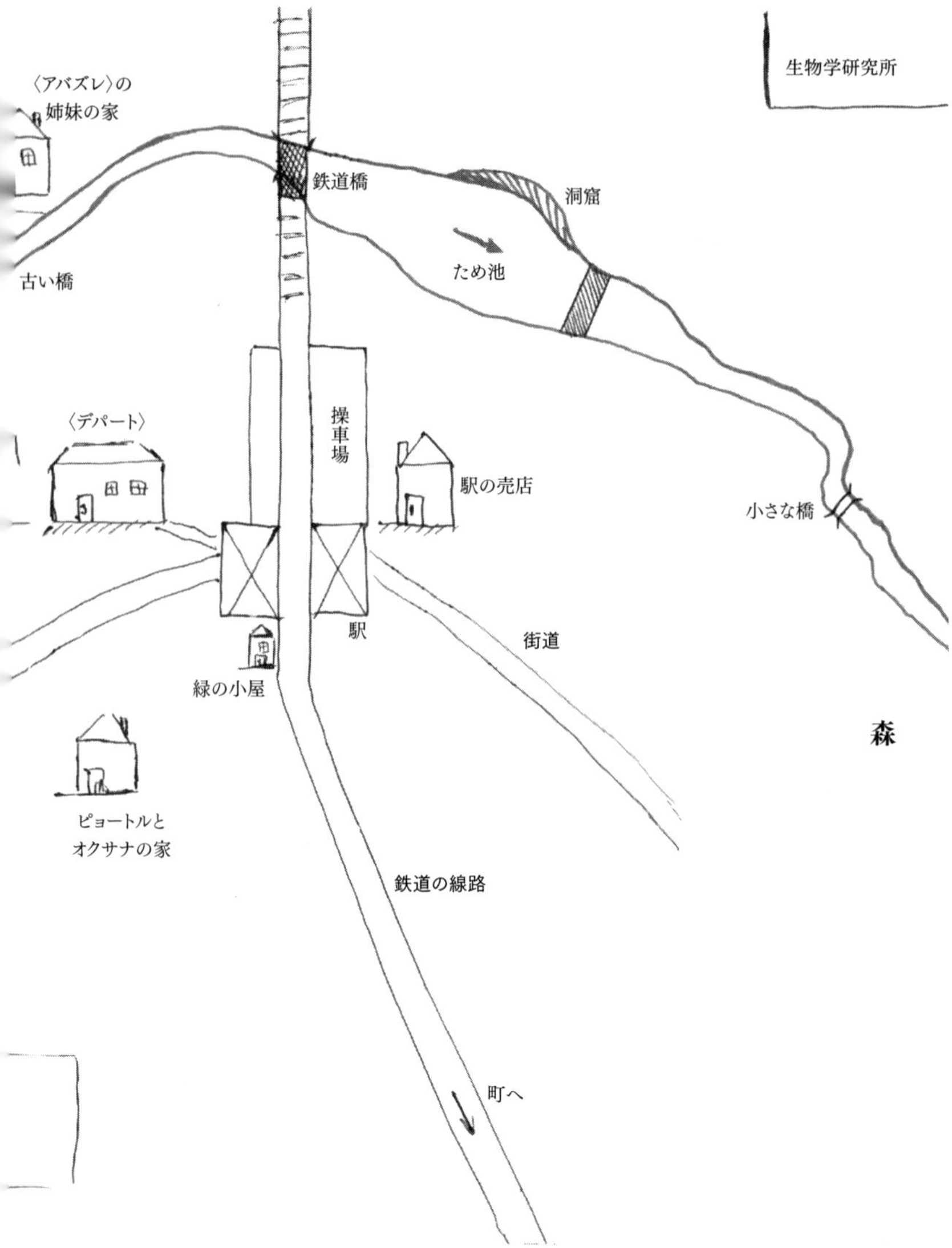
生物学研究所
〈アバズレ〉の
姉妹の家
鉄道橋
洞窟
ため池
古い橋
〈デパート〉
操
車
場
駅の売店
小さな橋
駅
街道
緑の小屋
森
ピョートルと
オクサナの家
鉄道の線路
町へ

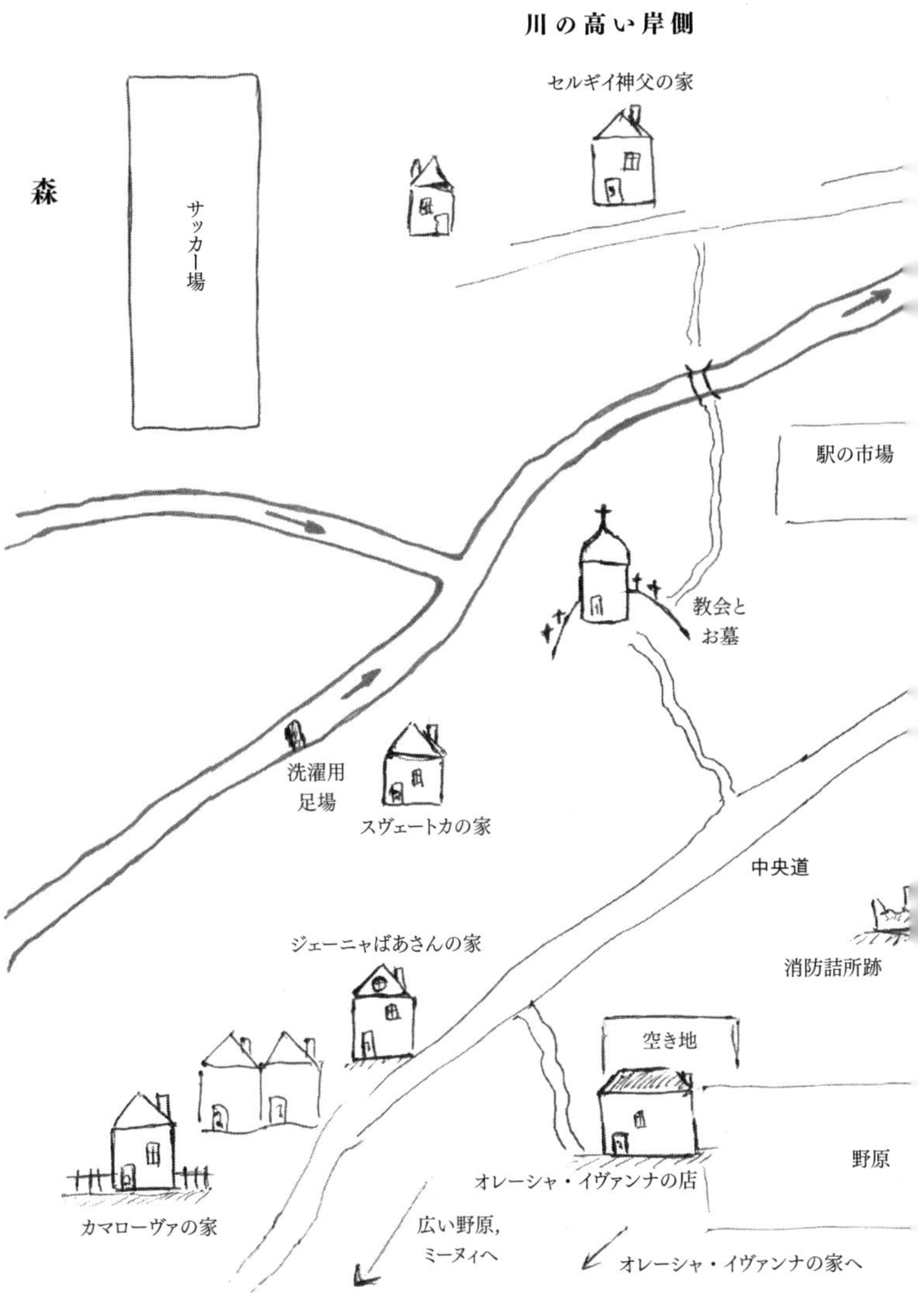

【著者による「村」の地図のスケッチ】

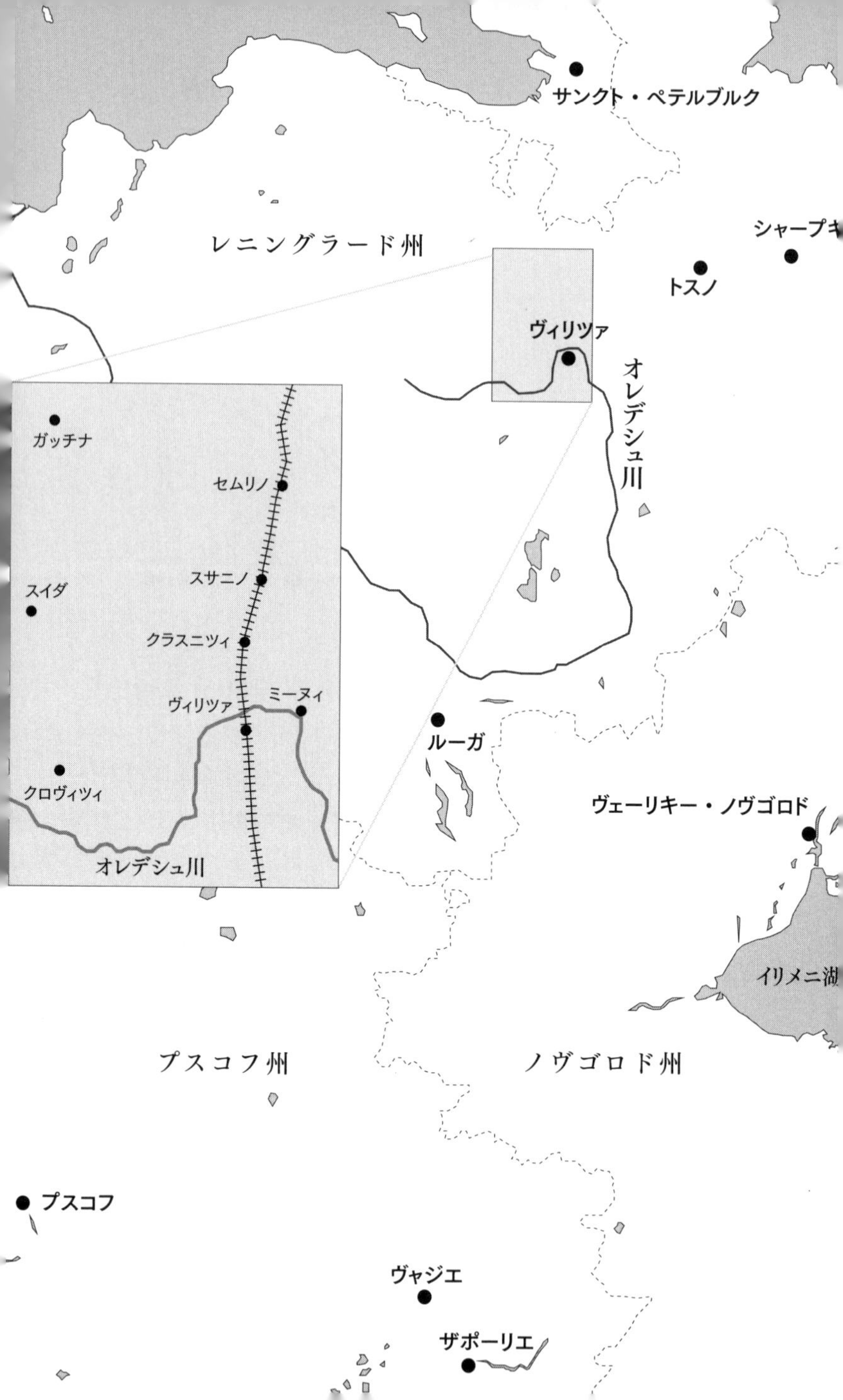

サンクト・ペテルブルク
シャープキ
レニングラード州
トスノ
ヴィリツァ
オレデシュ川
ガッチナ
セムリノ
スサニノ
スイダ
クラスニツィ
ヴィリツァ
ミーヌィ
クロヴィツィ
オレデシュ川
ルーガ
ヴェーリキー・ノヴゴロド
イリメニ湖
プスコフ州
ノヴゴロド州
プスコフ
ヴャジエ
ザポーリエ

オレデシュ川沿いの村

I　オレデシュ川沿いの村

1

　村の教会の入り口の真正面には水っぽい泥だまりがある。その上に何枚かの板が渡してある。マリヤばあちゃんは板っこ、と言っていた。カマローヴァはおばあちゃんが好きだった。おばあちゃんが生きていた頃は、夕方には長いこと並んで座り、共産主義者たちについてのごちゃごちゃした話に耳を傾けたものだった――おばあちゃんは忘れっぽくて、名前と日付を色々取り違えながら、同じことを繰り返し話していた。お葬式の後、カマローヴァは頻繁に墓参りに行っていた。墓は教会の周りの墓地にあった。マリヤばあちゃんは共産主義者で、神様を認めていなかったから、お墓の十字架には赤い星がぞんざいに描かれていた。折衷式だ。セルギイ神父は特に反対していなかった。「神はすべてをお赦しになる」というわけで、墓地にはそういう十字架と星のついた墓もいくつかあれば、全然十字架のないようなのもある。木かブリキの板を打ちつけた柱だけが突っ立っているようなのが。もう秋だったが、墓地は鬱蒼と茂ったイワミツバとタンポポの中に沈んでいる。そして、そこここに背が高くてしっかりしたアザミの茎が見えている。教会の猫のワーシカは人に無関心だ。教会の入り口の階段に座っていたのが、カマローヴァに気がつくと、耳をぴくっと動かして大きくあくびをした。

「ワーシャ、ワーシンカ、チッ、チッ、チッ……」身を屈めて、地面のすぐそばで指を振りながらカマローヴァは呼んだ、猫が遊んでくれるように。だがワーシカはもう一度あくびをしただけで、つりあがった目を閉じるとまどろみはじめた。

「なにさ、遊びたくないっての。それなら座ってな、赤毛のバカ猫」カマローヴァは体を起こして、スカートの裾を払った。それから板の方に歩いていき、しばらくしゃがんでいたが、勢いよく立ち上がった。板と板の隙間に、濃いこげ茶色の泥がにじみ出た。

「落ち着きのない子だね！」背の高い女が、教会から出て来ながら腹立たしげにカマローヴァをたしなめた。「ここをぐちゃぐちゃにしちまうがいいさ！　まだ汚し足りないってんならね！」

　近くを通り過ぎる時、女は危うくカマローヴァを泥だまりに落としかけたが、すぐにカマローヴァの肩をつかんで押さえると、顔を教会の方に向け、ゆっくりと十字を切り、お辞儀をしはじめた。女の唇は音もなくかすかに動いていた。これはニーナおばさん、短く言えばニンカ、自分の夫が酔って家に帰ってくると叩くことで村じゅうに知られている。ほかの多くの女たちはこのことでニンカを責めていたが、ひそかに羨ましがってもいた。カマローヴァはニンカにあっかんべをしてみたくなった。

　教会の中は薄暗くて良い匂いがしていた。イコンのあたりで、何人かの信者が低く頭を下げて立ち、祈っていた。カマローヴァの一番気に入っていたのは奇蹟者ニコライのイコンだった。セルギイ神父が、聖ニコライは子供たちを庇護してくれると言ったからだ。それでカマローヴァは、自分にできる仕方で、寝る前にこの聖者に祈っていた。自分の二人の弟と、四人の妹、中でもレンカのために。ずいぶん前から自分のことを大人だと見なしていたから、自分のためには祈らなかった。ニコライのイコンの周りには誰もいなかったので、カマローヴァは近づいて行き、頭を後ろに反らすと、心の中で祈りをあげながらじっと動かなくなった。

「またプラトーク*をかぶらないで？」セルギイ神父は厳しいけれど責めるのではない目で見た。

「だって……」

「何だね、またなくしたのかい？　まったくどうしたものかな、聖エカテリーナのしもべさん？」

　カマローヴァは鼻を鳴らした。神父の奥さんのタチヤナに今週もらった白いウールのプラトークは、レンカにあげてしまった。ところがレンカはそれをなくした。一昨日カマローヴァはそのことで妹を長い枝で打ちのめした。それで今では恥ずかしかったのだった——もらったプラトークをやったことも、長い枝の鞭のことも。

「だってさ……なくしちゃった……」

「まったく……」

「だってなんでもかんでも目を光らせとくわけにいかないじゃない、やることがたくさんあるんだから」カマローヴァは少し赤くなった。

　セルギイ神父は司祭としては比較的若い方で、四十五歳はいっていなかったが、肥満と何やら早すぎる肉体的疲労のために、年よりも老けて見えた。自分のところには子供がなかった。タチヤナはそのことでよく泣いていたし、カマローヴァ家の両親のことを思い浮かべながら、こう言っていた。アルコール狂にはみんな神様が子供を授けたのに。生みの母親が死ぬまで、好き放題罵っていた、良心のないミーシカにも……七人の子供たちは村じゅうをうろついて、野原の雑草みたいに育っているのよ。セルギイは、ぶつぶつ不平を言うことの罪や、神のみちびきは人には理解の及ばぬものであること、あらゆる試練が神から与えられることなどを説明して、できる限り妻をなぐさめていた。すると妻は落ち着いて、しくしく泣くと、掃除をはじめるか、台所へ入って行くのだった。

「じゃ、ほら……」セルギイは祭服の下衣の深いポケットに手を入れて、いくつかの〈クルフカ〉** を取り出した。

「失くさないね？」

　カマローヴァはフンと言うと、スカートのポケットにお菓子をしまったが、ひとつはすぐに包みを剥いて口に放り込んだ。〈クルフカ〉は新しかった、口の中に濃い甘いトフィーが広がった。

「祈りに来たのかね？」

　カマローヴァは、お菓子のせいで話せないようなふりをした。セルギイ神父はため息をつくと、カマローヴァに十字を切って自分の仕事に戻ろうと手を上げた。

「神父さん……」

　ろうそくが静かにぱちぱちと音をたて、蝋が垂れ落ちるのが聞こえた。カマローヴァはこの溶けて固まった蝋を集めては、手の中で温め、玉を作っていた。

「あたし用があって来たんだ。問題があるの。良くないことなんだよ」彼女は口ごもって、また黙り込んだ。

　セルギイは待っていた。彼の右手の指は十字を切ろうとしたままの複雑な形で固まった。

「神はすべてを赦してくださるよ」

　蝋でできた玉を、レンカはお茶を入れる箱に隠してい

* ロシア風のウールのストール。
** 柔らかいキャラメル様の菓子。中に液状のトフィーが入っている。ポーランド人のフェリックス・ポモルスキー（一八九五―一九六三）が考案し、第二次世界大戦後ドイツ民主共和国、チェコスロバキア、ソヴィエト連邦などで生産され、ヨーロッパ全土に知られるようになった。

た。その後で、玉を寄せ集めて手と足のある小さな人間を作った。目の代わりには燃え尽きたろうそくの先端を置いた。母親が小さな人間を見つけて捨てた。レンカは長い間泣いていた。

「好きな人が出来たんだ」

セルギイは顔をしかめた。少し考えてから言った。

「それは罪じゃないよ」

レンカは泣いていたので、母親は娘の後頭部をさんざん叩いた。

「あたしより年上なの」

セルギイはまた黙った。妻のタチヤナは自分より十四歳も年下だったが、どうということもなく、それなりに暮らしている。

「ずいぶん上なのかね?」

カマローヴァは鼻を鳴らした。

「分かんない。六つ上かな。もしかしたら、八つかも」

タチヤナは時おり台所に閉じこもるのだった。そういう時セルギイはつま先立って台所のドアに近寄っては、耳を澄ませてみた。とても静かだったが、次第に、タチヤナが突然深く息を吸いこんだり、すすり泣いたり、うめき声をあげたりするのが聞こえてきた。ドアの隙間からでは、ほとんど何も見てとれなかった。夫を心配させないようにと、タチヤナが電気をつけないで、代わりにろうそくを灯していたからだった。村で犬が夜遅く通り過ぎる人に吠えはじめた。遠くの街道を一台の車が通って行ったり、木材を積んだ長い大型荷馬車が轟音をたてたりした。ペチカの後ろでコオロギがちりちり鳴いた。タチヤナは立ち上がると、ティーポットから湯冷ましの水を注いで、大きく一口飲む。セルギイも、ドアに近づいた時と同じように慎重に、部屋へ戻るのだった。

「その彼のことを、まさか、神様よりも好きなのかな?」

カマローヴァは目をあげて、驚いたように何度かまばたきをした。白茶けた金髪の頭を振った。

「違うよ」

「もしそうだとしても、それも罪じゃないさ」セルギイ神父は言い結んだ。

彼は三度カマローヴァに十字を切ってから、頭を撫でた。カマローヴァは再び目を落として、床をじっと見た。泣きださないでくれればいいが。人の涙をどうすればいいか知っているのは、神ひとりだけなのだから。

「ほかにまだ何か話したいことは?」

「何も」

泣く時、レンカは体中を震わせて、手で頭を抱え、汚れた指で髪の束をかき集める。そんな風に泣くのは小さな子だけだ——大人は音をたてずに泣く。泣いているとはすぐには分かりさえしない、単に涙が頬を伝う、それだけだ。このことをカマローヴァはよく知っていた。弟妹のうちの、小さい子たちが大声で泣くと、母親はいつも腹を立て、下唇を噛みしめて黙ったまま子供を殴った。ただオリカのことだけは、あまりにバカなのでふびんがっていた。もうすぐ十歳になるというのに、話し方もとうとう覚えず、誰もがオリカにはもうずいぶん前にさじを投げた。その代わりレンカとカテリーナには容赦なかった。何かしでかしたと言っては猛烈にひっぱたいた。

「本当に何も？」

「そう言ったじゃない」

セルギイは聞きたかった。「彼の方はお前を好きなのかね？」だがどぎまぎして、心の中で自分を罵った。まだ子供なのだ——分かるはずがない。

「それじゃあ、神のご加護を」

彼はうっかりしてもう一度カマローヴァの頭を撫でると、ゆっくりと向こうへ立ち去った。

教会に通ってくるのはたいてい女性だった。女性信者の数は多かったが、彼女たちの話す内容といったらせいぜい二つか三つしかなかった。若い女なら、誰かを好きになった。夫が酒飲みの放蕩者で、殴る。もしくは、夫なしに一人で家のことをこなすのが大変だ、あそこの塀が傾いだのに誰も修理してくれない、ところが自分にはもうその力もないし、と。老婆であればこんな具合だ。神を信じている者は少なかった。神は寛大だが、黙ってばかりいる、必要なのは神父と生きた人間の言葉の方だというので。若い頃セルギイはペテルブルクへ行き数学・力学部に入学したかったのだが、父親が自分の息子は聖職者の道を行くべきだと主張した。セルギイは身を屈めると、誰かが落とした『健康になりますように』という書きつけを拾い上げた——と、そのとたんに背中に痛みが走った。

カマローヴァは神父が至聖所に隠れるのを待ってイコンのもとへ走り寄った。誰かに気づかれはせぬかと恐れながらあたりを見渡すと、蜂蜜の香りのするろうそくから流れてたまった蝋を素早く集め、ポケットに突っ込み、教会から飛び出した。そしてとうとう道にたどり着くまで、止まることも振り返ることもなく走って行った。小さな丘の上に立つ教会はとても古く、壁の赤いレンガはぼろぼろになりはじめていたので、周辺の地面が赤みがかって見えた。

マリヤばあちゃんは、三七年にボリシェヴィキが村のアレクシイ神父を銃殺した、と言っていた。おばあちゃんはその時小さな娘で、たぶんレンカよりも年幼かったはずだけれど、すべてを見た、と言っていた――教会にはキイチゴが茂っていて、子供たちはそれを集めて回っていた。年寄りで総白髪のアレクシイ神父は教会から連れ出され、何度かつまずき、その後完全に転んだ。神父は立たされて、膝立ちにさせられ、教会の前で銃殺された。おばあちゃんはキイチゴの陰からこうしたことを全部見ていたのだ。カマローヴァ自身もアレクシイ神父と何度か出くわしたことがあった。教会に錠がおろされる夕方の遅くに、全身白ずくめでびっこを引いて現れるのだった。なぜなら神父はまず脚を撃たれて、その後で頭を撃たれたから。これはおばあちゃんがカマローヴァに言ったことだが、神父を撃ったのはまったくの少年で、二番目に年配の男が撃ち、銃の扱い方を心得ていないと言って後でこの少年を怒鳴りつけたらしい。アレクシイの湿った白髪の束が額にはりついていた。カマローヴァは呼びかけたが、神父は振り向かなかった。この話をした時、母親は娘の顔を力任せに殴りつけて、夜ごとに行きあたりばったりにうろつくようなまねは絶対にしないように言った。

カマローヴァは埃っぽい地面につばを吐くと、手をポケットに突っ込んで、温かい蝋の塊に触れた。墓地では木々が風に揺れ、静かにきしむ音をたて、どこかでキツツキがこつこつと木をつついていた。彼女は目を細め、ちらつく木の葉の中に鳥の姿を見定めようとしたが、何も見えなかった。夕方になるにつれて暗くなりはじめた空は雲に覆われ、雨がぽつぽつ降っていた。カマローヴァは身をすくめ、ポケットからお菓子をもうひとつ取り出すと、包みを剥き、口の中に放り込んで道をのろのろと歩き出した。空腹で食べたかったのだが、トフィーで口の中は甘ったるく、うっとうしくなっただけだった。

スヴェートカが、彼氏のパーヴリクと一緒にこちらへ歩いてきた。スヴェートカは町の子だったが、村に別荘を借りていたわけでなく、おばのジーナのところに暮らしていた。そして毎回、ほとんど九月の半ばくらいまでも長居するのだった。カマローヴァは歩調を早め、スヴェートカに追いつき、裾を引っつかむと、一気にスカートをまくり上げた。引っ掻き傷だらけの日焼けしたスヴェートカの脚と、レース飾りのついたパンツがむき出しになった。カマローヴァは一目散に走り出した。スヴェートカがきいきい言いはじめた。安全な距離まで走って、スヴェカマローヴァは振り返った。パーヴリクは彼女を追ってこなかった。スヴェートカが裾を直すのを手伝っていた。

「びんぼっくさい女！」カマローヴァは叫んだ。

「そっちこそ！」

「バーカ！　蚊女《カマリッツア》＊！」パーヴリクがスヴェートカに味方した。

カマローヴァは身を屈め、地面から石を拾い上げた。パーヴリクは後ずさりをはじめた。

「なにさ、あんたこのアマについて町に行くつもり？」

「たぶんな、それがどうした、うらやましいのかよ」

カマローヴァはねらいをつけずに石を投げた。石は、白くて軽い埃の雲を巻き上げて道に落ちた。スヴェートカの悲鳴が聞こえた。

「あんたなんか、町で誰が欲しがるもんか！」

スヴェートカは彼氏をかばおうとしたが、唇を噛みしめると、パーヴリクの手をつかんで向こうへ引っ張った。カマローヴァは肩をすくめ、向きを変えた。雨は強さを増しはじめ、襟首から入り込んだ雨粒が背中を伝い落ちた。この秋は、学校に行かなくてもいい、初めての秋だった——カマローヴァは七年生はどうにかパスしたが、八年生には上がれなかった。何よりどうしようもないほど家事がたくさんあった。レンカはそもそも四年生で勉強を投げ出してしまい、五年まで行きつけもしなかったが、誰も何も言わなかった。母親は黙って手を振っただけだった、いわく、「バカ。正真正銘のバカだわ、一言一言区切って読むのを覚えただけでもありがたいくらい」。学校がないのはよかった。誰も宿題をやったか聞かないし、黒板の前に出されて答えを書かされることもない。それでもやはり、少し退屈だったし、この先どうなるのかよく分からなかった。セルギイ神父は例によって、「罪じゃない、それは罪じゃない」。カマローヴァは、セルギイの妻のタチヤナのところへ夜ごと悪魔が通ってくると、ニーナがアレヴチナに話していたのを聞いた。アレヴチナは賛同して、「来てるわ、来てるわよ。煙突を通ってきたり、窓から忍び込んだりして」と言っ

＊　古くからあるロシアの姓「カマローヴァ」は「蚊」（カマル）という言葉から派生している。

ていた。悪魔の尾は長く細く、縄みたいだったが、しっぽの先には、牛の尾のようなふさがあったのをこの目で見た、とも言った。でもあのバカ女が言っていることは全部嘘なんだ、そんなものは何一つ見ていやしない。第一、悪魔が通っているなら、その家の人たちはゆううつになって、痩せて悲しげになる。でもタチヤナを見ればいい、つやつやと顔色も良くて楽しそう。第二に、悪魔が来ているなら首に青いあざが必ずできるはずだ。なぜなら悪魔が女のもとへ近づく時には、その女の首を絞めるものなんだから——最初はまるで遊んでいるみたいに、それからだしぬけに力を強めて、絞め殺すのだ。でもタチヤナの首にはあざなんてない。白くてきれいで、毎週風呂場で首を洗ってでもいるんだろう。カマローヴァは湿った髪に指を滑らせると、頭を後ろへ反らせた。大粒の雨が彼女の額と頬を打った。

「カアーチ！」道沿いの茂みのどこかからレンカが飛び出した。裸足で、もちろん脚も汚れている。泥だまりの真ん中に立った。

「なんで靴はいてないの!?」カマローヴァは答えて叫んだ。「脚が凍っちまうよ！」

「凍らないもん、たぶん」レンカは近づくと袖で脚をぬぐった。「まだあったかいもん」

「『あったかいもん、あったかいもん』ね、鼻水垂らしてさ」カマローヴァはからかって口まねをすると、ポケットに手を入れてレンカに二つ〈クルフカ〉を渡した。レンカはすぐさま包みを剥くと二つとも口に押し込んだ。

「おばあひゃんのとこに行ってきたの？」

「口にもの入れてもごもご言うんじゃないよ」

「でも行ってきたんでしょ？」

「行ってきたよ」

「おばあちゃん、なんつってた？」

「もうだいぶ前から、あんたに罰を与えるべきだったってさ。鞭でお尻をぶつんだよ」

「一昨日もうぶたれたよ」

「少なすぎたってことだよ、つまり。もっとぶたなきゃいけないんだ」

　レンカはそっぽを向くと、顔をしかめて黙り込んだ。

「サーニャが朝から歯が痛いの。うーうー言ってるよ」

「准医*のとこに連れてかなきゃいけないんだ」カマローヴァは、膝まで泥がこびりついたレンカの裸足の脚を見つめた。まだあったかいだって、どうだか……秋の靴が惜しくて、しまい込んでるんだ。

「父ちゃん、いないもん。母さんは……」

「分かってる」

　おばあちゃんは、ソヴィエト政権の前までは、村には魔法使いが住んでいたと話していた。虫歯になったり、できものができたりした病人に向かって魔法使いがささやくだけで、もうすべて治ってしまい、准医などにかかる必要もなかったのだ。村にいる准医の老婆はどうせ何もしてくれない、せいぜい〈パラセタモール〉＊＊をくれて、町の病院へ紹介状を書くのが関の山だ。ところが町へサーニャを連れて行ってくれる人は誰もいない。町へ行くにはエレクトリーチカ＊＊＊で二時間かかり、着いてからもどのくらい時間がかかるか分からない――町は大きいから。それでサーニャはもう三日も歯が痛くて泣きわめいている。

「どんな感じなの？」

「ほっぺたがパンパンだよ、こんな風に……」レンカは拳を頬にくっつけて見せた。「こんな風！　で、びいびい泣いてるの」

「そりゃそうだろうさ」

「〈ハダシ〉がいけないんだよ」突然レンカが言った。

「ハダシの奴が急になんだっての？」

「あいつがサーニャを先週どぶに突き落としたでしょ。どぶのめちゃ深いところまでサーニャは埋まっちゃったでしょ」

「覚えてるけど。それが？」

「それが、じゃないよお！　あのせいで歯がこんなになったの！」

「バカ。さすが村育ちだよ……」

「バカはそっちだもん」レンカはふくれっ面をして唇を噛んだ。「自分だって村育ちのくせに……」

　おばあちゃんは、虫歯を治すにはなんて唱えたらいいか、今では誰もその文句を知らないのだと言っていた。魔法使いは自分たちの呪文を党員には伝えなかったから。カマローヴァは木戸を蹴飛ばした。蝶番がきしみ、レンカがくすくす笑った。

「油を塗ったらいいんだよ、カーチ……」

「何を塗るって？　あんたの鼻水？」

＊　准医師とは、中等医学教育を受けるか、医療類似行為の経験があるなどして医師の補佐をする者のことをいう。速成の准医師は単独で処置を施す資格をもつが、正規の医学教育を受けた医師ではない。
＊＊　解熱鎮痛剤の一種。米国と欧州で広く利用されている。
＊＊＊　旧ソヴィエト圏内を走る電車。中心地と郊外を結ぶほか、通勤手段としても利用される。

サーニャは通りからも聞こえるくらいの声で泣きわめいていた。隣の家の庭では、サーニャの号泣でバカみたいになったシェパードが吠えはじめた。

「塩を一袋皿に溶かしといで」

「一袋全部？」

「そうだよ……」

「母さんが知ったら、怒鳴るよ……」

「いいから行っといで」

レンカは庭を横切って走って行った。薄暮れの中で、レンカの汚れた脚は黒いハイソックスをはいているように見えた。カマローヴァはそっとポーチの階段を上ると、家に入り、静かに、一面がらくたで散らかった長い廊下を手さぐりで進んで行った。サーニャは部屋の隅で、痛む頬を壁に押しつけて座っていた。カマローヴァを見ると泣き止み、大きな音をたてて鼻をすすった。サーニャのそばの床の上にアーニカとスヴェートカが座っていた。カマローヴァは二人を追い払うと、サーニャに近づいて、しゃがんだ。

「口、開けてみな」

サーニャはおとなしく口を開けた。カマローヴァは口の中に指を入れ、引っ張った。レンカが部屋に入ってきて、塩水の入った皿を床に置いた。サーニャの歯茎に膿の塊が白く見えていた。

「針とマッチ、持っといで」

魔法使いたちがささやいていたという言葉を、知ってたらいいのに。ソヴィエトの頃にも村にはまだそういう魔法使いがいた、ニューラばあさんだ。歯を治せるだけじゃなく、骨折も呪文で治せた。痛みもないし、ギプスなんかなくても元通りくっつくように。村の年寄りが製材所で丸太に押しつぶされた時、ニューラばあさんは彼の足に何やら紙切れを置いて、それからパンの柔らかいところを水の中でこね、こねたものに何かささやき、年寄りの痛む足にも何かをささやいた。年寄りの足はすぐによくなって、病院にも行かなくて済んだほどだった。彼女が生まれる前に死んだので、カマローヴァはその年寄りのことは覚えていなかったが、父親は、彼は生涯びっこをひいていた、恐ろしいほど口が悪かったと言っていた。後でマリヤばあちゃんは、あのパンにささやいた言葉を書きとらせてくれとニューラに頼んだが、ニューラばあさんは言った、あんたが党員である以上教えるつもりはない。そして、おばあちゃんがいくら頼み込んでも教えてくれなかった。サーニャが金切り声をあげた。

わきへ飛びのき、頭を壁に打ちつけると、哀れっぽく鼻を鳴らしはじめた。

「これでよし。もう痛まないよ、うがいして」

レンカは床から皿をつかむと、サーニャの顔に突き出した。

「さあ、サーニチカ、うがいするの。もう痛まないって。ほら……もう……」

サーニャは皿から塩水を少しすすると、うがいをしはじめた。

カマローヴァはマッチ箱をつかんで部屋から出た。サーニャが静かになったのを見にきたくてたまらなかったとみえて、小さい弟妹たちの誰かがそばをさっと通り過ぎた。熱気のむんむんする玄関から、九月の涼しい夜の中へ一歩踏み出すと、カマローヴァはポーチの手すりに手をかけて飛びのった。板と板の間の割れ目から、朝そこに隠しておいた手製のタバコを取り出し、マッチを擦って、吸いはじめた。一筋の細い煙が空中に流れた。手すりに音もなく、影のように猫のディーナが跳ね上がって、香箱座りをした。黄色い眼を細めている。カマローヴァはディーナに向かって手を伸ばしたが、ディーナは警告するように鳴きはじめた。

「ふん、どこへでも行きな。ノミだらけのくせして……」カマローヴァはタバコから灰を叩いて落とすと、草むらにつばを吐いた。「こっちだってそこまで触りたかないよ」

家からレンカが出てきた。後ろ手にドアを閉めると、同じように手すりの上にあがり、ポーチの半ば腐った庇を支えている柱に背中をあずけてゆったりと座った。カマローヴァは隠し場所を手さぐりして、もう一本手巻きタバコを取り出し、マッチと一緒にレンカに渡した。

「ねえ、教えてよ……」レンカは深く煙を吸い込んだ。タバコを吸う時、レンカは父親に似ていた。父親も同じように吸い口を歯で挟み、煙を深く吸い込んでいた。それから二本の指でタバコを口から離し、煙を吐き出すと粘ついて赤茶けたつばを吐くのだ。「オレーシャ・イヴァンナはカーチャを採ってくれた？　どうだった？」手すりの上で少しもぞもぞすると、まばたきもせずカマローヴァをじっと見つめた。レンカの白っぽいまつげが少し震えていた。

カマローヴァの方は、朝、仕事を見つけに行って来たことをすっかり忘れていた。秋の間は日が長く、だらだらと続く。秋の、たった一日の中に、夏の十日間をしまい込めるほどだ。

「顔、洗ったら」

「カーチったらあ……」

「『健康診断書』*が必要なの」カマローヴァはタバコを吸い込むとキイチゴとコケモモの香りのする煙を吐いた。

「それって何？」

「そういう、……なんでも書いてある本だよ、たとえばさ……」カマローヴァは考えはじめた。「客をだますなとか、おかしな商品を売りつけるなとか……」

「そんなの、オレーシャ・イヴァンナが自分でやってることじゃん！　先週あそこの毒ウォッカにあたった人たちいたもん！　先週二人も一一九番で運ばれたんだよ！」

「まあ、オレーシャは自分でも知らなかったんじゃないの、ウォッカがクソだって」

「知らなかったかなあ……知らなかったはずなくない？」

「あんたなんでそんなこと知ってんの？」カマローヴァは妹に腹を立てた。「チビのくせにさ……」

「ジェーニャばあがニーナに話してた」

「あのジェーニャは魔女だよ」

「魔女だね」レンカは同意した。「あたし自分で見たもん、おばばが隣の家の畑に何か突っ込んでたの。腐った卵と犬の毛だったよ」

「何、あんた……」カマローヴァはレンカの方に近づいた。ディーナが不満げに鼻を鳴らすと、下に飛び降り、薄闇の中に消えた。「あんたひょっとして……それ全部掘り出してみたわけ？」

「うん、掘ったの……」

「ほんとにバカなんだから！」カマローヴァはさっと手を振り上げるとレンカの耳を打った。レンカはぐらついて、耳がビーツのように赤くなった。「ほんとにバカ！」

　レンカはふくれっ面をして床を見つめた。この子には言っても言ってものれんに腕押しだ。他人事に首ばっか突っ込んで。

「バカだよ、ほんとに」カマローヴァは繰り返した。

「せめて捨てたんだろうね？」

「捨てたよ」レンカはぼそぼそ言った。「左の肩越しにつばを吐いてね、こう言ったの。『もと来たところへ戻れ』って」

　もちろん、嘘だ。

「そう。ならなんでもないだろうけど。でも自分で分かってんでしょ」

「何を？」

「言うまでもないじゃない。やめなよ」

「あっそ。いいもん」

手巻きタバコは根本がようやくくすぶっているだけになった。カマローヴァは壁でタバコをもみ消すと指先で弾いて吸い殻を捨てた。ある年の秋にレンカがひどいインフルエンザに病みついた時、ジェーニャばあさんは通って来ては、緑色の鑵に入れたまだ温かいミルクと、砂糖入りのツルコケモモのピューレを持ってきてくれた。それに、町の親戚だか誰だかに駅から電話をかけた。それで、若い、髪を短く刈り込んだ、怒りっぽい女の人が来た。女の人はレンカを丸裸にすると、長いことあっちこっちへ回してみて、何か音を聞き、何やら錠剤と練り薬を置いて行った。ジェーニャばあさんは手ずからレンカに練り薬を塗ってやり、錠剤をピューレと一緒に食べたり、牛乳で飲んだりすることを禁じた。

「それか、全部嘘ついてるんでしょ」

「あたしが何嘘つくの?」レンカは驚いた。

「全部嘘ついてんだよ……」

オレーシャ・イヴァンナは、正式にカマローヴァを雇うことはできないが、手伝いは必要だと言った。「お給料はきちんとするわよ。ただ診断書がないことはね、知られないようにしてよ……」。お給料はきちんとする、どうだか。カマローヴァはため息をついた。お金が必要だった――たとえいくらであれ。それに村では、オレーシャ以外誰も雇ってくれないだろう。町へ行けたらいいのに。町ならたくさん人がいる、ということは、仕事も皆に行き渡るだけあるに違いない。ただチビたちを連れてはいけない。レンカにしても……ほかの子にしても……

「何考え込んでるの、カーチ?」

「別に。なんでもないよ」

「好きな人でもできた?」

「クソでも食いな」

「そっちこそクソくらえ」レンカはむっとして、もうだいぶ前に燃え尽きていたタバコの吸い殻を捨てると、手すりから飛び降り、裸足でぴしゃぴしゃ大きな音をたてながら家の中に去った。カマローヴァはレンカを追って部屋に行った――カマローヴァには、レンカと共同では

* 通常、学校や診療所、食料品店の従業員など、人と接する機会の多い仕事に就いている人に必要な書類のこと。正式には健康手帳や個人健康手帳といい、健康診断や衛生証明の結果が記録されている。

あったが、兄弟うちで一番の年上らしく自分の部屋があった。小さくて湿った部屋で、森に面した窓があった。カマローヴァの家は村の一番はずれに建っていた。マリヤおばあちゃんは、かつてはこの家にクスコフだかキスロフだか、とにかく同じようにKからはじまる大家族が住んでいたと言っていた。ソヴィエト政権になった時、このクスコフだかキスロフだかに何かが起こった——病気か、もっとほかのことが起こったか、それかどこかへ何かのわけで連れていかれていなくなったのだ。チェック柄のオイルクロスにほとんど鼻が触りそうなほど低く頭を下げて、レンカがテーブルに座っていた。レンカの足は床まで届いていなかった。

「レンカ……」

レンカは身を震わせると、いっそう低く頭を下げ、膝を抱えた。

「あんたに、ほら……」カマローヴァはポケットから蝋の大きな玉を取り出し、レンカの前に置いた。レンカは頭を上げ、鼻をすすると、玉に手を伸ばした。玉をいくつかのかけらにちぎって、手のひらの間でこね、オイルクロスの上に塗り広げて軽くならした。

「じゃあ、マッチちょうだい」

カマローヴァはレンカにマッチ箱を渡した。レンカは二本取って蝋に突き刺し、火をつけた。カマローヴァは息を殺して二つの小さい震える炎に目を凝らした。炎がほとんど蝋のところまで這い降りた時、レンカがふーっと息を吹きかけた。マッチ棒の一本はまっすぐ立ったまま残り、もう一本は焦げて弓なりに曲がり、片方に傾いだ。

「だめ、いい徴《しるし》じゃないもん」レンカはまた鼻をすすり、拳骨でぬぐった。

「もう一回やってみな」

レンカは肩をすくめると、燃えたマッチを蝋から引き抜き、でこぼこを埋めるために蝋のきらきらする表面を撫で、新しいマッチ棒を立てた。

「今度はあたしがやってみる」カマローヴァはマッチを燃やして火を見つめはじめた。

炭化しながら、マッチ棒はゆっくりと互いに離れていき、別々の方向に倒れた。

「ほら、分かってたもん！」レンカが耐えかねて言った。

「待ってなよ……」

「だからもう分かったもん！」

「だから待ちなっての！」

小さな火は蝋にまで達して、蝋が溶けはじめた。泡が立ち、静かにしゅわしゅわと音をたてはじめた。レンカはマッチを吹き消した。

「クロスを燃やしたら、母さんにどやされちゃう」

「もう一回だよ。神様は三が好きなんだから」カマローヴァは蝋から燃えたマッチを引き抜き、新しいのを立てて、火をつけた。二本のうち一本はすぐには燃えださなかったので、もう一度火をつけることになった。レンカは邪魔だてせず、黙って見つめていたものの、マッチが二本とも燃え尽き、また互いに離れていった時にはため息をついた。

「ふん、つまり、確かにいい徴じゃないね……」カマローヴァはテーブルからマッチを集め、オイルクロスから蝋を剥がすと、手の中で揉んだ。それから窓を開け、全部一緒くたに夜の闇の中に投げ捨てた。森の中で長く声を伸ばして何かの鳥が鳴きはじめた。まるで泣いているようだった。

レンカは自分の肩を抱くと、少し縮こまった。

「誰かの魂が悲しがってるんだね」

カマローヴァは耳を澄ましたが、鳥はもう鳴かなかった。森は静かで、ひっそりとざわついていた。まるで、秋はまだ始まろうとしておらず、まだ八月の半ばかのようだった。暑さが弱まって、静かな、少しだけ日の差す天気で、別荘族は町へ帰るのをいやがって早くもため息をつきはじめる八月の半ば……もっとも今はもうほとんど全員町へ去っていた、あのスヴェートカのバカ以外は。

「あれはサンカノゴイが鳴いてるんだよ。沼でね」

「不幸の知らせだって、みんな言ってるよね……」

セルギイ神父は昔カマローヴァやレンカ、もっと小さい子たちにも洗礼を施した。母親は、洗礼なんて必要ないと言っていたが、何かの日付、おそらく、儀礼を行うべき生後四十日が近づいた時、タチヤナが朝早くカマローヴァ家にやってきたのだった。母親は町の育ちだったから、大学で学んだ教養ある人間にはきまりの悪いことと捉えて神を信じていなかったし、洗礼も迷信だと考えていた。カマローヴァの洗礼のことで母親はタチヤナを罵ろうとさえしたが、いつも物静かなタチヤナが突然大声で叫びだすとほとんど力ずくで赤ん坊を取り上げて教会へ連れて行った。いかに司祭の妻といえども、乳飲み子をまかせて放っておくわけにはいかないというので、母親は後についていくほかなかった。その後の子どもたちの洗礼の時には、もう抗わなかったものの、タチヤナが姿を見せると軽蔑したようにフンと言った。そういう時タチヤナは、祝日にそうするように着飾って、洗礼を祝うために、チーズのフィリングを詰めた菓子パンや、甘い焼き菓子を持ってくるのだった。カマローヴァは、小さな十字架を首から下げている細い紐に指で触れた。

「レンカ……占いなんてさ、罪だよ」

「みんな占いするけど、何ともないもん。川向こうのあの、〈アバズレ〉たちなんて、……あたしたちはトランプでは占わないもん」

「あいつらはトランプで?」

「トランプだよ」レンカは少しの間考えた。「トランプで占いして、素っ裸で川で泳いでるの。自分で見たもん」

またサンカノゴイが大声で鳴きはじめ、長いこと、哀しげに、女の人が泣くように鳴いていた。

「カーチ」静かにレンカが聞いた。「何で占いがいけないの?」

「なんでって……占いは、神様の意思を信じないで、人間が余計な口出しをするってことだからだよ。占いなんてするのはジプシーだけさ」

「ふうん……でも、あたしたちのばあちゃんは占いしたよ」

「ばあちゃんは占ったりしなかった、嘘はやめな。ばあちゃんは共産主義者だったんだよ」

「でも占ってた!」レンカは口論をはじめた。「トランプでも、青色のふちのついた小皿でも、なんででも! なんででも、いろんな方法で占ってた!」

「だから、おばあちゃんは占ってなかったって言ってるだろ!」

「占ってたって言ってるの! あたしの方がよく知ってるもん!」

「何であんたの方がよく知ってるわけ!?」

「何ででも! そうなんだもん!」

「何それ!?」

部屋の扉がどんどん叩かれた。

「そこで何してるの!? 家じゅうに響いてるよ!」

レンカは首をすくめるとひそひそ声になった。

「母さんを起こしちゃった……まずいよ……」

「そもそもあんたが……」

「なんでこっちのせいにするの?……」

「今寝ます!」カマローヴァは叫んだ。「もう横になってる！」

母親はドアの向こうで黙っていたが、立ち去らなかった。カマローヴァは、ひんやりしたレンカの指が自分の手首を握りしめるのを感じた。

「もう横になってるの！」カマローヴァは大声で繰り返した。

母親は、小柄で痩せていて、骨と皮ばかりだったものの、腕力は強烈で、ひとたび殴りはじめると、疲れるまでやめることはなかった。子供たちの中でカマローヴァだけが唯一母親に似ていて、そのために母親はとりわけ彼女を憎んでいた。

「これ以上騒ぐんじゃないよ。もしもう一回でも聞こえたら……」

床がきしむ音が聞こえた。母親は何歩か足を進めた後で、疲れたように繰り返した。『もしもう一回でも聞こえたら……』。それから完全に立ち去った。レンカは深く息をつくと、カーチャの手を放した。

「ほら、やっぱり……」

「寝る時間だよ、確かに。もう遅いよ」

カマローヴァは、服も脱がずにベッドにもぐり込むと、重たいウールの毛布をかぶった。毛布は大昔、マリヤおばあちゃんが町へ行って来て、途方もない行列を並び通して買ってきたものだった。カマローヴァは顎の方へ毛布の端を引っ張ると、臭いを嗅いだ。少し湿ったウールの臭いがした。レンカが明かりを消し、音もなく部屋から滑り出て行った。納屋へ、トイレに行ったのだ。カマローヴァは目を閉じた。レンカを連れていってやる方がいいのは分かっていた。納屋は暗いし、床の上にはありとあらゆるがらくたが積み上がっている。昨日小さい子たちの誰かが釘を踏みつけた。あそこには丸々したクモどももいる、レンカを捕まえて巣に糸で巻きつけ、死ぬほどあちこちを噛むだろう。あんな子はそれでいいんだけど。子供だった頃はそういうクモを使ってお互いを脅かしあったりもした。カマローヴァは目を細く細くし、それから開いてみた。そうするとあたりは耐え難いほどの暗さだった。窓の向こうでだけ、この闇は揺れ動き、ひっくり返ってざわついていた——トウヒとマツは、間もなく始まる寒さに備えるように、自分たちの針葉にすっぽりとくるまっていた。

レンカが出て行った時と同じように静かに戻ってきた。カマローヴァのベッドにもぐり込むと、肩に冷たい鼻を押しつけた。

「汚い足で入ってきて……」

「すぐ乾いて、落ちるもん」レンカはへへへと笑った。

「自分のベッドに行きな」

レンカは答えず、体を丸めるといっそう強く鼻を押しつけた。カマローヴァは耳を澄ませた。

「起きてんの？」

「起きてるよ」

「なんで寝ないのさ？」

暗闇の中でレンカは目を開き、窓を見た。窓の外で巨大な林が揺れ動いていた。

「カーチ……その人、どんな人？」

「それなりの人」

「カーチったらぁ……」レンカはカマローヴァの腕をついた。

こうなったら最後、しつこくするのを決してやめないだろうし、問い詰めて聞き出そうとするだろう。玄関のドアがきしみはじめ、バンと音をたてて開いた。その後またバタンと閉まり、廊下を重々しい足音が通り過ぎていき、止まった。父親が、何度か拳で壁を殴り、何かを落とし、ごろりと転がった。それから静かになった。

「来た……」

「ねえ、カーチャぁ……」

「なんでそんなにしつこいの？」

「ねえ、どんな人なの？」レンカは繰り返した。「村の人？」

「村の人だよ」カマローヴァはいやいや答えた。

「かっこいい？」

「やめてよ」

「ねえってば！」

「やめなって言っただろ……」

レンカはため息をつくと、寝返りを打ち、しばらく黙った。

「あたしは、町の人のとこにしかお嫁に行かないもん」

「町へ行くために？……あんたなんか誰が嫁にするっての」

カマローヴァは唇を軽く噛んだ。町には伯母がいる——母親の姉だ。母親が村へ越してきて父親に嫁いだ時、伯母は妹と口をきくのをやめた。母親は姉のことを色々話していた、たいしたやり手で商店の主任会計係として働いているとか、二人の子供をりっぱに育てあげたとか。ところが自分はたった一度の間違いのせいで、人生が真っ逆さま——。後になって、伯母は鮮やかな花柄の包み紙のキャラメルが入った袋を持って突然やってきて、妹と罵り合った。二人は庭に立っていた——母親はすっかり色あせた部屋着のガウン姿で、伯母は新品のスーツ姿で——互いに叫び勝とうとしていた。伯母はそばを走り抜けようとしたレンカの襟首をつかまえて、妹に見せようとしはじめた。まるで母親がレンカを見たことがないかのように。レンカはうまく逃れると、伯母の毛の生えた手にひどく噛みついた。

「さぞモテるだろうね、あんたが町でさ……」

　レンカは答えなかった。おばあちゃんは、人間の噛み傷は犬のより悪いと言っていた——長い間痛み、治りも遅い——ウォッカを塗りこんで清潔なオオバコの葉で手当てしないといけない、と。この出来事の後伯母はやってこなくなり、母親は、しらふの時には、あの時罵り合ったことを後悔して、町に仲直りをしに行くのだとしょっちゅう言っていたが、飲むと、姉に罵詈雑言の限りを尽くすのだった。カマローヴァとレンカは例のキャラメルの、花柄の包装紙をいくつか取っておいた。包装紙には英字で〈Bon Pari〉と書いてあり、中身を食べてしまった後でも、リンゴと、イチゴと、なにか見知らぬ美味しい食べものの匂いが残っていた。カマローヴァは目を閉じた。寝入ったことには気がつかなかった。サーニャが夢に出てきた。サーニャは大きな部屋の隅に座って、両手で頬を押さえてあっちこっちへ体を揺らしていた。おばあちゃんがサーニャのすぐそばに座っていて、かさかさした年寄りの手のひらでサーニャの髪を撫でてやっていた。おばあちゃんの唇は音をたてずにかすかに動いていた。言葉を全部忘れてしまったよ、サーニチカ。昔は、必要な言葉を全部知っている人たちがいたものだけどねえ。泣くんじゃないよ、町のお医者さんのところへ連れていってあげるからね、お医者さんがお前を治してくれるからね。サーニャはきかないで体を揺らし続け、哀れっぽく犬のような声をたてていた。その後レンカが夢に出てきた。きれいなドレスを着て、きちんととかした髪をお下げに編んでいたが、脚は裸足で汚れていた。レンカの脚を見てカマローヴァは笑いだした。笑ったせいで目が覚め、それから長い間、暗闇に目を凝らしながらただ横になっていた。レンカみたいなバカな子が町で誰に必要だろう、きれいなパンツすら持ってないのに。たとえばスヴェートカなら、パーヴリクのバカが尻を追い回してるけど。スヴェートカなんかのどこが良いんだか……壁の向こうで両親が罵り合っていた。母親は、いつぞや彼に恋をして嫁にきたことで父親を責めていた。父親の方は何を言われても同じ返事で、テーブルを拳で叩いていた。カマローヴァは目を閉じると深い夢に寝入った。

2

毎朝カマローヴァはクッキーの箱を運んで、それを棚に配置していた。村にはいくつかの店があり、「デパート」という名前までついている一軒の店では、ほかの店と同じ物が、ほかよりも高い値段で売られていた。エレクトリーチカから転がり出てきた町の人間たちは、ここならもっと新鮮で、町とほとんど変わらないような品物が売られていると考えて、すぐさま「デパート」に駆け込んでいた。こちらの店の中はいつも、カビかけたパンと、ショートニングを使ったクッキーの匂いがしていた。それからもう少し別の、オレーシャ・イヴァンナのバラの香水の匂いも。オレーシャ・イヴァンナ本人はカウンターの向こうで木の椅子に座っていた。ぐらつかないようにするために、椅子の片方の脚の下に折りたたんだ段ボール片が挟んであった。カマローヴァは最後の箱を持ってくると、棚に置いた。オレーシャ・イヴァンナは頭のてっぺんからつま先まで彼女を眺め回し、ため息をついた。

「だらしないわねえ、カーチカ」

オレーシャ・イヴァンナは三十五歳ぐらい、ふくよかで髪が黒く、年よりも少し老けて見えた。派手な化粧をしていて、カマローヴァにはとても美人に見えた。昨年の夏カマローヴァは、週に二回店に商品を運んでくる〈ガゼリ〉*の運転手のピョートルが、店の裏でオレーシャ・イヴァンナを抱きしめているところを見た。ピョートルは乱暴にぎこちない手つきで彼女をコンクリートの壁に押さえつけ、大きくあいたブラウスの襟ぐりに顔を突っ込んでいた。彼女は笑って、「何すんのよ、ペーチャ、何すんのよ」と繰り返しながら、ピョートルのぼさぼさ頭を押しのけていたが、急に後頭部の髪を引っつかみ、激しい動きで彼の頭を自分の胸に押しつけた。

「せめて食事はしてきたんでしょう?」

カマローヴァは首を横に振った。出かけようとした時には家じゅうまだ寝ていたので、静かに着替えて抜き足差し足で出てきた。ディーナがポーチを横切って寝そべっていた。猫をまたいだりしてわが身に不幸を招くことのないように、カマローヴァは足で猫をどかそうとした。と、目を覚ましたディーナがシャーシャー言いはじめ、危うくくるぶしに噛みつきかけた。犬小屋で鎖が鳴り、少ししてロルドが断続的に吠えた。あきらめて、カマローヴァはディーナを踏み越えると、庭を突っ切って走った。空には霧がかかり、湿った草がいやらしく足を冷やした。

「何、食べてないの？」

カマローヴァは肩をすくめた。着ている服が彼女には大きすぎたので、長い袖はまくり上げてピンで留めてあった。上の棚に手を伸ばそうと丸椅子の上に飛び上がる時、カマローヴァは空いている方の手で裾をたくし上げたが、そうすると、かさかさのかさぶただらけの傷ついた膝が見えた。

「どうして？」

「食べたくなかったから」不機嫌にカマローヴァは答えた。

「倉庫に缶詰肉とソバの実のお粥があるから、行って食べてらっしゃい。どのみち当分客もこないだろうし」

「倉庫」と呼ばれているのは酒と缶詰の箱でいっぱいの小さな部屋だった。ドアの正面の壁際にカバーの擦り切れた幅の細いソファーが寄せつけてあり、一角は「台所」——青と黄色のチェック柄の防水布のクロスで覆われた小さい長方形のテーブルと、二つの丸椅子と、手洗い器と食器の入った棚——が占めていた。暖かい時期にはオレーシャ・イヴァンナはテーブルの真ん中に、店への途中で摘んだ何かしらの花を挿した小さなガラスの花瓶を置いていたが、今は花瓶からしおれかけた大きなカモミールが何本か突き出ていた。ソバの実粥の入った鍋はタオルにくるまれて、丸椅子の一つの上に置かれていた。カマローヴァは鍋をテーブルに移すと、慎重にタオルをほどいて蓋を持ち上げ、もうっとした温かい湯気を吸い込んだ。棚から皿を取り、何さじか掻き取ると、元の通りにきちんと鍋をくるんでから座って食べはじめた。粥はそれほどおいしくはなかった。オレーシャ・イヴァンナは惜しがって肉の缶詰から脂を捨てなかったのだ。それでもカマローヴァは今ならどんなものであれ平らげる用意があった。昨日の夕方から、二、三個お菓子を食べた以外、何も口にしていなかったから。前に母親がこうい

＊　一九九四年から生産されているロシア製の小型トラック。最大許容重量や運用目的に応じていくつかのシリーズがある。

う粥を作った時は、丁寧に脂を取り除き、うすい塩味の、ほろほろになったバラ色の肉の繊維だけを残して炊いた。脂はロルドにやったのだが、匂いを嗅ぎつけるや小屋から這い出てきて、お座りをして、頭を後ろに反らせてか細くクーンと鳴いていた。やっと母親がポーチに出てきて黄色みがかった脂の塊を投げてやると、ロルドは飛び上がり、大きな口で脂をキャッチした。キャッチの瞬間には歯がカチカチおかしな音をたてた。脂を食べた後は、とっぷり暮れるまで口のあたりを舐め回していた。

「半キロの砂糖ひと袋」

カマローヴァはスプーンを置くと、丸椅子から飛び降りて店を覗いた。カウンターの前に、杖にすがって立っていたのは、ジェーニャばあさんだった。

「プリャーニク*は買わなくていい、ジェーニャおばさん？」おもねるようにオレーシャ・イヴァンナが訊ねた。ジェーニャばあさんは疑わしげにプリャーニクを横目で見た。

「柔らかいだろうね？」

「今日入ったばかりよ」まばたきもせずオレーシャ・イヴァンナは嘘をついた（プリャーニクが入荷したのは、ありがたいことに、先週の初めだった）。

ジェーニャばあさんは杖で床をコツコツいわせながら考えをめぐらせていた。頭が少し揺れていた。

「ニコライ・イヴァーヌィチのせがれのことは聞いたかね？……」

「彼がどうかしたの？」

オレーシャ・イヴァンナは椅子から立ち上がり、顎を手のひらで支えてカウンターに肘をついた。ニコライ・イヴァーヌィチの息子アレクセイは、いつだかカマローヴァとレンカに、オレデシュ川の赤土でおもちゃの笛を作ってくれた。

「町で誰だか相手を見つけたんだと」

オレーシャ・イヴァンナは驚きの声を上げた。

「じゃ、アレヴチナはどうするの？」

「そりゃもう、捨てられた女のお決まりの通りさね……」

「一体どこの誰があんなのを好きになったのかしら？」

確かにアレクセイは、ひょろ長のぶさいく、おまけに出眼だった——村でアレクセイのことを高く買うものは少なかった。

「誰か知らないけどね、惚れたんだろうよ……」

「ずいぶんになるの？」

「そう、もう三週間そこらもあっちにいるよ……三週間以上かもね」

「どうしてそんなことできて。そんな簡単な話？」

「もちろんさ、『簡単な話』だとも！」ジェーニャばあさんはせせら笑った。「あんたこそよく知っているくせに、こういうことが起こるのは——『簡単な話』だって！」

オレーシャ・イヴァンナはどぎまぎした。

「そりゃ、こういうことはいろんな風に起きるものだけど。でもまだ分からないわよ」

ジェーニャばあさんは少し黙って、考え込むように口をもぐもぐさせた。

「プリャーニクを持っていく？」オレーシャ・イヴァンナが思い出させた。

「要らないよ。半キロの砂糖をひと袋おくれ」

意地の悪いばあさんだ。

「あっちにいるのは誰だい？」

カマローヴァは一歩前に出た。

ジェーニャばあさんは、まるでカマローヴァを初めて見たかのように眺め回した。その目は老人らしく水色に濁っていたが、明るかった。党員だったことは一度もなかったし、恐ろしくゴシップ好きだったにも関わらず、マリヤおばあちゃんが生きていた頃二人の老婆は友達付き合いをしていた。ジェーニャを嫌い、「ジェーニカ」の舌はほうきみたいに噂話を集めていると言ってしょっちゅう非難していた村の人間と、カマローヴァの祖母はどうしてか違っていたのだ。ジェーニャの方はそんな風に非難されても笑っていた。笑うと、目尻に小じわが寄った。若い頃彼女は村一番の美人で、山のような数の若者が彼女の尻を追い回したものだが、彼女が選んだのは誰やら町からきた男だった。この男は彼女と不倫関係をもち、ふた夏にわたって手荒く扱ったのちに捨てた。この出来事の後で彼女はなぜか急速に老け込み、意地悪くなったのだと言われていた。

「この性悪女にいびられちゃいないかね？」

カマローヴァは答えようとしたが、思わず笑いだしてしまい、手のひらで口を押さえた。

「ジェーニャおばさんったら、よくもまあそんなことを

＊ 小麦粉を主としスパイスや蜂蜜を加えてつくる焼き菓子の一種。形状はさまざまだが、商店では小さな丸型のプリャーニクを袋詰めして売る場合が多い。

「……」

「おやまあ、ご覧あれ、善良な人々よ、腹を立てたよ！なんだい、性悪じゃないって言いたいのかい？」

「そっちだって、ジェーニャおばさん……」

「いびられてないよ」ようやくカマローヴァは口に出した。

ある時、カマローヴァの父親がおばあちゃんを納屋に引きずり込んで内側から鍵をかけ、長い間打ちすえた。叫び声と、何かが落ちる音、鉄ががちゃがちゃいう音が聞こえた。それから静かになり、おばあちゃんが納屋から出てきてカマローヴァを呼んだ。自分の頭に手を滑らせて、すでに固まりはじめた血がべっとりついた白髪をひとつかみ引き抜き、手のひらで丸めるとカマローヴァに差し出して、〈ジェーニカ〉のところへ持っていくように言った。ジェーニャばあさんは髪を見ると息をあえがせ、急いで上着を肩に羽織ると、スリッパのまま表へ走り出た。

「ふん、レーニンがブルジョアを見るみたいにあたしを見るんじゃないよ。ほかにクッキーを二〇〇グラムほどちょうだい」

「プリャーニクを買う方がいいわよ」

ジェーニャばあさんは再び杖で床をこつこつ言わせながら考え込んだ。

「クッキー二〇〇グラムだよ。あの、真ん中にジャムの入ったやつだよ」

オレーシャ・イヴァンナはカマローヴァを見やった。

「ほら、何突っ立ってるの、店員さん？」

カマローヴァはプラスチック製のスコップを引っつかみ、ジェーニャばあさんが持ってきたしわくちゃのポリエチレン製の袋にクッキーをざらっと入れた。オレーシャ・イヴァンナに渡すと、オレーシャは袋を量りに置いて、震える針が止まるまで長い間待っていた。針が止まった時、彼女は爪で量りのガラス板をつついた。針はもう何度か動いてから最終的に止まった。

「二三〇グラム、これでいい？」

ジェーニャばあさんはうなずいて、大きなカバンから財布を取り出し、ちょうどの金額をゆっくりと数えた。それから袋をつかみ取り、小さな丸いクッキーをいくつか取ってカマローヴァに差し出した。

「マリヤはお墓でどうしてるかしら？」

「寝てるよ、もちろん……」

「お参りに行ってるかね？」

「昨日」

ジェーニャばあさんはため息をついた。

「神様がどうしてもあたしをお召しになってくださらないからねえ」

オレーシャ・イヴァンナがようやく気づかれる程度の嘲笑を浮かべた。あんたみたいなみすぼらしい性悪ばあさん、悪魔だって命をとりゃしない。それがどこぞの奥様気取りで、ジャム入りのクッキーだって！

だが、口に出して言ったのはこれだけだった。

「なんだってそんなことおっしゃるの、ジェーニャおばさん！」

ジェーニャばあさんは首を振って答えると、重々しくため息をつき、オレーシャ・イヴァンナの差し出す半キロの砂糖の袋をカウンターから取って、ドアの方へゆっくりと歩き出した。カマローヴァはもらったクッキーをかじった。ほのかに甘い、さくりとした生地は口の中で溶けるようだった。ジェーニャばあさんは、年寄りは皆そうするように、こういうクッキーをお茶に浸す、と、お茶は菓子のかけらでこってりして濁る。プリャーニクか、クッキーか、ジェーニャにどれほどの違いがあるのだろう……実際、プリャーニクを買えばよかったのに。


「何を考え込んでるの、店員さん？」

「別に、ただ……」カマローヴァは肩をすくめた。「何も。それだけ」

オレーシャ・イヴァンナは彼女を見てうす笑いを浮かべた。彼女はいつもそういう風に笑った。話す時にも、まるで笑っているようだった。彼女の口の端はいつも上の方向に持ち上がっていて、男たちには、とりわけピョートルにはそれが好ましいものに見えるのだった。

「恋をしたことはないの？」

「まだ」カマローヴァは顔をしかめ、もうひとつクッキーをかじると、くずを払い落とすためにカウンターを手のひらで撫でた。

「そういう年頃なのに」

「まだだよ」カマローヴァは頑固に繰り返した。

「何よ、まさかまだ誰ともキスしたことないの？」

ほら始まった。あんたにはどっちでもいいことじゃないの⁉

「本当にキスしたことないの？　ドラマで見るようなキスをしてみたいって、一度も思ったことないの？」

「うちにはテレビないし」カマローヴァはぼそぼそ言った。

付き合いのあった頃には、スヴェートカは時々カマローヴァを呼び、ソニー製の古いカラーテレビで『エレンと仲間たち』*というフランスのドラマを見せてくれた。登場人物の少女たちの年齢は〈アバズレ〉の姉妹のカリンカとダーシュカとちょうど同じくらいだった。どの女の子にも彼氏がいて、彼らのすることと言えば、カフェに座り込むことと、ロックバンドを組んで演奏すること、それからキスだけだった。レンカは『エレンと仲間たち』を見るといつも飛び上がらんばかりに嬉しがったが、カマローヴァはあまり気に入らなかった。エレンと仲間たちがいつ学校で勉強したり、店に買い物に行ったり、床掃除をしたりするのかはっきりしなかったし、ただひたすら満足して楽しげな彼らの人生が、全面的なつくりごとのように思えたからだった。それに加えて、カマローヴァとスヴェートカの友情は密ではなく、次第にゴボウのイガを投げつけあったり、ムカつくあだ名を互いに考え出すようになっていった。

「ありえないわよ、カーチャ……」

カマローヴァは肩をすくめた。カウンターの上を、はやくも冬眠する場所を探してハエがのろのろ這い回っていた。カマローヴァは深い考えもなくハエをじっと見た。ハエは菓子のかけらか何かを見つけて前脚で抱え込み、丁寧に舐め回していた。

「私があんたの年だった頃にはもう、男の子たちと遊ぶのに全力だったわよ。お母さんが怖いとか？」

このハエを追っ払ってやろうか、それとも座らせておこうか？　母親はオレーシャ・イヴァンナが好きではなかったので、彼女の店では一度も物を買ったことがなかった。村の反対側のはずれにある店か、駅の店に買い物に行っていた。以前カマローヴァとレンカが駅の売店で使用期限切れのリップクリームをやっとの思いで手に入れた時、母親は二人の髪をつかんで洗面台に引きずって行き、長い間台所用石鹸のかけらで二人の顔をこすっていた。石鹸水が目にしみて、二人は逃れようとしたが、母親はこう繰り返しながらきつく二人を押さえていた。

「うちにいる間は、いいね、覚えとくんだよ、あの淫乱女のまねをしたらどういうことになるか」。そして床から雑巾を引っつかみ、カマローヴァの顔をそれでぬぐった。レンカは、母親が雑巾を取るために屈んでいる間に、逃げ出して表へ姿を消した。

カマローヴァは手を振った——ハエは菓子くずを放り出し、カウンターの上をしばらく飛び回ると、またどこかへとまった。

「怖くないよ」

「私は怖かったわよ、うちの母親は厳しかったから」オレーシャ・イヴァンナはうすく笑った。「私と兄さんと、めちゃくちゃ鞭でぶたれてね。一度なんて、怒り狂って熱湯を浴びせかけてきたわ」彼女は長いスカートの裾をまくった。ナイロンのストッキングの下の白い脚に、大きな赤いあざが見えていた。

「ほら、こんな風よ。いまだに消えないのね」

「お母さんはなんで怒ったの？」

「それが覚えてないの」またオレーシャ・イヴァンナはうすく笑った。「たぶんそのくらい怒るほどのことか、それか何かほかのことがあったんじゃない。今となっちゃ、聞けもしないしね」

カマローヴァはオレーシャ・イヴァンナを見て、何も言わなかった。ハエにとっては幸いだ、今の間にどこかの隙間へもぐり込んで、春まで眠れるだろう。ドアがきしみ、少し開いた。店の中にレンカの白茶けた金髪頭が現れた。姉を見ると、レンカはにっこりして鼻をすすった。

「ちょっと来てみたの。こんにちは、オレーシャ・イヴァンナ」

「入ってらっしゃい、なんでそこに立ってるの？」

レンカはドアをすっかり開けると入ってきた。店の中は黄色みがかった太陽の光と、野原の乾草の匂いでいっぱいになった。やっぱりレンカのことをぶち足りなかった。この通り、弟や妹たちの面倒を見もしないで、家の片付けもしないで、用もなく町をぶらついている。

「店はどんな風？」

「こんな風だよ」カマローヴァはぶっくさ答えた。

「カーチャはどんな風？」レンカは、少なくとも数日は姉に会っていなかったかのように関心を示した。ということはつまり、まだ日も昇らない早いうちから目を覚ましていたんだ。ツラを枕に伏せて寝ているように見せかけて、こちらが出て行くのを待っていたんだ、こっそり後をつけるために。

「だから、こんな風」カマローヴァは吐き捨てた。「何

＊　フランスで一九九二年から九四年にかけて制作された若者向けのテレビドラマシリーズ。原題は « Hélène et les Garçons »。一九九〇年代後半にフランスのほかベルギー、スイス、スペイン、ノルウェー、ロシア、東欧諸国などで放映された。

かお求めでしょうか?」

レンカは思い切り悪くカウンターに近寄るとポケットに手を突っ込んで、両手にひとつかみの小銭を取り出すとレジのそばの小皿にぶちまけた。

「ガムちょうだい」

カマローヴァはにぶく光る小銭を見つめた。

「あんたこれどうしたの?」

「父ちゃんがくれた」レンカは素早く答えて目を伏せた。

オレーシャ・イヴァンナがうす笑いを浮かべた。

カマローヴァは指で小銭を触ってみた。小銭と小銭がぶつかってカチャカチャ音が鳴った。一ルーブル五十コペイカ。

「嘘だね」

「全然嘘なんかついてないもん」レンカはオレーシャ・イヴァンナを見た。相手が、父親がガムのために小銭をくれたことを保証してくれるのを期待するかのようだった。だがオレーシャ・イヴァンナは黙っていた。「ガムちょうだいよ、ねえ、カーチィ……」レンカはせがみはじめた。「もったいぶるつもり?」

「ぶるね。どこでくすねたのさ?」

「くすねてなんかないもん」レンカはほとんどささやくように言って、いっそう低く目を伏せた。

今に大泣きしはじめるだろう。カマローヴァはもう一度小銭を触ってみて、レンカと同じようにオレーシャ・イヴァンナを見た。一ルーブル五十コペイカ——親父は、たぶん気がつかないだろう。あるいは気がつくか。でも、ほんのちょっとした額だ。オレーシャ・イヴァンナの脚の赤いあざが思い浮かんだ。カマローヴァはレンカの脚を見た——今日はどうにか靴をはいていた。カマローヴァは小皿をカウンターの端へ押しやった。

「オレーシ・イヴァンナ……あたしの給料から引いておいて」

「あらカーチャ、ガムの分くらいいいわよ」

「引いといて」カマローヴァは繰り返してレンカをちょっと見た。

何も気づいていないようなふりをしていた。

オレーシャ・イヴァンナは肩をすくめるとガムが入ったボール箱の上に屈み込んだ。

「どのガムにするの?」

「〈ラブイズ〉!」もどかしげにレンカがきーきーが叫んだ。「青いの!」

オレーシャ・イヴァンナはカウンターにガムをまき散

らすと、青い立方体を選んでレンカに差し出した。レンカはすぐさま包みを剥いて、口に突っ込み、包み紙の内側のイラストを眺めはじめた。レンカは部屋の棚の上段に、この紙切れの一大コレクションを持っていた。カマローヴァは一度この棚によじ登って紙切れをばらまいて落としたことがある——その後でレンカは膝をついて部屋中を這いつくばって、コレクションのどれだかがなくなったとぐちぐち言っていた。それから二日間カマローヴァと口をきかなかった。

「『愛、それは』……またこれぇ……これならもうあるもん」

「お金は持って帰りなよ」

レンカはおとなしく小銭をかき集めてポケットに入れた。

「で、取ってきたところに置いとくんだよ」

「はーい……」

「分かったんだろうね？」

「置いとく、置いとくもん……そんなの……楽勝だもん……」

レンカは鼻をすするとまたオレーシャ・イヴァンナをちらっと見た。返すだろうか、返さないだろうか？　もし親父が気づけば、殴りつけるだろう、レンカは親父から隠れようとして納屋か、畑に走って行く。畑とは名ばかりで、野生化したスグリとキイチゴが生えていて、足を踏み入れるのも恐ろしい。レンカは畑でヘビを見たことがあると言っているが、たぶん、嘘だろう。遠くで、駅で貨物列車が低い音で轟きはじめた。風が雑に閉められたドアを揺らし、ドアがきしみ、それから大きく開いて、店に新しい太陽の光を一筋持ち込みながらタチヤナが入ってきた。カマローヴァとレンカを見て微笑んだが、カマローヴァはすぐにレンカのなくしたプラトークのことが思い出されて、眉をしかめるとそっぽを向いて、品物の包装紙を読んでいるふりをした。「ダールニツキーパン」*「ライ麦パン」「小麦粉」「粉ミルク」「加糖練乳」。レンカは何食わぬ顔でタチヤナの方に駆け寄った。

「こんにちは、ターニャおばちゃん！」

タチヤナは屈み込むと洗ってもいないレンカの頭を手のひらで撫でた。

「こんにちは、エレーナ様のしもべさん」

* ライ麦を主に小麦を加えて作られる、ロシアで最もポピュラーなパンのひとつ。酸味がある。

オレーシャはぎこちなく微笑んだ。

「いらっしゃい、ターニチカ！」

また練乳を買いにきたんだわ。タチヤナと旦那は、お茶に練乳を入れて飲んでいる。砂糖じゃ飲めないってわけ、皆そうやってるのに。セルギイは二十年前にタチヤナをザポーリエから連れてきた。このザポーリエはまったくへんぴな小さい村で、四方から森に封じられていた。村に列車は一日に一度しか停まらなかった。ザポーリエに教会はなく、聖職者が必要な時には、当時まだ若く、亜麻色の口ひげがようやく生えかけたばかりのセルギイを呼んでいた。タチヤナは小柄でどこもかしこも色の白い、こざっぱりした娘で、今でもその頃とほとんど変わらないように見えた。ただ少し太って肉がついた。オレーシャ・イヴァンナは唇を歪めた。結婚するまで、男と寝たこともなかったんだろう。練乳なんか買いにきて。

「練乳を二缶くださいな、オレーシャ・イヴァーノヴナ。それからお菓子もどれか」

お菓子も。祝い事でもあるかのように着飾っていた。彼女は教会で歌っているらしく、話によれば、うまいそうだ。オレーシャ・イヴァンナは一度も聞いたことがなかった。

「どれにする、ターニャ？」

「どれか美味しいのを……」タチヤナは隅で目立たないようにしているカマローヴァに気がついた。「カーチャはどのお菓子が好き？」

「さあ。〈クルフカ〉かな」ぼそぼそとカマローヴァは答えた。

「じゃあ、〈クルフカ〉を三〇〇グラムほど……」

「あたしはガムが好き！ 〈ラブイズ〉だよ！」レンカがくちばしを入れた。

「それと〈ラブイズ〉を一袋……」考えながらタチヤナが繰り返した。

「ちょっと、レンカ」歯の間からカマローヴァはシッと音をたてた。

レンカはカマローヴァを見ると白っぽいまつげをぱちぱちやった。

「それからホールリーフティーを……」タチヤナは言い足した。

「おいくつ？」

「ひとつ……いいえ、二つの方がいいわ」

彼女が不妊症なのか、それとも夫のセルギイに原因があるのか、これは興味深い問題だった。ニンカは、タチヤナは悪魔と同衾している、だから子供ができないのだと言っていた。この人が悪魔と寝たりできるかしら？　オレーシャ・イヴァンナは額に落ちてきた黒い巻き毛を直した。タチヤナはかばんの中をしばらく引っかき回すと、買い物リストを取り出し、目を走らせた。

「小麦粉一袋と、十個入りの卵……もし、地元の、オレデシュ産のがあれば」

「地元のよ、地元のよ」オレーシャ・イヴァンナはうなずいた。「今日入ったところよ」

カマローヴァは少ししぶい顔をした。どこ産の卵も今日は入荷がなかった。運転手のピョートルはウォッカの大きな箱二つと小さなクッキーの箱いくつかを運んでくると、すぐさまスイダに去った。オレーシャ・イヴァンナが店の裏戸口にもたれかかって、荷を下ろすピョートルを眺めていた。もの思わしげにブラウスのフリルをいじっていた。

「あっ、それからクッキーもね！」タチヤナははっと気づいた。「ザポーリエからママが来るものだから」

「プリャーニクの方がいいわよ、ターニャ。良いのが入ってるから」

「ママはクッキーの方が好きなの」タチヤナは首を振った。「それも、真ん中にジャムが入ったのが。三〇〇グラム量って、オレーシャ・イヴァーノヴナ……」

オレーシャ・イヴァンナはカマローヴァにプラスチック製のスコップを突き出した。カマローヴァは、形が完全で、赤いジャムの丸がちゃんと真ん中にきているクッキーだけが入るように気をつけながら、袋にクッキーをかき集めた。レンカはタチヤナから二つ〈ラブイズ〉を受け取り、「ありがとう、ターニャおばちゃん」とぴーぴー言ったと思うや、もう気づかぬ間に姿を消した。

「ザポーリエはどう？」自分でも思いがけずオレーシャ・イヴァンナは訊ねた。

「相変わらず……退屈なところよ」タチヤナは肩をすくめた。

「この村の方が、まさか、楽しいとでも？　一日じゅう家に座っていてさ、だのにお宅にはテレビすら無いでしょ……」

「ここの方が良いわよ」タチヤナは微笑んだ。「私の田舎の周りは森があるだけだもの。ここには川があるわ」

「そりゃもう、川があるにはあるわね」オレーシャ・イヴァンナは同意した。「危ない川だけど。毎年誰かしら溺れるじゃない。土地の人間じゃないのがさ……『浅瀬を知らずに、水に飛び込むな』ってやつね。昔は、川にルサルカ*が棲んでるって言われてたわ」

「ルサルカが？」タチヤナは驚いた。

「身投げした娘よ、つまり」

タチヤナは少し青くなった。

「私も泳げないの。別に理由もないけど……」

オレーシャ・イヴァンナはタチヤナの買い物を大きな袋に詰めると、カウンターに置いた。

「どう、ほかにも何か？」

いずれにせよタチヤナは気の毒だった。もし子供があれば——彼女は日がな一日子供たちと過ごし、ヒヨコを抱えためん鳥のように座っていたに違いない。健康な女なのだから、子供をたくさん産めるはずなのに。一日じゅう家にいて、刺繍をし、窓の向こうで森がざわめくのを聞いている——ザポーリエでも、きっと退屈していたのだろう。怒らせるだろうから、誰かいい人を見つければ、とは言わなかった。

ドアの向こうで自転車のベルが鳴って、大きな笑い声が起こった。カマローヴァは耳を澄ました。違う、マクシムじゃない。心臓が不意に脈打ちはじめ、飛び出しそうになり、オレーシャ・イヴァンナかタチヤナが何かに気づくのを恐れて顔をそむけた。またベルが鳴った——店の方にもう一人誰か近づいてきた。『二ゴール決めたんだぜ』知った声がそう言って、また笑い声がした。昨日セムリノとサッカーの試合をして、勝ったことを言っているのだろう。マクシムはそんなバカなことにかかずらわったりしない、この声はどうせ〈ハダシ〉のアントンとその取り巻きだろう。マリヤばあちゃんは彼らを怠け者と呼んで、ああいう連中はろくな者にならないと言っていた。かつてならああいう連中をどうすべきか党が心得ていたものだが、今はもう党はなくなってしまったし、誰も彼らの扱いを知らない、というわけで。ドアが開いて、歯に紙巻きタバコを挟んだあばた面が店の中に突進してきた。

「よう、オレーシ・イヴァンナ！」

「タバコはだめよ、トーシャ。外で吸い終わってきて」

アントンは一方の口の端からもう片方の口の端へ器用にタバコを転がすと、オレーシャ・イヴァンナの胸元をずけずけと眺めた。

「はいよ」

『クソみてえなツラして逃げてったぜ』とドアの向こうから聞こえた。タチヤナは身震いすると、かばんに手を入れてお金を探しはじめた。聞こえるようにわざとやっているのだ。ドアが再び開いて、アントンともう二人入って来た。一人は、遠く、村の反対側の町はずれの生物学研究所のあたりに住んでいるスタスで、もう一人のことをカマローヴァは知らなかった——たぶん、セムリノから来たのだろう。唇がひどく腫れ上がり、唇の端に黒く血が固まっていた。

「〈ベラモール〉[**]、一箱」アントンはポケットからくしゃくしゃの三ルーブル紙幣を二枚取り出すと小皿に投げ、タチヤナにウィンクした。

「久しぶりだね、ターニャおばさん」

タチヤナは、目を伏せて金を数え終わると、カウンターに置き、買い物を取った。

「あなたは教会に来ないから」

「教会じゃタバコが吸えないからさ」

スタスと知らない顔が笑った。タチヤナは真っ赤になった。

「その荷物、重いの？　運ぶの手伝おうか？」

「重くなんかないわ」タチヤナは当惑して微笑んだ。「ありがとう、アントーシャ。自分で運べるから」

「スタス、ターニャおばさんを手伝ってやれよ」

スタスはタチヤナの方に踏み出すと、彼女の荷物を取った。タチヤナはオレーシャ・イヴァンナとカマローヴァの方を振り向いて、さよならを言い、スタスが広く開け放っているドアから出て行った。スタスは鴨居に頭をぶつけそうなほど背が高かったので、きつく背中を丸めていた。サッカーチームのキーパーで、試合の時は長い足を大きく開き、手を広げ、雄牛のように頭を下げて、ほとんど動きもせずゴールに立っていた。

「ジェントルマンね、驚いたこと」オレーシャ・イヴァンナはアントンに〈ベラモール〉を差し出した。

「タチヤナは美人だからね。バカだけど」

「彼女はあんたのお母さんくらいの年じゃないの」

「そりゃ言い過ぎだよ、オレーシ・イヴァンナ」

オレーシャ・イヴァンナはうす笑いを浮かべた。アントンは突然カウンターから身を乗り出すと、彼女の肩をつかみ、自分の方へ引き寄せて直に唇にキスした。セム

* スラヴ神話の水の精霊。魚の尾をもつ若い女性の姿で描かれることが多い。水難事故で死んだ娘の化身とも言われ、水辺に男を誘い、溺れさせるという。

** ソ連の安価な大衆向けタバコで、ベラモーリナとも呼ばれた。正式名称はベラモールカナル。

リノの知らぬ顔は腫れ上がった唇で苦々しげに笑みを浮かべた。

「あんたは、オレーシャ・イヴァンナ、美人だし頭もいいね」

「その代わり、あんたはバカね」オレーシャ・イヴァンナは手を振った。もう少しでアントンの顔にぶつかりそうだった――「いいこと、ペーチャが戻ってきたら……」

「どうってことねえよ」彼はオレーシャを離し、手の甲で口をぬぐうと、カマローヴァに向き直った。「なんだよ、カマリッツァ?」

「別に。もう行けば……」

「あ? お前、調子こいてんじゃねえぞ……」アントンは頭にくるような笑い方をした。と、左側の前歯が二本欠けているのが見えた。一本は全然なくなっていて、もう一本は、小さな三角形の名残が突き出ていた。

「基地に有刺鉄線を投げ込みやがったのはお前らだな?」

カマローヴァはアントンの腕にいくつかの長い引っ掻き傷があることにようやく気づいた。細い傷で、端が裂けていた。アントンと仲間の不良どもの基地は鉄道橋の下にあった――ここから三キロほどもある、簡単には行って来れないはずだ。

カマローヴァは首を振った。

「する意味ないじゃん」

「嘘つけ、チビ。お前ら以外あり得ないんだよ」アントンはもう笑っていなかった。どんよりして、瞳孔の周りに黒い斑点がちらばっている目が、意地悪く見つめた。

「トーシャ、その子を放っておきなさいよ」オレーシャ・イヴァンナが間に入った。

アントンはハエでも払うかのように肩を震わせると、カウンターに手のひらをついて屈み込んだ。

「誰なんだよ、お前らじゃないなら?」

カマローヴァは目を伏せて、小声でつぶやいた。「チビじゃないし。クソ野郎」

アントンは身を震わせると、関節が白くなるほど拳を握りしめた。彼の父親も同じようにしてアントンを殴り、日ざらしの麦わら色をした縮れ毛をつかんで引きずり回す。アントンは血がにじむほど唇を噛みしめ、それでも黙っている。喧嘩をする時もやっぱり黙ってするのだ。

「カリンカとダーシュカがお前らを駅の橋のとこで見たんだよ。橋で何してやがった?」

「嘘ついてんでしょ、どうせ。聞かない方いいよ」

アントンはにたりと笑った。

「嘘だってのか？」

「嘘ついてるんだよ」カマローヴァは確信をもって繰り返した。

「嘘ついてるって言うんだな？　じゃあこれはなんだよ？」アントンは懐に手を入れると白いウールのプラトークを引きずり出し、カウンターに投げた。「えっ？」

カマローヴァはプラトークに目を据えた。口の中が乾き、舌にクモの巣が絡みついて上顎にはりついたように感じた。奇蹟者ニコライへのお祈りが足りなかった。それに、レンカの裸足を木の枝でぶつのも足りなかったんだ。

「え？　何黙ってんだよ、カマリッツァ？」

「プラトークが、それがどうしたっての？」ついにカマローヴァは口を開いた。

「お前の妹のじゃねえのか？」

「トーシャ、もうやめなさい、女の子たちがバカやったからって……」オレーシャ・イヴァンナがもう一度カマローヴァをかばおうとした。

アントンはまた肩を震わせて、返事をしなかった。セムリノの見知らぬ顔は興味津々でカマローヴァを見ていた。同情しているようにも見えたが、あるいは彼の腫れた唇がそう見せるだけかもしれなかった。表で犬が吠えていた。駅でエレクトリーチカのベルが鳴り、止まらずに通り過ぎた——ヴェリーキエ・ルーキかルーガ行きだ。

「どうなんだ？」アントンは二本の指でプラトークをつまむとカマローヴァの鼻先に突きつけた。プラトークにはピンクとブルーの大きなバラが描かれていた。四隅の一つが少し破れていた——つまり、有刺鉄線に引っかかったのだろう、ところがレンカのバカは、気がつかなかったのだ。本当にバカだ……アントンはプラトークを投げると、骨ばった拳を握りしめた。オレーシャ・イヴァンナの見ている前では殴り出さないだろう。カマローヴァはぎこちない手つきでカウンターからプラトークを取った。

「これはあたしの。レンカは昨日一日家にいたよ、だからあたし一人で……」

「ばれないとでも思ったのかよ？」

「ばれないと思った」静かにカマローヴァは答えた。

男の子たちはカマローヴァの兄弟姉妹にあえて手を出したことはなかった——些細ないざこざはさておき——地元の人間だったからだ。町から来た者は、容赦なくいじめた。男だったらただもう殴られたし、女の子たちも髪にゴボウのイガを投げつけられたり、スカートをめくられたり、通せんぼをされたりして、二年目にはたいていが村にダーチャを借りに来なくなるのだった。カマローヴァが一歩後ずさると、商品棚に背中がぶつかった。こうなったらアントンはあきらめっこない。もし今は何もしないとしても――後で殴るだろう。ある時彼らはスヴェートカを捕まえて洞窟に引っ張って行った――鉄道の裏手では生物学研究所からきた学生たちが岸辺を掘り返して、何か去年の貝殻みたいなものを探していた。スヴェートカは、これまでの年月に泳ぎを覚えたことがなかったので、水に入るのを怖がり、洞窟で一晩じゅう凍えていた。その後夏の終わりまで風邪をひいていた。それでカマローヴァたちは彼女を鼻水たらしと呼んでからかっていた。

「そりゃバカな考えだったな」

ドアがきしみ、アントンは振り返った。

「こんにちは、オレーシャ・イヴァーノヴナ」

マクシムだ！　カマローヴァはつま先立って彼に手を振った。マクシムはハダシと握手して、カマローヴァにうなずいてみせた。マクシムは地元の人間だったが、いつも周りから離れて行動していた。彼と同い年の者の大半は町へ行ってしまった――ある人は勉強しに、ある人は働きに。ところが彼は勉強しに行かず村に残って、線路巡視人の職に就いたのだ。彼は背が高く、肩幅が広くて、ハンサムで、ほかの連中と違ってほとんど酒も飲まなかった。それだけに、彼が村を出て行きもせず、巡視人と別の仕事に就かなかったのは不思議だった。村の女たちは、マクシムはいい人だけれど、まるで人生からなんにも欲しくないみたいだと言っていた。彼に、どうしてこういう道を選んだのかと訊ねても、黙って返事をしないか、冗談ではぐらかすかのどちらかだった。

「〈ベラモール〉を一箱くれるかい」

カマローヴァはオレーシャ・イヴァンナより先にタバコ棚の方へ飛んでいくと、ストックから白と青の正方形を素早くつかみ取ってマクシムに差し出した。彼は受け取ると箱を開けて、タバコを一本取り、フィルターをしばし揉んでから、火をつけないで口に咥えた。

「あなたたち、こんな安タバコで体を害するなんてもの好きね」オレーシャ・イヴァンナがうすく笑った。

マクシムは微笑んだ。

「あんたは賢いけどね、オレーシャ。ごくあたりまえのことが分からないんだな」

カマローヴァは笑い出したが、アントンの意地の悪い目つきに出会って静かになった。

「いいさ、カマリッツァ。後で話そうぜ。じゃあな、マクス」

アントンはマクシムが伸ばした手を軽く叩くと、オレーシャ・イヴァンナにウィンクをした。彼女はもの思わしげに指に巻き毛を巻きつけていた。セムリノの見知らぬ顔が横向きになって閉まりかけたドアを通り抜けて行った。駅でまたエレクトリーチカのベルが聞こえ、レールがにぶく音をたてた。

「ほら、がたがたいってる。夏にはああいう風に音をたてなかった」

「それはなんで？」

マクシムはカマローヴァを見て、すぐには答えなかった。

「金属が熱で膨張して、レールの継ぎ目が密になるからだよ」彼は唇からタバコを引き抜くと、もう一度フィルターを指で揉んだ。「今日お前の父さんを見たよ」

「酔ってたでしょ、違う？」

「まあ……」

マクシムはなおしばらく立っていた。まだほかに必要な買い物はなかったか考えるように、手をジーンズのポケットに突っ込んだ。カマローヴァは後ろを向いて、棚の何かを整え、床に落ちていた定価票を画鋲で止め直した。

「駅に貨物列車が着いて、三百も車両があるよ……」

カマローヴァは素早く振り返った。

「ほんとに!?」

「本当だとも。明日の朝来なよ、自分で見たらいい」

「明日までに出ちゃわない？」

「どこへも消えたりするもんか……」

マクシムはオレーシャ・イヴァンナに目を向けた。彼女は自分の椅子に座って、貧乏ゆすりをし、何か分からぬことのためにうすく笑っていた——この女がどうして皆の気に入るのだろう？　二人の既婚男が彼女の元に通っていたのをマクシムは記憶している——村じゅうがそのことを知っていた。片方の男の妻は店に駆け込んできて叫んだのだ、オレーシカはヘビだ、売春婦だと。そしてカウンターから砂糖の包みをひったくると、彼女の鼻面に投げつけたのだった。

「明日見に行く」カマローヴァは言って、同じようにオレーシャ・イヴァンナを振りかえった。

「行きなさい、行きなさい。列車を見てらっしゃい。その代わり、十二時までに店に来てちょうだいね」

　昼食の後は買い物客が多くなり、五時半の閉店間際には、長くはないものの列が出来たので、カマローヴァはオレーシャ・イヴァンナの手伝いに駆け回りながら、危うく自分の上にパンの木箱をひっくり返しかけたほどだった。最後の客を送り出すと――それはカマローヴァの知らぬ若者だったが、おそらくこれも、昨日のサッカー試合を見にセムリノかスサニノから来た人だろう――オレーシャ・イヴァンナは赤いサビに覆われた大きなかんぬきでドアを閉めた。

「どう、疲れた、カーチャ？」

「ううん、そんなには」カマローヴァは腕を持ち上げて、伸ばした。膝の関節がしくしくと痛んだ。

「明日は行って、例の列車を見ておいで。ここへは十二時までに来てね、それまでは一人でこなしとくから」オレーシャ・イヴァンナは濃くマスカラを塗ったまつげを振り上げてウィンクをした。

　カマローヴァはポケットに手を突っ込んだ――ポケットの中には何もなかった。朝、遅刻しまいと息せき切って出かけたので、お手製のタバコを持ってくるのを忘れたのだ。タバコは部屋のテーブルの上だった。ということはつまり、レンカが、全部吸ってしまっただろう……。

「オレーシャ・イヴァンナ……」

「まだ何か？」

「〈ベラモール〉、一本だけもらってもいい？」

「そんなのどうするの？」

　店にはいつも、懐の寂しい人に特別にばら売りしてやるために、開封された〈ベラモール〉か〈プリマ〉*の箱があった。オレーシャ・イヴァンナは、そういう時は確かに気前のいいところを見せて、気に入る男には一本めぐんでやるのが常だった――男たちはこのことを心得ていて、店を覗くこじつけの理由をこしらえていた。カマローヴァは答えず、もじもじしながら立っていた。オレーシャ・イヴァンナはため息をつくと、棚から開いたタバコの箱を取って、彼女に差し出した。

「いいわ、取んなさい……ほら、取んなさいよ。でも二十コペイカ引いておくからね。そのプラトークも持って行って、肩をくるんでね。表はもう冷えるから」

　裏口から店を出ると、カマローヴァはマッチを頼むのを忘れたのを思い出した。しばらくタバコを指の間でくるくる回すと、ポケットにしまい込んだ。太陽はまだ高かったが、日光は秋らしくうすぼんやりとしていて、確かに少し寒そうだった。カマローヴァは体をすくめ、ぴっちりとプラトークにくるまった。レンカめ……いつもは茂みの中を這い回ってるのに。でも慌ててたから、道を走って行ったんだろう。で、アバズレの姉妹がレンカを見て、ハダシに知らせたわけだ……あいつらの家の窓全部を豚のクソで塗りつぶしてやりたい。おばあちゃんは、「ここにはアバズレでろくでもない人間が住んでいます」って皆に知らせるために、昔はドアと窓にそうして豚のクソを塗ったものだと言っていた。カマローヴァは目抜き通りを横切って、路肩沿いの小道をのろのろと歩きだした。誰かが彼女に呼びかけた――カマローヴァは立ち止まらず、歩調を早めた。

「おい待てよ、カマリッツァ！」

カマローヴァは走り出した。

「待てって、おい！」

スタスは素早く追って来て、前へ走り出ると、長い腕を両方に伸ばし、牛が角で突こうとするみたいに頭を突き出して立ちふさがった。灌木の茂みに飛び込んで、どぶを越えて、それから側道へ……彼女はわきへ小さく一歩踏み出した。スタスは、まるでカマローヴァを引っつかまえようとするかのように体を動かした。

「待ってったら。何もしやしない」

「何の用？」

「だから何でもないって」

「それならなんで走ってきたのさ？」

彼は黙って、ひそめた眉の下からじろりと見た。オオアワガエリの長い茎をくちゃくちゃ噛んでいた。村の少年の中でスタスだけがタバコを吸わなかったからだ。細長い穂先が空中で右から左へ、上から下へ揺れていた……

「お前、女にしちゃ足速いな」

「用は何？」

「何でそうしつこいんだよ、『何、何の用』って……」

スタスは、どうやら、たった今タチヤナの家から帰るところらしい。セルギイは向こう岸に住んでいるし、それにタチヤナはすぐに帰したりせず、まずはお茶をたっぷり飲ませるだろうし。良い人だから、タチヤナは。

「聞けよ、カマリッツァ……」

＊　一パック十四コペイカと安価ながら質は良いという評判で、〈ベラモールカナル〉と並んで人気を博した大衆向けのタバコ。

「何をさ？」

「またそれかよ？」オオアワガエリをぷっと吹きだすと、彼はまた黙ってじっと見つめてきた。

「その手、下ろしてよ。何バカみたいに突っ立ってるわけ？」

スタスは言われた通り手を下ろし、大きな指を擦り切れた革ベルトに突っ込んだ。

「なあ、カマリッツァ……ハダシが、お前ら二人共の頭を引きちぎっちまうぜ」

アントンとつるんでいる連中は、普通は彼のことを〈ハダシ〉とは呼んでいなかった。アントン自身このあだ名をひどく嫌っていて、それというのも、このあだ名が、ある時アントンの父親が彼を下着とシャツ一枚で水の中に追い立てた時についたものだったからだ。その時はもう十一月になっていた。木々が雨のぱらつく空に黒い枝を伸ばしていた。仲間の誰が最初にアントンをハダシと呼んだかは、もうだいぶ前に忘れられたが、あだ名は以来アントンにぴったりとはりついてしまった。

「知ってるよ。で、それが何？」

「お前は何も分かってないんだよ、カマリッツァ」

「じゃ言ってみなよ！」

スタスは唇を噛むと、さらに低く頭を下げた。

「どう？　言う気あんの、ないの？」

「なあ、カマリッツァ……」

「あたしはカマリッツァじゃない。あたしはエカテリーナだよ。聖エカテリーナのしもべなの、分かった？」

「分かったよ」スタスは頭を下げたまましぶしぶ答えた。

カマローヴァは彼の方に歩み出た。

「通してよ」

スタスは彼女を通してやりながら後ろへ下がった。カマローヴァは川に向かって傾斜している狭い小さな道にそれると、塀の柵と、夕方らしい濃い梢の影の向こうにじきに見えなくなった。スタスはなおしばらく立っていたが、向きを変えると駅の方へ歩き出した。まったくなんて頑固な奴——ひと言も言わせちゃくれなかった。彼は道端からオオアワガエリを摘むと歯の間で噛みはじめた。「聖エカテリーナのしもべ」だと！　腹が立った。こっちはあいつと人間らしく対等にしてやってるのに
……

川から涼気と、ヘドロの臭いが漂ってきていた。カマローヴァは長い橋に続く、木でできた小さな階段を注意深く降りていった——水位が高く、そのため橋はまるで

川の上に浮いているようだった。カマローヴァは膝を抱えてざらざらした橋板に座った。川は黒く、シェークのように濁っていた。川の真ん中で、小さなじょうごがいくつかくるくると回っていた。その場所は深みだと言われていて、土地の人間さえあえてそこで泳ごうとはしないのだった。いつだったか、カマローヴァは下着を洗っていたおりに足を滑らせて水に落ちた。水の流れは思いがけないほど速く、深みへと押し流された。赤い粘土と砂の層からできた反対側の岸は、ツバメたちによって全体穴だらけにされていた。この穴からもその穴からも、ひっきりなしに雛の黒い小さな頭が現れて、何かピイピイ鳴いたかと思うと、すぐまた元通り身を隠したりしていた。

「なーに、そんなとこに座ってんの？」

振り向くと、どこかからの帰りらしいレンカが、河川敷の茂みをかき分けて出てきた。髪の毛はぐしゃぐしゃで、あっちこっちにはね、からからに乾いた小さな茎や葉っぱが絡みついていた。

「ね、何してるのお？」レンカはまたそう言うと鼻をすすった。

「座ってるの」

「あたし、カーチャじゃないかもって思った」

「ほかに誰がいるのさ」

去年二人はここでルサルカを見た。裸の女の子が腰まで水に浸かって、橋に肘をついて、スイレンの首飾りを作っているところを見たのだ。普通の女の子とまったく同じように（カマローヴァ自身、レンカにそんな首飾りを何度も作ってやったものだ）――茎を爪の先で少しだけぽきんと折って、ただし、うすいけどしっかりした皮は残すようにして、とっかかりをつける。ほんの少し茎を下に引っ張る――皮は簡単に茎から剥がれる――それからぽきん、引っ張る、左右交互に。こうしてスイレンは、きちんとした緑色のネックレスになる。ルサルカはネックレスを作り終えると、首にさっとかけて、しばらくの間水鏡に自分を映して眺めた後で、笑いだして水の中に消えた。

「あたし、ほら……」

レンカはポケットの中をちょっと手探りして、お手製のタバコとマッチ箱を引っ張り出すと、カマローヴァに手渡した。カマローヴァは肩からプラトークを引き下ろすと、拳の中にくしゃくしゃに丸めて、レンカの顔に突き出した。

「これは何！」

「あっ、あたしのプラトーク。どこで見つけたの？」

カマローヴァはレンカからタバコをひったくると、マッチで火をつけはじめた。スイレンの花はだいぶ前に散って、水面に揺れているのは円い形の葉だけだった。

「なんだよお、カーチ？」

「そういう口のきき方すると、おでこに一発くらわすよ」

「あんで？」

カマローヴァは手を振り上げてレンカにびんたをくらわせた。レンカは飛び下がって、縮こまり、顔を手で覆った。

「あんたね！　あたしたちがこのプラトークのせいでどうなるか分かってんの？」

「ううん……」レンカは鼻をすすって、顔から手を外した。「あいつらが何かするの……？」レンカはそろそろと落ちたプラトークを拾うと、肩をくるみ、端っこを胸の前で結んだ。

カマローヴァはため息をついてそっぽを向いた。誰にも無関心な川は、何か独特のざあざあいう音をたてながら泡立ち、棒や、木くずや、葉っぱなどを回転させ、ルーガまで押し流していた。ルーガから先は、湾へと。カマローヴァが落ちた時も、川は同じようにたやすく彼女を呑み込んだ。もし濡れた衣服の重みがなかったら、回転させ、弄びながら押し流していただろう。カマローヴァはまだ吸い終わっていないタバコを川に投げ捨てた。水はタバコを回転させて、向こうへ運び去った。

「レンカ……」

「なん……どうしたの？」

「あんた、本気で町に出て行きたいの？」

「もち……」

「町で、誰があんたに用があるっての？」

「町の人と結婚して、出て行くもん」

カマローヴァは少し黙った後で、靴と靴下を脱ぎ、橋の端に腰かけて、足を水にひたした——すぐに膝まで両足の感覚がなくなった。カマローヴァは足の指を動かしてみたが、動かせているのかいないのか、分からなかった。

「町の人と結婚、ね……きれいなパンツも持ってないくせに」

「持ってるもん」レンカは鼻をすすった。「風邪ひかないでね。んなとこに座ってさ……」

カマローヴァは手で体を持ち上げると、水から足を引き抜いた――冷たい、夕方の空気が突然熱く感じられはじめた。彼女は素早く靴下をはき、靴をはいた。

「また汚い言葉遣いしたね」

「ちゃんと言ったもん……」レンカは言い直した。

「あんたはバカだよ、どっちみち」

「しょうがないじゃん……交換できないし」

レンカの言葉が突然おかしく思えたので、カマローヴァは笑い出した。レンカも自分の言葉のおかしさに気づくと、二人は長い間、お互いの腕につかまりあいながら笑っていた。笑いやめてはまた笑いはじめ、長距離走の後のように息が切れるまで笑っていた。

帰り道で大きな回り道をして、消防詰所までたどり着いた――古い、だいぶ前に取り壊された詰所で、残っていたのは基礎と二枚の壁、そしてペチカの煙突だけだった。二人はキクイモを掘り起こした。キクイモはすでに花を終えていたが、花弁の長い金色の花が細い茎のところどころにまだ揺れていた。イモの部分は、レンカのスカートの裾で丁寧に拭いてから、すぐに食べ尽くした。冷たくて、カリカリしていて、少しだけ甘味があった。レンカはしゃがんで地面をしばらくほじくり返し、さらにもういくつか小さなキクイモを引っ張り出した。

「埋まってたところに置いときな……」

「使えるよ。チビたちにあげよう」

「戻しなって……春には育つから」

レンカは残念そうにキクイモを見やり、手のひらの上で転がした後で、元通り穴を掘って埋めると、土をぽんぽんと叩いた。

家に帰ったのは、もう暗くなってからだった。手すりをまたいで腰かけ、両脇に脚を垂らして、ポーチのところで父親が帰りを待っていた――レンカもよく同じように座っていた。父親の前に半分空になったビール瓶があった。姉妹を見ると、父親は少しラッパ飲みをして、ぎこちない動きで脚を外すと手すりから降りた。立ち上がって、よろめきながらドアの取っ手につかまった。父親は背が高く、若い頃はハンサムだった。今も髪はふさふさとして白髪もなかったが、顔はやつれて、全体がしわと、赤みがかった小さなできものから出来上がっているかのようだった。レンカは後ずさりをはじめ、姉の背中の後ろに隠れた。

「ぶつんだ」レンカがひそひそ言った。「だってあたし、あのお金……」

手すりに両手でつかまり、足を横向きにして、父親が慎重にポーチを降りはじめた。レンカはカマローヴァの手にすがって、引っ張った。カマローヴァは一歩後ろに下がった。

「待ってな……」

「ぶつんだよ」さらに小さくレンカは繰り返して、いっそう強く手を引いた。

「だから待ちなって……」

カマローヴァは立ち尽くし、なぜかぼんやりと父親を見つめていた。目の前に、オレーシャ・イヴァンナの脚の赤いあざが浮かんで、消えた。レンカの声が、まるで濃い霧の向こうからのように聞こえた。

「カーチ！」

カマローヴァは霧を払うために頭を振って、向きを変え、木戸のかんぬきに手をかけて——間違った方向に動かしてしまった。木戸が閉まった。邪魔をしたり、木戸を揺さぶったりしていたレンカが、突然どこかへ消えた。父親が片方の手でレンカの細い首を、もう片方の手で肩をつかんで、無理やりわきへ引きずっていき、塀の柱に頭を打ちつけた。カマローヴァはかんぬきをぐいと引っつかんだ。かんぬきはざらざらした感触で指の上を滑り、木戸がきしみはじめた。足で蹴るといっぱいに開いた。

「やめて！　父ちゃん、やめて、痛い！」手から抜け出そうとしながら、レンカが甲高い声で言った。

レンカの顔の半分は血に覆われ、大きく見開いた眼は夕闇の中で真っ白く見えた。ロルドが小屋から飛び出してきて、鎖の音を跳ね上げながら吠えはじめた。父親はレンカの肩をぐいと持ち——カマローヴァには、レンカの足が何秒間か地面から離れたように見えた——くしゃくしゃの髪をつかむと、向きを変えてもう一度塀に頭を打ちつけた。レンカがヒンヒン言った。カマローヴァは父親に飛びつき、全身の力を込めて父親の背中を叩いた。

「離してよ、殺す気かよ。離せ、この悪党！　死んじまうよ！」

父親はしばらくの間揺れ、塀にレンカを押しつけながらのしかかった。それでももう手は離していたから、カマローヴァはレンカの腕をつかんで、自分の方へ引き寄せた。父親がカマローヴァの腹に肘打ちをくらわそうとしたが、カマローヴァが身をかわしたので外した。カマローヴァは、突然恐ろしいほど重たくなったレンカを自分の後ろに引きずりながら、木戸に走って行った。草が足の下でかさかさと音をたてた。振り向くと、父親は追いかけてはこずに、塀に背を持たせかけて身動きせず座っていた。

中央道に人の気配はなかったが、それでもカマローヴァたちは小道に降りて塀沿いを行った。塀の向こうはもう静かで、ただたまに、人の足音や、どこかの犬の鳴き声や、塀の上にじっと座っていた猫が灌木の中へ飛び降りた音などが聞こえていた。レンカは時々よろめきながら、腕組をして、低く頭を下げて歩いていた。そのために、絡み合った髪の毛が顔をほとんど全部覆い隠していた。レンカは時おりかすかな声ですすり泣いていた。

「泣くんじゃないよ」カマローヴァはレンカにシッと注意した。「静かにしな」

二人は狭い道を曲がり、教会が建つ小さな丘を迂回した。暗闇の中で教会はほとんど見分けられず、ただ十字架のある黒いシルエットがじっと立っているだけで、まるで空に黒いインクで絵を描いたようだった。教会の後ろから小さな道がゆるやかに川へ下っていた。カマローヴァはレンカの手を引き、顔に垂れ下がってくるアシの穂を払いながら、慎重に進んで行った。アシの茂みの中で何かがひっきりなしにかさかさと音をたてていた。眠りをさまたげられた鳥が突然細い声で叫びはじめ、姿を見せないまま茂みから飛び上がった。足元は滑りやすかった。放牧からの帰りに雌牛がよくこの道を使うので、湿った地面が幅の広い蹄で踏みしだかれてぬかるんでいるからだった。岸まで行きつくと、二人はしゃがんだ。カーチャは、手のひらで冷たい、水草の臭いのする水を掬い、レンカの顔に少し注ぎかけた。

「つめたい！」レンカが金切声で叫んだ。

「我慢しな……こんなツラしてちゃどこへも行けないよ」

「つめたいよう」レンカは繰り返してすすり泣きはじめた。

「泣くなって。結婚式までには治っちゃうから」

レンカは唇をぎゅっと引き結び、全身を震わせてもう一度かすかにすすり泣いた。それから突然、大きな、尾を引くような声で吠えた。カマローヴァはレンカの肩をぐっとつかむと、きつく自分に引き寄せた。レンカが濡れた顔をカマローヴァの首に強く押しつけたので、襟首からレンカの温かい涙が流れ込んできた。カマローヴァはレンカを引っ張って立ち上がった。そして二人は抱き合いながらしばらくの間立っていた。それからゆっくりと、アシの茂みをやっと抜けながら、来た道をのろのろと戻りはじめた。

セルギイのところへ行くのは遠かった。駅の方向へさらにもう少し歩き、川の高い岸にかけられた木の橋を越えて、そこからさらにもう二キロ——このあたりは良く知らないし、昼間でも迷わない自信はなかったから、一本道なのがありがたかった。レンカはやっと落ち着きを取り戻し、黙って歩いていた。一歩ごとに靴の中で小さくぴちゃぴちゃ水音がするのだけが聞こえていた。

「レンカ……」

「なに？」

「痛む？」

「うん、まあ……」

歩きついた時には暗闇がもう濃くなり空に黒雲がたち込めて、また細かい雨が降りはじめた。カマローヴァが木戸のかんぬきをぐいと持つと、反対側から小さな鎖ががちゃがちゃ音をたてた。寝ぼけているらしい犬がにぶい声で吠えた。

「ほんとにここ？」

いつだったか、マリヤおばあちゃんがまだ生きていた頃、カマローヴァは散歩に夢中になりすぎ、暗くなってから家に歩きついた——おばあちゃんは、古い風呂用のほうきからむしり取ったしなやかな細い枝を何本か握りしめてポーチの階段に立っていた。そしてカマローヴァがポーチを上がって行くと、全身の力をこめて足を鞭打った。その後で、カマローヴァがもうベッドに横になっていた時、おばあちゃんは静かに部屋に入ってきて、そばに座り、おでこに、ごわごわした、もう震えはじめていた手のひらを乗せた——死ぬ少し前から、おばあちゃんの手は何のせいかひどく震えていた——カマローヴァはとっさに頭まで毛布をかぶったが、おばあちゃんはこう言いながら、毛布越しに頭を撫で続けていた。「許しておくれね、カーチャ。バカなおばあちゃんを許してね」

「待ってな。鍵がかかってる……」

カマローヴァは隙間から手を差し込めるように木戸を自分の方へ引き寄せると、小さな鎖を手さぐりで見つけ、上へぐいと持ち上げてフックから引き抜いた。犬がまた吠えたので、カマローヴァはざらざらした木の板に頬を押しつけた姿勢のまま固まった。

「なに、どう？……うまくいった？」我慢できずにレンカがささやいた。

「ちょい待ち……」

カマローヴァは木戸を少しだけ開けると、レンカの手を引いて、中へ入って行った。雨のさらさらいう音が二人の足音をかき消した。二人は小道づたいに家屋へ素早く走って行った——最近ペンキを塗られたばかりで、何やら渦巻きと葉っぱのようなものが描かれたドアと玄関マット、ポーチの階段の上二段を照らしながら、小さなランプが灯っていた。カマローヴァはレンカを離すと、ドアに飛びついて両手で叩きはじめた。握った拳がすぐに痛くなった。

「ターニャおばさん！　セリョージャおじさん！　あたしたち！」

とうとう犬が目を覚まして、低いバスで吠えはじめた。

「ターニャおばさん！　セリョージャおじさん！」

ドアの向こうで急ぐような足音が聞こえ、鍵がカチャリと音をたて、敷居のところに、かかとまであるネグリジェを着たタチヤナが姿を現した。いつもはお下げに編まれてプラトークに包まれている髪はほどかれ、波打つ暗い赤毛が腰のところまで垂れ下がっていた。カマローヴァたちを見ると、タチヤナは静かに「あら！」と言って、驚きのあまりまん丸く開いた口を手のひらで隠した。それから素早い動きでカマローヴァたち二人共の肩をつかみ、玄関に引き込んだ。

「いったいどうしたの！　何てこと！」先へ、台所へと引っ張っていきながら、二人が夜のじめじめした暗黒の中へ戻ろうとしていると思うかのように、タチヤナは二人をしっかりとつかまえて、とぎれとぎれの言葉を叫んでいた。

「ターニャおばさん……あたしたち脚が汚れてるの。汚しちゃうよ」

カマローヴァはレンカに目をやった。腕も、脚も、顔も、すでにもう乾きはじめた汚れにまみれていて、スカートは破け、つむじのそばには深い傷がひろがっていた。自分にしても、レンカよりましとは言えなかった。ところでニンカはあの悪魔のことを、タチヤナが赤毛だということから考えついたんだろう——赤毛には不浄の力がつきものだと言われているから。タチヤナは台所で金だらいを棚から引っ張り出したり、それに水を張ったりして奮闘していた。カマローヴァはあたりを見回した。台所はカマローヴァの家のものよりも小さかったが、きちんと整頓されており、刺繍のあるナプキンやいろんな雑巾類があちこちに置かれていた——頻繁に、かつ注意深く洗われ、アイロンがけされているのが見てとれた。コンロのまわりに水の入った深皿と、子猫のための小皿があった。小皿も同じように清潔で、どうやら、タチヤナは子猫が食べる度に毎回皿を洗っているようだった。

「カーチャ、手伝ってちょうだい」

カマローヴァは言われた通り飛んで行き、金だらいの一つを台所の真ん中に引きずり出し、タチヤナの手からティーポットを取ってコンロに置いた。レンカは膝を折り曲げ、体を小さく丸めて椅子に座っていた。

「うちの人は留守なのよ……朝クロヴィツィに出かけたの、明日にならないと戻ってこないわ」

ポットの水が湧き出すまでの間に、タチヤナはパイル地の大きなタオルを何枚かと、ウールの靴下を二組、それからシャツを二枚持ってきた。それからカマローヴァたちの服を脱がせると、冷ましてもまだ熱すぎる湯を上から流しかけながら、二人を金だらいの中で洗った。お湯が傷にかかると、レンカは「いたっ」と言って頭を振った。それでもタチヤナは動ぜず、丁寧に二人の全身を洗うと、青臭いツンとした臭いのする軟膏を塗りつけた。それから姉妹をタオルで暖かくくるみ、キャベツと卵のピローグ、それに木苺のジャムを織り込んだ輪っか型のパンをつけて、お茶を飲ませた。自分は頬杖を突いて向かい合って座った。セリョージャがいなくて残念だわ、あの人ならこの子たちと話ができたのに。あの人はいつも慰めの言葉を見つけてくれる。あの人のおかげで、村のほとんど半分が教会に通うようになったくらいだもの。タチヤナはため息をついた。森の中でサンカノゴイが泣いているような声で鳴きはじめた。レンカは細い首を伸ばして耳を澄ませた。

「不幸の知らせで鳴いてるんだ……」

タチヤナは大きく十字を切った。

「何を言うの、レンカ、とんでもない！　そんなことあるわけないでしょう？」

テーブルクロスも、窓に下げられたカーテンも同じようにきれいで、ひとつの染みもなく、新品同様だった。カーテンの向こうに、陶製の植木鉢に入った赤いゼラニウムが、何本か透けて見えていた。カマローヴァはタチヤナを見やった。タチヤナも同じように清潔だった。親父なら「虫唾が走る」と言いそうなくらいの清潔さだ。

「ターニャおばさん……そのクロヴィツィって遠いの？」

タチヤナは肩をすくめた。

「近くはないわ……」

「たぶんエレクトリーチカも通ってないよね」

「神様のお言葉はどこでも必要だもの、だからうちの人が行くの……そう、エレクトリーチカは通ってないけど、よくあることだし……そこまでは遠くないもの……」

　彼女はまたため息をつくと考えはじめた。セルギイは自由な時間には聖書を読むか、絵を描くかして過ごすのが常で、彼女はそばに座って刺繍をするのだった。言葉を交わすことはあまりなく、会話らしきものと言えば、夜に三度十字を切って、いい夢を、と言うくらいのものだった。レンカはジャム入りパンの最後の一切れを口に突っ込むと、指先を舐め回した。上のカマローヴァは黙って窓の向こうを眺めていた。闇の中に何かを見つけようとしているみたいに。ほら――神様はあの人たちに子供を与えた、でも、なんであの人たちに？　タチヤナは指でクロスの端を引っ張った。神様はあの人たちに子供を与えなさった……

「ターニャおばちゃん……」レンカは椅子の上でもじもじした。

「どうしたの、レーナ？」

「おばちゃんは、町に行ったことがある？」

　カマローヴァはびくっとして、ちらっとレンカを見やった後、また後ろを向いた。

「一度もないわ」なぜかどぎまぎして、タチヤナが答えた。「スサニノより先へはどこへも行ったことがないの……でもスサニノはきれいなところよ、教会は古くてね、『聖徒の信仰、希望、慈善、そして母親のソフィア』のイコンがあって、それに大理石の聖像入れと……」

「へーえ、そうなんだ」レンカはうなずいたが、興味がないのは明らかだった。カマローヴァはもう一度レンカの耳をぶってやりたくなった。

　タチヤナはペチカの寝床に二人を寝かせた。セルギイの家は新築だったにも関わらず、巨大でどっしりした正真正銘のロシア式ペチカがあった。暇な時にセルギイはペチカと、炉のぐるりと、煙突とアーチに絵を描いた。奇妙な獣や鳥が、するどい足で、積み上げられた小枝や葉っぱに鎮座していた。壁には、まん丸い緑色の目と、輪をかくしっぽのある赤毛の猫を描いた。ペチカが暖められていたので、部屋は暑かった。もうペチカを焚いても良い頃だと決めて、タチヤナは朝早くに火を入れたのだった。実のところ、毎日でもペチカを焚くことができて、ペチカで料理もできるというので、彼女はいつでも寒くなるのを待ち望んでいた。ガスコンロにはどうしても慣れることができなくて、うまい具合に料理が仕上がらないからだった。カマローヴァはうすいウールの毛布の下ですっかり体を伸ばした。家の中は静かになり、台所でタチヤナが何度か金だらいのにぶい音をたてるのだけが聞こえた（彼女は夜家の中が片付けられていないままなのが嫌いだった）。レンカは枕に突っ伏して、壁のそばに寝ていた。かすかにいびきをかいていた。しばらくしてからカマローヴァは何か重たいものが寝床に飛び上がったのを聞きつけた。寝床に姉妹がいるのを見つけたタチヤナの猫が、そろりそろりとそばを通り過ぎて行くところだった。猫は、ひげと湿った鼻でくすぐりながらカマローヴァの顔を嗅ぎ、何度か頬に頭を押しつけた。カマローヴァは、毛布の下から手を出し、ふっくらしてふさふさに毛の生えた脇腹を撫でた。

「いい子、いい子だね」喉に塊がせり上がって、大声で――本当に大きな声で、レンカみたいに泣きじゃくって――泣きたくなるのを感じながら、カマローヴァはささやいた。「いい子、いい子、やさしい子だね」

猫はなおしばらくの間あちこち体を動かし、もう一度カマローヴァの顔や首に頭を押しつけたあと、ぎこちなくカマローヴァを飛び越えて足元へ寝に行った。カマローヴァは寝心地の良いように少し動いてから、目を閉じた。すると突然今日一日がとてつもなく長く、とてつもなく遠いものに感じられた。まるで今日あったことはすべて自分たちに起こったのではなく、誰かほかの人に起こったことでもあるかのようだった。

3

まだ日も昇らぬうちに彼女は目を覚ました――レンカは、毛布で頭をすっぽり覆って、まだ寝ていた。カマローヴァは寝床から足を垂らすと、手で体を持ち上げて床に飛び降りた。裸足のかかとが床で静かに音をたてたので、レンカが夢の中で何やらもごもごと不平を言った。カマローヴァはつま先立って台所へそっと入って行き、飲み物もなしで昨日のピローグの残りを平らげ、それから大急ぎで顔を洗った――洗面器の中の湯は、夜のうちにすっかり冷めていた。姉妹の服が椅子の背にかけてあった。タチヤナは裾を洗い、ほころびをつくろってくれていた。カマローヴァは素早く服を着て、靴に足を突っ込んだ。タチヤナは、きっと、まだ寝ているだろう。起こさない方がいい。セルギイはクロヴィツィに――カマローヴァは笑い声を立てないように手のひらで口を覆った。クロヴィツィだって。なんだか、変な名前……。窓の向こうの空は濡れ布巾でこすったみたいにきれいで、地平線はバラ色になっていた。カマローヴァは静かに家の中を通り抜け、庭へ出ると、犬小屋のそばを通り過ぎた。表に体をはみださせ、脚の上に頭を乗せたでばかでかい毛むくじゃらの犬が寝ていた。カマローヴァを嗅ぎつけると、犬は少しだけ目を開けたが、すぐにまた目を閉じた。村では犬の名前といえばシャーリクか、ドゥルジョークと決まっていた。カマローヴァ家の犬だけはロルドだった――母親が考えだしたのだ。

「シャーリク……」カマローヴァはひそひそ声で呼んだ。

犬は反応しなかった。

「ドゥルジョー……ク」

犬はため息をつき、再び目を開けると、頭をもたげた。

「ドゥルジョー……ク、いーこ、いい子だね……」

村の人々は遅くに起きだすのだった。日の出とともに起きるのは、雌牛やほかの家畜を飼っている人だけだったし、そういう人は減る一方だったからだ。今では村の大半の人が勤め仕事をしていた。夏の間は別荘貸しをして、それで得られた三カ月分の賃料と、自家菜園の保存食をうまいことやりくりして、残りの全部の月をやり過ごしていた。カマローヴァ家も同じように、何年かは家の二階を別荘族に貸していた、スキャンダルが持ち上がるまでは。飲みすぎた父親が二階を借りていた女の子（町から来た女子学生だった）に絡んだので、女子学生の彼氏が父親の鼻面をぶん殴り、階段から突き落としたのだ。すぐ次の日に彼らは別のところに移っていった。以来、空き部屋を貸しに出すべきじゃないかと母親が言いはじめると、父親は怒鳴りだすようになった。金輪際、家の中に町の人間を入れることには我慢ならん。連中からクソは山ほどもらえるが、もうけときたら――雀の涙じゃないか。

家々の裏手の線路をエレクトリーチカがガタガタと音を立てて走っているのを見て、カマローヴァは足を速めた。たぶん、あんなに町に出たがっているレンカは正しいのかもしれない。髪をちゃんととかしさえすれば人間らしく見えるはず、誰も村の出身だなんて言わないだろう。カマローヴァは手で頭を撫でつけたが、その拍子に何本か髪を抜いてしまい、しかめっ面をつくった。おばあちゃんは言っていた、『私のべっぴんさんたちや、今に大きくなってごらん、お婿さんたちはみーんなお前たちを待ってるよ』と。その頃まだ断然小さかったレンカは喜んでいたが、カマローヴァは『べっぴんさん』という言葉に腹を立て、ある時などおばあちゃんが炊いたセモリナ粉の粥を食べるのを拒否した。するとおばあちゃんは、カマローヴァに皿を差し出しながら言った。『ほらお食べ、お食べ、私の化け物や』。レンカはそれを聞いてあんまり笑ったので、危うく窒息しかけたほどだった。カマローヴァは足元に転がっていた石ころを蹴飛ばした。石ころは生きているみたいに道を跳ねていった。ほら、髪の毛をざんばらにしてもつれさせ、めちゃくちゃな恰好をして沼の怪物のところへ行き、言うんだ。「あたし、カマローヴァ・エカテリーナ・ミハイロヴナは、今日から聖エカテリーナのしもべなんかじゃない、ただのカマリッツァ。だからあんたたちのそばに置いて」――それから、一生森の中で暮らす……

駅にカマローヴァが着いた時には、もう完全に日が昇っていた。この村には乗客用と貨物用と両方の路線が乗り入れていた。歩道橋に上がって上から見れば、両方の線路を見ることができた。カマローヴァたちは以前、いくつ線路があるのか数え上げようと試みたが、何度も数え損ねてついに飽きてしまった。線路は数多く、合流したり、また離れたりしていた。線路の上にエレクトリーチカと貨物列車が互いに離れて停まっていた。カマローヴァはプラットホームに上がってみた。何人かの人がぼんやりとぶらついていて、ほかの人たちは木製のベンチに座っていたり、上着か何かを敷いてホームに直に腰を下ろしたりしていた。ホームの一番端で、毛のふさふさした灰色の老猫が香箱座りをしていた。カマローヴァは猫のそばにしゃがみこんだ。

「どうしたの、リューシカ、列車を待ってんの?」

猫は動かなかった。耳が聞こえなかったのだ。この老猫はカマローヴァが物心ついた時から駅に住んでいた。カマローヴァは猫を撫で、食べ物を何も持ってこなかったことを残念に思った。

「ねんね、リューシカ、ねんね」

猫は喉を鳴らすと耳をぴくぴくと動かした。カマローヴァはもう何度か、日の光に色あせたような灰色の背中に指を滑らせた。

「すっかりおばあちゃんになっちまったね、リューシカ……」

覚えのある声がカマローヴァの名前を呼んで、カマローヴァは振り返った。大きく手を振りながら、マクシムがプラットホームを歩いてきた。カマローヴァは立ち上

料金受取人払郵便

綱島郵便局
承　認
2035

差出有効期間
2022年12月
31日まで
(切手不要)

郵便はがき

223-8790

神奈川県横浜市港北区新吉田東
1-77-17

水声社 行

御氏名(ふりがな)	性別 男・女	年齢 才
御住所(郵便番号)		
御職業	御専攻	
御購読の新聞・雑誌等		
御買上書店名	書店	県 市 区 町

読　者　カ　ー　ド

求めの本のタイトル

求めの動機

新聞・雑誌等の広告をみて（掲載紙誌名　　　　　　　　　　　　）

書評を読んで（掲載紙誌名　　　　　　　　　　　　）

書店で実物をみて　　　　　4. 人にすすめられて

ダイレクトメールを読んで　　　6. その他（　　　　　　　）

本書についてのご感想（内容、造本等）、編集部へのご意見、ご希望等

注文書（ご注文いただく場合のみ、書名と冊数をご記入下さい）

[書名]	[冊数]
	冊
	冊
	冊
	冊

e-mailで直接ご注文いただく場合は《eigyo-bu@suiseisha.net》へ、ブッククラブについてのお問い合わせは《comet-bc@suiseisha.net》へご連絡下さい。

がると、裾を払い、手を振り返した。マクシムは近寄ってきて、男同士がするように、カマローヴァの手を握った。

「どうだい、カーチャ……列車を見に来たんだな？」

「まだ行っちゃってない？」

「どこへ行くもんか……」マクシムは指で首筋を掻いた。「長いこと停まってるんだよ、操車場にね。あれこれすることがあるからな……」

「そう……」

マクシムはポケットを叩くと、忌々しげに顔をしかめた。

「タバコがないな。昨日全部人にやっちまったから」

カマローヴァは自分のポケットから、昨日オレーシャ・イヴァンナにもらった一本のタバコを取り出した。よかった、タチヤナがタバコに気づかなくて。面倒なことになっただろうから。

「あげる」

「こいつは、ありがとう」

マクシムはタバコを受け取り、吸い口を指で揉むと、歯の間に挟んでライターで火をつけた。満足そうに深く煙を吸い込んだ。

「助かったよ、カーチャ……」

カマローヴァは顔が赤くなったのを感じて、頭を垂れた。プラットホームのアスファルトは古く、そこかしこが剥がれ、灰色のコンクリート板が見えていた。継ぎ目から、みっちりした明るい緑色の苔が育っていた。皆がこの苔の上を歩き回り、踏みつけにしていたが、それが苔にどうということもないので、ますますこんもりと育っている。

「じゃ、行くとしようか？」

カマローヴァたちは前に別の男の子たちと、貨物列車を見に操車場に忍び込んだことがある。駅の職員に追いかけられて、ある別荘族の男の子の一人が、連結部によじ登ったかどで警察に送られるはめにまでなった。両親は彼を罰して、「村の子」たちと遊ぶことを禁じた。近くから見ると、貨物列車は、恐ろしい面構えをした巨大な、睡眠中の動物に似ていた。焦げと、塗料と、挽き立ての木の香りが漂ってきた——町の方に運ばれる貨物は、大部分が針葉樹の木材だった。木の香りに、防腐剤のクレオソート油の臭いが混じっていた。

「これは砂のための車両で、上が開いてる」タバコをくゆらせながらマクシムが説明した。「これはタンク車だ……石油を運ぶか、それか、ガソリンとかね。要するに、液体用の車両だよ。今は空だけど」マクシムが拳でタンク車を叩くと、低い金属音が返ってきた。

「これは？」

「ホッパー車だよ。穀物のための車両で、ほら、下の方に牛の乳首みたいなのがついてるだろう。穀物をそこから落とすんだよ」

カマローヴァはタンク車に触れてみようとつま先立った。突然、マクシムが両手で彼女の腰を抱きかかえると、軽々と持ち上げたので、カマローヴァは、もうずっと洗っていない、全面黄黒い染みだらけのタンク車に鼻先をぶつけそうになった。びっくりして、マクシムの腕につかまった。

「怖がるなよ、カーチ、落っことさないから！」

タンク車からは涙が出るほど強烈な臭いが漂ってきた。

「どうだい？」

カマローヴァはタンク車の壁面に指先で触れてみた。それから、両方の手のひらを押しつけた。壁は温かく、ざらざらしていて、少しべとべとしていた。

「別に平気！」

マクシムはカマローヴァを地面に下ろすと、微笑んだ。カマローヴァも応えてにっこりした。太陽の光がまともに目に入ったので、マクシムの白い歯が光っているのと、さらさらの髪が輝いているのしか見えなかった。

「カーチャ……」

「なに？」

「いや、何でもない……」

マクシムは屈むと、くすぶっていたタバコをレールの上でもみ消した。二人は列車の間を歩いて行った。貨物列車は、マクシムが言っていた通り、ものすごく長かったので、列車のシッポから鼻ぺちゃの鉄の顔まで歩く間に、列車が次の駅まで続いているように思えてきた。村にはいくつかの駅があり、それぞれこんな風に名付けられていた——「プラットホーム1」「プラットホーム2」「プラットホーム4」それから「プラットホーム5」。なぜか3は無く、乗客用列車が停まるのは1と2だけだった。ホームに上がった時、ちょうどエレクトリーチカが入ってきた。男が一人、大きく脚を広げてベンチに座り、頭をがくりと落として眠っていた。マクシムは男に近づくと肩を揺さぶった。

「あんたの列車が来たぜ！　起きなよ！」

男は目を開けると、何事かつぶやいてまた夢の中に落ち込んだ。カマローヴァは近くに行って、マクシムの手を引いた。

「さわんないで。目を覚ましたら、顔にバチンとくるかも」

「俺の方が、そうして欲しい奴には一発お見舞いするよ」マクシムは優しくそう答えると、カマローヴァに拳骨を見せた。拳骨は大きく、関節にはたこができていた。カマローヴァは恭しく口笛を吹いた。

エレクトリーチカのドアががちゃがちゃいい、がたんと音をたて、次第に速度を上げながら町の方を指して走って行った。猫のリューシカがホームの端に座っていて、首を傾げ、足を振りながら反対方向に去っていく列車の後尾をじっと見つめていた。

「なあ、カーチ……」

「なに?」

「……いや、何でもない……」

「言ってよ、何かあるならさ……」

「怒らないか?」

「怒んないよ……何に怒るっての?」

「うん、じゃあ……お前のおばあさんは戦争の時パルチザンだったって言われてるね」

カマローヴァは、おばあちゃんが背中を丸めてテーブルに座り、お茶にクッキーを浸している姿を思い出した。おばあちゃんの手は、浸したクッキーを口元まで運べないほど震えている時があって、かけらがポロポロとオイルクロスの上に落ちる。それから、父親がおばあちゃんの長い白髪の髪をつかんで庭を引き回したこと、ロルドが鎖を鳴らし、キャンキャン鳴きながら自分の犬小屋の周りを跳ね回ったことも思い出した。カマローヴァは首を横に振った。

「おばあさんは何も話さなかったのか」

「前にそう言ったじゃん……」

「いくつの時だって?」

「二十六」

マクシムはけわしい顔になると、首筋を指先で少し掻いた。

「つまり、戦争の時にはお前みたいな女の子だったわけだ。どうだい、お前だったら、列車を転覆させられたかな?」

カマローヴァは肩をすくめた。

「そりゃ、戦争の時だったら……たぶん、できると思う」

「ライフルで人を撃てる？」

カマローヴァは少し考えてから、自信なげに言った。

「そりゃ、戦争だったら……」

「そら！」マクシムは喜んだ。「やっぱり、おばあさんはパルチザンで、敵の列車を転覆させたんだな」

「なんでそうなるの？」

「自分で言ったろう、戦争の時ならやれるって」

「あたしなら、って話で、おばあちゃんのことじゃないよ」カマローヴァは言い張った。

父親か母親から罰を受けた後、カマローヴァ家の子供たちはおばあちゃんの部屋に行くのだった――ごく小さくて狭い、ベッドが一つと、小さなテーブルと、ぼろきれの入った棚があるだけの部屋だった。部屋にストーブは無く、秋と冬は寒かったので、おばあちゃんはウールの靴下の上にフェルトの長靴《ワレンキ》をはいてベッドに座り、ウールの毛布にぴっちりとくるまっていた。子供たちが入ってくると編み物をわきに置いて、そばに座れるように少し横にずれる。それから、何か昔のことを話してくれた。ある時には、よそから来たコミッサール*がおばあちゃんに恋をして、町へ連れて行くと約束してくれたけど、二人の間に何かうまくいかないことがあって、コミッサールは一人で去ったのだ、という話をしてくれた。カマローヴァとレンカはこのコミッサールが、サーベルを差して馬にまたがっているところを想像した。胸には勲章とメダル。二人とも、いつかそんなコミッサールが自分の元にもやって来てほしいと思った。ただ、レンカは彼が自分を町に連れ去ってくれることを願ったが、カマローヴァは、コミッサールが自分と一緒に村に残ってくれることを願った。それで二人は言い合いになり、つかみ合いになりかけた。なぜならコミッサールは一人なのに、女の子は二人、どっちを彼が選ぶかが分からなかったからだ。

戦争のことは、おばあちゃんは話してくれなかった。食べる物が何もない時代だったこと、冬に自分のベッドで凍死する人さえいたことだけは話していた。でも敵の列車やライフルについては言わなかった。凍死の話にしたって何ということはない、一昨年の冬、村の一番はずれの高い岸に住んでいたイワンおじさんが、やっぱり自分のベッドで死んだ。運び出された時、おじさんは氷みたいにこちこちに固くなっていた。二週間もストーブが焚かれていなかったんだ。カマローヴァはため息をつくと、アスファルトの継ぎ目から突き出ている苔をつま先でほじくった。

「何を沈みこんでるんだい、カーチャ？　怒ったのか？」

彼女は肩をすくめた。

「名誉なことだよ、パルチザンとして戦ったってことは。そう……」マクシムは両手を左右に広げた。

「もしかしたら、そうかもね……おばあちゃんは大分前に死んだんだよ。いまさら名誉がなんだっての？」

「生きてる連中はそのことについて話してるんだ……面白いじゃないか」

「何が面白いのさ？」

「本当は何があったのか知るってことはね」

「何も面白くなんかない」カマローヴァはぶつぶつ言うとそっぽを向いた。「あいつらはヨタ話してるだけだよ……」

おばあちゃんが死んで教会の近くの墓地に葬られた時、墓掘りのためにウォッカで呼ばれて来た二人の男以外には、ジェーニャばあさんと、村の反対側のはずれから二人のおばさんが来ただけだった。彼女たちのことをカマローヴァは知らなかった。見知らぬおばさん二人が葬式にやってきたのは、蜂蜜と干しブドウ入りの法事粥をするためだけだった（粥はタチヤナが、蜂蜜もブドウもたっぷり入れて炊いたので、おばさんたちは食べ切れずプラトークに包んで持って帰った）。セルギイは棺の上に何やら言葉をかけていたが、涙で耳がふさがっていたので、カマローヴァには聞こえなかった。カマローヴァは、何の考えもなく前方を見ながら立っていた。何となく、法事粥を盗んだおばさんたちのことや、今ではおばあちゃんの部屋ががらくただらけになっていることを考えていた。

「知りもしないことを話してるんだよ……」

「まあ、そうだな」なだめるようにマクシムが言った。

「そう怒るなよ。怒っちゃいないね？」

「怒ってなんかないよ」カマローヴァはにっこりした。

「何で怒ったりするの？……」

マクシムはほかにも何か聞きたかったが、黙っていた。途中で、当直小屋でお茶を飲むようにカーチャにすすめた。小屋は全体が明るい緑色の塗料で塗られていたので、皆から「緑の小屋」と呼ばれていた。塗料は毎夏スヴェータおばさんが塗っていた。スヴェータは、マリヤおば

＊　コミッサールという語の意味するところは広いが、ここでは階級のあまり高くない青年政治将校を指すものと思われる。

あちゃんの言い方によると、「ゴロフ王の御代から」*駅で働いていた。つまりずいぶん前から「おばさん」ではなく「おばあさん」になっているのだが、「おばさん」というあだ名がとうとう残ったのだった。マクシムとカマローヴァが小さな台所へ入って行くと、夜勤明けのスヴェータおばさんがちょうどコンロで湯を沸かして、お茶の支度をはじめたところだった。冷蔵庫の上に年季の入ったラジオが置いてあり、電気の雑音に混じって、アーラ・プガチョワ**が町の雷雨と愛する人との別れを歌っていた。カマローヴァを見ると、スヴェータおばさんは両手を軽く打ち合わせて、ラジオのヴォリュームを下げたので、プガチョワの声はまったく聞こえなくなり、ぱちぱち、さらさらいう音だけが残った。

「おやまあ、誰が来たかと思ったら！　ええ、こんにちは、カーチャ・カテリーナ！」

スヴェータは小さな棚に手を突っ込んで、これもまた緑色のティーカップを見つけ出すと、ティーバッグをそこに放り込んで、熱湯を注いだ。

マクシムは窓のそばに座って、同じく自分にお茶を入れた。スヴェートカのいるところでは彼はたいてい黙っていた。駅で働いている女たちの中でも、彼女は一番のおしゃべり屋だったからだ。ただ、害はなかった。スヴェータの交代番の〈ヤギのオリカ〉などは、噂話や悪口を言いふらすだけでなく、自分の当番の時にはいつもあるものを食べ尽くしてしまう。そのくせ自分では何一つ食べ物を持ってきたことはなく、そのことでスヴェートカは聞くに堪えないような言葉でオリカを罵って、ある時など濡れた雑巾で背中を打ち据えさえした。オリカはスヴェータを駅長に言いつけ、スヴェータは危うく罰金を取られかけたが、その後で事態は何だかんだひとりでに解決した。ヤギのオリカに罰金を課す方がよかっただろうに。スヴェートカはピロシキを乗せて布巾をかけた皿を持ち出してくると、腰掛の方に押し出した。

「座ったらどうだね、べっぴんさん。何を立ちんぼしているのかね？」

カマローヴァは腰を下ろすと、両手で熱いティーカップを自分の方に引き寄せた。

「百年も見なかったけど、どういうわけかちっとも大きくなってないねえ。そんなに痩せて、鶏の骨みたいに。食べさせてもらってないのかね、ええ？」

「もちろん、食べさせてもらってるよ……」カマローヴァは布巾の下からピロシキを取ると、少しかじった。中身は卵と米だった——スヴェータおばさんは、タチヤナと同じくらい料理が上手だった。

「お前さんとこの親どもが？　どうだかね！　たくさん産むだけ産んで、子供たちはみなしご同然じゃないか……」

「スヴェータ、何でそんな……」マクシムが口をはさんだ。

「おや、だんまり屋が話しはじめたよ！」スヴェートカは驚いてみせた。「あんたの彼女を怒らせようってんじゃないよ……あたしはただ……」

スヴェートカはカマローヴァの頭を撫でようと手を伸ばしたが、伸ばされた方はわきへ飛びのいたので、笑った。

半ば開いたドアからリューシカが入り込んできた。スヴェータおばさんの方に近寄ると、足元に座った。スヴェータはピロシキを取ると、二つに割って、身を屈め、リューシカのすぐ前の床に具をこぼしてやった。リューシカは匂いを嗅ぎ、ひげをぴくぴくさせ、食べはじめた。スヴェータおばさんは姿勢を戻し、皮の部分をぱくりとやって、お茶を飲んだ。

「家の様子はどうだね？」

「別に……」カマローヴァは肩をすくめると布巾の下からもうひとつピロシキを取り出した。「何とかやってるよ……」

「お父さんは酔っぱらってるかね？」スヴェータおばさんは質問をやめなかった。

「酔ってるよ」カマローヴァはしぶしぶ認めた。

「お前さんたちをぶつ？」

「まあ……」

「お砂糖、お砂糖をお入れ、なんで砂糖なしで飲んでるのかね……」スヴェータおばさんはカマローヴァの方に陶器の砂糖壺を近づけた。皆が濡れたスプーンを砂糖壺に突っ込むせいで、砂糖はくっついていた。カマローヴァは自分用に小さな塊を削り取った。

「どうなんだね？　父さんはぶつかね？」

「スヴェータ、何でそうしつこくするんだよ……」またマクシムが言いはじめた。

「お前さんこそ、何でどうしてと言うんじゃないよ！」

＊　ゴロフ王は、慣用句的な言葉遊びや民衆詩、昔話などに登場する古代の伝説的な王のこと。
＊＊　アーラ・プガチョワ（一九四九—）は「百万本のバラ」で知られるロシアの有名な歌手。ソ連時代から高い人気を誇る。

スヴェートカは腹を立てた。「ひよっこのくせして、生意気だね！」

スプーンがカップのふちに当たって音をたてないようにとマリヤおばあちゃんが教えてくれた仕方で、カマローヴァはティーカップの真ん中でスプーンを動かし、砂糖を溶かした。スヴェータおばさんは顎を手のひらに乗せ、机に肘をついた。おばさんのところには自分の子供が四人あったが、皆もうだいぶ前に町へ出て行ってしまい、あちらで家族と暮らしていて、あえて母親を呼ぼうとしなかった。

「お母さんはどう？」

「別に変わりないよ……」

「亡くなったマリヤはそりゃ可愛がってたもんだけどねえ」スヴェータおばさんはため息をついた。

方々にひびが入った窓枠を、背中の赤い小さなクモが這っていた。こういうクモは畑にたくさんいた――レンカはツチカメムシと呼んでいて、どういうわけか、触るといぼができるとみなしていた。一度、二人がひどく喧嘩した時、レンカが箱いっぱいにこのツチカメムシを集めてカマローヴァの頭にぶちまけた。ところが後になって仲直りすると、毎朝毎朝、しつこく姉の顔をチェックしたので、カマローヴァはついには腹を立てて、レンカの耳に一発お見舞いした。レンカは、たぶんまだタチヤナのところで眠っているだろう。起こして、今すぐ家に帰るように言えばよかった。どこもうろつかないで、また店に顔を出したりしないで家に帰れって。

「こんな風に始まったのさ……あんたの父さんは毎週金曜日に橋のところに立って、待ってたんだよ。遠くからエレクトリーチカを眺めてたもんさ。エレクトリーチカが見えると、すぐにプラットホームに走って行って、出迎える。いつも道すがら何か花を摘んでね……母さんの方は、学校の授業が終わるとすぐに帰ってきてね、まだほんの娘っ子で……そう、あんたはお母さんによく似てるねえ」

「知ってる、スヴェータおばさん」

「よく似てるよ……」カマローヴァを見つめながら、考えぶかげにスヴェータおばさんは繰り返した。「まったくおんなじ顔だよ」

親父を怖がって、レンカは家に帰らないだろうな。クモは窓枠の隅まで行き着くと、後ろ足で立ち上がって、支えを探して前脚を空中で振ってから、レースのカーテンの端につかまった。

「あれはもうあんたを身ごもってた時だったけど、父さんがぶちはじめてね……いっつも逃げ出したがってて、何回か家出もしたけど、赤ん坊連れてどこへ行けるものかね……子連れじゃどこへも行けやしない……で、今みたいになったのさ」

カマローヴァはそのことを知っていた。妊娠していた時、夫から逃げ出すか、さもなければ身投げしたくて、実際に岸に長い間立っていたことさえあったが、川が恐ろしく思えて結局決心できなかった、と母親は何度も言っていた。もし身投げしていたら——水死したほかの子と同じように、ルサルカになっていただろう、水の精たちと川の一番深みに住んで、別荘族を水の中に引き込んでいただろう。そうなっていたらこの自分も、水の精として生まれていたはずだ——化け物よりずっといい。そうだ、夏にマクシムが泳ぎに来たら、彼を水の中へ連れ去ってしまうのだ。カマローヴァはマクシムに目をやった。マクシムは足を組んで座り、オイルクロスの模様を眺めていた。

「話が盛り上がらないねえ。とどのつまり、あんたの父さんはろくでなしさね！」とスヴェータおばさんは言った。「マリヤだってあの男のせいで死んだようなもんよ」

カマローヴァは肩をすくめた。母親も同じように、父親がおばあちゃんを墓穴に追い込んだと言っていた——母親はおばあちゃんを好いていたし、おばあちゃんは母親を哀れに思っていたから、父親が凶暴化して拳骨を振りかざしはじめると、おばあちゃんは母親をきつく抱きしめて、年をとるごとに古い、乾いた木に似ていく体で隠してやっていた。そうなると父親は二人もろとも拳骨や、その辺にあったもので打ちのめすのだった。幾夜も二人は台所に座っていた。母親は、下着ひとつの姿でもいい、目の向くところへどこでも行ってしまいたいと声をひそめて泣き、おばあちゃんはもう少し辛抱するように説得していた。だってカーチャも、レーナも、ワーニャも、オーリャもいるじゃないかと言って。その時カマローヴァ家の子供たちは四人きりだった。もうおばちゃんが死んだあとになって、アーニャと、スヴェータと、一番小さいサーニャが生まれたのだ。サーニャはしじゅう病気をしていたので、母親は、ひと思いに死んでくれればいいのにとしょっちゅう繰り返していた。

「スヴェータおばさん……あたし、もう行かなくちゃ。ピロシキありがとう、美味しかった」

「いくつか持ってくかい？」スヴェータおばさんは活気

づいた。

　カマローヴァは考えながら、布巾の下に残ったいくつかのピロシキを見つめ、それからマクシムに視線を移すと、手を振った。

「ううん、いい。オレーシャ・イヴァンナが何か食べさせてくれると思うから」

「オレーシカかね、あの……」スヴェータおばさんは何か言いたそうにしたが、我慢した。

　カマローヴァとマクシムが戸口に立った時、スヴェータおばさんは突然訊ねた。

「あんたはここから出て行きたくないのかね？」

　カマローヴァは首を横に振った。

「そりゃ、生まれたところにいるのは具合のいいもんさ」最後まで言い切れないのを心配して、スヴェータおばさんは矢継ぎ早に言った。「ほら、そのマクシムカだって……」顎を震わせた。「地元に座り込んで、何もしようとしない。そんな男はどこへ行ったって好かれやしないよ。あんた、この男が好きなのかね？」

「スヴェータおばさん、何言い出すんだよ……」マクシムはあっけにとられた。「考えてからものを……」

「ごしょごしょ言うんじゃないよ！」スヴェートカはすぐさま食ってかかった。「あたしが間違ったことを言ったとでも？」

「勘弁してくれよ」マクシムはドアをバタンと閉めるとカマローヴァの方に向き直った。「スヴェートカの言うことを気にするなよ……悪い人じゃないが、バカなのさ」

「うん」自分の足元を見ながらカマローヴァはぼそぼそ答えた。

「俺を怒っちゃいないね、カーチ？」

「何で怒ったりするの？」

「そうだな……パルチザンのおばあさんのことでさ……」マクシムは身を屈めて、カマローヴァの顔を覗き込もうとしたが、彼女はいっそう頭を低くした――玄関は暗かったから、カマローヴァの頬が燃え上がっているのは見えなかった。「俺はただ……」

「うん……」

「一人で帰れるかな？」もう少し何を言うべきか分からなくて、マクシムはためらったあげくに、言い足した。

「送って行った方がいいか？」

「何言い出すのさ？　町から来たバカ女じゃあるまいし、道を知らないとでも？」カマローヴァは食ってかかった。

「俺はただ……いや、それなら……」握手しようと手を差し出したが、カマローヴァは突然向きを変えると道に走り出た。小屋の入口のドアは開け放たれたままに残された。

マクシムはぼんやりと自分の手のひらを見た後、ポケットの中をちょっと探って、いつもの癖でタバコを探したが、切らしていたことを思い出して顔をしかめた。すでにどこへやら姿を消したカマローヴァの後を追って道に出ると、草の茎を引き抜いて口に咥えた。スヴェートカは、たぶん、向こう一週間は俺にむかっ腹を立てるだろう。カーチャも……。つばを吐いた。夕方オレーシャ・イヴァンナのところにタバコを買いに行くのもいい——タバコは駅の売店でも買うことはできたのだが、なんとなくオレーシャを見たいような気がした。彼女がうす笑いを浮かべながら、黒い巻き毛を指に巻きつけるところを見たかった。マクシムは微笑むともう一本茎を摘んだ。良いだろう！

太陽はほとんど夏のように照りつけていた。そのため、夜の間に濡れた地面と草むらから蒸気があがっていた。カマローヴァは屈んで、手を地面の方へ伸ばした。細い、透明な蒸気は、まるで生き物のように、指の間を逃げ去った。もうたくさんの人がこちらに向かって歩いてきていた——ある人は市場へ、ある人は駅へ、ある人は単に、マリヤおばあちゃんの言い方によれば、『自分の愚かさを人様に見せるために』歩いていた。ニーナが、どこかに向かって、彼女独特の軍隊的な大きな足音をたてていた。

「ニーナおばさん！」なぜだかカマローヴァは彼女に叫びかけていた。「こんにちは！」

ニンカは立ち止まり、カマローヴァを頭から足先まで眺めるとぶつぶつ言った。

「落ち着きのない子だね、どこから飛んで来たんだい？」

「駅でエレクトリーチカの時刻表を見てきたんだ」カマローヴァはとっさに頭に浮かんだ嘘をついた。「今何時か知らない？」

「十一時だよ。なんだって時刻表なんか？」

まだたったの十一時——あと三十分は操車場を散歩できたのに。そしたらマクシムはきっとほかの全部の車両のことも話してくれたのに。車両がどんな風に作られているか、穀物や材木をどう積むか。いくつかの車両は生きた雌牛や馬を運んで行くんだ——そういう車両は無蓋で側壁は高い。車両から馬や牛の糞とむれて腐った草の臭いがするんだよ。

「ええ?」ニンカがしつこく聞いた。「なんの時刻表だって? どこへ行こうってのさ?」

カマローヴァは後ずさりをはじめた。ニンカは彼女を穴の開くほど見つめた。うっかりしてニンカに質問させる隙を作っちまった!

そうこうする間に、ニンカは駅へ向かう人の群れの中にアレヴチナ・ステパーノヴァの姿を見つけた。

「アレヴチナ、どこへ行くのさ!?」彼女にニンカは叫んだ。「こっちへおいでよ!」

アレヴチナは両手でチェック柄の大きなポリバックを体の前に抱えながら、そばへやって来た。カマローヴァはアレヴチナがあまり好きではなかった。いつも追い詰められたような様子をしていて、目などは今にも泣きだしそうだったから。

「市場へ行くの……」

「この子がさ、どこかへ行こうなんて考えついて、駅へ行ってエレクトリーチカの時刻表を見てきたんだと」ニンカはアレヴチナの方を向いたままカマローヴァの肩を押さえて、手で服の袖をぐいとつかんだ。

「どこへ行くつもりだったの、カーチャ?」カマローヴァに屈み込んで、彼女の顔を濡れた雌牛の目で覗き込みながら、アレヴチナが訊ねた。「お父さんお母さんはどうしてるの? 小さい子たちは? お姉ちゃんの代わりに誰が家に残ってるの?」

アレクセイでなくたって、こんな女からはどんな男も逃げ出すに決まってる。アレクセイが男連中と古い橋の上に座っていた時——その橋は村の人たちが夕方集まる時のお気に入りの場所だったから、ほかのグループに横取りされないように、昼から陣取っていたのだ——アレヴチナは呼ばれもしないのにやってきて、少し離れた、とはいえよく見える場所に立った。プラトークに包まれた頭を横に傾けて、腕組みをし、亭主に自分の雌牛の目で、責めるようなまなざしを注いだのだ。アレクセイは顔をそむけ、何事も起こっていないかのように話を続けようとしたが、しばらくすると根負けして、申し訳なさそうに飲み仲間に別れを告げると、アレヴチナの後をついて家へ帰ったのだった。

カマローヴァはうなだれ、黙っていた。ニンカが肩を揺すった。

「どうだっていいのさ。村の連中は皆自分のことしか考えてないもの。ごらんよ、パルチザンみたいに黙り込んでさ」

アレヴチナは頭を振った。

「だめよ、カーチャ。ほかの人のことも考えなくちゃ」

「何も考えちゃいないよ」ニンカが繰り返した。「旦那があんたから逃げて町に行っちまった時に、たくさん考えたとでも？　子供が少なかったことにまだしも感謝するんだね……この村の連中が考えてるだと……そりゃそうだろうさ！」

「アレクセイは町でどうしてるかしら……」哀れっぽく言葉尻を引き伸ばしながら、アレヴチナが言いはじめた。

「町で、どうしてるかしら……」

「気が済んだら戻ってくるだろうさ」ニンカが乱暴にさえぎった。「あっちで、さしずめオレーシカみたいな良い女を見つけたのさ……さんざんお手付きになった女をね」

カマローヴァはゆっくりとしゃがんだので、彼女の袖はニンカの太い指からそろりと抜けはじめた。

「あんたとここに住んでるよりか、ましかもしれないね。あの男は町であんたのことなんか思い出しもしないかもね……」

アレヴチナはびくりとすると、身を守るかのように、胸にかばんを押しつけた。

カマローヴァは膝が地面に着くほどさっと身を屈め、ニンカの手から逃れると、立ち上がって走り出した。

「どこ行くつもり⁉」ニンカが叫びはじめた。「ちょっと、待ちなさいよ！　あんたのママに言うからね、お尻をぶたれるよ！」

ニンカはいつもこんな風にしつこく、あらゆることに首を突っ込んだ。今回も村じゅうに噂を広めるだろう。十分な距離まで逃げてくると、カマローヴァはひと気のないわき道へ曲がった。さしものニンカも追いかけようとまではしなかったし、アレヴチナの方は、目を大きく見開き、かばんをしかとつかんで、てんから柱みたいに立っていたわけだが、カマローヴァは早足に歩いて行った。カマローヴァの手もニンカの手のように大きかった。指はもう少し細かったが、関節は木でできた球にも似て、皮膚の下でぐりぐりと動いていた。皮膚はあかぎれていた。カマローヴァは体の前に手を伸ばすと、空中で振った。手の甲も同じように赤く、乾いていて、細かなひび割れがクモの巣のように全体を覆っていた。レンカはどんな手をしていたか、彼女は思い出そうとしたが、頭に浮かんだのは、レンカの手がひどく汚いということだけだった。

「よお、カマリッツァ！」

カマローヴァはびくっとしたが、どうにか振り返らないように自分を抑えた。

「遠くへ行くところか？　待てよ、ちょっと話がある……」

相手が一人なら、うまく巻いて逃げることもできる。しかし相手は一人ではなかった。カマローヴァは、爪が手のひらに食い込むほど拳を握り締めた。もし家にマクシムぐらいの年の兄貴がいたら、連中に目にもの見せてくれただろう。ところがそんな兄貴はいなかったし、鼻垂らしのワーニャとサーニャはお笑い種なだけだった。

「妹はどうしたよ？」

ハダシは駆けてきてカマローヴァの目の前に立った。カマローヴァは立ち止まった。さらに三人近づいて来た。唇がひび割れたセムリノ――血を洗い落としても、唇はまだ腫れて青色だ――スタス、それから、右目が開いていなくて、目の代わりに細い切れ込みがあるためそうあだ名されている〈一つ目〉。

「え？」

ハダシは欠けた二本の歯を見せてにやりとすると、カマローヴァの顎をつかんだ。カマローヴァはもがいたが、ハダシはしっかりとそれを押さえ込んだ。「おい、何びびってんだよ、カマリッツァ？」

カマローヴァは顎をきつくつかまれたまま何かもごもごと言いはじめた。

「いけすかねえ奴！」セムリノがにたりと笑った。彼の声は、生まれてこのかたタバコばかり吸ってきたようにしゃがれていた。

「だわな」ハダシが同意した。「教えてもらわなかったのかよカマリッツァ、この世の中じゃ、どんなことにも責任を取る必要があるって」

カマローヴァは激しく頭を振って一歩下がったが、ハダシの方は一歩前に出て、容赦なく指でみぞおちをしたたかに突いたので、カマローヴァは咳き込みはじめた。

「ほらよ、咳が終わったら答えろよ」

「ちょっと待ってよ、ハダシ……」

「何だと？　ものを知らねえのか？」

ハダシはもう一度彼女を突いた。彼女は後ろに下がろうとしたが、背後に立っていた一つ目が肩をつかんで、前に押し出した。

「年上には名前と父称で話しかけろって教わらなかったか？　俺はアントン・ボリーソヴィチさん、だろうが、分かったか？」

「分かった」静かにカマローヴァは言った。

「声が小さい」

「分かった！」

「ほんとに分かってんのか？」

カマローヴァは黙り込んだ。

「ええ、カマリッツァ？」頬にこぶが浮くほど歯を噛みしめて、ハダシは陰気にカマローヴァを見つめると黙り込んだ。いつぞや、父親がひどく彼を殴った時、彼は仕返しに家に火をつけた。地下室にわら束を引きずって行って、火を放ったのだが、わらは湿っていたことが分かった。それで火の代わりに濃い、青みがかった灰色の煙ばかりが、隙間という隙間からどっとあがっていった。家の者は煙に気がついて、地下室を壊して開け、失敗に終わった焚火には水がかけられた。この出来事の後数カ月、父親がアントンに手出しすることはなかった。「責任とってくれるんだろ、なあ？」

カマローヴァは粘っこいつばをのんだ。口の中は、うっかりして唇を噛んでしまった時のような、鉄っぽい味がした。

「レンカには手を出さないでよ。あの子は何もしてない、やったのは全部あたしなんだから」

「こっちで調べるさ」

ハダシは彼女の方に手を伸ばすと、きつく腕をつかんだ。カマローヴァはまた後ろに下がろうとしたが、一つ目が彼女の肩を前へ押し出した。一つ目、もといヴィーチャは、アントンとはほんの子供の頃から付き合っていて、切っても切れぬ仲だった。喧嘩になったのは一度だけ、一つ目が突然、村を出てどこかに住み着きたいと言った時だった。アントンは返事の代わりに相棒の歯にパンチを食らわせた。一つ目も殴り返し、殴り合いになって、もうもうたる土埃の中にもろとも倒れ込んだ。どういうわけか、彼らは見た目まで互いに似ていたので、多くの人が二人は兄弟だと思っていた。

「待てよ、トーハ。こいつのことはほっとけよ」不意にスタスが声を上げた。「何の得がある？　なあ……」

アントンは苛立たしげに肩を震わせることで答えた。

スタスは口をつぐんだ。

「え、カマリッツァ？」

「そうだよ、あたしに何の用があるわけ⁉」決然とした調子で言いたかったのだが、声が詰まり、哀れっぽい感じになった。

「自分で考えろ、考える頭があるんならな！」じっとカマローヴァを見据えたまま、彼はもう一度口全体でにやりと笑った。

「殴る気？　いいよ、殴れば！」カマローヴァは顎を持ち上げると腕を広げた。「殴りなよ！　やるならさっさとやってよね、あたしには今日まだ仕事が残ってんだ、オレーシャ・イヴァンナが待ってるんだから！」

「間に合うさ！」

　ハダシは突然前に屈み、彼女のスカートの裾をつかむと一気にめくりあげた。カマローヴァの目の前に色あせた水色の小花がちらついた。

　一つ目が笑い出した。彼も同じように後ろから裾をつかんでめくりあげたのが分かった。カマローヴァは何も見えないまま、アントンと一つ目がそうと気づくよりも早くわきへ飛びのいて逃げると、めくらめっぽうにパンチを繰り出した。拳骨は誰にも当たらず、カマローヴァはつまずいて、地面に倒れると這い出した。一つ目が彼女に飛びかかって両手で足をつかみ、自分の方にぐいと引いたので、彼女はざらざらした石の上を肘と膝を使って逃れようとした。

「スタス！　スタス！　助けて！」カマローヴァは逃げ出そうとするのと同時に、めくられたスカートを直そうとしながら、叫びだした。「助けて！」

　スタスはセムリノと一緒にわきに立っていた。セムリノは怪我した唇を歪めながらタバコを吸っていた。スタスはオオアワガエリの茎をくちゃくちゃやっていた。ふさふさした穂先が、まるで自ら動いているかのように、左右に揺れ動いていた。一つ目はカマローヴァを自分の方まで引きずると、一瞬だけ手を離し、それから片手で彼女の髪をつかみ、もう片方の手で肩をつかんで上へ捻りあげた。それで、カマローヴァはまたしてもアントンの顔を目の前に見出すことになった。彼はつばで少し濡らした親指を、カマローヴァの頬に沿って下から上へと走らせた。

「騒ぐと余計ひどいことになるだけだぜ」

「何するつもり？」ぜいぜい言いながら、カマローヴァは立場も忘れて聞き返した。口の中の鉄っぽい味が強まり、つばを吐きたかった。

「村の人間だからって、俺が何もしないとでも思ってたのか？」

カマローヴァは黙った。

「え？」

「別に何も考えてなかった」

「それが悪いってのさ。考えなきゃならなかったんだ」

再び彼女の腕を引っ張り、それからしたたかに肩を小突いた。

「助けて！」突然、自分自身思いがけないうちに、カマローヴァは通りいっぱいに向かって叫びはじめた。「助けて、乱暴される！　殺される！」

ハダシと仲間たちは一瞬動揺した――カマローヴァは、スタスのぽかんと開いた口からオオアワガエリの茎が落っこちるのを見た。通りの向かい側にある家の一軒で窓が開かれ、頭に三角巾を巻いた、見知らぬ女がぬっと姿を現した。

「おばさん、助けて！」いっそう大きな声でカマローヴァは叫びはじめた。「殺される！」

「そこで何してるんだい!?」女が叫んだ。「どこの子だね!?」

「助けて、おばさん、助けて！」カマローヴァは叫ぶのをやめなかった。

「日も明るいうちに何してるんだい！　何もやることのない連中がぶらついて！」

彼女の家の中で誰かが口論していた。若い女の声と男の声が聞こえた。姿を現した女の方は、家の中の声に叫び勝とうとするかのごとくそこら中に聞こえる声でわめき散らしていた。まるで怒りをぶつける相手が余計に見つかったのを喜んでいるような感じだった。通り沿いの別の家の窓が少し開いた。

「口を閉じろ、クソ女！」アントンが手を振り上げ、カマローヴァの頭を力任せにぶん殴った。

耳鳴りがし、その音の中でまた三角巾を巻いた女の人の声が聞こえてきた。

「あんたを知ってるよ、マカロフんとこの子だね！　警察を呼ぶよ！　何やってるのさ!?」

「トーハ、もうそのへんにしておけよ、高くつくぜ……」

「消えな！」

「やめようぜ、なあ……」

道がぐらぐらして、それからもとに戻った。誰かが後ろの方で、腹立たしげによく聞き取れないことを叫び、おばさんは窓からほとんど腰のところまで身を乗り出して激しく言った。

「マカロフだよ、マカロフんとこの子さ、いつも一緒にぶらついてる連中だよ！」

「トーハ、行こうぜ」スタスが近寄って、ためらいがちにハダシの肩を叩いた。「もう用はねえよ……」

ハダシはカマローヴァを間近で見据えた。

「行こうぜ、さあ……」

ハダシは肩を震わせると、ズボンのポケットに深く手を突っ込み、くるりと向きを変え、低く頭を下げながら向こうへ歩き出した。ほかの仲間も後に続いた。

「消えな、消えな！」窓からおばさんが叫んだ。「二度とここに姿を見せるんじゃないよ！　もし見かけたら、警察に突き出してやるからね！」

「てめえんとこの窓を全部叩き割ってやらあ、ババア！」振り向かずにハダシが言い捨てた。

「何だって!?」おばさんの丸い顔に赤い斑点が現れた。「調子に乗るんじゃないよ！　その汚らしいツラをしまっとくんだね！　この恥知らずが！」

カマローヴァは身を屈めると、しわくちゃになったスカートを伸ばした。死んだおばあちゃんは、ハダシとそのろくでもない仲間みたいな連中を、党がどうしていたのかはとうとう言わなかった。もしかしたら、皆の前で罰を与えていたのかもしれない。彼女は、軍帽をかぶった二人の男が、大勢の人の前でハダシのズボンを脱がせ、細い足を鞭で打つところを想像した。そうされてもハダシは文句なんか言わない、だって党があった時には、秩序があったから。そうおばあちゃんは言っていた、畝をきれいにしたり、編み物のために毛糸玉を巻く手伝いをカマローヴァにさせながら――カマローヴァは毛糸玉の手伝いがことのほか嫌いだった。指を広げた手を前に突き出して、じっとして立っていなければならなかったからだ。広げた指におばあちゃんはバカでかくて柔らかい毛糸の一巻きを投げかけて、そこからみっちりした毛糸玉を作るのだった。カマローヴァは足を踏み踏み、鼻をすすり、そわそわし、腕を前に突き出しているのに疲れ果て、腕は自然と垂れ下がっていって、そのために毛糸はほとんど床に触れそうになる、と、おばあちゃんはカマローヴァにシッと言って、党があった頃には何事もきちんとしてた、それが今じゃ秩序なんてものはないんだからねえ。五分の間じっと立っていることもできないんだから、もぞもぞするでないよ、私の毛糸巻きや……。

「そこで何してるんだい」もっと面白いことが持ち上が

らないかと期待するかのように、窓からいっそう身を乗り出しながら、おばさんがカマローヴァに叫びかけた。家の中で罵り合っていた男女の声は静まっていた。「ひどくやられたのかい？」

「それほどじゃないよ」

「いいから庭に入っといで。水道で洗うといいよ」手招きした。

カマローヴァは道を横切って、木戸を押した。塀の向こうで犬が吠えはじめた。

「おいで、入っといで。怖がらなくていいよ、シャーリクはおとなしいから、噛みつきゃしないよ」

「怖くなんかないよ」

「おやまあ、勇ましいこと！　何のせいであの連中にやられたんだい？」水を出すために、カマローヴァは両手でジャッキをつかんで、全体重かけてそれにぶら下がるはめになった。こんな風に水道に奮闘している間に、おばさんが興味を示して聞いた。

「たまたまかな」水は氷のように冷たく、ひりひりとしみたので、カマローヴァは顔をしかめた。おばさんは同情するようにため息をついた。

「私らの若いころにはあんな連中はいなかったけどねえ。最近の若いのはたるんじまったから……」

カマローヴァは痛みをこらえ、一心に傷だらけの膝を洗っていた。店まではまだまだ歩いて行かなければならない——オレーシャ・イヴァンナに怒られるかもしれない。

太陽は空の半分を通り過ぎて、鉄道の上にかかっていた。レンカが断然小さかった頃、夜の間太陽はどこへ行ってしまうのかよく聞かれた。その時カマローヴァは、太陽は夕方貨物列車に積み込まれて、一晩中かけて列車で森の一番はずれまで走って行って、そこで下ろされると、また空に昇るんだよ、と答えた。次の日の夕方、レンカは太陽が積み込まれるのを見に駅へ走って行った。カマローヴァは道半ばでレンカに追いつくと、耳を引っ張って、家へ連れ帰った。数日後レンカはまた駅へ走って行った。ある時母親に見つかって打ちのめされ、丸一日閉じ込められるまで、何度かそういうことを繰り返していた。

買い物客は店にいなかった。オレーシャ・イヴァンナはカウンターに肘をついて、コンパクトの鏡で自分の顔を見ながら口紅を塗っていた。カマローヴァに気づくと、いつものようにうす笑いを浮かべた。

「あら、カーチャ。列車は見てきたの？」

「こんちは、オレーシャ・イヴァンナ」カマローヴァは遅刻したことでどぎまぎして、目を伏せた。「見てきたよ」

「で、どうだった？」オレーシャ・イヴァンナは口紅を塗り終えると、もう一度眺めてからコンパクトをたたみ、カウンターの下に隠した。

「貨物列車は貨物列車だもん」カマローヴァは肩をすくめた。「めちゃくちゃ長いってだけ」

「冷めてるわねえ……ほかには何か見た？」

カマローヴァは、駅でマクシムが見せてくれた車両のことを指を折りながら数え上げにかかった。オレーシャ・イヴァンナは最初退屈そうにしていたが、ふと口をはさんだ。

「何かあったの、カーチ？」

カマローヴァはオレーシャ・イヴァンナをじっと見た。見られた方は無関心なふりで暗い巻き毛を指に巻きつけていた。

「ねえ？」

「何かあったって、何のこと、オレーシャ・イヴァンナ？」カマローヴァはぼそぼそ言った。

「話したくない？」オレーシャ・イヴァンナはうす笑いを浮かべた。「あんたをママに突き出したりすると思う？　大丈夫、そんなことしないから。大体、あたしが行かせてあげたんじゃない……」

「何かあったって、何のこと」のろのろとカマローヴァは繰り返した。

「何かあったって、何かあったのよ」オレーシャ・イヴァンナは口まねをした。「話しなさいよ、何があったのか。もう二時じゃないの。何、キスでもしてたとか？」

熱湯を浴びせかけられたように顔じゅうが急に熱くなって、カマローヴァは頬を押さえた。

「まあ、そんなに赤くなって！」オレーシャ・イヴァンナは笑い出し、つけ加えた。「ということは、あんたのマクシムとキスしてたってわけ？　それとも午前中ずっと貨物列車を見てたの？」

「もう、オレーシャ・イヴァンナ……」

「そんなに長い列車なら、全部見切れないでしょうね……」オレーシャ・イヴァンナは続けて、こってりアイシャドウをつけた目で目配せした。「先頭の車両は、きっと、プラットホーム1にあって、最後尾はプラットホーム5って具合にね、駅までまたいじゃうのよね、カーチャ？……」

ドアが音をたてたので、カマローヴァは素早くカウンターの後ろに回ってオレーシャ・イヴァンナの隣に立った。店に入ってきたのはカマローヴァ家の隣人のサーシャおばさんだった。彼女は、町に住んでいる自分の子供から夏の間預けられた孫の手を引いていた。まだほんの小さな子供で、短く刈り込んだ頭を左右に揺らしていた。棚にお菓子を見つけると、むっちりした手でそれを指した。サーシャはその手をぴしゃりと叩き、念のためにおしりまで叩いた。

「ミーチャ！　指さしはだめだって、何回言えば分かるの！」

カウンターの後ろにいるカマローヴァに気がつくと、サーシャは渋い顔になった。カマローヴァ家の人間が嫌いだったのだ。ちゃんとした上品な人たちが、サーシャのところから夏のベランダを借りたがらないのは、カマローヴァ家のせいだと考えていたからだった。

「植物油と卵ひとケースね」近づいて来ながら彼女は言い、それから少し考えてつけ足した。「やっぱりふたケースちょうだい。もし地元の、オレデシュ産のがあれば……」

「あるわよ、ありますとも」オレーシャがうなずいた。

「今朝入荷したばかりよ」

「そう、それならちょうだい……」

ミーチャはまたお菓子の方へ手を伸ばし、何やら自分の言葉でしゃべりはじめた。サーシャがシッと言って、

「うろうろするんじゃないよ、聞いてるの……まったくなんて子だろう！」

オレーシャ・イヴァンナが開封済みの箱からキャラメルを一個取って、ミーチャに差し出した。彼は嬉しそうに両手でそれをつかみ取ると、ぎこちない手つきで包みを剥きにかかった。

「ほら、おばさんに何て言うの？」

ミーチャはキャラメルを口に押し込むと、歓喜のまなざしをオレーシャ・イヴァンナに見開いてみせたが、何も言いはしなかった。

「この通り、毎年夏になると預けに来るんだけどさ」サーシャが愚痴を言いはじめた。「手が焼けるったら、町で甘やかされてるもんだから」

「ミーチカ！」オレーシャ・イヴァンナがミーチャに手を振ると、ミーチャはにこにこしはじめ、それから不意

に恥ずかしがり、ちょっと赤くなるとサーシャのスカートの後ろに隠れてしまった。オレーシャ・イヴァンナは笑い出した。

「間違いなく男だわね！」

「そうね、男だわ……」サーシャはミーチャが指でくちゃくちゃにした裾を取り上げた。「三歳になるってのに、お粥《カーシャ》をうんこ《カーカ》だなんて言うんだから。じっとしてなさいったら！」

カマローヴァは吹き出した。と、サーシャが彼女に腹立たしげな視線を投げ、言った。

「子供を作るだけ作って、後になって、その子らをどうしたもんか自分たちでも分からないんだからね」

そういう連中はどこから生まれてくるのだろう？ サーシャは痩せてみっともなく、顔はトラクターで轢かれたような具合だったが、何の問題もなく、適当な時に夫も見つけられた。今じゃ隠居暮らしで町からは毎月お金を受け取っているし、別荘貸しもやる。孫は彼女にとって、つまるところ、邪魔なのだ……オレーシャ・イヴァンナは、サーシャを見ないですむように、ミーチャにウィンクした。ミーチャはたった今口からよだれまみれのキャラメルを取り出したところで、指の間でいじくり回し、これほど興味深いものはないかのように注意深く見つめていた。

「ミーチカ……ミーーチカ……」優しくゆっくりと言ってオレーシャ・イヴァンナはもう一度彼にウィンクした。ミーチャはキャラメルから離れて、大きく見開いた目を彼女にじっと据えた。ウィンクを返すことはできなかったが、何度か意味ありげにまばたきをした。オレーシャ・イヴァンナはうすく笑いを浮かべると別の方の目で彼にウィンクをした。ミーチャもまたまばたきをしはじめた。

「ほら、もう十分よ！」サーシャが彼をたしなめた。「キャラメルを食べちまってよ、何だって手を汚すの？ また落とすよ、ぶきっちょなんだから……」

「何かほかに買うものはある、アレクサンドラ・イヴァーノヴナ？」いつもの癖でオレーシャはカウンターにもたれかかり、前に身を屈めたので、ブラウスの襟ぐりから深い胸の谷間がのぞいた。

「お茶請けを何かもらおうかしら」考えながらサーシャが言った。「別荘を借りている連中がみんな食べ尽くしちまってね。三十分ごとにお茶飲むんだから」

怪我をした手と足がひりひりして、もう一度冷たい水を浴びたくなった。カマローヴァはそっと肘を掻くと顔をしかめた。サーシャがまた彼女を見たが、その目は、彼女のところで別荘を借りている連中がお茶請けを食べ尽くしたのは、カマローヴァのせいなのだと言わんばかりだった。

「じゃあ、プリャーニクはどう」オレーシャ・イヴァンナはいっそう前に身を屈め、ミーチャにウィンクした

――ミーチャは再び祖母のスカートに隠れた。「新しいのよ、朝持ってきたの」

「本当に新しいの？」サーシャが疑いはじめた。

ほら始まった。新しいだの古いだの……。

「本当よお。言ったでしょ、今朝入ってきたばかりなんだから」オレーシャ・イヴァンナは棚を振り向き、包みを少し開けるとプリャーニクを取り出して、サーシャに向かってひとつかじってみせた。

「乾燥してないだろうね？」

「プリャーニクだもの、ある程度は乾燥してるわよ」オレーシャ・イヴァンナはむっとした。「菓子パンじゃないもの。嘘ついているとでも言うの、あたしが？」

「分かった、分かった……怒ることないよ」なだめるようにサーシャが言った。「質問はもうおしまいだね、腹を立てちまった……プリャーニクを五〇〇グラムちょうだい」

「それより、七〇〇グラム買っていったら？」

サーシャは考え込んだ。ミーチャがまた彼女のスカートの裾をくちゃくちゃにした。

「次は売り切れてるわよ」オレーシャ・イヴァンナが言い足した。「プリャーニクはいつだってすぐに売り切れるもの」

「でもねえ……多すぎるから……」

「自分で言ってたじゃないの、別荘を借りてる人たちが、って……」

「いいわ、じゃあ七〇〇グラムちょうだい」

サーシャおばさんが去ると（オレーシャ・イヴァンナは彼女に七〇〇グラムではなく八五〇グラム量り、持っていくように説得した）、オレーシャ・イヴァンナはカマローヴァのことを思い出した。

「さーて、カーチャ？……」

しつこいんだから。レンカよりしつこい。

「だから何もなかったの、オレーシャ・イヴァンナ。ほんとのことだよ！」

オレーシャ・イヴァンナは棚の間に隠れようとするカ

マローヴァに近寄り、ほとんど密着するようにした。彼女からはバラの香水の匂いがぷんぷんして、少しだけ、彼女が自分のナイロンのストッキングに噴霧した、静電気防止剤〈リラ〉の匂いもした。いつぞや母親が言っていたことだが、オレーシャ・イヴァンナがカーチャよりほんの少しだけ年上の頃に、彼女の生みの母は、用事で家を空ける際に、娘が彼氏のところへ行かないようにベッドカバーの中に縫い込めたのだそうだ。ところがオレーシャ・イヴァンナはどうにかしてうまい具合に抜け出して自由になると、お構いなしに姿を消してしまったらしい。カマローヴァは信じない様子で目の前のオレーシャを眺めた。この人がおとなしくカバーに縫い込まれるはずがない――全部ただのデマだ。

「何もなかったの、そう?」

「誓ってもいいよ!」

誓いの証拠に、カマローヴァはタチヤナがくれた小さな十字架の下がった細い紐を引っつかんだ。

「それなら何で遅れたの? 十二時には来る約束だったでしょ……」

「それは、途中でアレヴチナに出くわして……」

「アレヴチナ? ステパーノヴァのこと?」

「知ってるでしょ……あの人話が長いんだもん」

オレーシャ・イヴァンナは背筋をただすと、かかとでこつこつ音をたてた。

「旦那に逃げられた人ね?」

カマローヴァはうなずいた。

「あたしがあのアレクセイだったら、やっぱり逃げだすわね」オレーシャ・イヴァンナは言った。「男の息を詰まらせちゃうんだもの。あんたはね、カーチャ、覚えときなさい。男はめそめそした女は好きじゃないの。涙じゃ引き留めておけないのよ」

「じゃあ何で引き留めるの?」考えるよりも早く、カマローヴァは訊ねていた。

オレーシャ・イヴァンナは考え込む様子で巻き毛をもてあそんだ。

「そうね……方法は色々あるわね」

オレーシャ・イヴァンナにはジプシーの血が流れていると言われていた。彼女の父親は実は血のつながった親ではなく、ミハイロフカから村に立ち寄ったどこぞのジプシーの男が本当の父親なのだ、とも。ジプシーたちは村では嫌われていた。干し草を盗むと思われていたからだった。夏にはまだらの小さな馬をつないだジプシーの荷馬車が村を行き来し、村の親戚を訪ねてきたジプシーが野原にカラフルなキャンプを張ることも珍しくなかった。ある時ジプシーの荷馬車がカマローヴァ家の庭に停まっていたことがある。目の際ほどまで黒いちぢれた頬ひげをぼさぼさに生やしたジプシー男が、庭で下着を洗っていたカマローヴァに、俺の馬に井戸から水を運んでやってくれと叫んだ。カマローヴァは水を汲むと、木戸から出て満杯の桶を引きずって行った。ジプシーは駆け寄ると桶を片手でつかみ、馬の前に置いた。馬は足踏みし、頭を下げると、耳をぴくぴくさせ、鼻を鳴らして水をこぼしながら飲みはじめた。馬が満足するまで飲み終えた時、ジプシーは編み鞭で馬の背中を強く打って、ひゅうッと口笛を吹くなり、馬は先へ荷馬車を引きずりはじめたので、カマローヴァはあわやのところで桶を取り返した。

「どんな方法?」

オレーシャ・イヴァンナは注意深くカマローヴァを見つめて、うすく笑いを浮かべた。

「そんなの誰も知らないわよ、カーチャ……」

「だって、オレーシャ・イヴァンナは知ってるでしょ」

「村のバカ女たちがそうやって吹き込んだの?」

またある時、年老いたジプシー女がレンカの手をつかんで、長い黄色い爪を手のひらに走らせたことがある。レンカは恐怖に目を見張っていたものの、おとなしく立っていたが、ジプシーの老婆がレンカを解放するやいなや駆け出したので、結局自分の未来に何が待ち受けているのか知らずじまいになった。

「連中の話は真に受けないで……」少し考えてからオレーシャ・イヴァンナが言った。「特にクラヴカの言うことはね……」

「砂糖を投げつけてきた、あの?」思わず言葉が口をついて出た。

静かになった。通り抜けられると勘違いして、ハエが窓ガラスにぶつかる音が聞こえたほどだった。それからオレーシャ・イヴァンナは顔をそむけると、黙って定価表を直しはじめた。脂で汚れて読めなくなったいくつかの価格をはがして、新しくボール紙の破片をはりつけた。カマローヴァはしばらくの間彼女を見ていたが、倉庫から、プラスチックのちりとりの付いたほうきを持ってきた。ほうきはほとんど根元のところで持ち手が折れていた。床を掃き、それからドアを開けてちりとりの中身を表へ振り落とした。風が埃を、わらくずを、何かの細い茎や毛のようなものを巻き上げ、空中に広げ、そして持ち去った。カマローヴァは、鉄道の上にかかっている、小さな雲に覆われた太陽――だから、まともに見ることができた――を眺めながら、敷居のところにしばらく立っていた。店に戻ると、オレーシャ・イヴァンナは棚の上の何かを並べ替えているところで、振り向きもしなかった。カマローヴァは隅の腰掛に座った。

「どう、きれいにできた？」ようやくオレーシャ・イヴァンナが訊ねた。

「まあ、だいたい……」

「ごくろうさま」オレーシャ・イヴァンナは振り向いた、そしてカマローヴァは、彼女の口が、まるで泣き出そうとするかのように歪んでいるのを見た。「行っていいわよ。倉庫にソバ粥とお茶があるから。食べてらっしゃい」

店じまいの瞬間までオレーシャ・イヴァンナは不機嫌だったし、客も少なかった。とはいえ、オレーシャはさらに二人相手に五〇〇グラムずつプリャーニクを売り、一人には、冷凍庫の中で肉団子とワッフルコーンに入ったアイスクリームの山の下に転がっていたヒナ鳥を、なだめすかして買わせた――何年ものかは神のみぞ知るような冷凍庫だが、ともかく凍らせるには凍らせ、中身は全部同じ氷の塊と化していた。『解凍して犬にやったらいいわよ、そう……絶対喜ぶから』――オレーシャ・イヴァンナはそうヒナ鳥のことを請け合った。彼女の胸に見とれていた男の客は、半額でヒナ鳥を買い、それから〈ベラモール〉も何箱か買った。

カマローヴァは疲れていた。倉庫でヒマワリ油の開封された瓶を見つけたので、ひりひりする肘と膝に擦りこんだ。おばあちゃんは、ヒマワリ油をやけどに擦りこむと良いと言っていた。やけどに効くなら、傷にも効くはずだ。その後、彼女は裏口のドアから表へ出て、店の裏の空き地にオオバコを探したが、どの草木も埃だらけだったし、ピョートルの〈ガゼリ〉のタイヤで地面になぎ倒されていた。オレーシャ・イヴァンナは、きっと彼がスイダから戻るのが待ちどおしくてじりじりしてるんだろう。ピョートルの妻のオクサナは、がっしりしてしかも太った女だった。背はオレーシャより頭一つ分も高く、二回のお産の後で巨大に太っていた。一年前ピョートルは隣家のマリヤと「気晴らし」をしたのだが、オクサナはそのことを知って、あんたの髪の毛を全部むしり取ってやるからねと言ってマリヤを脅した。庭に下着を吊るしていたマリヤは少し笑った。ところがオクサナが彼女に怒鳴りはじめると、金だらいから濡れたシャツを取り出して縄のように固くしぼり、塀に駆け寄ってオクサナの顔になななめに打ちつけた。

一週間後オクサナはマリヤが川辺でシーツを洗濯しているところを捕まえた。背後から近寄ると、髪をつかみ、足場に向かってどっと引っ張った。腐ってぼろぼろの橋板はみしみし音をたてはじめたのち、すっかり崩れ落ち、女二人も水の中へ落ちた。オクサナはマリヤの首を両手で絞め、おぼれさせようとした。実際、もし二人のそばを別荘族がボートで通りかかっていなければ、おぼれさせていただろう。マリヤは紫色の顔をして、ぜいぜい言い、つばを吐き出し、ひきつった指で草をつかみながら、長いこと地面に転がっていた。シーツは全部川下に流れて行ってしまった。オクサナがなおもマリヤの腹を蹴飛ばそうとしたので、別荘族がオクサナを力ずくで家へ連れ去り、納屋に閉じ込めて、ピョートルが帰ってくるまで見張っていた。

カマローヴァは埃っぽい地面につばを吐くと、しゃがんで、濡れた埃が茶色い球になって転がりだし、それから地面にゆっくりと沈んでいく様を眺めた。ピョートルは妻に罰を与えたが、そう手ひどくはせず、それ以来もうマリヤとは付き合わなかった。その後でマリヤとオクサナはどういう風にか仲直りさえし、オクサナがマリヤを溺れ死にさせようとしたことを一緒に笑っていた。『あんなクソ野郎のためにさ』――ピョートルのことを指してオクサナはため息をつくのだった。『牢屋に行くことになったら、二人の子供がみなしごになっちまうじゃない』

店を閉めながら、オレーシャ・イヴァンナは明日は衛生検査の日だからカマローヴァは出てこなくて良い、と言った。

「どうして、出てこなくて良いなんて。何か手伝えるでしょ？」

「良いのよ、もう十分。ほら、床じゅう掃いてくれたでしょ」

オレーシャ・イヴァンナのブラウスの襟にバラの形をした赤いプラスチックのブローチが留められていた。バラの花びらにはガラス石がいくつも埋め込まれていた。カマローヴァはガラス石がいくつあるか数えはじめたが、ランプの光が注いだ時にしか石が見えなかったので、数えるのをやめた。

「オレーシャ・イヴァンナ……」

「まだ何か？」

「クラヴカはバカだよ！」出しぬけにカマローヴァは言った。「ヒキガエルみたいな面してさ！　あんな女の言うことなんか誰が聞く気になれる？」

オレーシャ・イヴァンナはアイブロウを塗った眉を上に持ち上げた。

「急にどうしたの？」

「誰もあんなのの言うことなんか聞かない！」目に涙が浮かぶのを感じながら、カマローヴァは大声で叫んだ。「あんな女が何だっての?!　あんな奴誰にも要らないよ！」

オレーシャ・イヴァンナはようやく冷静さを取り戻すと、カマローヴァの肩に手を置いて、軽く揺さぶった。

「家に帰んなさい、カーチャ。で、明日は休むのよ。金曜日に出ておいで、でも、遅れないでね」

夕方に向けて空気は再び涼しくなりはじめ、低い秋の雨雲が空を覆っていた。こちらに向かって、野原から戻る家畜の小さな群れがやって来た。前の方を数匹の雌牛が行き、その後を雌ヤギがちょこちょこ歩きしていて、さらに後には夏の間満足に血を吸えなかったヒツジバエとアブが雲のようにたかっていた。雌牛の一匹が道の真ん中で立ち止まり、カマローヴァに濡れた目を注いだ。牛の顔のあたりに十数匹もまるまるしたアブがはりついていた。カマローヴァは近寄り、腕を持ち上げると、ビロードのような手触りの牛の鼻を撫でた。牛が大きな頭を前へ下げたので、カマローヴァは慎重にアブを払ってやった。

「おとなしくしといで、マーシュカ」カマローヴァは言った。もっとも牛は身動きもせず、まるでアブを払って良くしてもらえるのが分かるかのように立っていた。ただ時おり、体をびくっと震わせたり、先っぽにゴボウのイガのようなふさのついた、染みだらけの尻尾を振ったりした。「見なよ、どんだけアブつけてたか……もうちょっと、我慢だよ、ほら」

一匹のアブがカマローヴァの手に止まり、彼女が手のひらでぴしゃりと打って、指先で地面に弾き落とすよりも早く、刺すことに成功した。

またハダシとその仲間に出くわさないように、塀と塀の間に挟まれた自分とレンカだけの秘密の道をカマローヴァは歩いて行った。隣り合った家々や菜園の塀は、あるところではほとんどくっつくほど近づいていたので、しゃがんだり、横向きになって進まなければならなかった。イラクサが足を刺した。と、犬が吠え声とともにカマローヴァに向かって飛び出してきた——その勢いのまま塀に跳びつき、なめした皮のような、全体に細かくひびわれた鼻を金網の網目に押しつけた。飛びのいた拍子に、カマローヴァは反対側の塀の壁にしたたか肩を打ちつけてしまったが、犬がそれ以上は近づけないのを見てとると指をつばで濡らし、犬の乾いた鼻に手を伸ばして、驚きで詰まってしまった声でささやいた。

「何、どうしたのさ?……いい子、ドゥルジョーク、いい子……」

犬は吠え続けていた。

「ほら、シャーリク、ね……いい子だから、どうしたのお前……」

犬は静まらなかった。それから誰かが犬を叱責したので、カマローヴァは四つん這いになると、顔をイラクサが刺すのも構わず先へ進んで行った。おばあちゃんは、食べるものが何もなかった時、イラクサからシチーを炊いたものだった、と言っていた。とっても美味しいシチーだったんだよ、ビーツやスイバのスープにも負けないくらいでね。ある年の五月の終わりに、カマローヴァはかごいっぱいに若いイラクサの葉を集めて、おばあちゃんのところへ持っていき、シチーを炊いてくれるように頼んだ。頼んだ後になって、口がかぶれたらどうしようと考えて食べてみるのが怖くなったが、反対にシチーは間の抜けた味がした——イラクサの味は、しょせん草は草、と言ったところだった。ひとさじ口に運び、しばらくの間煮えた草をもぐもぐやったのち、カマローヴァは皿に口の中のものを吐き出してしまった。それでおばあちゃんはコンロを磨いていた布巾でカマローヴァの頬をぴしゃんとやった。

下の子たちは表のどこぞを走り回っているか、寝ているとみえて、家は静かだった。きしむ音をたてないように、カマローヴァはゆっくりとドアを少し開いて、靴を脱ぐと、手に持って部屋にこっそりと入り込んだ。もう家にいたレンカが、膝を抱えてテーブルに座り、色鉛筆でノートに何やら描きなぐっていた。カマローヴァが入って行くと、レンカはびくっと震えて素早く振り向いたが、姉の姿を見てほっと息をついた。

「父ちゃんが入ってきたのかと思った……」

「何、家にいるの?」

「わかんない」

「あんたいつ帰ってきたの？」

カマローヴァは靴を壁にもたせかけると、部屋の真ん中に置かれた簡易ストーブに近寄った。灰取口を開け、火掻き棒を取って古いホウロウ引きの鍋に灰を掻き出しはじめた。

「よお、ストーブつけるの？」

「『よお』はやめな……」

「だいぶ前に帰ってきたよ」カマローヴァの言葉を聞き流して、レンカが言った。「起きたらね、ターニャおばちゃんがカツとジャガイモを食べさせてくれてね、それにお土産にカツのおかわりもくれたよ」

「そう」

「あたし、とっといたよ」レンカは窓台のところにある紙包みを示しながら、頭をぐるっと動かした。「たくさんくれたから」

「そう」灰を掻き出すのを終え、ストーブに薪を突っ込みながら、カマローヴァは繰り返した。「マッチ取って」

レンカが近寄り、カマローヴァが伸ばした手にマッチ箱を押し込んだ。カマローヴァはマッチを擦った。以前このストーブはシルバーの塗料で塗られていたが、カマローヴァが子供の時に塗料を爪で削り取って、食べてしまったのだった。おばあちゃんは、それはカマローヴァの身体に何かが足りていないからだ、と言っていた。カマローヴァが削り取り損ねた分の塗料は、時とともに自然と剥がれ落ち、今では、そこかしこの塗料の名残と、錆びてあいた表面のぽつぽつした穴が見えるだけだった。ストーブが燃えはじめると、小さな穴越しに火が見えた。

「どうしてつけるの、夜寒くなるの？」

カマローヴァは肩をすくめた。もしかしたら、本当に寒くなるかもしれないが、それよりも単に、夜にストーブの中で石炭がくだけて、ぱちぱちと音をたてるのが好きだった。

レンカは少し黙っていた。椅子の上でもじもじした。

「あたし、ドアから入ってこなかったの。森を通ってね、窓から入ったの」

「なんで？」

「父ちゃんが怖かったから」レンカはへへへと笑った。

「だって、あのお金のことで……」

「ちゃんと返してれば何も起こらなかったんだよ。そもそも取らなきゃよかったんだ」

「もういいじゃん、カーチ……すぐそればっかり」

湿っていてなかなか燃えようとしない薪を、カマローヴァは火掻き棒でつついた。おばあちゃんがやると、いつも火はすぐに燃え上がったものだった。薪を穴に入れ、丸めた新聞紙をひとかたまり突っ込んでいた。薪の隙間にも同じように新聞を押し込んで、それから何方向かから火をつけるのだった。カマローヴァもいつもはそういう風にやっていたが、今は部屋の中に新聞の切れ端もなかったし、廊下に行ってストッカーから新しい新聞を取ってくるのもいやだった。彼女はもう一度マッチを擦り、それが燃えはじめるなり消えてしまったので、悪態をついた。

レンカはまた椅子の上でもじもじしたり、ノートに何やら絵を描いたりしたのち、我慢できなくなってカマローヴァのところへ戻って来た。

「カーチャ……カーチャぁ……」

「何の用?」

レンカはため息をついた。

「何だっての? 言いなよ」

「別に、ただ……なんでもない」

「何でもないなら、黙ってな」

「カーチ、なんで怒ってるの?」

「怒ってなんかない!」カマローヴァはぼそぼそ言った。

「そんなら、いいけど」レンカは言って静かになった。

くすぶっていた薪の一本がようやく燃えはじめた。炎が、ねらいをつけるように樹皮の乾いた鱗をなめ、それから薪全体に這い上がった。カマローヴァは小窓を閉じ、その隙間から、ゆっくりと、次第に早く燃え広がっていく炎を眺めた。ドアのところで引っ掻くような音がした。レンカは椅子から飛び降りると、裸足で走って行き、ドアを開けてやった。部屋にディーナが滑るように入って来た。レンカの腕をすり抜けると、すぐにストーブの方へ行き、煙突のまわりに座った。カマローヴァはまた火掻き棒を取ると床をこすった。ディーナは毛を逆立たせてシャーと鳴いた。

「バカだね」カマローヴァは言って、火掻き棒を元に戻した。

レンカが歩いてきて、そばに腰を下ろすと、同じように火を眺めはじめた。

「あんた脚を洗ったの?」カマローヴァは訊ねた。

「うん」レンカはしぶしぶ答えた。

カマローヴァはレンカの脚に目をやった。確かにいつもよりきれいだった。森を通って来たなんて、嘘をついているのだ。

「だってさ……ターニャおばちゃんが全身洗ってくれたもん」

「いつの話さ?」

レンカは肩をすくめた。いつもはもつれている髪が、きちんととかされてお下げに編まれていた。その上タチヤナは、こめかみのところに、ガラスの石のついた小さなカニまで留めてくれていた。

「カツレツ、持っといで」

「え?」

「カツレツ……」

「あー!」レンカはさっと立ち上がると、一瞬の後にはもうカマローヴァと並んで座り、膝の上で紙包みをくちゃくちゃに開いていた。包みの中にはこんがり焼けた四つの大きなカツレツが入っていた。カマローヴァはひとつ取って、衣を剥がし、ディーナの方を見ないで投げてやった。ディーナはかけらに食いつくと、ネズミを仕留めるように短く一度振り立てた。低く唸り、時おり姉妹の方をちらちら見ながらがつがつと食べはじめた。

「バカだねえ」カマローヴァは繰り返した。

「ん」口いっぱいに頬張りながらレンカが同意した。


「ノミ猫。ほら、お食べ!」

レンカがディーナにもうひとかけら投げた。ディーナはさっきと同じように、まずかけらにとどめをさし、それからがつがつと食べた。冷めていてもなお、タチヤナのカツレツはとてつもなく美味しかったし、ふっくらしていた。どうしてるだろう、セルギイはクロヴィツィから戻って来たのだろうか? カマローヴァは思いがけず笑いがこみ上げてきて、危うく喉が詰まりそうになった。脂染みになった紙を丸めると、ストーブの窓をちょっと開けて火の中に投げ込んだ。

「なにかあったの?」

「だから何もないって。言ったじゃん」

「ふーん、そう」レンカはため息をつくと、何か一人決めをして、ひひひと笑った。

ストーブの中で火がまだ燃えていて、床や壁に赤みがかった照り返しを投げているうちに、二人はベッドに横になった。ディーナはストーブの煙突のところに丸くなっておさまった。縞模様の脇腹が規則正しく上下していたが、黄色い目の片方はうすく開いていて、二人が寝具にくるまっておしゃべりを止めるまでの間、姉妹の動きを追っていた。ディーナがまだ子猫だった頃、レンカがディーナを無理やり家の中に入れようとしたことがあった——ディーナはレンカの腕じゅう引っ掻いて、ようやく自由の身になると、ポーチの下に飛び込んで、二週間そこに隠れていた。時が経ってもディーナは少しもなつかなかったが、ともかく家のネズミは一匹残らず捕まえてくれた。菜園のカエルも仕留めていた——時々、カエルが甲高くきーきー鳴くのが聞こえると、小さい子たちの誰かがカエルを助けに茂みに走って行き、ディーナに手ひどく引っ掻かれて、大泣きしながら戻ってくるのだった。カマローヴァはため息をつくと反対側に寝返りをうった。

「カァーチ……カーチャぁ……」

「何？」

レーナは少し黙り、マットレスをきしませた。

「何なの？」

「言わない。怒るもん」

カマローヴァは返事をせず、肘をついて体を少し起こすと、暗闇を見つめた。レンカは見えず、レンカのベッドも見えなかった。駅で深夜便のエレクトリーチカの音がした。カマローヴァは耳を澄ませた。違う、あれはエレクトリーチカじゃない、貨物列車だ。音がにぶくて、重たいから。重油を入れたタンク車と、松の木を積んだ無蓋車と、穀物を積んだホッパー車を町に運んで行ったんだ。マクシムは今、どうしてるかな……

「カーチィ」レンカが我慢しきれなくなって口を開いた。

「何さ？」

「言ってもいい？」

「言ってみな」

貨物列車はゆっくりとカーブを走り去り、静けさの中に単調などよめきがだんだんと遠ざかっていくのが聞こえた。窓の向こうでは森が黙り込み、夜は暗く風もなく、空のどこかで晩秋の雷が鳴りはじめた。

「でも、怒んない？」

カマローヴァはまたも返事をしなかった。レンカはもう一度マットレスをきしませ、ベッドから足を垂らすとスリッパを探した。が、見つからず、裸足で部屋を横ぎって走って行って、パチンとスイッチをつけてから自分のベッドに戻った。

「こっち来て」

カマローヴァはいやいや寝具から這い出ると、レンカに近寄り、並んで座った。

「ちょっと待ってて」レンカは向こうを向いて、枕の下を手さぐりし、何やらピンク色の小さな布切れを引っ張り出すと、カマローヴァの鼻先でそれを振ってみせた。

「何これ？」のろくさとカマローヴァは訊ねた。

レンカは布切れを広げた。

「パンツ！」

「えっ？　パンツってどういうこと？」カマローヴァは驚いた（レンカは生まれてこの方こんなパンツを持っていたことなどなかった）。

「スヴェートカのなの！」レンカは言った。「スヴェートカのおばさんが下着を干してたの……」

自分で意識するよりも早く、カマローヴァは片手でレンカからピンク色のパンツをもぎ取り、もう片手でレンカの耳をつかんでいた。レンカは叫び出そうとしたが、と同時にハッとなって、目を半ば閉じただ低く抑えた声をもらした。カマローヴァはレンカの耳を放してやると、盗んだパンツで顔をぴしゃりと叩いた。

「頭がおかしくなったわけ!?」

「どういう意味？」

「親父にやられただけじゃ足んないの？」

「自分で言ったんじゃん！」

「あたしがあんたに何言った？」

「きれいなパンツ持ってないって……」

ストーブが大きくバチバチと音をたて、火花が格子を越えていくつか飛びだし、床に散らばった。レンカが震えた。

「それで？……」

「どうってことないもん……ばれないもん」

確かにスヴェートカは何も気づかないだろう。仮に気づいたとしても、おばさんが下着類を洗っている時に流してしまったと思うだろう。カマローヴァたち自身、そういう風に父親の靴下を流してしまったことが何度かあった。もっとも、本当を言えばわざとそうしたのだ。後で母親が靴下の足らないことに気がついて、二人をこっぴどく叱りつけた。そうは言ってもたかが靴下――もしなくなったのが一足きりだったら、たぶん、誰もなくなったことになんか気づかなかっただろう。カマローヴァはしばらくためらったのち、レンカの手にくしゃくしゃになったスヴェートカのパンツを押し込んだ。

「いいもん……明日返すもん」レンカがぶつくさ言った。

カマローヴァは手を振り、ベッドから滑り降りると、明かりを消し、寝具をかぶらないで横になった。部屋が蒸し暑かった。

「カーチィ……それか、返さなくてもいーい？……」

「返しに行きなよ……」

目を閉じた。どこか遠く、おそらく、向こう岸のあたりで、犬が鳴きかわしていた――時おり休憩を挟みながら、まるで本当に会話しているかのように長い間鳴いていた。カマローヴァはため息をつくと寝返りをうち、壁の方に顔を向けた。レンカはもう寝入って、軽くいびきをかいていた――まるで怖いもの知らず、いい気なものだ。カマローヴァは、レンカがスヴェートカのところの木戸に忍び寄ったさまを想像してみた――レンカはそーっと木戸を開けて、ロープに下着を干している、スヴェートカのおばさんのジーナを目で追いはじめた。ジーナはまだそんなに年ではなかったが、何やら病気で、ひどく太っていたので、むくんだ足をやっとひきずって歩いていた。レンカは、きっと、ジーナが最後の靴下の一組をロープに投げかけて、手の甲で額をぬぐい、空になった金だらいにゆっくりと屈み込んで、下着から滴り落ちた水気を振り落としてから家に向かってのろのろと歩き出すのを、じりじりしながら待っていたに違いない。寝付いてからも、カマローヴァはレンカを夢に見続けていた。レンカが木戸にこっそり入り込み、シャクヤクの花壇の間を這い進んで行く――ジーナはシャクヤクが大好きで、八月と九月の頭に植えていたので、庭は秋の終わりまで全体が赤とピンクの花にすっかり埋もれてしまうのだった。ロープの張られた柱のすぐそばまでたどり着くと、レンカはぴんと背すじを伸ばして、片手で柱につかまり、何度も高くジャンプしてレースのパンツをもぎ取った。ロープがぐわんぐわんと揺れ、下着がロープからばらばら落ちはじめた、と、ドアが大きく開いて、ジーナがポーチに飛び出してきた。

「ちょっと、何してるのよ!?」そう彼女は叫んで、顔はシャクヤクみたいに赤くなった。

　レンカは盗んだパンツを両手でぎゅっと胸に押し当てると尻に帆かけて逃げ出した。ジーナが思いがけない素早さでポーチから飛び降り、レンカを追って花壇をまっしぐらに駆け出した。レンカは道路に飛び出したが、ジーナは何か叫び、止まれと言いながらずっと後を追いかけて行った。それでもレンカは、首を振り、絶対に止まらなかった。二人はとうとう駅まで走り着いて、線路沿いを町の方に向かって走りはじめた――カマローヴァは、レンカの力が尽きようとしているのを見てとった。はげましの言葉をかけてやりたくなって何か叫びはじめたが、レンカは聞こえていないらしく、枕木につまずいた。ジーナはレンカに追いつき、白っぽい髪の房を引っつかむために、もう腕を伸ばした。カマローヴァはぞっとしたあまり、ベッドの上で飛び上がり、目が覚めてしまった。あたりは静かで、ストーブの中でまだぱちぱちいっている音だけが聞こえていた。とはいえ火はもう消えており、部屋は闇に包まれていた。

「レンカ……」声をひそめてカマローヴァは呼んだ。

レンカは答えなかった。

「寝てるの?」ひそひそ声で聞いた。「なら、いいけど……」

仰向けに横になると、耳を澄ませた。空の、オレデシュ川の向こうのどこか遠くで、雷が轟いた——雷雨が通り過ぎようとしているらしい。家の中できしむような音がかすかにした。まるで、小さくて見えない誰かが、廊下を歩き回るようだった。壁紙の下で引っ掻くような音がすると、おばあちゃんは、これはシバンムシが音をたてるんだよ、と言っていた。シバンムシはこっそりと木を食い荒らし、古い家の壁をぼろくずにしてしまうのだ、と。家屋に構わないでいるから、この家はもうすぐだめになってしまう、とおばあちゃんは時々父親を叱ることがあった。それに対して父親は、自分が悪いのじゃないと答えていた。家に男は自分ひとりだけだし、女どもには手伝いも期待できない、というわけだった。カマローヴァはきつく目をつむり、それから開いて、暗闇に虹色の点々や線が漂うのを見た。レンカが夢の中でうわごとを言いはじめた。カマローヴァは聞き取れないほどの小さな声でささやいた。『奇蹟者聖ニコライ様、どうか、お願いです、レンカをお守りください、悪気はなかったんです、スヴェートカの……』と、カマローヴァは言葉に詰まった。レンカのしでかしたことを聖ニコライに言うのは具合が悪いようだった。彼女はセルギイ神父を思い浮かべた。神父は何度かカマローヴァに正しい祈り方を教えてくれたのだが、カマローヴァはセルギイが発音した『悉くの闇』、『全能』、『闇を拂ふ星』といった類の難しい言葉を記憶に留めておくことができなかった。彼女がそのことを言った時、セルギイはほっと息をつくと、神はもちろん祈りに耳を傾けてくださっているよ。もしその祈りが魂の本当に深いところから生じたものならね、だから、どんな言葉で神に祈るかは、結局それほど重要なことじゃないんだよ、と答えた。『ニコライ様』再び彼女は祈りはじめた。『だいたい、レンカの頭が空っぽだって知ってるでしょ、頭をよくしてやって、それかせめて、なんとかして誰も何にも気づかないようにして。だってパンツのことに気づいたら、ジーナがレンカをどやしつけるだろうから……』レンカがまた寝返りを打った。レンカのベッドのマットレスは、ところどころスプリングが飛び出しているほど古かった。夢を見ながらも、そのスプリングが刺さるようなのだが、起きるのをおっくうがっているのだった。隣の部屋でチビたちがごそごそやりはじめ、壁の向こうでくすくす笑う声がした後、止み、それからまた聞こえるのは古い家のいつものきしみとかさかさいう音だけになった。『チビたちのことも見てやってください』そう心の中でつけ加えると、カマローヴァは目を閉じ、すぐに静かな眠りに落ちていった。

4

タチヤナは台所の窓辺に座っていた。そこからは木戸と家に続く道が一番よく見えるからだった。そうして、ビーズでマリア様の顔を刺繍していた。以前には、ビーズで顔を刺繍することなど頭に浮かびもしなかった――以前は顔や手を描くのは夫で、彼女は衣服や、後輪や背景を刺繍していたのだった。それからセルギイがイコンをモミかマツの木の板に固定し、毎回、手彫りの額縁を作っていた。こうして出来上がったイコンは実に見事で、何かの拍子にタチヤナの腕前を聞きつけた町の神父が、自分の教区のために何枚か買い上げて行ったほどだった。タチヤナは生地の裏側から針を通すと、慎重に刺繍を眺めた。きれいにできた。彼女はほっと息をついて窓を見やった。風もなく静かな天気で、表では草の一本も揺れ動かなかった。ドゥルジョークは小屋から毛むくじゃらの顔をはみ出させて寝ていた。塀の近くに生えているリンゴの木は、丸々したリンゴの実をいっぱいつけた枝を地面に向かって伸ばしていた。塀の向こうにライラックとシモツケの茂みが見え、花こそずいぶん前に散ってしまったものの、緑の葉はいまだに濃く生い茂っていた。夕方の太陽の穏やかで柔らかい光がくまなくあたりを照らしていた。タチヤナはもう一度息をつき、それからあくびをすると、口に十字を切って、生地にビーズ玉をさらにいくつか縫いつけた。オレーシャ・イヴァンナが正しいのかもしれない。うちにはテレビが必要なのかもしれない、でも、どこで買えるだろう？……セルギイは昨日の夕方には戻る約束だったが、どうやら、何かの用事か、おしゃべりが彼を遅れさせているらしかった。人の願い事や、単なる会話みたいなものさえ断ることができないせいで、夫が約束に反して二、三日も遅れることがあるのに、タチヤナは慣れてしまった。神父としては、それは良い性質だった。タチヤナはまた口いっぱいにあくびをした。なんだって私、ここで暮らすのはザポーリエよりも楽しい、なんてオレーシャ・イヴァンナに言ったんだろう？

彼女は刺繍を膝の上に置くと、窓を開けた。しかし空気はそよとも動かずまったく新鮮にならなかった。ザポーリエでは、少なくとも、一日じゅう一人で座っていたことなどなかったのに、ここではそうしている――セルギイは朝の六時に出かけて行き、家に帰ってくるのは夜遅くか、ちょうど今ぐらいの時間――夫が出かけてしまえば、木戸を眺めていつとも分からぬ帰りを待つしかない。もし教会で何事かあろうものなら、もっとありがたいことになる……タチヤナは、自分の顎が小刻みに震えはじめたのを感じ、すすり泣いたが、激しく泣きださないように堪えた。そうしなければ、今まさに、突然彼が帰ってきて、自分の涙を見たら、悲しむだろうから。夜、彼が寝付いている時には少しばかり泣くことができたが、とはいえタチヤナは、夫が時おり彼女の様子をうかがっていることをうすうす気づいていたし、彼女が夜に台所へ行って泣いている間、夫がドアの向こうに立って耳を澄ませているのを感じたことも一度ではなかった。そんな時彼女は、夫が入ってきて、抱きしめ、慰めてくれることを望んだが、しかしセルギイは決心しかねるのか、それとも本当に彼は眠っていて、自分にそんな気がしただけだったのか、入ってくることも慰めてくれることもなかった。それに加えて、なぜかタチヤナのことをよく思っていない隣家の住人も、夜ごとにタチヤナの家でろうそくが灯ることに気づいて、まるでタチヤナの元に悪魔が通ってくるかのような考えを抱いていた。悪魔が、こともあろうに神父の妻のところに！　バカげている。タチヤナの顎がまた震えた。でも、悪魔だっていい――誰とも話をしないでいるのは辛すぎる。今度はもう自分を抑えていることができなくなって、ぱちぱちと何度もまばたきをすると、大きな涙の粒が刺繍に直接滴り落ちた。

「神よ、お赦しください！」

先日オレーシャ・イヴァンナと話をした時のことが、彼女には腹立たしかった。タチヤナは、自分がオレーシャに好かれていないことを感じ取っていた――だが、なぜそうなのかは分らなかったし、しかもそのことで却ってオレーシャが気になって、住んでいるこちら岸にも店が二つあり、そっちの方が近いというのに、わざわざ向こう岸にあるオレーシャの店に買い物に通っていたのだった。タチヤナはプラトークで涙をぬぐうと、膝から刺繍を取り上げて、三十分ほど、淡いバラ色のビーズでマリア様の顔を縫いつけていった。マリア様は悲しげな暗い瞳で、しかし優しく彼女を見つめていた。どんな気持ちだったのかしら――人の世のために愛するわが子を捧げたのは？　救世主が十字架にかけられたのは三十三歳の時だったと知っていたにも関わらず、タチヤナはいつもイエスのことを赤ん坊として思い描き、世の人が責め、磔にしたのも赤ん坊にほかならないように思われていた。ある時彼女は自分のこうした考えを夫に話した。セルギイははじめ驚き、それから少し考えて、救世主を大人と見なすか赤ん坊と見なすか、実際のところそこには何の違いもない、なぜなら主にとってはどちらも同じこと――彼の愛する子であることに変わりはないのだから、

と言った。ところで、オレーシャにも子供はいない……糸がなくなったので、タチヤナは裏側から正確に結び目を作り、ボビンから長い糸を巻き取ると、ほとんど見もしないで針の穴に通した。タチヤナの母親は今でも、両手を後ろに回した状態で針に糸を通すことができ、裁縫や刺繍の腕前よりも、この特技にザポーリエの人々は感嘆していた。タチヤナは母親のことを考えてにっこりしたが、すぐにまたオレーシャのことを思い出して、悲しげになった。オレーシャには夫もいない……。

夕方に男たちが彼女を送って行くところを、タチヤナは何度か見たことがあった。のみならず、一度など、タチヤナがいる前でピョートルが店に入ってきて、カウンターから身を乗り出し、ブラウスの襟から白々とのぞいたオレーシャの胸にいきなりキスをしたのを見たことさえある。オレーシャは彼を押しのけた。

「恥知らず！　服がめちゃくちゃよ！」

「俺が何したって？」ピョートルは驚いた。「生娘みたいな言い方しやがる！」

「恥知らず！」オレーシャはもう一度そういったが、彼女の口はいつものようにうす笑いを浮かべていたし、目は愉快そうだった。

ピョートルはもう一度彼女の方に身を乗り出したが、彼女は笑いながら身を反らした。タチヤナの方を向いた。

「何を買うの、ターニャ？」

「トヴァローク*を五〇〇グラムと、小麦粉を一キロ」

「ねえ、セルギイといて退屈じゃないの？」突然オレーシャが訊ねた。

タチヤナは答えを見つけられず、目を伏せたが、オレーシャは意地悪く声を立てて笑った。ピョートルも、彼女を見て同じくにやりとした。

セルギイとタチヤナはスサニノで、カザン生神女教会で結婚式を挙げた。今と同じ秋の初めの頃で、教会の周りの白樺はもう黄色くなり、空から細かい雨が降っていた。タチヤナは、赤い法衣姿の聖母のイコンの前に立ち、神が子を授けてくれるように祈っていた――たくさんいればいるほどいいです、でも、ひとりでも赤ん坊を授かれば、幸せです。男の子でも女の子でも構いません。でもやっぱり、二人か三人授けてくだされば嬉しいことですし、救世主の使徒みたいに、十二人子供があったらもっと――彼女はひそかに夫を見やった。彼も同じことを祈っているかしら？　と。そして、夫も同じことを、それも全く同じ文句で祈っているように彼女には思われた。それから一度として、彼女は訊ねてみる決心がついたことがない――あの時夫は実際同じことを祈っていたのか、それとも別のことを祈っていたのか？

式から何日かたって、肌着を洗いに川へ行った時、タチヤナは子供たちが入り江で水遊びをしているのを見た。五歳から七歳くらいの女の子たちと男の子たちだった。泳ぐのはまだ怖いと見えて、浅瀬でぱちゃぱちゃやっていた。いつも夏の間に軟泥を掻き出しておくおかげで、入り江の水はきれいで、岸辺にはスイレンの丸い葉がたまってくるくると回っていた。タチヤナは肌着を入れた金だらいを地面に置くと、水のすぐそばまで歩いて行った。子供たちは、見知らぬ女の人を見ると方々に散ってしまい、静かになった。

「お父さんお母さんは？」タチヤナは訊ねた。

子供たちは答えず、ただ黙って互いに見かわしていた。

「ご両親は泳いでも良いって言ったの？」タチヤナは問いただした。

「あんたに関係ある？」ようやく、白っぽい髪の女の子が答えた。

タチヤナはうろたえた。ザポーリエの子供たちは、年上の人間にこんな風な口をきくことなどなかった。

「だってもう寒いでしょう……」ためらいながら彼女は言った。「風邪ひいちゃうわよ……」

「そんなの、どうってことないよ……」同じ女の子が答えた。「鍛えられてるもん」

その子の隣に立っている、どうやら、妹らしいのが、ひひひと笑いはじめた。

「うちらはどうってことないよ。慣れてるからさ」

「すぐに水から上がりなさい」タチヤナはさとすように言った。「泳いだりしちゃいけないわ」

「なんでさ?」

「おばさんも泳いだら、水、気持ちいいよ!」

「サラファン**なんか脱いで水に入りなよ……」

子供たちはひひひと笑い、タチヤナにきらきらしたずるそうなまなざしを向けた。タチヤナは靴を脱ぐと、長いスカートの裾を持ち上げてベルトに押し込み、水に入った。水は冷たかったが、凍えるほどではないことが分かった。底から軟泥のふんわりした塊が舞い上がった。タチヤナは一番近くにいた髪の白い女の子を両手で捕まえようとしたが、女の子は身をかわすと、飛びのき、タチヤナの顔に水を撥ねかけて、笑い出した。タチヤナがその子を追って右へ左へ動き、捕まえようとする度に、女の子はするりとよけてタチヤナに水を撥ねかけた。ほかの子たちは周囲をくるくると回りながら、お互いに、それからタチヤナに水をかけ、きゃーきゃー言ったり、笑ったりしていた。

「サラファンを脱ぎなよー!」

「服着たまま水に入るなんて変だよ!」

「どこから来たの?」

「もう、おしまい!　皆岸へ上がりなさい!」タチヤナは厳しい声を出そうとしたが、その代わりに自分自身笑いはじめてしまった。

「捕まえてみて、おばちゃん!」

「ナターシカを捕まえてよ!」

「ワーリカを捕まえなよ、のろまだもん!　ほら、後ろ!」

「今おばちゃんに水かけたよ!」

「ワーリカ、気をつけて!」

タチヤナが振り向いた、と、ワーリカは足踏みをして、

* チーズの一種。発酵させた牛乳からホエーを取り除いて作られる。カッテージチーズとは異なり、脂肪分を豊富に含んだタイプのものもある。
** 女性用の伝統的な衣装で、袖なしの長い衣服。

水底から軟泥の渦巻きを起こした。それから濁った水を両手で掬い取ると、タチヤナに浴びせようとしたが、バランスを保っていられなくなって、自分でこしらえた泥水の中に背中からどぼんと沈んでしまった。

「ワーリカが沈んじゃった！　助けて！」

「おばちゃん、助けて！」

タチヤナがワーリカを持ち上げてやると、驚いたからか、それとも怒ったからか、ワーリカは小さな拳で涙を顔じゅうに塗り広げながら大声で泣きわめいた。自分の足で立たずにタチヤナにしがみついた。ほかの子たちは彼女を囲んで、幅広の袖をひっぱりはじめ、ベルトからスカートを引き抜いたので、裾が水の中に落ちた。

あの日から十二年が過ぎた。タチヤナは光がよく当たるように刺繍を少し持ち上げ、出来の良くないところはないかじっと眺めた。いつも彼女はとてもゆっくりと刺繍の仕事をした。ほかの縫い手なら一週間でするだろうところを、一カ月、時には一カ月半もかけて縫うのだった。縫物の極意を教えてくれたママは、こう言っていた。『裏側から刺繍を見なさい。表がきれいに見えたとしても、裏から見て結び目とか糸の余りだらけだったら、それは、良くない刺繍なのよ』。ママは自分でも、今も縫っている。ここ数年は目が弱くなったけど、腕は見事に仕事を覚えていて、縫い目はやっぱり一針一針均等に仕上がる。イコンを縫うために、タチヤナはわざわざスサニノに行き、そこの神父に祝福を授けてくれるように頼んだ。神父は彼女の刺繍を見ると、敬意を表するように頭を振って、神の嘉みせし仕事を祝福し、道中のためにタチヤナに自分の妻が焼いたキャベツのピローグをくれた。スサニノの神父のところには五人の子供がいた――三人の女の子と双子の男の子で、全員スサニノの小学校のそれぞれ違うクラスで学んだのち、双子は二人とも神学大学に進むことを希望した。

タチヤナとセルギイは、あの時、川での出来事は、神が送ってくれた良い徴だと決めたのだった――二人にたくさん、男の子も女の子も、できるだろうと。タチヤナは唇を噛みしめた。きっともう、目も赤くなってしまっただろうし、顔もむくんだだろう……せめて一人だけでも子供が、女の子がいてくれたら。皆が見とれてしまうようなお洋服を縫ってあげたのに。ビーズのアクセサリーも作ってあげて、縫物なんかも教えてあげたのに――今、娘と座っていられたらどんなによかっただろう。その子は小さな刺繍枠の中を縫いながら、ちゃんと縫えているかひっきりなしに聞く、とタチヤナは自分の縫物は放り出して、娘の刺繍を取り、褒めてやり、直してやり、裏側から見てやるのだ……

「ああ、神様、聖母様、お赦しください！」タチヤナは両手で顔を覆い、けいれんしたようにすすり泣きながらしぼりだすように言った。

八時頃、窓の向こうが暗くなりはじめた。垂れ込めてきた夜の寒さに目を覚ましたドゥルジョークが、何度かにぶい声で吠え、それから犬小屋に入って行った。灌木とリンゴの木は薄闇に沈み、ポーチの上の小さなランプが庭の家屋に近いあたりをようやく照らしていた。木戸はもう見分けられなかった。空腹だったが、タチヤナは、一緒に夕食を取るためにセルギイを待つのだと固く決意していた。実際昨日も、ほとんど真夜中まで彼を待ったあげくに、結局食事もとらず、お茶を飲んでいくつか〈クルフカ〉を食べただけで横になった。それにしてもあのお菓子の何がいいのかしら？　歯にくっつくものを……ああいうのを気に入るのは子供くらいなものね。

彼女はもう少し刺繍をしたが、そのうち、まるで塩でも入ったように目が痛くなってきた。そこで刺繍を部屋に持っていき、棚に片付けると台所に戻った。夫に合わせて、彼女は早起きするのに慣れていた。村の女の大半が愚痴をこぼしている家の仕事をこなすのは、彼女には容易なことだった。彼女は生まれつきの働き者だった――何しろザポーリエでは仕事はもっとたくさんあったし、もっと大変だった――村で唯一の井戸まで、それぞれ広い敷地つきの家を十戸も先まで通って行かなければならなかったくらいだ。それに加えてセルギイは時間のある時にはいつでも彼女を手伝ってくれたし、休みの日には料理までしてくれることもあった――その後でタチヤナが長いこと台所を掃除するはめになるのはそうだとしても。いずれにせよ、嫁入りして、窓のそばに座って考えごとをする以外、何することもない暇な時間ができたことに気がついてタチヤナは驚いた。村の色々な噂話をタチヤナは好きではなかったし、子供の頃から本を読む習慣がなかったので、夫がいない時に読むのは祈祷集と聖者伝だけだった。だが聖書の言葉はしばしば彼女には雲をつかむようなものに思われ、自分は何か間違った解釈をしているのではないか、何か誤解しているのではないかと心配していた。世間の小説などはタチヤナはほとんど読まなかった。いつだったか、オレーシャ・イヴァンナが何か本を持っていたのを見たことがあった。オレーシャはタチヤナが興味を示したことに気づくと、本を見せてくれた。タチヤナは表紙を見るなり嫌悪感に駆られたが、オレーシャは突然彼女に本を押しつけはじめた。読んでごらんなさいよ、ターニャ、気晴らしになるから、と言って。

彼女はテーブルの上で手を組み、その上に頭を乗せると目をつむった。客間のペチカの向こうでコオロギがちりちりと鳴きはじめたが、その鳴き声が大きくて、まるですぐそばにいるような気がした。タチヤナは耳を澄ませて、二つの声を聴き分けた。

「リーン、リーン」一匹が大きく鳴き、それから小さくつけ加えた。「リーン……リーン……」

「リン、リン、リン」答えるようにもう一匹が断続的に鳴いた。「リン、リン、リン……」

きっと、オスのコオロギがガールフレンドをペチカの裏に誘ったのにちがいない。夏の間はコオロギの声は聞かれなかった。暖かい時分にはコオロギは外で暮らし、夜が涼しくなりはじめると家の中に居を移して、春の終わり頃までペチカの裏にいつくのだった。タチヤナは想像しながらコオロギの会話に耳を傾けはじめた。そうするとますます、オスのコオロギが、愛し合い仲睦まじく暮らそう、たくさん子をもうけよう、と恋人に話しかけているように彼女には思われてくるのだった。

「リン、リン、リン」ガールフレンドが答えて歌った。

タチヤナは気づかぬうちに眠り込んでいた。と、木戸のところに車が停まった音で目が覚めた。

ピョートルがスイダからの帰り道で、ついでに何かをクロヴィツィに届け、そこでセルギイに会って、家まで送り届けることを申し出たのだ。タチヤナは、彼の〈ガゼリ〉のエンジン音を聞きつけると、寝てなどいなかったかのようにさっと飛び起きて、出迎えに走って行った。

「お茶の一杯でも寄って行ってください……昨日焼いたリンゴのピローグがあるから……」肩をプラトークで包む間もなかったので、寒さに肩を縮めながら、タチヤナはピョートルに早口に言った。「ちょっとだけでも……」

「冗談！」ピョートルは手を振った。「女房にどやされちまう。ただでさえ遅れちまったんだ」

セルギイが何やらまごついた様子でピョートルを見やり、タチヤナもなぜかどぎまぎした。ピョートルはセルギイより背が高く、頭の毛はどの方向からもツンツンと突き立っていた。顔はそれほどハンサムではなかったが、女性を惹きつけるある種の魅力があった。

「奥さんは怖い?」だしぬけにタチヤナが訊ねた。

「そりゃもう!」ピョートルは笑い出した、と、暗闇に彼の大きくて揃った歯がきらめいた。歯は、村の大多数の男たち同様、〈ベラモール〉を吸うせいで黄色がかっていた。

「何を言うんだい、ターニャ……」セルギイは彼女の肩に手を置くとピョートルに言った。「ありがとう、送ってくれて。でなきゃ、こんな遅くにあのクロヴィツィから脱け出したりできなかったよ」

「なんてことねえよ、お隣さんじゃないか」ピョートルは肩をすくめた。

実際には彼らは隣人同士ではなかった。ピョートルは向こう岸の、駅の近くに住んでいたからだ。タチヤナはそのあたりへは数回しか行ってみたことがなく、一度など道に迷ってしまい、裏通りのどこかから敵意に毛を逆立てた大きな犬に吠え掛かられた。それから、高い女の声が塀の向こうで叫びはじめた。『だめよ、シャーリク!だめ! こら!』。あれは一年か一年半前のことだった。

「じゃあ、気をつけて!」セルギイが言って、ピョートルと握手を交わした。

ピョートルは向きを変えると急ぐ気色もなく自分の〈ガゼリ〉の方に歩いて行った。木戸をくぐるなりマッチを擦ったので、薄闇にタバコの丸い、オレンジ色の火が燃えはじめた。

「お茶を、だって? ターニャ」家への小道をタチヤナとともに行きながら、セルギイがこぼした。「ウォッカを勧めなけりゃならなかったのに……まったく、あなたという人は」

「ごめんなさい」小さくタチヤナは言った。

ピョートルとオクサナのところには子供が二人あった。男の子と女の子で、男の子は父親似、女の子は母親似だった。女の子のことをタチヤナはとても気に入っていた。彼女はしげしげと教会に通ってきて、声を出さずに、ふっくらした子供らしい唇を動かしながら長いこと祈っていたからだった。あの子も神が授けたのだ。ポーチの階段を上ると、タチヤナはドアノブに手をかけたが、不意に手を離し、夫に向き直ると、彼にすがり、聖衣に顔をうずめておいおいと泣きはじめた。

「ターニャ……ターニャ、一体どうしたんだい……」困惑してセルギイがつぶやいた。彼の片手は旅行鞄と包み(包みには、クロヴィツィの住人が感謝の気持ちを示すために昔からの慣習に従って集めてくれたピローグ、卵、菜園でとれた色々な野菜が入っていた）でふさがっていた。

タチヤナは何も言うことができず、ただすすり泣き、彼の衣服をくしゃくしゃに握りしめた。

「ウォッカのことなんて、気にしなくていいんだよ……」セルギイは、自分の鼻も泣きたいようにむずむずしてきたのを感じた。神おひとりだけが、人間の涙をどうしたらいいかご存じなのだ！「ターニャ、どうしたの……さあ……タニューシャ……」

夕飯の間タチヤナは一言も口をきかず、黙ってうつむきながら、昨日の昼から用意していた魚の煮凝りをフォークでいじくり回していた。セルギイも何も言わなかった。ただ、また妻が泣きださないことを神に祈っていた。

クロヴィツィで彼は百歳近い老婆の領聖式を執り行うために呼ばれた――自分が着く前に老婆が死んでしまうか、昏睡状態に陥ってしまいはしないか、そうなれば彼女を天国へ送り出してやれないことになるのではないか、それを心配して彼は急いだ。ところが老婆は、彼が部屋に入ってきたのを聞きつけると、水色がかった老人らしい目を開いて、彼を見つめ、不満げに言ったのだ。『なんだってこんな若造を寄こしたのかね？』。それから三日後に彼女は死んだのだが、その三日間に、自分のほとんど全人生をセルギイに話してのけたのだった。

「もう寝ようか、ターニャ……もう遅いから」とうとうセルギイは意を決して言った。

タチヤナは元気なくうなずいて、

「リンゴのピローグを食べない？　セリョージェンカ」

「食べるとも！」セルギイは喜んで言い足した。「君はピローグの名人だものね」

「お魚はどう？　美味しくなかった？」

「また、今日はどうしたんだい、ターニャ？　何かあったの？」

タチヤナは返事をせず、何か大儀そうに立ち上がると、ピローグを取りに行った。

クロヴィツィの老婆は――昔風に、ワシリーナばあさんと呼ばれていた――八年前に死んだ、カマローヴァ家のマリヤにどこか似ていた。セルギイはミーシカが教会に自分を呼びに来た時のことをよく覚えていた。へべれけに酔っているせいで、立っているのもやっとという具合でこちらへ近寄ってくると、倒れまいとしてタチヤナが縫ってくれた領帯につかまってきた。

「助けてくれ、神父さん……おふくろが死にそうだ」

「だけど、お母さんは信者じゃないだろう」セルギイはうろたえた。

ミーシカは酔っている人がそうするように頭を振った。

「あんたを呼んでるんだよ！……」

「そう、呼んでいるのなら……」

マリヤは小さな暗い部屋の汚れたシーツの上に、ウールの寝具に包まれて寝かされていた。部屋は寒くもあり、蒸してもいた。マリヤは一度とて太っていたことがなかったが、年老いるにつれてまったくやせ細ってしまったので、重たい寝具の下でごく小さく、とても弱々しく見えた――セルギイはその時も、間に合わないのではないか、そうなれば彼女は聖油を塗ってもらうことも秘蹟を授かることもなく死ぬことになるのではないかと肝を冷やした。マリヤが寝ているベッドのそばの、小さなテーブルに慎重に布を広げ、その上に聖櫃を置き、ろうそくに火を点けた。火はようやくのところで燃えていた――明るい、震える炎は、今にも消えそうだった。ミーシカがドアのところをうろついていた。

「あっちへ行ってくれないか、頼むから」静かにセルギイは言った。

ミーシカは言い返そうとはせず、出て行った。セルギイはほっと息を吐くと、マリヤを見やった。マリヤは半ば閉じかかったまぶたの下からセルギイを注意深く眺め、黙っていた。セルギイは聖別されたパンとワインをおさめた聖櫃を拝し、「主の祈り」を読みはじめた。「信条」の一行目に移った時、壁とベッドの枕元の間で何かが動く音が聞こえた。彼は祈祷を中断すると、近寄って行って、暗がりを覗き込んだ。果たして、背中を壁に押しつけて三人の子供が座っていた。二人の女の子と、五、六歳くらいの男の子だった。痩せているために、子供たちは実際よりも幼く見えた。

「聖エカテリーナのしもべに聖エレーナのしもべ……」そう言いかけたが、男の子の名前は知らなかったか、思い出せなかったので、セルギイは口ごもった。「そこで何をしてるんだね？……」

「おばあちゃん、死んじゃうの？」年上の女の子が質問に質問で答えた。

「死ぬのじゃなく、永遠の生命に溶け込むんだよ」セルギイは正してやった。

子供たちは黙っていた。彼らに何が分かるだろう？部屋の中は何やら酸っぱい臭いがした。

「セルギイ……」突然マリヤが呼んだ。

「どうしました、マリヤ・フョードロヴナ？」

呼んだことで力を使い果たしたかのように、マリヤは息をつくと、黙ってしまった。セルギイは姿勢を正し、マリヤは彼女の額に手を置いた——額は冷たく、新聞紙のように乾いていた。

夜の間にミーシカが何度か部屋を覗き、あれこれ質問した。ナターリヤも部屋を見に来た——青ざめて髪は乱れ、着古したガウンを羽織っていた。子供たちを追い払おうとしたが、セルギイは、子供たちは邪魔ではないから、と言ってやった。ただ告解の間だけは出て行ってもらって、祈祷が済むまで外で待っていてもらうことになるけれど、とも。ナターリヤは彼を挑戦的に見、鼻で笑ったが、ともかく子供たちをそのままにしていった。

人々は往々にしてこんな調子だ。神を信じないし、教会にも通わない。ところが定められた時が迫ってくると、彼らが神や永遠の命を信じ、神父に自分の人生を伝え、罪を悔い改めて神の赦しを受けられるように神様が祝福してくれると思い込む——そこで、重い罪から魂を救ってもらおうと聖職者を呼ぶのだ。マリヤはひっきりなしに、力を振り絞って呼吸していたが、彼女の胸の上の寝具はかすかに持ち上がるのみだった。

「死にたくないよ、神父さん。せめてあと少しだけ生きたいよ……」

「神はすべてを赦してくださる」セルギイは見当違いな答えをした。

「バカだね」マリヤはため息をついた。「まだまだ若いね……」

タチヤナが彼の前にソーサーに乗せたティーカップと、一切れのリンゴのピローグの皿を置いた。少しためらってから、彼を抱きしめ、頭にキスをした。

「ごめんなさい、セリョージャ……私、バカで」

「またそんなことを……気にしなくて良いんだよ、ピョートルのことなんか！　どうということもないさ……」

タチヤナは小さく笑い、もう一度彼にキスをした。

夜遅く、ベッドに横たわりながら、セルギイはタチヤナが台所で動き回っている音を聞いた。彼女は片付けものを朝まで置いておいたことは一度もない——そういう性格だから……彼女はここで、夫がいないことに疲れ、寂しがっていたのだろう、ところが自分は——平気で……セルギイは妻を傷つけたことで自分自身に腹を立てながら、ため息をついた。旅行鞄の中にはタチヤナのためのの刺繍のプラトークが入っていた。クロヴィツィでワシリーナの親類のある女性が彼にくれたものだった。彼は寝返りをうった。……まったくご立派なことだ、仮にも聖職者、神父の身でありながら！　誰の言うことも聞かず、数学・力学部に入っていればよかった。

マリヤはゆっくりと死んだ。明け方近く彼女は寝具の下から手を出すと、指で首に触れ、こう言った、「脈がないよ……」。そして息を引き取った。

もの悲しげな秋の雨が窓に降り注いでいた。窓の向こうでは森が揺れ、九月の早朝でなければ見られぬような静けさがあたりを支配していた。カマローヴァは、妹と弟の手を引いて、そばへ近寄ってみた。そして乾いた目で、まだ少しも面変わりしていない、まるで生きているような祖母の顔を注意深く見つめた。セルギイは習慣からカマローヴァの頭を撫でた。と、彼女はかすかな音をたてて息を詰まらせた。

「泣きなさい、聖エカテリーナのしもべよ。泣けば楽になるよ、泣きなさい……」

しかし彼女は泣かなかった。ただ、小さく高い音で喉を鳴らしつづけた。それから妹と弟を行かせると、ありったけの力をこめて手のひらで口をふさぎ、目をぎゅっとつむって、閉じた窓から湿った秋の風が吹きつけてくるかのように体を揺らしながら、長い間そうして立っていた。

『ハリストスの天使、吾が聖なる守護者、我が靈《たましい》と體を守る者よ。我が今日犯しし罪を悉く赦し、我を我が仇の諸《もろもろ》の計《はかりごと》より救い……』

タチヤナが入ってきて、そっとベッドに横になると、夫を起こしはしないかと案じながら寝具をかぶった。楽な姿勢を見つけようとしばらくの間もぞもぞした後で、聞こえるか聞こえないかのささやき声で夫に訊ねた。

「セリョージャ、起きてる？」

『……今日犯しし罪を……悉く赦し……聊《いささか》も罪を以て神の怒りを招くことなからしめ給え……』

セルギイは答えないで、眠っているふりをしながら、いっそうきつく目をつむった。タチヤナはしばらく黙っていたのち、指でかすかに彼の肩に触れた。毛布越しにはその感触は伝わってこなかった、が、察することはできた——彼女は良くこういう風にしたから——その後で、彼が目を覚ますのを待ちきれないで（もっとも、彼の方はたいてい、もともと眠っていなかったのだが）台所へ出ていくのだった。

「いいわ、寝てね……」またしばらく黙っていた。「おやすみ、セリョージャ……」

『尚我罪なる當《あた》らざる僕の爲に祈りて、我を至聖三者と吾主イイススハリストスの母と、諸聖人との恵と憐とを受くるに堪うる者とならしめ給え……』

いつかは、妻が胸の中にあることを打ち明けてくれると思いたいが、目下のところ彼女は告白の代わりに始終か身近のことだけだ。家事のことだったり、刺繍を見せて、こんな風に訊ねたりする――『気に入った、それとも気に入らない？』。気に入ったよ、と言われると、小さな女の子のように赤くなる。セルギイは枕に微笑んだ。彼がタチヤナを初めて見た時、彼女は生家の塀のそばのベンチに座り、刺繍枠を使って刺繍をしていた。セルギイは、赤ん坊に洗礼を授けてほしいと頼まれた家に行くにはどうすればいいか訊ねた。タチヤナが刺繍から顔を上げると、セルギイはぽかんと口を開いたまま立ち尽くすことになった。洗礼式からの帰り道、彼はわざとタチヤナの家のそばを通ってみたが、もう彼女はいなかった――ベンチは空になっていた。次に村に来た時、彼は結婚の申し込みをしたのだった。

『尚我罪なる當らざる僕の爲に祈りて……主よ、ですがなぜいつもこのようなのです？　あなたは賢明で慈悲深い、あなたは開かれた本のように人の心をお読みになる。もし人間があなたによって、あなたに似た姿に創られたなら、なぜ人の心だけが暗闇なのですか？　自分の妻の心でさえも。聖書には夫と妻は骨肉一体と、二人は一つ身だと書かれているにも関わらず……』

セルギイの前任者だったアレクサンドル神父は、神父でありながら村でも珍しいほど粗野で無礼な、がっしりした体格の人で、若い時分は体力自慢でもあったが、年をとるにつれて度はずれの飲酒のために健康が損なわれ、人間が神によって創られたのは、聖書に書いてあることのみに期待を寄せるのではなく、時には自分の頭で考え、決断するためなのだ、と言っていた。アレクサンドルには妻がなかったから、そんな風に言うのも易しいことだったのだ。

「おやすみ、セリョージャ……」タチヤナがもう一度彼の肩に触れ、そっと髪を手で撫でた。

『……尚我罪なる當らざる僕の爲に祈りて、我を至聖三者と吾主イイススハリストスの母と諸聖人との恵と憐とを受くるに堪うる者とならしめ給え……』

「ターニャ……タニューシャ……」

タチヤナはすぐに返事をせず、驚いたように訊ねた。

「起こしちゃった？」

「いいや、寝てなかったんだ。うとうとしていただけで」セルギイは目を開けるとタチヤナの方を向いた。暗闇の中で彼は妻の顔の輪郭と豊かな髪を見分けた。頭が痛くなるので、彼女は普段夜には髪を編まなかった。

「タニューシャ、ちょっと話したいことがあるんだ……」

タチヤナはせわしなく呼吸した。動揺すると、彼女の呼吸は不規則になり、小さな鼻の鼻孔がかすかに震えるのだった。

「話ってなに？　セリョージャ」

『我が是日《このひ》に於て言《ことば》と行《おこない》と思《おもい》にて犯しし事を赦し……』

「うん……」セルギイは口ごもった。「……私がいなくてどうしてた？　とても退屈したかい？」

「ううん、……それなりに過ごしてた」

見えなかったが、彼はタチヤナが微笑んだのを感じた。

「マリア様のお顔をビーズで刺繍していたの。きれいにできたわ」

セルギイは闇越しに彼女の顔を見つめながら、黙っていた。妻は美しい。美しくて善良だ。

『……我が是日に於て言と行と思にて犯しし事を……』

「お前の顔もマリア様みたいだよ」

タチヤナは照れたように笑い出した。

「何を言うの、セリョージャ……」

「違うかい？」

セルギイは闇に手を伸ばした。タチヤナから発せられる見えない光が闇を暖めているように彼には思えたが、タチヤナは指をすり抜けた――指の下に空気の動きだけを感じた。

「どうしたの、ターニャ？」

彼女は答えず、顔を枕に押しつけた。秋の闇はただの闇に代わった。セルギイはため息をつくと、仰向けになって天井をじっと見据えた。

かつて力ずくで息子を神学大学に入れた彼の父親は、村で准医師として働いていた。無神論者で、ほんのちょっとした反抗の気色にもすぐさま鉄拳の制裁を加えた。教会のお勤めは父親には訳の分からぬ無意味なものに思われたが、と同時に、難しいものでなく、当人の言い方を借りるなら、彼が朝から晩までその中をせかせかと動き回っている『人間的な泥沼』から救ってくれるものでもあった。泥沼というのも、准医師支所を閉めている時間にも、『ペトローヴィチは口は悪いが、自分の仕事はちゃんとする』と言って、病人たちが彼の家にやってきていたからだった。学課の後、実技試験のために教会スラヴ語と必要な祈祷を暗記していたセルギイは、父親が壁の向こうで誰かの脱臼を治してやったり、ひょうそを切ってやったりする音を聞いていた——父親の罵詈雑言と、これも同じく口汚い文句に満ちた患者の叫び声が入り混じっていた。

『……尚我罪なる當らざる僕の爲に祈りて、我を至聖三者と吾主イイススハリストスの母と、諸聖人との恵と憐とを受くるに堪うる者とならしめ給え……』

彼は目を閉じ、そうしてしばらく横たわっていたが、疲れていたにもかかわらず夢はやってこなかった。

『主我が神、我等が信じ、諸の名に越えて名づくる所の者よ……』

心の中で次の祈りを唱えはじめると、すぐに胸が何か軽くなった。いったいどうして自分の中に信仰が芽生えたのか、彼は一度も考えてみようとしたことがなかった。母親は父親と同じように無神論者で、准医師支所で道具を洗ったり包帯を巻いたり、看護婦として働いていた。物静かで、話をする時はいつもどこかよそを見ていた。誰かが思いがけず彼女に触れようとしたり、背中の後ろのあんまり近くを通り過ぎたりすると、全身を縮こまらせるのだった。

信仰はどういうわけか独りでに現れ、祈りの言葉と教会スラヴ語の反復によって、気づかぬうちに彼の中に流れ込んだ。ある時、彼は父親のところに立ち寄った。父親は、神の名を引き合いに出してなだめたり罵ったりしながら、隣村から来た女の腕の付け根にできた巨大なできものにかかりきりになっていた。(できもののせいで、女は乳しぼりができなくなっていた。)セルギイは神の名をみだりに唱えてはならないと父に教えた。父親は女のできものから離れて、椅子から立ち上がると、大きく腕を振って未来の神父にしたたかにびんたを食らわせたのだった。このことを思い出して、セルギイはくすりとし、声を立ててタチヤナを起こさないように手で口を押さえた。彼女に刺繍を見せてくれるように頼まなければならなかった。きっと、それを待っていたはずだ。

「ターニャ……」返事があることを期待しないで、セルギイは声をひそめて呼んだ。ところがタチヤナはややあって答え、こう訊ねた。

「また告解でいろんな話を聞くことになった？」

彼女は、セルギイが告解で知った秘密を決して口外しないことを知っていたので、いつも大まかな話にしか興味を示さなかったし、詳細は聞かないようにしていた。常に穏やかで声を荒げもしない夫を見ていると、時おり、夫が胸のうちに、普通の人間だったら信仰を失い絶望してしまうに違いないほどたくさんの他人の罪を抱えていることを思うのだった。

「うん、そうだね……」

遠く、向こう岸のどこかから、長く尾を引くような遠吠えが聞こえ、答えるように村で犬が吠えはじめた。ドゥルジョークも寝ぼけたままにぶく二度ほどうなった。タチヤナは寝具の下で身震いした。

「どうしたの、ターニャ？」

「怖いわ……」彼女はつぶやいた。「あれはオオカミだもの……」

「オオカミだって？」セルギイは驚いた。「犬が吠えてるんだよ」

「ザポーリエではああやってオオカミが吠えたの。冬に毛布にくるまって眠ろうとすると、オオカミが吠えはじめるでしょう、そうすると、まるで窓のすぐ下にオオカミがいて、今にも家の中に入ってくるような気がするの」

セルギイはおかしくなった。

「オオカミがお前に何をするって？　あれは犬だよ、オオカミなんかじゃないさ」

「オオカミよ」真剣にタチヤナは繰り返した。「いつだってオオカミは不幸なことがあると吠えるんだもの」

セルギイはため息をついた。皆なんでも不幸の知らせとやらにしてしまう。オオカミが森で鳴くのは、飢えか退屈のせいだ。（それか、嬉しくて鳴くのかもしれない。誰に分かろう？）サンカノゴイが鳴きはじめれば、それは誰かがもうすぐ死ぬ合図だ。敷居を踏んではいけない──家の中に不幸を持ちこむことになる。何か忘れ物をして取りに戻ったら、必ず鏡を見なければならない。誰かに明日の天気予報を見たか訊ねる、と相手は空を見据えて言うだろう、夕焼けが赤ければ明日は強い風が吹く、あるいはたとえ雲があっても夕焼けが金色なら、天気は良くなる。5チャンネルではまた嘘ばかり並べているから、テレビの予報を信じる必要はない、と。お産を終えたばかりの女には、ちょっと頭の回る誰かが中心地区から救急車を呼ぶことを思いついてくれない限り、「産婆」が呼ばれる。ためしに、医学学校の修了証書は持っているのかと産婆に聞いてみるといい、彼女はまずそんなものは見せてくれないだろう。その後でまさにこの赤ん坊が洗礼のために教会に連れてこられるのだが、こうしたことはすべて異教的で反啓蒙的であり、老婆たちや「産婆」たちの迷信にすぎないということは誰も理解していない。町と村はたった一六〇キロメートルしか離れていない、エレクトリーチカに乗れば目と鼻の先だ。だが、通り抜けられないぬかるみがある。セルギイは、ピョートルの〈ガゼリ〉に乗って来たクロヴィツィからの帰り道で、二度も泥のぬかるむ水たまりにはまり込んだことを思い出した。オオカミが遠くでまた吠えはじめた――冬が近づきつつあるのをこぼすような陰気な鳴き声だった。セルギイはタチヤナの頭を撫でた。

「オオカミも神の生き物だよ、ターニャ」

タチヤナは何も答えなかった。セルギイはさらにもう何度か、機械的に彼女の髪に手のひらを滑らせた。

セルギイの父親は早くに死んだ。その時セルギイは大学の一年を終えたばかりで、まだ試験の最中だったにも関わらず、急いで町から戻って来た。葬式には多くの人が集まった。村で父親は皆に好かれていた。というのも、父親が脱臼を治してやったり、膿を切ってやったり、夜中に突然痛み出した歯を引き抜いてやったりしたことのない人間は、村ではほとんど見つけられそうになかったからだ。葬儀の後でアレクサンドル神父がセルギイを呼び、わきへ連れて行った。

「どうだね、勉強しているかね?」

「はい」セルギイはうなずいた。

「どれ、ひとつ……」

「天に在す我等の父や。願くは爾の名は聖とせられ。爾の国は来り。爾の旨は……」セルギイはゆっくりと唱えはじめたが、すぐさま軽いいら立ちを覚えた。もう立派な大人で、大学で勉強している自分だというのに、アレクサンドル神父の前では中学生となんら変わらず、テストでも受けているような気分だった。

アレクサンドル神父はしばらく聞いていたが、それから笑い出し、小バカにしたように手を振った。セルギイは黙り込んだ。

「お前のおやじさんは罪深い男だったし、神のことは少しも信じていなかったと言わざるを得まい」

セルギイは、何と答えたものやら分からず、黙っていた。堂々たる体躯で自分の前に立っているアレクサンドルを面と向かって見つめた。臭いから判断するに、朝から神父は少なからず飲んだらしい。

「とはいえ、父親を恥じることはない……」アレクサンドル神父は、すり抜けていく思考を捕らえようとするかのように頭を振った。

「はい、恥じてはおりません……」

「恥じることはない」まるでセルギイが反論したかのように、アレクサンドル神父は頑なに繰り返した。「なぜなら我々のうちの誰一人として神のお考えを理解することはできないのだからな。何人葬列にやって来たか見たかね?……」

「見ました……」

「村じゅうが来たのだ」アレクサンドルは振り向いて、墓地の方を見やった。建ったばかりの墓の周りになお何人か残っており、小さな声で何か話していた――きっと、死んだ人間の話をしているのだろう。セルギイの目は、墓のすぐそばに立っている母親のじっと動かない小さな姿に止まった。夫の死を惜しんでいたのか? 父親は、よく彼女をぶっていた――もっとも、ほかの男たちが自分の妻をぶつほどにはやらなかったし、同情してやる時も少なくなかった――自分流のやり方で、優しい言葉などはかけず、ただまれに、頭を撫でてやったり肩をつかんで軽く揺すったりして、「そう気を落とすな。あの世では皆一息つけるんだから」と言ったりするだけだったが――ともあれ、同情していた。父の後に来た、やたらに鎮痛剤を処方することと中心地に患者を移送することしか能のない新しい准医師と、母親は一緒に仕事をすることはなく、夫の死後それほど長く生きてもいなかった。セルギイとタチヤナの結婚式も、セルギイの叙聖も見ることはなかった。きっと、タチヤナのことを気に入っただろうに。

「そうさ……」考え深げにアレクサンドル神父が言った。「お前のおやじさんはいつだったかわしの目から棘を抜いてくれたんだ。ほら、見えるかね?」

ひどく酒臭い臭いをまき散らしながら、彼はセルギイの方に身を屈めると、指で下瞼を引っ張った――眼球の下の方に、細くて白い傷跡が見えていた。セルギイは身震いした。

「薪を割っていて」アレクサンドル神父が説明した。「破片がまともに目に飛び込んできたんだ。終わりだ、この世での残りの全人生を片目で過ごすんだ、と思ったよ……仰天してこすってしまったものだから、破片がますます奥に行ってしまってね」彼は背筋を伸ばした。

「それで、父がそれを引き抜いたのですか？」

「急いでおやじさんのところに走って行ったさ……ペトローヴィチは、わしを見て驚いてたよ。何せ一度も病気なんかしたことがなかったからな、神様に護られていたのさ……ところがその時は目を開けることもできない、涙は流れるし、何か言おうとするんだが、何を言ってるのか自分でも分かりゃしない……ひどくうろたえていてな、神よ赦したまえ、だ。それからペトローヴィチが棘を抜いてくれた。腰掛にわしを座らせて、ランプで目を照らして、ピンセットを取ると一秒のうちに引っこ抜いて、アルブチドを振りかけると、わしを家に帰したというわけさ」アレクサンドル神父は、何かほかのことも思い出して言葉を遅らせた。「ところが、告解はきっぱりと断りおってな」

「ということはつまり……告解をしなかったのですか？」セルギイはうろたえてつぶやいた。

「告解も領聖式もなしに逝ったということですか？」

「それが何だというのかね！」アレクサンドルはまたしても手を振った——彼には、話をしている最中に、相手の鼻先で手を振る癖があった。村では、彼が修道院長と話していたある時、いつものように手を振ったところその手がまともに相手の鼻に当たってしまい、年老いた修道院長はひどく腹を立てた、などと言われていた。「あの男に告解が何だというのかね！」

「ですが、どうにかして……」

鼻をぶたれないように、セルギイはアレクサンドル神父から距離を取ろうとした。ところがアレクサンドル神父は突然大きな手を彼の肩に伸ばすと、指で肩をぎゅっと握ったので、セルギイは少し顔をしかめることになった。

「お前はまだ若い、セルギイ。神は祈祷の中にのみ存在するのではない。神は人間の行動の中におられるのだ」

『我等が信じ、諸の名に越えて名づくる所の者よ、我等眠らんとする者に靈と體との息を與え、我等を諸の邪なる夢と……』

セルギイは耳を澄ませた。タチヤナは穏やかに呼吸していた。ついに寝入ったかのようでもあったが、彼は妻が眠っているのか、それとも目を開けたまま横になっているだけで、何か自分の中で考え事をしているのか、一度も分かったことがなかった。雨の最初の一粒が窓を叩いた——ひとつ、ふたつ、それからすぐに何粒も、もの悲しげな九月の豪雨が窓ガラスや屋根で大きな音をたてはじめた。

大学を卒業した時、学長は長いこと彼を放そうとしなかった。

「どこへ行こうというのかね？　せめてスサニノにしておこうじゃないか、あそこの神父は良い人だし、もうずっと前から助け手を必要としているんだから……どうだね？　いいだろう、セリョージャ……」

「村へ帰らせてください、大主教様」セルギイは強情を張った。「私はアレクサンドル神父を手伝うつもりです」

「クソくだらん。神よお赦しを」学長は十字を切った。「あの酔っ払いのために村に帰るだと？　自分自身のことを考えなさい、君には賢明な精神的指導者が、君に乱暴な言葉を使ったりしない心の優しい指導者が必要じゃないか。ところがアレクサンドルときたら、乱暴な言葉か、さもなきゃ……卑猥な言葉以外には何ひとつ知らんのだから」

学長はアレクサンドルをよく知っていた。村のはずれにダーチャを持っていて、夏には時おりそこへ行っていたからだった。学長が行くとアレクサンドルは客にやってきて、話をしはじめるのだが、そうした会話はたいてい言い争いに終わるのだった。

「それにあの村じゃほとんど誰も教会に通わない……」学長は続けた。「低地に沼、草木の一本も生えやせんし、……川ときたら、毎年誰かしら溺れたり自殺したりしている始末だ」

セルギイは控えめにため息をつくと黙り込んだ。学長は言いたいことを全部言うまでは終わらないのだ。

「そんな村に帰るというのかね？」

「ええ、だって……キリストも心義しくない人々のところへ行きましたよ」

「そんなことは分かっとる！」学長は手を振った。「だが私は普通の人間としての話をしているんだ。あんな村では君はだめになってしまうよ」

晩秋、十一月の初め頃にセルギイは村へやってきた。側溝は水でいっぱいになっていた。道に水があふれだし、そのために道は恐ろしい汚さに変わり、その汚れの中にくるぶしまで浸かり込んでしまうのだった。夏の間に木々の葉に覆われてしまった家々は剥げかけた壁をこれ見よがしに並べ立て、濡れそぼり誰も面倒を見ない犬どもはめったにない来訪者に吠え掛かるのすらおっくうがって、自分のみすぼらしい小屋の中で不平を言っていた。アレクサンドル神父が不機嫌にセルギイを出迎え、彼の手に道具箱と釘の入った箱を押しつけた。屋根を直すために必要なのだった。雨漏りがするせいで、雨の日には雨水が直に宝座に降り注いで、お勤めを行うことができなくなっていた。

『神よ、我が自由と自由ならざると……』

タチヤナが夢の中で小さくうめいた。彼女の髪はイラクサの煎じ汁と、ほかにも何か草花の香りがした。

『自由と自由ならざると、言と行と、知ると知らざると、昼に夜に、思と心にて……』

ある時セルギイは、お茶が入っていると思い、台所のカップをふと手に取った。一口飲んで、顔をしかめた――カップに注がれていたのはお茶ではなく、何やら濃くて苦い煎じ汁だということがわかった。その時台所へ入って来たタチヤナが、突然彼に駆け寄るとカップを取り上げた。

「これはあなた用じゃないの！」

彼は、この煎じ汁はいったいなんなのか聞きたかったが、言い出せなかった。妻の顔が悲しげで、また後ろめたそうだったからだ。この出来事の直前、彼女はザポーリエの家に行き、元気をなくして戻ってきた。いつもなら母親のところからは楽しそうに帰ってきて、一晩じゅうもあちらのニュースを話すのが常だった。たとえば、猫のウラルカ――神のみぞ知る理由でホッケーのチーム名にちなんでそう名付けられた――が赤毛とぶちの二匹の子猫を産んだとか、古い井戸がまったく壊れてしまったから、新しい屋根と井桁を作らなければいけないが、誰もそれをする人がいないとか、あるいは、帰り道にエレクトリーチカの窓にマルハナバチがぶつかったけれど、よかったことに怪我はしなかった、ただ怒ったようにぶんぶん言いはじめて、先へ飛んで行った、など。セルギイはタチヤナの話をうわの空で聞きながら、スケッチを描いたり、明日のことを考えたりするのだった――この頃、独りで教会の仕事全部をこなすのが彼には困難になりつつあった。信者が手伝いに来てくれることも珍しくはなかったものの、かつてアレクサンドル神父がそうだったように、自分のもとに教区から派遣された助手がくるのを心待ちにしていた。

彼はそっとベッドに座ると、足を地面に下ろし、ゆっくりと立ち上がった。それでも結局ベッドはきしむ音をたて、彼はわずかに固まった。が、タチヤナがよく眠っていることを確かめると、ドアの方に忍び足で歩いて行った。窓の向こうで雨がざあざあと降っていた。雨粒がにぶい音をたてて庭の木々の葉にぶつかり、小さな川の流れを作った。そして、雨樋の下に置かれた、散水用の大きなブリキの樽から水があふれる音が聞こえた。

教会の屋根の修繕を終えた後、彼はひどく風邪をひき、高熱と悪寒に襲われて寝込んだ。アレクサンドル神父は彼を自宅へ連れていきウォッカで治療した。ウォッカを飲むことをセルギイが何度となく拒否したので、摩擦治療を試みたのだった。湿布にするためにウォッカを水と酢と混ぜながら、彼は歯の間からぼやいていた。ほら、町は健全な若者をだめにしちまうんだから……

「……若者を教えるってことがまったく分かっちゃない、学長はこの村の畑にジャガイモでも植えててくれた方がましだ」

「でもここじゃ……何も育ちませんよ」弱々しい声でセルギイが反論した。「沼に……抜けおおせないぬかるみで」

「あのぬかるみがあるのはな、誰一人自分の仕事をせんからだ！」厳しくアレクサンドル神父は言って、用意できた湿布を手にセルギイに近づくと、勢いよく彼の腕や首に貼りはじめた。

「お前のおやじさんが教えてくれたのさ、風邪にはこれが一番の薬だってな！」

「神父様、痛いです！」

「我慢しろ！　キリストも我慢なすったし、われわれにもそう言われた！」

アレクサンドル神父はセルギイの父と例の突然の棘の一件以来じつに近しい仲になり、一緒に飲むことも珍しくなかった。で、准医師をまねていくつかの医学的療法を学んだのだが、それらを、一度も病気にかかったことのない自分自身の肉体により合った我流の療法に作り替えていた。

「さ、向きを変えなさい……」

「あの……」

「主の救いを静かに待ち望むことは、良いことである*」

＊『エレミヤの哀歌』第三章二十六節の文句。

アレクサンドル神父は容赦なくセルギイの言葉を断ち切ると、突然理由もなく言いだした。「お前には女房が要るな、セリョージャ。独り身はわびしいものだ」

「あなたはなぜ結婚しなかったのです？」

「バカだったからさ」簡単に答えると、村に戻ると言うセルギイを思いとどまらせようとした時に学長が苦言を呈していたような言葉をいくつかつけ加えた。

『之を釈き、之を赦せ、仁慈にして人を愛する主よ、皆我等に赦し給え』

セルギイは台所の電気を点けようとはせず、手探りでテーブルまでたどり着くと、窓台のところにろうそく立てを見つけた。ろうそく立ての周りにはいつもマッチ箱が置いてあったので、それで火を点けた。台所が、ちょうど教会と同じように、弱々しく震える明かりで照らされた。セルギイはティーポットからカップに冷たい水を注ぐと、タチヤナの椅子に腰かけた。窓の向こうの道はもうまったく見通せぬ闇に沈み、窓ガラスを叩く雨粒だけが、銀色に光っていた。セルギイが指で窓ガラスを叩いてみると、二粒の雨が、片方が片方を追うように下へ流れ出し、それから窓の真ん中で合流して、ろうそくの火を受けて赤みがかって見える垂直な線を残した。

アレクサンドル神父は一度目の治療としてはこのあたりで十分だ、と決めると、病人の上に二枚の重たい毛布を投げかけ、三度彼に十字を切ってからようやく解放した。セルギイはせめて一枚だけでも毛布を剥ごうとしたが、腕はまるで動かなかった。むんむんする熱気と酢の臭いが眠気をさそい、目を閉じると半ば意識を失うように眠りに落ちた。夢を見た。彼は教会の屋根につづく長い長い階段をふらふらと上っていた。そうして、もう少しで階段が終わりそうな気がしたとたん、階段が伸び、またぞろ、言うことをきかない足を動かして上へ上へと上って行かなければならなくなるのだった。やっとのことで屋根にたどり着いた時、そこには屋根の代わりに太陽に照らされた野原と波のように風に揺れる草木があった。驚き、何歩か前へ足を進めると、突然草が目の前で大きくなり女性の形になって、両手で彼に抱き着くと、唇を押しつけてきた。温かな、長いキスだった。

目覚めた時、セルギイは完全に健康だった。高熱と悪寒はきれいさっぱりとれ、満足げなアレクサンドル神父が、部屋をゆっくりと行ったりきたりしながら、飲む方のウォッカ療法に同意していればもっと早くにも回復したのに、大学で若者たちの頭に宗教学のみならずあらゆるバカげたことを植えつけているせいだ、と持論を展開した。

「バビロンさ！」上方に指を掲げながらアレクサンドルは言い結んだ。「だが神によって打ち倒されるだろう、ソドムとゴモラのようにな！」

セルギイは答えなかった。目の前にはまだあの、天空の草木から生まれた女性の姿が立っていた。彼女は夢の中で何か言っていた――思い出そうとするのだが、思い出すのはただ、言葉を聞き分けることはできない優しいささやき声だけだった。それから後、彼は何度も彼女の姿を描こうとしたが、まるでうまくいかなかった。知り合いの女性や、どこかで見かけた女性の特徴をかすめながら、筆の下で輪郭は歪み、ぼやけてしまった。あの女性のような人には、村でも町でも一度も会ったことがなかった。ついにセルギイは秘密の肖像を描きだそうという試みをうっちゃった。絵のために、却ってあの女性の面影をすっかり忘れてしまうことになるのを恐れたのだった。

「何を座っとるのかね、目を丸くして？」アレクサンドル神父がいつもの癖でセルギイの鼻先で手のひらを振った。「健康になったんだ、立ちなさい！」

雨は束の間勢いを弱めたようだった。静けさを通して、また向こう岸の方から陰気な吠え声が聞こえてきた。吠え声には長い間応答がなかったが、ややあって答えがあった――森の中、かなり近くで、最初の声よりもやや高い別の声が聞こえた。あるいは、近いからそんな風に聞こえたのかもしれない。遠くの声は、考え込むかのように鳴きやんだが、それから再び吠えはじめた。近くの声は、今度は返事を返さなかった。それでも、遠くの声は何度も何度も話し相手を呼んでいた。セルギイは目を細めると、指で両のこめかみをこすった。雨がまた強くなりはじめた。

クロヴィツィのワシリーナは長生きしすぎて皆にうんざりされていたので、セルギイを出迎えるために部屋に集まった親戚たちは、ワシリーナがこの期に及んでまだこの世に居座ろうと決めたのを悟ると散って行った。セルギイはワシリーナのそばに残って座っていた。家に来ていた女性の一人が彼に焼き菓子とお茶を運んできたが、丁重に断わった。女性はお茶用の小皿を乗せたお盆を手に、もの問いたげにセルギイを見ながら、部屋の真ん中で立ち止まった。

「何も要りませんから」柔らかにセルギイは繰り返した。

彼女はなおしばらく立っていたが、肩をすくめると出て行った。

「こんな若いのを寄こして……うちの人には別の神父が来てくれたのに……」

「アレクサンドル神父ですか？　でも彼は十年か……もっと前に亡くなったので……」

「飲みすぎたんだろ？」ワシリーナはするどく訊ねたが、すぐさま別の考えに飛び移った。「十六人も産んだのに――少しの世話をしてくれる子もいやしない」

「十六人も？」セルギイは慎重に聞き返した。

ワシリーナはすぐに答えなかった。おそらく、昔は背が高かったのだろうが、歳月が彼女の肉体をひどく捻じ曲げ、縮ませていた。くねくねした太い静脈に覆われた腕が、シーツの端を握りしめていた。

「さっきの……あの人は、隣で別荘を借りてる人だしね……夏に町から来るのさ……あたしは町へは生きてる間一度も行かなかった……そういう風にならなかったからね……」

それから彼女はしばしば黙るとまた繰り返した。「こんな若いのを……」。どうやら、そのことが彼女を落ち着かせないらしかった。

「あんた、子供は？」

「授かりませんでした」セルギイは言った。

「女房が好きかね？」

「好きですよ、もちろん……神の思し召しですから」

ワシリーナは唇を引き結ぶと長い間黙っていた。セルギイには彼女がうとうとしはじめたように思えた。家の中は彼ら二人以外誰もいないかのごとく静けさが立ち込めていた。セルギイが咳き込んでも、ワシリーナはぴくりとも動かなかった。家は古かったが、まだ頑丈だったし、きれいに掃除されていた。部屋の隅にいくつかのイコンを飾った棚があり、それらのイコンの前で小さな燈明がかすかに燃えていた。棚の下の方に絵でも描かせるか、彫り物でもしたら見栄えが良くなるだろう。簡素な柄でいい――何かの枝模様とか渦巻きとか、そして真ん中に十字を。

「うちの人は神を信じない人でね……」ワシリーナが目を覚ました。「燈明で火をつけてたよ」

「何です？」セルギイは理解できなかった。

「燈明さ。燈明の火でタバコに火をつけてたんだよ」ワシリーナは繰り返した。「それでも死ぬとなったら、神父さんが呼ばれてね」

彼女は黙った。力を振り絞る様子だった。セルギイは急かさなかった。

「あんたの言う……アレクサンドル神父がやって来てね」彼女はしばらくまた黙り込んだ。「うちの人、村じゅうが見ている前であたしをぶった話をしたのさ……どう思うね？」

「告解の時には、誰も皆神の御前に自分の罪を悔い改めるものですよ」

「『罪』ねえ……」ワシリーナは鼻で笑った。「あたしのお下げがどんなだったと思う？」彼女は顔の前に震える腕を持ち上げると、拳を握った。「こんなさ……腕くらい太いお下げだった。それがまるごと引きちぎられたんだ」ワシリーナは腕を下ろすとうるんだ目を半ば閉じた。

「こんな風に人生が過ぎちまった……」

「あらゆる試練を神に感謝しなければ」セルギイは言い返した。「神は私たちの力をお試しになり、そして私たちは皆神の家に迎え入れられるのだから」

ワシリーナは目を開くと、注意深くぐるりを見渡し、それからゆっくりと瞼を下ろした。セルギイは彼女に十字を切り、汗でぐっしょりした額に手を置いた。

「天に在す我等の父や。願くは爾の名は聖とせられ。爾の国は来り。爾の旨は天に行わるるが如く、地にも行われん……」

『我が日用の糧を今日我等に与え給え。我等に債ある者を我等免すが如く……』

タチヤナとの十二年間は夢のように過ぎてしまった。セルギイは時おり、妻に対する自分の愛情が強すぎるのではないか、ひょっとすると、神に仕える者としてそれはよくないことなのではないかと恐れていた。太古の昔、神がヤコブからラケルを取り上げなさったのは、まさに、ヤコブがあまりにもラケルを愛しすぎ、その愛のために地上の生活の方がより大事になってしまって、神と永遠の命とを忘れたからだったではないか。彼はカップの水を少し飲んでから、お茶を沸かせばよかったと思った。台所が寒かったからだ。天井から目に見えない糸を伝ってクモが下りてきて、ろうそくの上で止まった。セルギイはクモが火の上に落ちないように吹いてやった——クモは揺れはじめ、壁をかすめてつかまると、素早く上に逃げて行った。

「まだそんなに若いのに結婚してしまって、後悔していないかい？」式から家へ戻る途中でセルギイはタチヤナに聞いた。

「何を後悔するの？　後悔なんかしないわ……」

　セルギイはこういうケースに関していつも村で言われているようなことが言いたかった。まだ遊び足りないんじゃないか、とか、そういうようなことだ。しかし同時に、そんなことを聞けば粗野な男だと見られると気づいて言うのをやめた。

「聖職者の妻というのは、楽な仕事ではないから……」

「働くのには慣れてるわ。自分でご覧になったでしょう」

　セルギイが結婚を申し込みに行った時、未来の義母は半日も彼にタチヤナの刺繍を披露していた。セルギイは手の込んだ模様を眺めながら、見事に色を組み合わせるものだ、妻とも、きっと、こんな風に互いにしっくりと分かりあえるようになるだろう、と考えていた。

「ほら、これはターニチカがうちの庭を縫ったんですよ」と母親はベンチに大きな布を広げて見せた。布は全面にわたって花の刺繍で埋め尽くされていた。セルギイはにっこりした。タチヤナは自分の作品の中ですべてを正確に、実際にある通りに表現していた。トリカブトの花――村の子供たちの呼び方によれば「スケート靴《カニキ》」の隣で、タマネギとジャガイモが花を咲かせていた。

「とてもきれいですね」

「お気に召しました？」母親は起き直ると布の端を両手で胸に押し当てた。「どうかあの子のことを……傷つけないでやってくださいね」

「教会の仕事も重荷かもしれない」セルギイは言った。

「大丈夫、やりこなせます。神様が助けてくださるから」

　セルギイは妻を見つめたが、見飽きるということがなかった。今すぐにその白い腕で抱きしめてほしかった――妻の皮膚はまぶしいほど白い色をしていた。赤毛の女性しか持ち得ぬような肌の色だ。しかしタチヤナは背筋をぴんとのばして向かいに座り、手を膝の上で組んでいた。頭は少し傾いていたので、彼は妻の顔が見えなかったし、彼女が何を考えているのかも分からなかった。古いバスの車体は道の凸凹の上でがたがたと振動し、プラトークからはみ出したタチヤナの赤毛が揺れていた。

「君は僕が好き？」セルギイは訊ねてしまってから驚いた。思いがけず、あまりにも直接的な聞き方をしてしまった。

「好きよ」簡単にタチヤナは答えたが、セルギイは、彼女の傾けられた顔が紅潮するのを見た。

　彼はさっと彼女の方に身を屈めると額にキスをした。

予期せぬことにタチヤナは飛びあがったが、彼は笑いながら彼女に十字を切ってやった。

「父と子と聖神の名に依る…」

「リン、リン！」さらさらいう雨の音をかき消すように、ペチカの裏でコオロギが鳴きはじめた。

セルギイはぶるっと震え、カップを落としてしまった――カップは大きな音をたてて床に落ちた。彼は硬直し、耳を澄ませたが、あたりは静かなままだった。寝室は廊下の先だ、タチヤナは目を覚ましはしなかっただろう。セルギイはカップを取ろうと屈んだ――背中に刺すような痛みが走り、しばらく続いた後で、和らいだ。十二年が夢のように過ぎてしまった。

「女房はきれいかね？」ワシリーナが詮索した。

「きれいだよ」セルギイは言った。「とてもきれいだよ」

「あんたを好きかね？」

「ありがたいことに……」

「あたしは夫のアンドレイから何度も逃げ出したよ。ある時は男と納屋に隠れてね。うちのは熊手片手に、隅っこという隅っこを突きながら納屋の中を歩き回ってた。あたしの人生も終わりだ、って思ったよ。ところがどうだい、うちのより長生きしたよ」ワシリーナは面白くもなさそうに笑い出すと、咳き込みはじめ、長い間断続的に咳き込んでいたが、胸が落ち着くとつけ加えた。「今じゃ、どの子が誰の子かも分からない……」

セルギイは、神は慈悲深いのだから、心底から悔い改めればあらゆる罪が赦される、と言いたかった。しかし代わりにこんな言葉が口をついて出た。

「夫はあなたをぶっていたんですね……」

ワシリーナは驚いたように彼を見た。

「皆やられてることさ」

「そこで何しているの、セリョージャ？」

セルギイは振り返った。タチヤナが入ってきて、肩を抱いた。

「ごめんよ、起こしたかい？」

「ううん、ただ……きっと、雨で目が覚めたの……」

タチヤナは彼の肩から手を離すと、コンロにティーポットを置いて、戸棚にヴァレーニエ*の入った瓶を手探り

＊　スラヴ圏の伝統的なデザートで、果物を砂糖と一緒に煮たもの。ジャムと似ているが、材料を煮崩すのではなく、材料が形を保ったまま煮汁のシロップに浸かった状態で仕上げるため、粘度が低い。

した。テーブルにカップと小さな深皿を広げながら、彼女は滑るようにほとんど音をたてずに動いた。セルギイは、手伝わなければと思いつつも、彼女のしぐさに見とれて、結局座ったままでいた。

「私よく雨で目が覚めてしまうの……」タチヤナは言った。「眠りが浅いんだわ。あなたはどうしたの?……」

「うん、ただ……どうしてか眠れなくてね」

「そう……」

彼女は向かいに腰を下ろすと、拳で顎を支え、頭をわずかに横に傾けた。タチヤナは自分の父親をほとんど知らなかった。父親は彼女がまだ小学校へあがる前に亡くなったのだ。覚えているのはただ——とセルギイに言っていた、覚えているのはただ、お父さんが自分を抱き上げて、高く上へ放り上げてはつかんだりして遊んでくれたこと。でもお母さんはその遊びをひどく怖がって、ある時、お父さんの顔を皿拭き用の布巾で叩いたの。お父さんは怒りもしないでね、笑い出したの。

「ターニャ、聞いてくれないか……」

「なあに?」

「ずっと話したいことがあったんだ……」

「お茶を飲んで、セリョージャ。冷めちゃうわ……」

セルギイは一口飲み、ヴァレーニエをひとさじ口に含むと、言いはじめようと思っていた言葉を忘れてしまった。

「話ってなあに?」

タチヤナは体を近づけ、手を伸ばすと、少年にするように彼の頭を撫でた。セルギイは黙ったまま、スプーンでお茶をかき混ぜていた。仕上げにいくつか大きな雨粒が窓を叩いた後、雨が止んだ。明日は川の水位が上がり、足場をすっかり沈めてしまうだろう。タチヤナは洗濯しようと考えていたのだったが、明日はできそうにない。

彼女がワーリカを脇の下に抱えて立たせてやった時、彼は急にわざと座り込み、前に引っ張った。この思いがけない行動のせいで、タチヤナは彼もろとも水の中に落ちてしまった。

「あっ! おばちゃんが沈んだよ!」

「早く立って! 服が濡れちゃうよ!」

「きれいな服、ずぶ濡れになったら台無しになっちゃう!」

「おばちゃんびしょ濡れになっちゃった!」

「びしょびしょ! びしょびしょ!」

子供たちは笑いながらタチヤナの周りを飛び回り、水を跳ねかけたので、もう服だけでなく、タチヤナの髪までもすっかり濡れて、水の中に揺れていた。その様子が濃い赤い水草の糸に似ていた。髪の白い女の子が岸に這い上がると、洗い物の入った金だらいに駆け寄って、スカートやブラウスを引っ張り出して全部水に放り投げた。どうにか立ち上がったタチヤナは、水の上を漂っている服が、ゆっくりと川の真ん中へ流れて行くのを見た。服を捕まえようとはなぜか思わなかった。彼女はただ立って、服が押し流されていくのを眺めていた。

「もう、親に叱られちゃうよ、おばちゃん！」

「ダンナに叱られるよ！」

子供たちは自分たちで服を集めはじめ、ほとんど全部回収してくれた。水に服を投げた張本人の、白茶けた金髪の女の子も、やはり服を集めに這いずり回り、岸辺のアシの茂みに引っかかった枕カバーを引っ張って取ったりした。タチヤナはゆっくりと岸に上がると、スカートの裾をしぼりはじめた。

「おばちゃんのダンナは意地悪？　すごい怒られちゃう？」

「怒ったりしないわよ」タチヤナは微笑んだ。「優しい人だから」

「ターニャ……」

「どうしたの、セリョージャ？　もう寝なくちゃ、もうすぐ夜明けなのに……寝てないんだもの」

『神よ、我が自由と自由ならざると、言と行と、知ると知らざると、昼に夜に、思と心にて犯しし諸の罪を宥め、之を釈き、之を赦せ……お教えください、主よ、お導きください、正しき道へ……』

「ターニャ……」セルギイは言いよどんだ。「私といて幸せかい？」

白い髪のあの女の子と、タチヤナがその妹だろうと思った子には、それ以後二度と会わなかった。きっと、よそからやって来た子たちだったのだろう。

「どうしてそんなことを言うの、セリョージャ？」

セルギイは黙って注意深く彼女を見つめた。ろうそくの柔らかい光の中で、タチヤナの顔はいつもより若やいで見えた。

「道に沿って真っすぐ行ってください、神父様」十二年前のあの時タチヤナはそう言った。セルギイは、彼女がこれほどあっさりした言葉を言ってのけたことに内心驚いてしまって、この場に留まってもうどこへも行かず、ただ彼女が道を説明するのだけを聞いていたいような気がした――それから三軒家を通り過ぎて、彫り模様の庇のついた緑色の家のところで右に曲がったら、そこに、あなたを赤ん坊の洗礼に呼んだお探しの家があります。

「私はまだ補祭になったばかりでね」なぜかセルギイはそんなことを告白した。「洗礼を執り行うのはこれが初めてなんだ」

「大丈夫、神様が助けてくださいます」

「そうだよ、ターニャ……私といて幸せかい、本当に？」

「何を言うのよ、セリョージャ？」タチヤナは驚き、おずおずと彼の腕に触れた。「そんなことを、なんで……」

黒雲が四方に広がり、空気は灰色がかったバラ色のもやの中で茫となった。じきに、セルギイが一番好きな季節が始まる。木々が黄色にまた赤色になり、教会の立つ丘も、崩れかけたレンガ壁の教会自体も、何か別な風に、お祭りの日のように見え、生神女誕生祭には村の半分もの人が集まる。そしてもし運が良ければ、黄金の秋は生神女庇護祭まで続くのだ。

5

カマローヴァの記憶にある限り、おばあちゃんは〈ベラモール〉を吸っていた――めっきり老い込んで手が震えるようになり、マッチを擦ったり、マッチをタバコの方へ持っていったりすることが思うようにできなくなってからも吸っていた。そういう時カマローヴァはおばあちゃんの手からマッチ箱を取り上げ、火をつけてあげたのだった。おばあちゃんはタバコの煙を胸深く吸い込むと、目を半ば閉じ、それから青みがかった灰色の煙を吐き出した。カマローヴァたちはその煙を手でつかもうとした――煙は指の間をすり抜け、輪の形になり、おばあちゃんの部屋の濁った空気となって消えていき、壁に、べとべとする赤茶けた膜となってくっついた。

「ばあちゃん、コミッサールってどんな人だったの？カッコよかった？」

まだまったくの子供だった時、レンカは窓台によじのぼってそこに座るのが好きだった。鳥が止まり木に止まるように、剥げかけた窓台のふちに指でつかまって座っていた。カマローヴァがニワトリにそっくりとレンカをからかうと、レンカは顔をしかめてあかんべをしてみせるのだった。

「ねえばあちゃん、どんな人だったの？　教えてよお……」レンカはもう窓台の上で全身をそわそわさせた。

「星は赤かった？　馬は持ってた？」

「やめなよ……」カマローヴァはレンカをつついた。

「くっつき虫……」

「ねーぇ、ばあちゃあん……」姉の言うことに耳をかさず、レンカは長々と哀れっぽい声をだした。「コミッサールのこと話してったらあ！」

カマローヴァはレンカの裾をつかむと下に引っ張り下ろした。レンカは金切声をあげ、床にずり落ちた拍子にどこかをぶつけて、大声で泣きはじめた。おばあちゃんはマヨネーズが入っていた灰皿代わりの空き缶にタバコを捨てると、やれやれとため息をつき、レンカを立たせてやろうとした。レンカの方は大泣きしていて、汚れた拳で目をこすり、おばあちゃんの震える腕を押しのけた。

「バカ！　カーチカのバカ！」

カマローヴァは返事をしなかった。部屋の真ん中へ走って行き、固く唇を引き結んで、目を吊り上げて黙っていた。おばちゃんはようやくレンカを抱き上げて、埃を払ってやり、全身をチェックした——怪我はないかね？——それからカマローヴァをとがめるように見た。おばあちゃんの目はひどくうるんでいて、ずっと泣いているかのように見えた。

「何てことするのかねえ、カーチャ？　妹じゃないか」

「妹だから、あたしのやりたいようにするんだ！」意地悪くカマローヴァは答えたが、喉のところにいやらしい粘つく塊がこみあげるのを感じた。「妹なんか……」

「なにそれ！」レンカが叫び声をあげた。「バカ！」

「バカはあんたでしょ！　コミッサールがあんたに何の関係があるわけ！」カマローヴァはレンカの方に駆け寄り、叩こうとしたが、タイミングよくおばあちゃんがカマローヴァを捕まえた。レンカはさっと身をかわし、カマローヴァの顔につばを吐きかけた。

「もうおやめな、二人とも……」泣き歌のようにおばあちゃんが言った。「姉妹だというのに。猫と犬みたいにいがみあって……いーえ、猫と犬の方がまだ仲良くしているよ、お前さんたちに比べたら……」

カマローヴァたちがもう落ち着きを取り戻し、おばあちゃんのベッドによじ登ってからも、おばあちゃんはなお長い間何やら二人に言い聞かせていた。震える手で二人のもつれた、日に灼けた髪を撫でていた。

「人間の子じゃなくて、動物の子みたいじゃないか。恥ずかしくはないのかねえ？」

カマローヴァは腹立たしげに肩をそびやかすと、レンカに目をやった。レンカはおばあちゃんのそばにぴったりとくっついて座り、床を眺めながら、地面に届かない足を空中に遊ばせていた。

「ガリガリのチビ助」カマローヴァは言った。「コミッサールがあんたをお嫁さんにしてくれるだろうね、もちろん……」

「カーチャは誰もお嫁さんにしてくれないもん」レンカが小さく答えた。「カーチャなんか、犬しかお嫁にしてくれないもん……」

「じゃあ、あたしは犬なわけ？」

「そうだよ、そうだもん、犬だよ！　きったない犬！」

カマローヴァは言い返そうとしたが、自分を抑えてそっぽを向いた。レンカが顔を歪めて、同じことばかり繰り返すようになったら、何を言ってもむだだ。

おばあちゃんが、〈ベラモール〉をもう一本取ろうとテーブルの上の箱に手を伸ばした。

「ねえ、ばあちゃん。コミッサールのこと教えて！」姉にこれ以上言い争うつもりがないのが分かると、レンカは再びしつこく言いはじめた。「ねえ、どんな人だったの？」

「そうだねえ、あんまりよく覚えていないんだよ。大きな口ひげがあったねえ……そのことは覚えてる。勲章のついた制服もね」

「馬は？　馬はいた？」レンカはまだ質問をやめない。

「ああ、いたよ」おばあちゃんが同意した。

「白いの？……」

「そうだったねえ、白かったかもねえ……」おばあちゃんはうなずき、手でレンカの突っ立ったつむじの毛を撫でた。「ほんとうにねえ、白い馬だったかもねえ……」

「それか、もしかして、グリーシャおじさんのヴェールヌィみたいに灰色の馬だった？」

カマローヴァ家の隣に住んでいたグリーシャは、どういうわけでかこのヴェールヌィを飼っていた——十六歳にもなる大きな雄馬で、意地悪な性質をしていたので、村の子供たちは誰も皆この馬を怖がっていた。ある時、三角巾を巻いたグリーシャの妻が馬小屋のそばで仕事をしていると、ヴェールヌィは彼女がもう少し近寄ってくるのを待って、低い垣根から身を乗り出し、歯で、いくばくか髪の毛も挟みつつ、彼女の頭から三角巾をもぎとった。だからもし妻がこの三角巾をしていなかったら、ヴェールヌィは髪の毛を全部引き抜き皮膚を剥がしてしまったに違いない、と言われていた。この出来事の後、グリーシャおじさんは妻の方をむしろ叱りつけ、以来自分でヴェールヌィの面倒を見ていたらしい。馬についてはこんな風に言っていた。こいつの毛色は灰色じゃない、ネズミ色なんだ。ということはつまり、先祖は本物の野生の馬だってことさ、だからこいつはこういう性質なんだ。

カマローヴァたちはジプシーの馬に乾いたパン切れをやるために、しょっちゅう野原に通っていた。馬は彼女たちの方に大きな頭を傾け、乾草とたてがみの匂いのする温かな息を顔に吹きつけながら、ポケットや懐に顔を突っ込もうとする――ここにはおいしいパンのかけらはないのかな？　カマローヴァたちが特に気に入っていたのはヴェールバという雌馬だった。ふさふさしたたてがみの年老いた馬で、ちょうどヴェールヌィと同じような毛色をしていたが、ただヴェールバは、二つの鼻の穴のちょうど真ん中に白い斑点があった。ある日カマローヴァがヴェールバにパンを食べさせていた時、そばをうろついていたレンカが、なぜか馬の腹の下を覗いて見るなり、押し殺した声でするどく言った。「カーチカ、間違えちゃったよ、これヴェールバじゃない、ヴェールヌィだよ！」。持ってきたパン切れをみんな放り投げてしまうと、二人は村に向かって走りだした。走っている間一度も後ろを振り返らなかった。ヴェールヌィが自分たちを追ってきて、今にも追いつき、グリーシャの妻に噛みつこうとしたように、死ぬほど噛みつくのではないかと思ったからだった。この時から二人は、ヴェールヌィにまたがった姿でおばあちゃんのコミッサールを思い浮かべるようになった。ヴェールヌィはひづめを鳴らし、首を曲げ、上唇を剥いていなく、すると、茶色く汚れ、ひび割れていて、それでもまだ頑丈で恐ろしい長い歯が見えるのだった。

「ねえ、灰色の馬だった？」

「かもしれないねえ……何しろずいぶん昔のことだから……」

「サーベルは？　サーベルは持ってた？　それともピストル？」

「サーベルは持っていたかねえ……ピストルはたしかに

持っていたけど……」

「もう、いいかげんにしてよ！」カマローヴァはおばあちゃんの手を頭から外すと、ベッドを飛び降り部屋から走り出て行った。

その後カマローヴァとレンカは沈みゆく太陽に目を細めながらポーチに座っていた。レンカはどこかからレモンを持ってきて、半分に割ると砂糖を振りかけた。

「よお、カーチ？　なんでそんな意地悪なの？」

「あたしは意地悪なんかじゃないよ！」カマローヴァはレモンを少しかじったが、歯にしみるほど酸っぱかったので顔をしかめた。

「意地悪だもん！」レンカもレモンをかじり、その酸っぱいのに驚いてつばを吐き、地面の上に落ちた自分のつばを見ようと身を屈めた。

「気をつけな、落ちるよ」

「落ちないよ」

レンカがいっそう屈んだ。もう少しで落ちるという瞬間に、カマローヴァはどうにか妹の腕をつかんだ。

「なんで一カ所にじっとしてらんないの？」

「おばあちゃんには人生があったもん……」考え込むように答えるともう一度つばを吐いた。今度はもう、わざとだった。

「つば吐くのやめな」

「なんで？」

「なんでも。もう十分だよ」

カマローヴァは手すりにつかまって身を乗り出すと、同じように下につばを吐いた。迫りつつある夕闇の中では、どこにつばが落ちたのか見えなかった。

「あたしより遠くまで飛ばせた？」レンカが興味を持った。

「飛ばせた」カマローヴァは当てずっぽうで言った。

レンカは常に反して言い争おうとはせず、足をぶらつかせて座りながら、笑みを浮かべていた。

「何さ？」

「おばあちゃんには人生があったんだよ」と繰り返した。

「あたしたちにもあると思う？」

「やめてよ」

ドアが少し開いて、裸足のおぼつかない足取りでオリカがポーチに出てきた。カマローヴァはレモンの皮を指先で弾いた——皮は飛んでいき、窓の隅のニワオニグモの巣に落ちた。仰天したクモはあたふたと動き回り、とうとう巣から落ちると、細い関節肢を滑稽な感じに広げてゆらゆらしながら空中にぶら下がった。オリカが鼻をすすり、クモを指さして笑いだした。

「洗ってやんなくちゃ」

「え？」

「洗ってやらなきゃって。ズボン丸ごとさ、ったく……」

「別にいいよ……ねえ、カーチ……思ってること言ったほうがいいよ！　言って！」

「あたしが何言うのさ？」

「もう！」レンカはカマローヴァの腕を引っ張り、それから猛烈につねった。

カマローヴァは叫び声を上げると腕をさっと引っ込めた。レンカがへへと笑った。

「ごめん、やりすぎちゃった」

「バカじゃないの!?」

「ねえカーチ……あたしたちにもあるのかな？」

「あんたに何があるって？　あんた、なんでそんなクソしつこいわけ！」

「しつこくなんかしてないもん」むっとしたようにぼそぼそ言った。「コミッサールは絶対あたしを選ぶよ、カーチャがそんなだと」

「コミッサールなんか要らないよ」カマローヴァはそっぽをむくと、妹を見もしないで立ち上がり、家に入った。きょろきょろしながらその場でもじもじしていたオリカが、カマローヴァの後に続いた。

「あたしたちの結婚式に呼んであげないんだから」カマローヴァに聞こえないほど小さな声でレンカが言った。「それに家にお客にも呼んであげない。一人でバカみたいに座ってればいいんだ」

カーチャが一人きり村に見捨てられて残され、町を見ることもないのだと思うと、すぐに姉のことがかわいそうになって鼻のあたりがじーんとしはじめたので、顔をしかめた。レンカは唇を噛みしめてクモを観察しはじめた。すでにクモは何事もなかったかのように、破れた巣を直しながらあちこちへせっせと動き回っていた。

雨が曇った窓にぽつぽつしはじめ、それから長い、細い流れとなって降りだした。オレーシャ・イヴァンナは手のひらで顎を支え、猫背の姿勢でカウンターの向こうに座っていた。倉庫にテレビを置くべきかもしれない、一番小さいやつでもいいから――そうすれば、客のいない日中に暇をつぶせるだろう。彼女はアイシャドウを軽くつけた以外ほとんど化粧をしておらず、大きな角ボタンのついた暗い緑色のブラウスを着ていた。ボタンは上までかけられていたので、襟が顎のすぐ下まで突き立っていた。カマローヴァはこっそりとオレーシャを見やると、素早く目を伏せた。なんだか疲れているし、年を取ったみたいだ。買い物客はほとんど来なかった。朝にサーシャがミーチャをつれてやって来て、別荘借りの連中がいたく気に入ったからと言って、もうすっかり石のように固くなったプリャーニクをさらに一キロ買っただけだった。カマローヴァは腰掛の上でそわそわと身動きしたが、オレーシャ・イヴァンナは振り向きもせず、顎を支える腕を変えただけだった。

「よく降るなあ……」カマローヴァはつぶやいた。「ほんとの秋だね……」

　オレーシャ・イヴァンナはため息をついた。

「そりゃ、もう十月だもの……」

「十月……」こだまのようにカマローヴァは繰り返した。「うちのばあちゃんが言ってたよ。十月になったら、もう冬はすぐそこだって」

「おばあちゃん、でしょ」オレーシャ・イヴァンナが訂正した。「私がこの店で働きはじめたばかりで、若かった頃、そうね、まだ二十歳にもならなかった頃は、男たちがしょっちゅう私に言い寄ってきてたの。そのうちの一人が本当にしつこくて、毎晩ドアのところで待ってたりして。デニスって名前で、赤毛でそばかすだらけでね。腕をつかまれたり、スカートの裾をまくられたり、駅の周りの谷に連れ込まれそうになったこともあってね——今じゃその谷は埋められて、ナナカマドが生えてるけど。やっとの思いでそいつから逃げ出したのよ」オレーシャ・イヴァンナは思い出にふけりながらうすく笑った。「その男にきつく言ってくれたのは、マリヤ・フョードロヴナだけだったわ」

「何をしたの」

「ある時パンを買いに来て、言ったのよ。もしあたしにつきまとうのをやめないなら、戦争功労者の資格で中央*委員会の書記長に手紙を書いて、その男を党から除名処分にしてやる、って。あなたのおばあさんはね、本当に何かメダルか勲章みたいなのを持ってて、ひょっとしたら書記長に手紙を書くこともできたのかもしれないわね。もっとも、あのバカ男が何かの党の一員だったとは思えないんだけど、あの頃は時代が違ったから、こういうことがまだ重視されてたの。結局そいつは万一のことを考えておばあさんの言うことを信じて、あたしにつきまとうのをやめた。それから町に働きに出て行って戻ってこなかったの」

「すごい……」カマローヴァは驚いた。

「良い人だったわ、マリヤ・フョードロヴナは」オレーシャ・イヴァンナは言い足した。「亡くなって残念だわ」

「もう年だったから」カマローヴァは答えたが、胸の中が、窓の外と同じように、湿っぽく冷え冷えとなったような気がした。彼女はしばらく黙っていた後、腰掛をカウンターの方に動かして、オレーシャ・イヴァンナのように座ってみようとした。しかしカウンターはカマローヴァには背が高すぎて、楽ではなかった。そこで彼女は座面に手のひらを突っ張って前後に体を揺らしはじめた。

「なあに、カーチャ、悩み事？」

「ううん、そんなことないよ……」

「退屈でしょう？」

「別に……普通だよ」

オレーシャ・イヴァンナは黙っていた。表で声が聞こえたが、店には誰も入って来なかった。

「あたしがあなたくらいの年だった頃は、退屈でどうしたらいいか分からなかったわ。出て行きたかった」


貨物列車を見せてもらって以来、マクシムとカマローヴァは何度かほんの一瞬すれちがっただけだった。一度などマクシムは彼女に気づきもせず、それでカマローヴァはマクシムを呼び止めるはめになったのだが、後で自分で自分に腹が立った。近くを通りすぎてやればよかったんだ、こっちだって気づかなかったって風に。今頃線路を歩いてるんだろうな、たぶん。雨だから、濡れてるかもしれない。

「レンカも出て行きたがってるよ」

「あなたは？」

「まさか」カマローヴァは肩をすくめた。

「この前ニンカが言ってたわよ、あなたが家出しようとしてた、って」

カマローヴァはぎくりとした。

「大丈夫よ、カーチ、告げ口したりしないから」

そう言いながら、パンの棚の上の価格表を読むかのように、オレーシャ・イヴァンナはカマローヴァの周辺のどこかを見ていた。金曜日の夕方、もう店を閉めようと

＊　ソヴィエト連邦共産党の最高意思決定機関である、ソヴィエト連邦共産党中央委員会のことを指す。

した時、不意にピョートルがやって来た――髪はいつにも増して乱れ、左目がひどく腫れあがっていた。オレーシャ・イヴァンナが、いつものように笑みを浮かべて、何があったのか訊ねると、憎さげに、野菜畑を耕していたらスズメバチがまともに頬を噛みやがって、とピョートルは答えた。それから二人は一緒に倉庫に行って、そこで長い間何かのことで揉めていた。カマローヴァはドアに近寄って聞き耳を立てたかったのだが、気づかれるんじゃないか、そしたらオレーシャ・イヴァンナが怒ってクビにされるかもしれない、と思うと怖くてできなかった。ようやくピョートルが立ち去った時、オレーシャ・イヴァンナは後ろから彼に何やら叫び、力いっぱいドアをバタンと閉めた。それから店に戻ってきた。頬が真っ赤で、口の端は、今にも泣き出しそうに下に曲がっていた。

「町に行きたいって思ってた?」

オレーシャ・イヴァンナは首を振った。

「町であたしにすることなんかある? ヴァジエの叔母さんのところへは行ったことがあるわ。夕方から支度をはじめてね。ストッキングとか、よそ行きの水色のワンピースとか……おやつに卵をいくつか茹でたわ。朝早く、まだママが寝ている間に起きだして、駅に走って行って、ヴェリコルクスキー行きのエレクトリーチカのデッキに座った。ヴァジエに着くまでそのままデッキにいたのよ」

雨のさあさあいう音にまじって、機関車の短い笛の音が聞こえてきた。長距離列車が駅をかすめて行ったのだ。

「どこへ行く列車かな?」

「ルーガね、たぶん……この時間はルーガ行きが走ってるもの」

「叔母さんはどうしたの?」

「喜んだわ、そう……あたしが遊びに来たと思って。お風呂を沸かしてくれた。叔母さんのところに何日か泊まったの。叔母さんが、駅に行ってうちのママに電話をかけようって思いつくまではね。こう言ったのよ、『オレーシカを寄こしてくれてありがとね、何しろヴァジエは退屈で……』って。叔母さんは独身でね、女の子を亡くしたって聞かされてたけど」オレーシャ・イヴァンナはため息をついた。「ママは始発のエレクトリーチカですぐ飛んで来た。手加減なしでめちゃくちゃぶたれたわよ」

駅でまた機関車の音が鳴り響き、さらにもう一両が続いた。

「いっぱい走ってきた……」カマローヴァはぶつぶつ言った。

「子供の頃、あたしも列車が好きだった。列車を見に走って行って、どこに行くんだろうって、その先では皆どんな風に暮らしてるんだろうって、いつも想像しようとしてみたの」

「どんな風……きっと、ここと同じだよ」

「そう、同じ風かもね……」オレーシャ・イヴァンナは不満げに同意した。「明日も雨だったら、店を開けなくても、どのみち誰も来ないわね。男は誰か、雨なんか関係なくウォッカを買いにくるかもしれないけど。男は雨なんかお構いなしだもの……自分の妻に言うことをきかせられないようなこともね」

「叔母さんはその時なんて？」

「叔母さんはね……もちろん、あたしをかばってくれた。ママの腕をつかもうとしてね、『ヴェーラ、ぶたないで！やめて！』って。さすがにママも手をとめるわよ。叔母さんは、何週間かだけでもあたしを置いておいてって頼んだけど、結局ママはあたしを連れて帰った。この家出のこと、後までずーっと持ち出されてね」

「強くぶたれたの？」

「すごくね……考えたの、あたしが逃げだしたからって、この人にとってなんなんだろう？　あたしがすごく必要だったとでも？　って。あたしが男の子ならともかく……」オレーシャ・イヴァンナは手を振ると黙り込んだ。

カウンターの上をまるで寝ぼけたハエが這っていた。カマローヴァはこのハエを叩くのはかわいそうだと思った。

「もし家出に成功してたら、何してた？」

「わかんないわ……電撃結婚したかもね」オレーシャ・イヴァンナはうすく笑った。「ヴャジエで王子様を見つけてたかもしれない」

ドアがきしみ、それから開け放たれて、敷居のところにピョートルがひょっこり現れた。オレーシャ・イヴァンナはちらっと彼を見やり、わずかに顔を赤らめたが、一言も言わず黙ったまま彼を見続けた。ピョートルはドアのところでためらうようだった。シャツは清潔で、いつも四方八方に突き立っている髪の毛は、どうにかして撫でつけられていた――あるいは、髪が雨に濡れていたせいでそんな風に見えたのかもしれない。左目はまだ腫れたままで、目の下ではこぶが紫色になっていた。

「何突っ立ってるの?」ようやくオレーシャ・イヴァンナが聞いた。「もじもじしてないで、入ってらっしゃいよ」

「俺はただ、ちょっと……」ピョートルはぶつぶつ言うと横目でカマローヴァを見た。

「入ってらっしゃいったら」オレーシャ・イヴァンナが急かした。「また喧嘩しに来たんじゃないなら、だけど……」

「俺は別に、そんな……」ピョートルは繰り返して言い、店の中に入ると後ろ手に静かにドアを閉めた。

「オレーシャ・イヴァンナ、倉庫に行ってきてもいい?」

「いいわよ、カーチャ、行ってらっしゃい……テーブルの上にマカロニの入ったお鍋があるから。食べてらっしゃい」

カマローヴァは腰掛から飛び降りた。

オレーシャ・イヴァンナはピョートルから目を逸らさないまま、前に屈んだ。

「で?」

ピョートルは頭を掻いた。そのせいで、髪の毛がまたもやくしゃくしゃに乱れた。

「終わりにしないと。女房が気づいたらまずいことになる」

「自分で奥さんに言えば」オレーシャ・イヴァンナはせせら笑った。

ふざけているのか、それとも本気か? ピョートルは考えながら少し黙っていたが、探るように彼女に訊ねた。

「どうしたんだよ?」

「どうって? あたしが? そっちこそ、つまんないことで『女房が気づいたら』なんて言いだしてさ。だからこれで終わり、さようなら。とっとと出て行って……」

「何を言うんだよ、オレーシャ」ピョートルが腹を立てはじめた。「あいつが落ち着くのをちょっと待とうじゃないか……」

「ちょっと待とうじゃないか!」口まねをするとオレーシャ・イヴァンナは再びせせら笑った。この時、ピョートルには彼女の顔が突然美しくないように見えた。「あたしはあんたの何なの? 道端で拾った石ころか何か?」

カマローヴァはフォークで半ばくっついたマカロニをほじくり回していた。食べたくはなかった。倉庫は埃っぽく、壁際の箱の上、埃の中に大きくて毛がふさふさしたクモが何匹か座り込んでいた。おばあちゃんが「イエグモ」と呼んでいたやつだ。イエグモはとても役に立つから、どんな時も殺したりしちゃいけない、と言っていた。『床でクモを見つけたら、道を譲って、自分の仕事をさせておやり』。カマローヴァは枯れかけた花瓶の花束から葉っぱをもぎ取ると、下の方の箱に近づいて、しゃがみ、一匹のクモをそっとつついた。クモは脚を持ち上げたが、その場から動こうとはしなかった。

「鈍チン」カマローヴァはクモの背中を葉っぱでこすった。

クモは数センチ這い進んだが、再び固まった。

「ほんと鈍チン」カマローヴァは繰り返した。「何そこで座り込んでんのさ？　誰かと知り合うとかしたら……外に出れば女の子もいるんだよ。何してんの？」

彼女は腰を下ろすと箱の角に頬を寄せてクモの観察をはじめた。レンカはクモをとても怖がっていた——ある時、トイレでレンカにニワオニグモが降ってきた。スカートをまくりあげ、お尻をむきだしにした姿のまま、レンカは庭に飛び出した。その後一晩じゅう眠らず、髪の毛の中にクモがいないか探してもらおうとカマローヴァにしつこくしていた。このクモの脚は短くてがっしりしていて、まばらな赤茶色の毛に覆われていて、ぼってりした腹も同じように短い毛に覆われている。カマローヴァは慎重にクモに息を吹きかけた。クモは彼女の方に顔を向けた。顔にはいくつかのビーズの目玉があり、それぞれが別の向きについていた。正面に二つのより大きな目、側面には二つの小さな目。

「かっこいいじゃん」カマローヴァはクモに言った。

「散歩してくりゃいいのに」

「オレーシャ、何を言うんだよ？」

オレーシャ・イヴァンナは答えず、ピョートルを越えてどこか遠くを見ていた。実際、彼女はもうそれほどきれいではなかった。服のセンスは良いし、髪型も上手に整えられる——それはそうだ。だがもう若くはなかった。彼女の良いところといえば、もはや、男にとって都合がいい女だということだけだった。

「聞けよ、オレーシャ……」なだめるようにピョートルが言った。「ちょっと待つくらいのことがなんだって言うんだ……何を期待してたんだよ？」

「期待!?」オレーシャは叫んだ。「あたしが!?　あたしは何も期待なんかしてなかった！　大体、あたしあんたを呼んだ？　何しに来たのよ？」

「話がしたかったんだよ。分かってくれるだろうって思ったんだよ！　それが話もできやしねえ！　人間らしく分かってやろうともしねえ！」ピョートルはかっとなって床につばを吐き、それを足ですりつぶした。

「やめてよ！　あんた、ここにつば吐くためにきたわけ！」

「お前のツラに吐かなかっただけ、ありがたいと思えよ」

「あらそう、ありがと！」オレーシャ・イヴァンナの声は震えた。「本当にどうもありがとう、ペーチンカ、あたしのツラに吐かないでくれて！　もう出てってよ、人が見るから……」

「人が見るだと！　俺だけじゃねえくせに！」

オレーシャ・イヴァンナは後ずさり、顔は真っ赤になった。

「何てこと言うのよ」

「聞こえただろ！　アバズレ女め。マジのアバズレだぜ」

オレーシャ・イヴァンナはピョートルの突き立った髪をつかんで引っ張り、思い知らせてやろうとしかけて、やめた。その代わりに手で顔を覆うと、カウンターに突っ伏して大声で泣きはじめた。

「今度はなんだよ？」不機嫌にピョートルが言った。

オレーシャはただ黙って頭を振った。

「何お上品ぶってんだよ、オレーシカ？　お前だけ特別扱いしなきゃならねえってのか？」

「もう行って……人が見るから……」低い声でオレーシャは繰り返した。

「いいかげんにしろよ！」

ピョートルはそれ以上何と言ったものか分からずなおしばらくの間オレーシャを見ていたが、くるりと向きを変えると、後ろ手に静かにドアを閉めて出て行った。オレーシャ・イヴァンナは泣き濡れた顔を上げると、風でわずかにきしむ音をたてるドアを見た。それから、組んだ腕の上に再び頭を垂れると、声もたてずに、時おりしゃくりあげながら泣きはじめた。

去年の八月の終わり頃のある日、ピョートルは夜遅くに品物を運んできた。オレーシャ・イヴァンナはもうだいぶ前に店を閉めたところで、倉庫で片付けをしていた。彼は何回かに分けて倉庫に品箱を運び込むと、ドアのところに立って、汗で濡れた額を手のひらでぬぐい、髪の毛をくしゃくしゃにかき混ぜた。

「あんたってハンサムね、ペーチャ」オレーシャ・イヴァンナは片頬で笑みを浮かべた。「独身じゃないのが残念」

　ピョートルはニッと笑い、言い返そうとはしなかった。もてるのは自分でも分かっていたのだ。

「お腹すいてない？　お昼のジャガイモとソーセージが残ってるんだけど」

「そうだな、もらおうか……女房はどうせ食わせてくれないだろうから」

　ピョートルはそう言って、自分でも恥ずかしげもなくオレーシャ・イヴァンナをほめそやした——そんな風に男に見惚れられることに彼女は慣れっこだったが、ほかでもないピョートルにそう言われるのが心地よかった。彼は村の女全員に好かれていたのに、どういうわけかだらしないろくでなしのオクサナのものになったのだ。だからオレーシャには、ピョートルが妻を裏切ってくれれば、それによってこの世になにがしかの公平さが取り戻されるような気がした。彼女は素早くテーブルの上を片付けると、ピョートルの前にウォッカを一杯置いた。

「運転しなきゃならないんだぜ、飲めるかよ！」楽しそうに彼は言って、一気に飲み干すと二杯目を注いだ。

　オレーシャ・イヴァンナは笑みを浮かべながら頭を振った。

「そこでなに突っ立ってるんだい、オレーシャ？」

「別に……あんたを見てるの」

「俺の何を見るって？」ピョートルはウィンクをした。

「美術館にいるわけじゃあるまい？　こっちへ来たらい
い」

　オレーシャ・イヴァンナはにこっと笑って、近寄った。するとピョートルはさっと彼女のウェストを捕まえて、ぐっと引き寄せた。

「何するの、ペーチャ！　だめよ！」

「何がだめなんだよ？　ええ？……」

「オレーシャ・イヴァンナ、どうしたの？　何かあったの？」

　オレーシャ・イヴァンナは顔を上げ、涙をぬぐった。そのせいで目からマスカラの黒い筋が顔に伸びた。大きな音をたてて鼻をすすった。

「何もないわ、カーチャ」

「あいつにひどいことでも言われたの？」

　オレーシャ・イヴァンナは答えなかった。

「あいつはバカだよ、オレーシャ・イヴァンナ。あんな奴の言うこと、聞くことないよ」

「何でもないのよ、カーチャ」オレーシャ・イヴァンナはもう一度鼻をすすった。「何でもないの……」

　カマローヴァは腰掛に座ると足を抱えた。嘘つきのジェーニャばあさんは、オレーシャ・イヴァンナは質の悪いウォッカで客を毒しているって言うけど。時にはちゃんとしたウォッカで中毒することだってある。たとえば、親父の友達だったゲーナおじさんは、一昨年の夏にそうやって死んだ。親父はその日いつもより早く帰ってくると母親に言った。「ゲーナの奴頭がおかしくなっちまった。斧で自分ちの壁をぶった切ったんだ。おふくろさんは仰天して、隣に助けを呼びに走ってったんだが、隣の連中がゲーナのとこに来た時には、あいつはもう死んで床に横たわってて、口いっぱいに泡ふいてたとさ」。カマローヴァたちはその時大いに泣いた。ゲーナおじさんは良い人だったし、家に遊びに行くと、いつだってお菓子をくれたから。夏だったら、他人の野菜畑からイチゴやまだ若いスモモを採ってきてくれたものだった。ゲーナおじさんが死んだ後、あれはオレーシャ・イヴァンナの店から悪いウォッカを買ったせいで死んだんだ、と長いこと噂されていた。

「ここに残ろうだなんて思っちゃだめよ」オレーシャ・イヴァンナは言った。「わびしいもの、この村は」

　カマローヴァは肩をすくめた。

「別に、あたしには普通だもん」

「今だからそう言うだけよ」

「あいつん家の窓全部に、豚のうんこをなすりつけてこようか？」

「まさか！」オレーシャ・イヴァンナはびっくりした。それから自分でも思わず、ひどく陽気になった。「何でまた？」

「昔はそうしたものだって、ばあちゃんが言ってたよ。思い知らせてやるためだって」

　店の終わり頃にレンカが用もなく顔を出した。どこかで拾ったバカでかいゴボウの葉っぱを頭にかぶっていたが、雨は葉にあいた穴を伝って徐々に染みとおり、結局髪はすっかり濡れてしまっていた。髪には小さな茎が引っかかっていて、それが緑色の髪の房のように見えた。レンカの頭の傷はもう治りはじめ、黄色っぽい小さなかさぶたに覆われていた。レンカはかさぶたをひっきりなしにはがすので、その度に母親や姉に手をはたかれていた。母親には、ポーチで転んで階段に頭をぶつけたと言っておいた。母親は取り立てて聞きただそうとはしなかったものの、レンカをぴしゃんとやり、ついでにカマローヴァのむき出しの脚も濡れた手拭いで叩いた。

「あたしね、ほら……」レンカが言ってカウンターの上にいきなり油紙の大きな一巻きを置いた。

カマローヴァの手のひらが冷たくなった。

「また何かかっぱらったの？」

「かっぱらってなんかないよ」レンカは腹を立てた。

「ターニャおばちゃんがくれたの」

「あんたの妹ははしっこいわね」オレーシャ・イヴァンナがうすく笑った。「町でも生きていけるわよ」

「あたしほんとに町に行きたいの」レンカが言った。

「お尻に一発もらいたいわけ？」妹の夢想に水を差すようにカマローヴァは聞いた。「これは何なのさ？」

「水死体《ウトープレンニク》」

「頭おかしくなったの？」

「そういうお菓子なの」レンカはさも重要そうに、姉よりも物知りであることにいたく満足した様子で説明した。

「なんでかっていうと、このお菓子をつくるためには生地を水に沈めるからなの。だから水死体って言うんだって、ターニャおばちゃんがあたしにそう言ったの。すごくおいしいんだよ。オレーシャ・イヴァンナ、食べてみる？」

オレーシャ・イヴァンナは横に首を振った。

「いっぱいあるんだよ。それにあたしはもう食べたの。これは全部二人の分」レンカは包みをちょっと開いて中を覗いた。「ジャムなしのと、ジャム入りのがあるの。カーチ、ためす？」

カマローヴァは包みに手を突っ込んで砂糖が振りかけられたパン菓子をひとつ引っ張り出すと、かじってみた——生地は柔らかく、口の中でとけた。

「よお、どう？」レンカが興味津々で聞いた。

「あんたの『よお』はもうたくさん……」

「めちゃくちゃおいしいでしょ。ばあちゃんだったら、店の味だって言うくらいのやつだよね……」

朝、カマローヴァは仕事に行く支度をしながら、レンカに、家にいて弟妹の面倒を見るように言った。レンカは言われた通りにした。下の子たちは朝いっぱい寝て過ごしたが、サーニャだけが一度目を覚まして、小さい方をしたがった。そこでレンカはポーチの下の段までサーニャを連れて行ってやり、その後でまたベッドまで連れて行ってやった。母親に「小便たれ」と呼ばれていたアーニカの方は、一度も目を覚まさなかった。レンカは、アーニカはおねしょをしただろう、濡れて寒くなって目を覚ますだろうと考えたが、確かめてみようとはしなかった（バカのオリカはどういうわけか昼の間おもらしばかりしていて、時にはもっと悪く、大の方さえもらしたが、夜はいつも死人のように寝ていた）。それからレンカは家の中をうろつき、何もすることが無いので玄関の掃除をして、昨日の夕方からカマローヴァがとっておいた手製のタバコを一本吸ってしまうと、ついにまったく退屈になって、着替え、髪をとかすとそっと家を抜け出したのだ。

　タチヤナのところへ行こうと思っていたわけではなかった。が、雨が降ってきて、通りには誰一人いなかった――レンカはスヴェートカでもいいから出くわすことを期待した。スヴェートカに会ったら、ネズミ女呼ばわりして、髪にゴボウのイガを投げてやろうと思ったのだ（前もって集めておいたイガを握りしめてさえいた）。しかし家にいるのか、もう町へ帰ったか、スヴェートカには会わなかった。退屈しのぎにレンカはよく姉と一緒にキクイモ掘りをする消防詰所まで歩いて行った。キクイモはもうずいぶん前に花を終え、ぬかるんだ地面には細長いぎざぎざした葉だけがあった。レンカはしゃがみ込んで指で地面をほじくってみた――キクイモの根茎がのぞいたが、茶色くなり虫に食われていた。

「なぁんだ……」レンカは声に出して言うと湿っぽさにしばらく身をすくめた。

　あたりはとても静かで、消防詰所の壁から垂れ下がっているタール紙の切れ端の上に雨粒が集まり、草むらに落ちる音だけが聞こえていた。大きなバッタか、カエルが飛び降りたような音だった。レンカは消防詰所のぐるりをぶらついて、家へ帰るべきかと考えてみたが、その考えを捨てると秋の雨で水かさの増した川へ歩いて行ったのだった。

「後でひどいからね」カマローヴァは拳を固めるとレンカの鼻先に突き出した。「分かった？」

「なんでだよう、カーチ……」レンカは拳を見つめたが、後ずさりはしなかった。「家はあたしがいなくても平気だもん、五人もいるんだよ……でしょ？」

「今すぐ家に帰んな。後で話すから」

　レンカは肩をすくめると、カウンターから油紙の包みを取って大事そうに紙の端を折り曲げた。

「どこにも寄り道しようなんて考えるんじゃないよ……まっすぐ家に帰んだよ。分かった？」

「分かったってば……分かるに決まってるじゃん……さ

よなら、オレーシャ・イヴァンナ」

「さようなら、レーナ……妹に厳しいのね」レンカが後ろ手にドアを閉めると、オレーシャ・イヴァンナは片頬に笑みを浮かべて言った。

「あの子と一週間も一緒に暮らせば、分かるよ」

カマローヴァはレンカがスヴェートカのパンツを取ったことを思い出し、オレーシャ・イヴァンナの手前、レンカにびんたを見舞うのをためらったことを後悔した。

「カーチャ、あなたも家に帰ったら。どうせもう仕事もないわ」

「平気。夕方までいるよ」

「そう、好きにしたらいいわ」

オレーシャ・イヴァンナはしばらく座っていたが、ややあって倉庫に行ってくると、赤い缶を二つ持ってきて一つをカマローヴァに差し出した。

「はい」

「これ、何？」

「あたしにまいってる男の一人がね、町から持ってきたの」

オレーシャ・イヴァンナはカマローヴァの手から缶を取ると、爪を鉤のように使って蓋を引き上げた。ぱきっと音がたって、缶の上にうっすらした湯気が立ちのぼった。

「ほら、飲んでみて」オレーシャ・イヴァンナは缶をカマローヴァに返した。

カマローヴァは缶から立ち上って来た湯気の匂いをかいでみた――インスタントコーヒーらしき匂いがした――目を細め、大きく一口飲むと、むせはじめた。

「大丈夫？」

「平気……」カマローヴァの目に涙が浮かんだ。「ちょっと熱かっただけ。もう一つ、ある？　レンカにあげたいんだけど」

「求めよ――さらば与えられん」オレーシャ・イヴァンナはカマローヴァに自分の缶を渡した。「持って行っていいわ、あたしは要らないから」

カマローヴァは受け取ったものかどうか決めかねて、服のポケットの奥深くに手を突っ込んだ。

「本当に要らないの？」

「本当よ。その男のことは全然好きじゃないから」

オレーシャ・イヴァンナはよそを向くとだいぶ以前から洗われていない窓を眺めた。窓からは黄色くなった野原と細い道筋が見えた。乾いた天気の日に、たまにこの道を車が通って行ったり、ジプシーの荷馬車が飛ばして行ったりすると、埃が濃い雲となって舞い上がった。すると、道路で遊んでいる子供たちはうれしげな声をあげ、腕を振り回しながらこの雲に飛び込むのだった。オレーシャ・イヴァンナも子供の頃同じように道で遊んでいた――その頃は車が通ることはもっと珍しく、丸一日首を長くして待っていても、せいぜい二、三台がいいところだった。オレーシャ・イヴァンナはため息をついた。

　店のドアが大きく開かれて、〈ハダシ〉のアントンと、スタスと、カリンカとダーシュカが入って来た。

「ごきげんよろしゅう、オレーシャ・イヴァンナ。何だい、暇してるのかい？」

「そりゃ、一日この雨だもの……暇にもなるわよ」

「もう暇じゃなくなるぜ」アントンはカマローヴァにウィンクをよこした。「チーズを三〇〇グラムくらいと、ヒマワリの種二、三袋、それから〈九番〉*を八本、頼むよ」

「そんなにどうするの？」オレーシャ・イヴァンナは驚いて言った。

「ほかにも表で待ってる奴らがいるんでね」ハダシはまたカマローヴァにウィンクした。オレーシャ・イヴァンナがカマローヴァを振り向いた。

「カーチャ、倉庫の片づけをしてって頼んだじゃないの。何を座ってるの？」

　カマローヴァは大急ぎで、ほとんど倒さんばかりの勢いで腰掛から飛び降りた。

「後でチェックしに行くからね」オレーシャ・イヴァンナの声が届いた。

　カマローヴァは倉庫の明かりを点けようとはせず、薄暗がりの中壁際に置かれたソファーのところまで歩いて行くと、その上によじ登り、ぎゅっと膝を抱えて頭を低く下げ、しばらくの間じっとしていた。オレーシャ・イヴァンナがレジをカタカタ打つ音が聞こえ、その後で、カリンカとダーシュカが何かに笑い声をあげたのが聞こえた。

「ヒマワリの殻だけは店の周りに散らかさないでね」オレーシャ・イヴァンナが言っていた。「ヒマワリの種なんか、タバコよりろくでもないわ。歯がぼろぼろになるわよ」

「よく思い出させてくれたよ、オレーシ・イヴァンナ！〈ベラモール〉も一箱」

「ビールの上に、タバコまで買うの？」

カマローヴァは頭に指を突っ込むと、髪の毛の束をいくつかつかんで引っ張った。が、痛みはほとんど感じなかった。

「体に良いのさ！　マッチも頼むよ、ビールも……」

「ビールはもう聞いたわ。八本でしょ。〈九番〉が八本、ヒマワリの種二袋……ほかには？」

カマローヴァは物音をたてないように気をつけながら、静かにソファーから滑り降りた。つま先立って裏口まで行くと、ゆっくりとドアを開き、まずあたりを見回してから、表へ出た。雨はいっそう強くなりはじめ、空と地面の間にいくつもの透明な糸が伸びているような気がした。カマローヴァは手を開いて体の前に伸ばした。糸は裂かれたが、まるで目に見えぬ針が縫い合わせていくかのように、すぐにまた繋がった。カマローヴァは雨に濡れた野原を歩いて行き、ぬかるんだ道路に出ると、路肩を家に向かってのろのろと歩きだした。

＊　ロシアで最大シェアを誇る〈バルチカ〉社製の同名のビールは、アルコール度数や味わいによって〈零番〉から〈九番〉までシリーズがある。〈九番〉は度数八パーセントの強アルコールタイプ。

II　カマローヴァ家

1

風が吹くと、ヤグルマソウ、ヤナギラン、それに黄色いシナガワハギの色とりどりの草の波を生き物の腹のように上下させながら、野原が呼吸をはじめた。草花の匂いが、しぼりたての牛乳のように、濃密に空中を満たした。カマローヴァは額に手を当てて、目を細めた。太陽は赤く、ゆっくりと地平線に沈んで行こうとし、昼間の熱気は七月の夜の蒸し暑さに代わっていた。遠くで何かに驚いた鳥が飛び立った。円を描きながら曲がりくねった草原の道の上を飛んでいるのが見えた。耳を澄ませば、短く哀れっぽい鳴き声を聞き分けることもできた。

「なんで、いかれたみたいにうろうろしてるの？」レンカが聞いた。

「巣を見張ってるんだ」カマローヴァは答えた。「あれはシギだよ」

「どうして分かるの？」

「ゲーナおじさんが言ってた。おじさんは鳥のことならなんでも知ってるもん。名前も全部知ってるし、鳴き声も聞き分けられる。鳥が円を描いて飛んで、短く鳴いたら、つまり、それはシギなの」

　レンカはふーんと言うとヒマワリの種を噛み砕き、殻を地面にぺっと吐いた。そして道路の方に顎をしゃくった。

「聞いたの……この道を行くとミーヌィに着くんだって」

「方向が違うよ」

　駅と果樹園の向こうの遠くに広い舗装道路が通っていた。大きなトラックが通る道で、村の人たちはなぜか皆キエフ街道と呼んでいたが、少なくとも小学校の先生がカマローヴァに言ったところによれば、この道がキエフ街道であるはずはなく、本当のキエフ街道は村からずっと遠くにあった。この道はミーヌィに通じているけれど、トラックはミーヌィを目指して行くのではなく、もっと先のトスノか、でなければシャープキに行く。なぜなら、トスノとシャープキは、県庁所在地だから。先生はカマローヴァの机に大きな州地図を広げ、指で地図をたどって見せてくれた。カマローヴァは、魔法にかけられたように、マニキュアをしていない先生の爪が、ある地名から別の地名へと目に見えない道を引いていくのを目で追っていた。地図は折り目がついて古びていて、様々な色のしるしやアンダーラインで見えなくなっている箇所もあったが、それでもカマローヴァにはこの地図がとてつもない宝物のように思えた。彼女が先生に地図を家に持って帰ってもいいかと訊ねると、先生は、カマローヴァが一生懸命勉強して八年生を終えられたら、その時に同じような、しかも新しい地図を貰えると教えてくれた。『あなたはね、カーチャ』と先生は言い足した。『ちゃんとできるのよ。努力が足りていないだけ』。六人のチビたちと、うちの親父としばらく暮らしてみてから、そんなことを言えばいいんだ。あの地図では確かにミーヌィは別の方向にあった。でもレンカにそのことを納得させられるかは疑わしい。いちいち音節を区切って読んでいるような子が、どうして地理を理解できるだろう。カマローヴァは、沈みゆく太陽のせいか、それとも顔に吹きつける風のために目を細めている妹を横目に見た。

レンカはさらにもう何粒かヒマワリの種をかじった。

「違うよ、この道だよ。絶対そうだもん。だってあっちに行っても」と手を振り回した。「ルーガまで森がつづいてるだけだもん。先週そこで別荘の人が道に迷ったって、四日も迷いまくって、死ぬほど蚊に刺されたんだって」

「どういうこと？」

「どうって……あっちにミーヌィがあるなら、そこまで行けたでしょ……でもあっちは森しかないんだよ」

「単に迷ってぐるぐるしてただけでしょ」

「ぐるぐる、だって」レンカが口まねした。「酔っ払って森に入ってぐるぐるするのは村の人だもん。町から来た人たちは違うもん」

「ヒマワリはもうそのへんにしときなよ」

「なんで？」レンカが意外そうにした。

「なんでも。歯がなくなるよ」

レンカはヒマワリの種がいっぱいに詰まった、新聞で出来た袋をちょっと眺めると、汚い指を袋に突っ込んでしばらくかき回していた。

「そんなことないよ……だって皆食べてるもん」

カマローヴァは顔をそむけた。レンカはバカで人生のことを何も分かっていない、と言ってやりたかった。だがその代わりに唇を噛みしめると黙り込んだ。自分が言わなくても、レンカは今朝母親からどやされたところだった。レンカが床を拭き掃除した後、汚れた雑巾を廊下の真ん中に放り出しておいたので、アーニカとスヴェートカが雑巾で遊びはじめ、サーニャにそれを巻きつけたのだ。バカなレンカ。レンカは自分の目でミーヌィを見たことなどなかった。そもそも商店より遠いところへはどこへも行ったことがない。

「皆はそうでも、あんたはやめときな」結局カマローヴァは言った。「町に行った時、一発で村から来たってばれるよ」

「町には、ヒマワリの種がないってこと?」

「ない」カマローヴァはぶっきらぼうに答えた。

レンカはしばらく黙っていたが、ややあって聞いた。

「ねえ、皆もう寝たかな?……」

「さあね。チビたちが寝てるのは確かだけど」

カマローヴァはサーニャのことを考えた——サーニャは弟妹たちの中で一番年幼く、一番弱い子だった。だからカマローヴァとレンカはサーニャのことを一番かわいがっていた。サーニャが牛乳で炊いたソバ粥にむせ込んで、ソバの実が鼻水と一緒に鼻から飛び出してきた、ということがあった時、レンカはゲラゲラ笑い、後になっても何度もそのことを持ち出したりはしていたけれど。ねえサーニャ、「鼻からお粥」の時の事覚えてる? と言って。ところがサーニャは何も分からずに目をぱちくりさせるだけだった。サーニャは何ひとつ覚えていることができなかった——それに、巻き舌の「アール」の発音が下手だったので、「ソバ《グレーチカ》」のような言葉もまだ口にすることができなかった。

「ぶっ飛ばされちゃう」

「何でもないよ、大丈夫。罰の方が飛んでくって」

「そうかなあ……ぶたれると思う……」悲しそうにレンカが反論した。

カマローヴァは返事をせず、始終噛んでいるせいでぎざぎざになったつま先で、物思わしげに額を掻いた。軽く揺れている草むらの奥から、黒い聖衣を着た、あまり背の高くない人影が現れた。聖衣の裾が風にはためいていた。風はそれほど強くなかったものの、飛ばされないように片手で司祭用帽子を押さえ、もう片手にはプラトークを持っていた。プラトークは包みに結ばれていた。どこかの村の住人たちは神父様に差し上げる贈り物にちょうどいい袋を見つけられず、全部一緒くたに女物のプラトークにくるんだのだろう。そのせいで包みは持ち運びに適さないような仕上がりになっていて、服にからまったり、神父の歩みを邪魔したりしていた。

「神父さま！」レンカが飛び上がり、手を振ると叫びはじめた。「セルギイ神父！　神父さまあ！　こん・にち・わあ！」

「何大声だしてんの？　聞こえるわけないよ」

「セルギイ！」大声で叫んだ。「こん・にち・わあ！」

神父は帽子から手を離すと応えて手を振った。そのとたんに、帽子が彼の頭から飛び去った。神父は草むらの中に帽子を探して屈んだので、しばらくの間姿が見えなくなった。

「バカ」カマローヴァは言った。

「なんで？」

「なんでも。単にバカなの」

セルギイはやっと帽子を見つけて起き直った。

「セルギイ神父！」またレンカが叫びだした。「ミーヌィから来たの？　ちがう!?」

「言ったじゃん、聞こえないって。近くに来るまで待ちなよ」

レンカは紙袋に手を突っ込むと、地面に殻を飛ばしながら、待ちきれぬ様子で次々とヒマワリの種をかじった。黒い小さな三角形の殻がひっきりなしに下唇にはりつくので、せわしなく指でそれを払っていた。太陽はもう三分の二ほども隠れて、野原の色は夕闇の前に輝きを失いはじめた。野原の両脇には見渡す限り森が続いていて、そのためにまるで森が野原全部を丸く囲んでいるように見えた。バカな町の人間たちは、野原の右手は川に分断されていることを知らずに、森までたどり着くのは簡単なことだと思っていた。川は何カ所かで曲がりくねりながら、どこか、遠くの草原の真ん中でオレデシュ川に注いでいた。一方左手には——長い深い谷があって、雨季には谷底で水流が音をたてるのだった。さらに谷には通り抜けられないハンノキの茂みがあり、ヘビがその中を這っているという噂だったので、村の住人は足を踏み入れないようにしていた。唯一の道は野原をうねうねと突っ切り、小川に近づいたり遠ざかったりしながら通って行く道だった。この道を行けば二番目の深間*まで行くこ

＊　川が大きく湾曲したり、ループ状になっている河区のこと。流れは緩やかだが、水深は深い。

とができた。そこでは川底は細かな砂と青貝の貝殻の破片に覆われていた。子供たちはこの貝殻を宝物のように集めて取っておき、〈ラブイズ〉のおまけやアニメキャラクターのシールと交換するのだった。その先には、三番目の深間が広がっていて、さらにその先には黒い恐ろしい第二の渦があり、そこで男たちが銀ぴかに輝く体と赤い背びれをもったチャブと、意地の悪そうな平たい顔をしたカワカマスをつかまえた、と言われていた。とはいえカマローヴァたちはそこまで歩いて行ったことは一度もなかった。もしそこへ行ったことが母親に知られたら、間違いなくぶたれただろうから。

カマローヴァはため息をついた。レンカのバカは何も分かっちゃくれない、妹なのに。ヒマワリをかじってはバカなことを口にするだけだ。暗くなりつつある野原は揺れていて、走って行って腕をさっと振り上げ、その中に飛び込めば、色とりどりの草花の上をゆらゆら揺られながら、ゆっくりと泳いで行けるような気がした。カマローヴァは一度実際に試してみたことがある。走ってきた勢いで野原に飛び込んだが、柔らかいウシノケグサも強いカモガヤも支えてはくれず、あんまりひどく地面に膝を打ちつけたので、その後数日もびっこをひいていた。おかげでレンカはその間一人で重たいバケツを井戸から引きずってきたり、床を掃いたりしなければならなかった。それでも今、もう一度走って行って飛び込みたかった。草花は自分を受け止めてくれないし、絶対に怪我をするということは、もうその時に分かっていたが、それでもそうしたかった。飛び込んで、シナガワハギの匂いを吸い込み、ぺとぺとする黄色い花粉で鼻先を汚しながら地面の上を泳いで行きたかった。時々川でやるみたいに仰向けになって、腕も足も動かさないでただぷかぷかと漂うのはもっと良い。そうしながら、母親が気に入っているエナメル塗りの鍋みたいに真っ青な、七月の空を眺めるのだ。

「なんであんなに遅いのかな?」レンカが目を細めた。「どんどん暗くなってくるのに」またヒマワリをかじり、音をたてた。

「皆があんたみたいに走り回ってるわけじゃないよ」

「あたし走り回ったりしてないよ」レンカが腹を立てた。

「走ってるじゃん。明日は一緒に川に洗濯しに行くからね」

「えー、カーチ……」レンカは泣き声をあげかけた。

「おとなしく言うこと聞きな」カマローヴァはぴしゃり

とさえぎった。

「なんであたしばっかりぃ」

「ほかに誰がいるっての？」

「だってあたしばっかりだもん……レンカ、水汲みに行ってきな、レンカ、川に洗濯しに行きな……レンカ、チビたちの面倒見な、ってさ。レンカレンカばっかり、ほかの子がいないみたいじゃん。アーニカを連れて行けばいいじゃん、もうすぐ七歳だよ、もう大人だよ」

「あんたはもうすぐ十歳でしょ。ほんとにバカなんだから。ヒマワリかじるだけしか能がない」

　レンカはふくれっ面をして黙り込んだ。大泣きをはじめないだけましだ。カマローヴァはポケットからマッチ箱と手製のタバコを取り出し、タバコを指で揉み、端っこの剝がれを直すと、マッチを擦って吸いはじめた。カマローヴァとレンカはつい去年の夏からタバコをやりはじめた。カリンカとダーシュカに張り合ってのことだった。オレデシュ川の向こう岸に住んでいる、このアバズレ姉妹が、〈マールボロ〉を吸いながら、川で洗濯をしていたレンカを笑い者にしたのだ。レンカはふくれっ面で家に帰ってくると、カマローヴァにしつこくつきまとって言った。カリンカとダーシュカはあの〈マールボロ〉を吸っているのに、自分たちはオオアワガエリの茎をかじっている、おかげで唇は青くなるし、口の中もまずくなる。カマローヴァは腹を立てて、あいつらはカウボーイに四ルーブルと五十コペイカも払ってるんだよ、と言ったが、その後で態度を和らげ、野菜畑でキイチゴの乾いた葉を集めると、新聞紙で自分用とレンカ用に何本かタバコを巻いた。小さな手巻きタバコはちょっと曲がっていたし、中身もいくらかこぼれだしていたが、レンカは構わず、大喜びで飛び上がらんばかりになって、タバコを手に駆けて行った。アバズレの姉妹はもういなくなっていた。レンカにとっては幸いだったはずだ、さもなければ朝まで大声で泣くはめになっただろう。今ではカマローヴァはきれいな細いタバコを巻いていた。新聞紙のきれいな端っこや、オレーシャ・イヴァンナに頼み込んで貰った包装紙だけを使っていたので、遠目には市販のタバコとなんら違いがないほどだった。カマローヴァは満足げにいい香りの煙を吐き出すと、妹の方を見やった。レンカは地面を見つめ、サンダルのつま先でオオバコの植込をほじくり返していた。レンカを好きにさせてやれば、自分だってほかの友達と一日じゅう村を遊び回っていられる——そうしたいのはやまやまだったが、アーニカとスヴェートカを母親の手伝いに残しておくことはできなかった。床を掃くくらいのことはまだどうにかできるが、川へはやれない――チビたちは川に転げ落ちて、バイバイ、だ。真ん中のオリカは、年こそレンカと一つしか違わなかったが、パーだった。いまだに「アグールチキ《キュウリ》」というたった一つの単語を話すことしか覚えなかった。なぜよりによって「アグールチキ」なのかは神のみぞ知るところだ。朝から晩まで座り込み、穀物の粒や豆を弾くみたいに指を弾いている。その間ずっともぐもぐと小さい声で言っている、『アグールチキ、アグールチキ……』。ある時父親が、訳もないのにオリカに腹を立てて、殴りはじめた。かわいそうなオリカはベッドから床に落下し、小さく体を縮めて顎のすぐ下で膝を抱え、例の「アグールチキ」をぶつぶつ繰り返し言いつづけていた。アーニカとスヴェートカはオリカをかわいそうがっていて、いじめることはせず、七月になると他人の野菜畑からキュウリを取ってオリカに持ってくる。だがオリカは食べるでもなく、それがなんなのかも分からないまま、にぶい目でキュウリを見つめている。ところでワーニャ――サーニャ以外に唯一の弟――は、一日じゅう村を走り回っているので、カマローヴァたちは家でもワーニャの姿を見ない。ジェーニャばあさんはワーニャを「浮浪児」と呼び、あの子が大人になったら、〈ハダシ〉のアントーシュカより悪い者になる、と言っていた。カマローヴァは深く煙を吸い込みすぎて、咳き込みはじめた。

「聖エカテリーナのしもべさん、タバコを吸うのはよくないことだよ」

野原からひょっこり現れたセルギイ神父は、長らく歩いて来た後でぜいぜいと息をついていたが、赤みがかった短い顎ひげには笑みが浮かんでいた。カマローヴァが手巻きタバコを吸っているのを見ると、彼はいつも同じようにそう言う。そしてカマローヴァは、神父が毎回新しく考え出すひとくさりの説明を聞きたいがために、いつも彼に同じ質問を投げかけていた。

「なんでよくないの？」

「なぜかというと、喫煙は悪魔が人間に教え込んだことだからだよ。その悪魔は、爪のするどい自分の手からキリスト教徒の魂を取り逃がしてしまったか、年上の悪魔と会った時に挨拶しなかったか、何か失敗して地獄から追い出されたんだ。悪魔は、地上で人間たちにすぐ正体がばれてしまうので腹を立てたんだよ。というのも、口からも鼻からも硫黄の煙があがっていたからなんだが、それで悪魔は思いついたのさ、タバコの葉を育てて紙巻きタバコを作ろう、とね。皆がタバコを吸って、誰も自分が見分けられなくなるように」

カマローヴァはもう一口吸い込むと、煙をしばらく口の中にためておき、鼻の孔から細い二筋の煙を吐き出した。

「じゃ、その悪魔ってのは、今も人間の間をうろついてるの？」

「そう、うろついている」神父はうなずいた。「皆がタバコを吸っているから、誰も悪魔に気がつかないんだよ」

「セルギイ神父、ヒマワリの種を食べるのはよくないことじゃないよね？」レンカがくちばしを入れた。

セルギイは考えはじめたが、レンカは答えを待ちきれずに言い足した。

「ミーヌィから歩いて来たの？」

「そうだよ、ほら……」彼はプラトークの包みを持ち上げて見せた。「手作りのスメタナ*とヴァレーニエ、食べるかい？」

「いいよ、そんなの……なんであたしたちが……」上のカマローヴァは言いかけたが、レンカはつま先立ちになってもう包みを覗き込もうとしながら、それよりも早く言った。

「なんのヴァレーニエ？」

「クロフサスグリじゃないかな……」セルギイは草むらの上に置くと包みを広げた。

そこにあったのはヴァレーニエの一リットル瓶と、蜂蜜の小さな瓶、スメタナの大きなプラスチックの瓶、ポリエチレンの袋に入った工場製のパン、何束かの緑野菜だった。それから、古布の小さな包みもあった。

「どうだね、持っていくかい？」

カマローヴァはためらった。セルギイ神父がミーヌィに発ったのは、きっとまだ日も昇りきらぬ時間だっただろう。その遠いミーヌィから彼が持ち帰ってきたものを貰うのはきまりが悪かった。

「ミーヌィに洗礼式に行ってきたの？」カマローヴァは訊ねた。

セルギイは首を振ると短く答えた。

「葬儀をしてきたんだよ」

* ロシア・ウクライナ・ベラルーシなどで広く食されている発酵乳製品の一種。脂肪分の多い生乳から作られるため、濃厚な味わいがする。

それからちょっと考えて、つけ加えた。

「小さな村では子供が生まれることはめったにないからね。お年寄りばかりだから」

カマローヴァたちは、セルギイが不平をこぼすことを期待して彼を見つめた。たとえば、以前はそういう年寄りはほとんど全員がソヴィエト政権の肩を持っていて、聖職者を追い出したり殴ったり、教会を倉庫代わりにしたりしたくせに、ソヴィエト政権も終わって久しく、彼らの人生も終わりに近づきはじめた今になって、年寄りどもは突然神のことを思い出したのだ。そして死が迫って来たのを感じるやいなや駅に誰かをやる。駅には電話があり、大きな村から告解のために神父が呼ばれる——だがどのみち、聖職者を密告屋とみなす古い癖のせいで、ざんげの内容の半分は嘘にすぎない、といった具合だ。マリヤおばあちゃんが生きていた間、セルギイはよくそのことでおばあちゃんと口論をしていた。セルギイが、本当にあなたは、僕があのひどい時代にいたら、誰かを密告したと思うのか、と問い質すと、おばあちゃんは愉快そうに眼を細めて彼を見るか、時にはただこう答えた。「人は分からないものだからね」。セルギイはこれに大いに腹を立てたが、それでもとにかく、あなたが天に召される時には告解の儀を行いに来ます、と言うのが常だった。マリヤは返事の代わりに、セルギイをバカ呼ばわりしながらぱっと立ち上がり、あたしが天に召される時にはあんたを呼んでもらうには及ばない、あんたは自分の神様を連れて悪魔のところへでも行けばいい、と言っていた。

セルギイは黙って、プラトークの上の瓶や包みを見ていた。

「どうだい、何か持っていかないかね？　ほら、せめてこのヴァレーニエか蜂蜜だけでも」

「でもなんか、悪いし……」カマローヴァはのろのろと言ったが、レンカがそれをさえぎった。

「何がさぁ？　セルギイ神父のとこにはどのみち子供いないんだもん、誰もヴァレーニエなんか食べないよ。そうでしょ、神父様？　でもうちにはさ……」

カマローヴァは腕を伸ばすとレンカの肩を強くつねった。レンカは叫んで身もだえし、その拍子に地面にヒマワリの種を落とした。

「もう、カーチャ！　何すんの!?」

「そのバカな舌、歯の裏にしまっときな！」

「あたしが何言ったってのお？」

「何もだよ！」

カマローヴァはレンカの髪を引っつかもうとしたが、相手は巧みに身をかわすと、片足でくるくると回って見せ、あっかんべをした。

「そんな短い手じゃ、捕まえられないよ！」

「こら二人とも、喧嘩はよしなさい」セルギイは驚いて言った。「ヴァレーニエを持っておいき、それに蜂蜜も
――私とタチヤナ二人じゃ確かに食べきれないよ。家にもあるのに、貰ったものだから」

カマローヴァは素早く身を屈めると、地面でタバコを消して吸い殻をポケットに入れ、ためらいがちに瓶を手に取った。

「ありがとう、神父様」

「スメタナもお取り」セルギイは、カマローヴァの腕がもうふさがっているのを見て、レンカにスメタナの入ったプラスチックの瓶を渡した。それから小さい包みも取ると、同じようにレンカに渡した。カマローヴァは、それはもうくれすぎだ、と言おうと口を開いたが、レンカはスメタナも包みもぎゅっとつかんで、包みから何かくだけるような音がしたほど強く胸に押しつけた。

「壊れてしまうよ、聖エレーナのしもべさん……」

「セルギイ神父、でもこれじゃ、神父様の分が何も残ってないよ……」

「蓋神の国は飲食に在らず、乃義と和平と聖神に由る喜びとに在るなり」セルギイは真剣にそう答えた。

レンカが吹き出しかけたが、カマローヴァが拳骨を見せると、静かになった。

「ほんとにありがとう」カマローヴァは繰り返した。

「でもやっぱり悪いみたいだけど……あんたもお礼くらい言ったら、どう……」

「ほんとにありがと、神父様！」聞き分けよくレンカが繰り返した。

「どういたしまして」とセルギイは言った。「ただ、もう喧嘩をしないようにね。友達はいかなる時も愛し、いかなる不幸にも手を差し伸べる。まして兄弟姉妹は互いに愛し合わなくてはね、ヨナタンがダビデを愛していたように。互いにつばを吐いたり、髪の毛をつかみあったりしてはいけないよ」

カマローヴァたちは首を縦に振った。セルギイは微笑んだ。

「よし。いい子たちだ」

彼は包みを取ると村の方向へ道を歩きはじめた。カマ

ローヴァは何秒か神父の姿を見つめてから、後を追った。

「あたしたち、そこまで送って行くよ、セルギイ神父」

「でも、もう遅くはないかね？　ナターリヤ・ニコラーエヴナが怒らないかな？」

「怒ったりしないよ……」神父の方に駆け寄って、レンカが答えた。カマローヴァは、レンカが歩きながらヒマワリの種を地面に吐くのが聞こえた。「なんでもないもん」

　太陽はとうとうすっかり地平線の向こうに沈み、村は暗闇に包まれ、窓の明かりと、中央道のそばにだけ灯っている街灯の明かりがちらほらと見えていた。街灯の明かりの周りを虫が舞っていた。セルギイはいつになく黙ったままで足早に歩いていたが、時おり少し歩調を弱めると、すっかり軽くなった包みを手から手へと持ち替えていた。長い赤みがかった髪の毛が乱れ、汗ばんだ額にはりついていた。聖職者たるもの常にきちんとした身なりをしていなければならなかったから、更け行く夜の中ではそうした様が見えないことを彼は幸いに思っていた。そう、少なくとも、アレクサンドル神父は、何かしら強い言葉をつけ加えながら、身なりのことをよく自分に注意したものだった。セルギイは呼吸を整えるために立ち止まると、汗に濡れた額を手のひらでぬぐった。誰あろうアレクサンドル神父自身は身だしなみに無頓着で、信者たちは、彼が教会で説教をしている間、聖者伝を聞く代わりに、いつもたいてい神父の櫛も入れない顎ひげに絡まった乾いた葉っぱを眺めていたけれど。彼が天に安らわんことを。

「家に戻る時、こんな真っ暗な中行くのは怖くないかな？」

「何がぁ？」レンカが鼻をすすった。カマローヴァは妹を突っつくか、後頭部をぴしゃりとやってやりたくなった。「あたしたちは慣れっこだもん……ほとんど毎日こうやって歩いてるんだよ」

「嘘だよ」こらえ切れずカマローヴァは言った。「あたしたちは夜に出歩いたりしてない」

「お勤めは朝の九時に始まるよ」とんちんかんな答えをすると、セルギイはまた黙った。

　カマローヴァ家の子供たちは朝の勤行にはほとんど姿を見せなかったが、一番上のカマローヴァだけは、牛乳をもらいにイリーナ・チェレンチェヴナのところへ行った帰りに――というのも、カマローヴァ家で飼っている二匹の雌ヤギ、ニューシャとダーシカ（ニューシャが母親のヤギと目されていたので、カーチャはダーシカの面倒を見ていた)は、七人の子供が飲むには到底足りないくらい、少ししか乳を出さなかったからだった——教会に駆け込んでくることが時々あった。ある日カマローヴァは牛乳の入った罐を壁際に置いた。すると教会のバカ猫のワーシカが匂いを嗅ぎつけて、罐の蓋を外してしまうと、中に鼻面を突っ込んだ。ところが顔がはまってしまい、仰天した拍子に罐を倒して、床じゅうが牛乳浸しになってしまった。カーチャが教会の玄関を逃げ回る小猫を捕まえた時のこと、それから、ばつが悪そうに床を見つめて赤くなりながら謝ってきた時の様子を思い出すと、セルギイは微笑みを浮かべた。

「じゃあここでね、……神父様は左でしょ、あたしたちはもっとまっすぐ行くから」

セルギイは立ち止ると、途方にくれたようにあたりを見回した。カマローヴァがそう言わなければ、ふかふかした花がついたシモツケの枝の間に、一条の光のようにようやく見えている道を彼は行っただろう。それから回り道をして、小高い丘の上に立っている教会のそばを行っただろう。タチヤナは、きっともう待ちくたびれているだろうに。夕飯にはいる、と約束したのだ、それなのに……。セルギイは針で刺すような、苦い、悲痛な恥ずかしさを覚えて、どうにかため息をこらえた。どれほど多くの女性が、セルギイに胸底の思いを打ち明けながら、捨てられた女のように暮らしている境涯を訴えてきたことだろう。自分は彼女たちを聖書の言葉で慰めてきた、だがタチヤナは一度として不平を言ったことはなく、彼女を慰めるすべとてなかった。

「それじゃあ、気をつけて」

彼は持っていた包みをそっと地面に下ろし、姿勢を正すと、まずはレンカに、次いでカマローヴァにゆっくりと十字を切った。それから、カマローヴァの頭を手のひらで撫でた。

「なに、髪の毛ぐしゃぐしゃ?」カマローヴァが聞いた。

セルギイはもう一度彼女の髪を撫でた。

「ともかく、教会にお祈りに通っておいで、二人とも。祈りは肉体に強さを、心に平穏を与え、いかなる悩みも癒すのだからね」

レンカが静かにくすくす笑いをもらした。セルギイが良く分からないことを言いはじめると、レンカはいつもおかしくなるのだった。おまけに、そういう時セルギイはたいていどこか上の方を見るのだが、そうすると彼の顔は、難しい問題を解こうと頑張っている小学生のように見えるのだ。

「さようなら、気をつけてお行き」

「さようなら、神父様」ほとんど声をそろえてカマローヴァたちは言った。「ありがとう！」


「カーチ、どうしたの？」

カマローヴァは、川の方に下って行く側道の角に消えていくセルギイ神父の後ろ姿を眺めながら立っていた。

「別に、なんでもないよ」肩をすくめた拍子に、腕の中で瓶と瓶がぶつかってかすかに音をたてた。「なんでもない」

草むらがガサガサいいはじめた。レンカはわっと声をあげて、包みを危うく落としかけたほどの勢いでわきに飛びのいた。道を横切って、低く身を屈めた猫が素早く駆けて行った。レンカはほっと息をつくと、その場で足踏みした。

「黒猫じゃなかったよね、ね？」

「たぶんね……こんなに暗くちゃ分かりっこないよ」

「もう遅いよ……」レンカは鼻をすすると、くるりと向きを変えて家への方向にのろのろと歩き出した。「絶対お母さんに怒鳴られる……」

「心配しすぎ。大丈夫かもしれないじゃん……」

「大丈夫じゃないよ、怒鳴られるよ」駄々をこねるようにレンカが言いはじめた。「大丈夫じゃないよ……」


カマローヴァは唇をきつく結んで歩いていた。時おり足先に小石がぶつかるとそれを蹴飛ばした。小石は小さな音をたてながらわきへ転がっていった。遅い時間にも関わらず蒸し暑かった。そしてこの小さな石の音と、たまに草むらがさわさわいう音だけが、蒸し暑い闇の中に広がる唯一の音だった。夜に運行しているはずの列車の音さえ聞こえなかった（夜に運行するのは基本的に貨物列車だったが、ひと気のないエレクトリーチカも上り下りと走っていた）。暗闇の中でも、エレクトリーチカの黄色い長方形の窓に、時おり、一人ぼっちの乗客のシルエットを見分けることができた。カマローヴァも同じように乗って行きたい気がした――行先も分からない、空のエレクトリーチカの中で、自分ひとりのためだけに明かりが灯り、自分ひとりのためだけに、青い制服を着た検札係が座席の間を歩いて行く。彼女は耳を澄ませた。違う、駅は静かだ。それにしてもレンカは、いつだって自分の好きで神をも知らぬ遅くまでぶらついて、村じゅうを探しても見つからないくせに、それで後になって「お母さんに怒鳴られる」だなんて言いだす。カマローヴァはレンカに劣らず知っていた、もちろんどやされるだろうし、毎度自分の方がレンカよりも年上だからというのできつく叱られる、ということを。彼女はそこにあった石を力いっぱい蹴飛ばした。石は道を転がって行き、どぶに落ちて見えなくなった。

「どうしたの、カーチ？」

「何でもない。あんた、村をうろつく回数、ちょっとは減らせば」

「なんでまたそんなこと言うのお……あたし、村をうろついたりしてないもん」

「うろついてるじゃん、浮浪者みたいにさ」カマローヴァはつばを吐いた。「仕事がなんにもないとでも思ってんの」

「セルギイ神父が、つば吐いたらだめって言ったよ」

「まぜっかえさないでよ！」カマローヴァはカッとなった。

「ねえ、カーチィ……」

「ほら今度は、『カーチィ……』だ……うろついてるくせに……」カマローヴァは何か侮蔑的なことを言ってやりたかったが、言葉が何も頭に浮かばなかった。しばらく黙った後で言い足した。「窓から家に入ろう」

「荷物もって？」レンカが驚いて言った。「どうやって？」

「どうにかしてさ」

「いいけど、カーチ……そんなこと、しなくてもいいいんじゃない？　ねえカーチィ……ねえってばぁ……」

姉より体も弱ければ背も頭一つ分低いレンカは、窓をよじ登るのが怖いのだった。去年の夏、母親や父親に見つからないように窓から家に入ろうと二人が初めて決めた時、レンカは落ちて鼻をぶった。それから二人は井戸へ行った。鎖が音をたてないようにそっと水桶を引き上げると、寒さに身を縮めながら、長い間立ったままレンカの顔に氷のように冷たい水を撥ねかけていた。カマローヴァはかじかみはじめた指で注意深くレンカの鼻をあちこち触ってみた。鼻は腫れていたが、骨が折れているのかどうかは分からなかった。ようやく朝になって、折れてはいなかったことが分かった。

「そんなこと、しなくちゃいけないんだよ」きっぱりと言ってからカマローヴァはつけ加えた。「びびらないでよ。今度は落ちたりしない」
レンカは返事の代わりにただ舌を鳴らした。カマローヴァは、暗闇の中にちらつく妹の青白い脚を見やった。街灯の明かりに照らされると、レンカの脚に、乾いた血のついた新しい擦り傷が見えた。ということは、家におとなしくしていなかった？　去年の夏レンカは、毎年カマローヴァたちの家から四軒離れたところにあるおばの家で夏を過ごす、別荘族のスヴェートカに、自転車に乗らせてくれるように頼み込んだ。学校の成績がよかったご褒美に、明るい水色のフレームの、スポークに鮮やかなオレンジ色の反射板のついた自転車を両親がスヴェートカに買い与えたのだ。どうやってレンカがスヴェートカを説得することに成功したものやら、カマローヴァはついぞ分からなかったが、ともかくレンカは、中央道をひとしきり走ると川の方へと向きを変え、普段はそこを通って下着を洗濯しに行く小道を自転車で下ってみることにした。坂道でスピードのついた自転車は長い板張りの足場に飛び出し、板の上を数メートル進んで、レンカもろともどぼんと水の中に落ちた。仰天したレンカは足場に膝をぶつけた。その後自転車は村の男たちが引き上げてくれたが、具合の悪いことに後輪が岩の下に挟まってしまっていたので、引っ張り出す際にスポークがすっかり折れてしまった。そのせいで、スヴェートカのおばさんはカマローヴァたちの母親のところへ飛んできて、自転車の弁償金を払えと怒鳴った。もし払わないならあんたらを警察に突き出す、とも。しかし母親は弁償金を払わなかったばかりか、バカげた自転車のことでもう一度でも顔を出したら、目玉をくりぬいてやるから、とスヴェートカのおばさんを脅した。レンカはその時母親から怒られもしなかった。むしろ、母親はレンカの脚の怪我が膿まないよう包帯でキャベツの葉を巻いてやったほどで、しばらくは家におとなしくしているように言いつけただけだった。ところがレンカは、脚がようやく治りかけるやいなや、またもや愚かな冒険を探しに走って行った。だというのに今は、窓によじ登るくらいのことを、小さい子供みたいに怖がっている。カマローヴァはまた暗闇につばを吐いた――もうそうしたかったから、というのではなく、妹に怒っていることをよりはっきりと示すためだった。

昼間カマローヴァは駅の「デパート」のあたりで、四人グループの中にレンカがいるのを見つけた。四人のうち三人をカマローヴァは知っていた。スヴェートカと彼氏のパーヴリク、それからスヴェートカの女友達のラリースカ、スヴェートカはこの友達のことを優しく、きれいな響きでラーラと時おり呼んでいた――のっぽのブスで、バカな上に顔じゅうにきびだらけだってのに。カマローヴァたちはこのラリースカが好きではなかったが、喧嘩をふっかけることもなかった。もっともそれには単純な理由があった。ラリースカも村育ちだったし、喧嘩を売ったりすれば、ラリースカの意地悪で金切り声の母親は、カマローヴァたちを捕まえて耳をもぎとりかねなかったからだ。四人目は見たことのない白っぽい金髪の男の子で、カマローヴァより少しだけ年上のようだった――あるいは、細くて背が高いからそういう風に見えただけかもしれない。暑いのにも関わらず、ジーンズに長袖のシャツを着ていた。レンカと彼ら四人は全員ガムのおまけをじっと見つめていたので、すぐにはカマローヴァに気がつかなかった。

「あんたこんなところで何してんの?」カマローヴァはレンカににじり寄るとその手をぐいと引いた。「また母さんにケツをぶたれたい? 朝やられた分だけじゃ足りないってわけ?」

「やめてよぉ、カーチ……何なのぉ……」レンカはいつになくきまりが悪そうにした。「コースチクがあたしたちにガム買ってくれたの」

カマローヴァは背の高い男の子に剣呑なまなざしを向けた。

「誰が頼んだ?」

コースチクは困ったように腕を広げた。

「僕はただ……別にいいだろ?」

「何もよくなんかないよ! 金持ちだって見せびらかしたいわけ!」

「いいじゃん、カマリッツァ。なんで今日はそんなにカリカリしてんの?」スヴェートカが口をはさんだ。「生理かなんか?」

「今鼻に一発食らわせてやるからね、あんたの鼻から生理が出るよ!」カマローヴァは侮辱に赤くなりながら拳骨を示した。

「分かったって、そんな怒らないでよ。ふざけただけじゃん」スヴェートカはすぐに撤回した。「あんたもガムほしい?」

スヴェートカはカマローヴァに手のひらを差し出した。手のひらには〈ラブイズ〉が二つと、長方形の青い〈ターボ〉があった。〈ターボ〉にはレース用のチェックの旗の絵がついていた。

「ほら」

カマローヴァはスヴェートカの手を押しのけるとレンカの方に向き直った。

「今すぐ返しな」

「えー、カーチィ」いつものようにレンカは泣き言を言いはじめたが、姉の視線に出会うと、素早く黙り込み、握りしめていた何粒かのガムをあぜんとしているスヴェートカに差し出した。相手はガムを取るとブラウスのポケットに突っ込んだ。

「これで全部?」

「全部」レンカは鼻をすすった。「今噛んでるのも出す?」

「あんたもう……それは噛んどきな」

スヴェートカとパーヴリクは目を伏せて黙っていた。スヴェートカはサンダルのつま先で地面をいじっていた。パーヴリクは彼女を見ながら、ぎこちなく靴底で地面をこすった。砂埃が立った。カマローヴァは腹立たしげに考えた——このバカのパーヴリクでさえ、下ろしたてのサンダルをもったいないとも思わない町育ちのガールフレンドの猿まねをして、靴を汚している。なのにあたしたちが石ころを蹴飛ばしたり、どぶに入って靴を濡らそうものなら、母親に怒鳴られるんだ。彼女はうさん臭そうにコースチクを眺めた。コースチクは目を伏せることもなく、地面をいじることもせず、恐怖からかそれとも驚きからか、ただ黙ったままカマローヴァを見ていた。耳が茹でたビーツでも塗ったように赤くなっていた。

「別に、意地悪してるわけじゃないけど……」カマローヴァはぼそぼそ言った。「あんたのガムは要らない。あたしたち自分で買えるから。貧乏人じゃないんだよ」

「それは分かってるよ」ほっとしたようにコースチクが答えた。「僕はただ、ちょっと」

「それなら良いよ。じゃ、あたしたちはもう行く。やることが山ほどあるもん」カマローヴァはもう一度全員の顔を見回すと、くるりと向きを変え、足早に歩き去った。レンカはさよならのしるしに手を振ると、姉の後を追って走って行った。

「明日は来る?」二人の背後からラリースカが叫んだ。「ため池に行ってみるつもりなの! 駅の向こうの!」

カマローヴァは肩をひきつらせただけだったが、レンカが何か答えて叫び返そうとした時に、妹の手をつかんで引っ張った。家でレンカは玄関ポーチと庭を掃き掃除した。実際、きれいにしているというより埃を巻き上げているというのに近かったが、ともかくそれから二人はイリーナ・チェレンチェヴナのところへ牛乳をもらいに空の罐を持って行った。帰り道でレンカは、カマローヴァはほんのちょっとも散歩させてくれなかった、それにガムのおまけも全部取り上げたと泣き言を言いはじめた。二人はオレーシャ・イヴァンナの店に立ち寄って、ヒマワリの種を一袋買うと、野原まで歩いて行った。このことではりっぱに、カマローヴァ自身に非があった——チビの言うことを聞いて野原なんぞに行くより、種を買ったらまっすぐ家に帰って、ベッドに入って寝具にくるまりながら食べさせておけばよかったのだ。

「で、結局どうやって登るの?」レンカは濡れた草むらにつま先で立ち、自分たちの部屋を窓から覗こうとして精いっぱい首を伸ばした。

「登るだけだよ。つべこべ言わずに桶持ってきな」

レンカは静かに口笛を吹くと、セルギイ神父がくれたおみやげを地面に置いて、闇の中に消えた。ロルドが犬小屋の中でもぞもぞと動きはじめ、鎖が音をたてた。カマローヴァは家の壁に背中をくっつけて、ささやきかけた。『しーっ、ロルド、静かに』。心臓が大きく脈打ちはじめ、家の中に聞こえてしまわないか心配になるほどだった。ロルドが急に吠えだす恐れもあった。窓をよじ登るなんて——結局のところ無謀な思いつきかもしれない。レンカがブリキの桶を二つ持ってカマローヴァの前に湧いて出た。ひとつは大きい、十五リットル入る桶で、もうひとつはそれより小さい、井戸へ水を汲みに行く時用の桶だった。

「どうするの?」

「どうもこうも! 一つをもう一つの上に重ねるんだよ」

「ほんとにぃ?……」

静かだった。近所の家のどこかで、開かれた窓から、テレビのざらざらいう音だけが聞こえていた。暗い中でカマローヴァはレンカの顔をほとんど見分けられなかったが、声を聞けば、怖がっているのが分かった。家のポーチの上には黄色い小さなランプが灯っていたが、二人の部屋の窓は森に面していたので、ここからはランプの明かりは見えなかった。カマローヴァはこのランプが嫌いだった。夜にランプの周囲を小さな虫が飛び回っては熱いガラスにぶつかるからだ。だが今は、自分たちの部屋の窓の上にもこういうランプがあったら、と思った。この際ランプの周りを半透明の蚊だの蛾だのが飛んでいてもいい。だってもし、この真っ暗闇の中落っこちたら……まじめな話母親にどやされる方がましかもしれない、初めてというわけじゃなし。カマローヴァは拳を握りしめた。全部レンカのバカのせいだ。さあ、よじ登るんだ。おとなしく登ればいい。

「カーチ、ほんとに大丈夫？」レンカが最後の抵抗をした。「この桶……」

「重ねな。ただし、静かにね」

レンカは慎重な手つきで片方の桶をもう片方に重ねると、少し揺すってみた。ぐらぐらしていた。

「どう？」

「大丈夫そう」

レンカは首をかしげて立っていた。顔の表情は、まるで今にも泣きだしそうだった。

「大丈夫そうだってば……」注意深く桶の状態を確かめながら、カマローヴァは確信ありげに繰り返した。心の中で自分に三度唱えた（こわれないで、こわれないで、こわれないで）。おまじないがきちんと効くためには、願いを声に出して唱える方がよかったし、さらに言うなら、唱える時に桶に手で触れているべきだった。しかし声に出すと、余計にレンカを怖がらせそうで、言いたくなかった。

「ほら、登るからね……突っ立ってるのはもう十分」

「ねえ、セルギイ神父はターニャおばちゃんのこと愛してるのかな？」突然レンカが聞いた。

「聖職者だよ」カマローヴァは腕でバランスを取りながら、慎重に桶の上に立った。「神父は神を愛してるんだよ。はじめに言有り、言は神と共に在り、言は即神なり、って言うじゃん」

「それどういう意味？」分からなくてレンカが聞いた。

「神だって。神父は神を愛してるの」

「神を愛してたら、ターニャおばちゃんを愛しちゃいけなくなるの？」

「もう黙りな、しつこいんだから……」

「ねえ、カーチィ……」

カマローヴァは怒って妹に舌打ちしてから、つま先立ちになった。窓台につかまって体を持ち上げると、開いた手のひらでざらざらした窓枠を押した。窓は簡単に開いたので、カマローヴァは窓台と側柱にしっかりつかまったまま、猫のように部屋に滑り下りた。

「神様とさ」下でレンカが大きな声でぶつぶつ言った。「ターニャおばちゃんは別じゃん。だって二人は十年も一緒に暮らしてるんだよ？　あたしの年と同じくらい一緒に暮らしてるんだよ！」レンカも同じようにそろそろと桶の上によじ登ると、カマローヴァにセルギイ神父の持たせてくれたものをひとつずつ差し出した。

「うちの親だって……」

「よくそんなことが気になるね！」カマローヴァは腹を立てた。「ほかの人たちがどう暮らしてようが、あんたになんの関係があるわけ？」

「だって面白いんだもん！」

「面白いことなんか何もないよ。いいから登ってきな……」

レンカは両手で窓台につかまると、体を持ち上げようとした。しかしどうしてもできなかった。カマローヴァは窓から身を乗り出した。片手で側柱をつかみながら、もう片方の手でレンカの肩をつかみ全身の力で上に引き上げた。レンカは右足を壁の丸太に置き、左足で蹴り上がろうとしたが、その時ついに重ねた桶が平衡をくずして、互いにぶつかって耳障りな音をたてながらわきへ転がった。レンカは恐怖に叫び声をあげ、下へ落ちて行った。一瞬ののち、カマローヴァは妹の静かなすすり泣きの声を聞いた。


母親は二人を廊下で捕まえた。カマローヴァは、本格的に泣きはじめ、きっと腕が折れちゃったと繰り返すレンカを、自分の背後に引っ張っていた。ナターリヤ・ニコラーエヴナは、村じゅうでそう呼んでいるのはセルギイ神父だけだが（ほかの人間は短く、また敵意をこめてナターリヤとだけ呼んでいた）、小さなランプがぼんやりと灯る廊下に、絶対にわきをすり抜けていけないように両手を腰に当てて仁王立ちになっていた。それでなくてもうすい唇を引き結び、黙ったまま二人を見ていた。

村では、十七歳で町から嫁いできたばかりだった頃、彼女はとても美人だった、と言われていた。ところが度重なるお産と、辛い家の仕事と、アル中の酔っ払い夫（もっともナターリヤ自身が次第に飲酒のくせがついた。はじめはほんの少し、その後は皆のように大っぴらに）が、自分の仕事を果たした。こうして、明るい若い女性だったナターリヤは、はや三十歳の時には、村の人間にさえ敬遠されるような、疲れ果てた気難しい意地の悪い女に成り代わっていた。

「そう……」はき古した長いスカートを指でいじくりながら、とうとうナターリヤが口を開いた。

「母さん、あたしたち……」ドアの方に後ずさりしながらカマローヴァがつぶやいた。突然レンカが体をまっすぐにすると、折れたはずの手でカマローヴァの手首をぎゅっとつかんだ。「あたしたちわざとじゃないよ、時間に気づかなかっただけで……」

「そう！」母親はもっと小さい声で繰り返したが、声は怒りを抑えようとして震えていた。「どこをぶらついてた？」

「ぶらついてなんかないよ。セルギイ神父のところに行ってきたの、手伝いが必要だって」もぐもぐとレンカが言った。「お礼にって、贈り物もくれたの」

カマローヴァは、レンカがこうも素早く嘘をついてのけることに内心で驚いた。彼女の知る限り、妹は、さんざん悪さをしておきながら、最後のところでうまく切り抜けるのだった。ちょうど、浅瀬で魚を素手で捕まえようとした時に、魚が逃げるように。

「じゃ、つまり、あたしには手伝いは要らないってこと！　必要ないって!?」

今こそぶたれると思って、カマローヴァは身を縮めた。

「あたしには手伝いは要らない、村じゅうが手伝いを必要としてるってのに、あたし一人だけは手伝いが必要ないか！　どこぞの他人の手伝いはできて、生みの母親のためにすることは何もないってわけか、夜までうろつきやがって！　他人のために洗濯して、掃除して、飯を食わせりゃいいさ！　クソガキ！」

レンカの嘘は、今回は切り抜けるのに成功しなかった……もっとも、たいていの場合レンカの嘘はうまくいかないのだったが、それでもレンカはともかく嘘をついていた。行き当たりばったりに、物分かり悪く、一回だけでもお尻を叩かれないで済む可能性にかけて。だが、反対に嘘を見破られて、余分にお尻を叩かれたり、さらにおまけをくらったりすることも時々あったのに、結局何も学習していないのだった。

ナターリヤの顔が歪み、目から涙が飛び出した。どうして、なんだって自分だけこんなに子供を産んじまったんだろう。どうしてあの時飲んだくれのミーシカと寝てしまったんだろう。大昔には、ミーシカは村一番の男だった。すごく背が高くて、ハンサムで、いつも顔には笑みを浮かべていた。レンカは、笑うと父親にとても良く似ている。それを見る度、彼女の乗ってくるエレクトリーチカを待ちながら、ミーシカがコンクリートのプラットホームに立っていたこと、曇った小さな窓に彼女の姿を認めると、手を振り、ちょうどレンカと同じ笑い顔をしたことが思い出されるのだった。そう、まさにあの笑顔のために自分はすべてを捨てたのだ、家も、芸術学を学んでいた専門学校の進級も。そして村で暮らすために越して来た。ここで三級裁縫工*の仕事に就き、来る日も来る日も枕カバーを、毛布カバーを、シーツを、「スルザー」**社製のミシンで縫ってきた。時代が変わり、金はかぎりなく無意味に近くなり、価値というものが失われ、ニュースではデフレのことばかりが繰り返されるようになり、鉄鋼業の工場は危機に持ちこたえられずに閉鎖した。新しい商店やキオスクは開店するなり閉店したが、寝具の製造には何ということも起こらなかった。まるで人々が最後のルーブルを使い果たしたのは、寝具のためだったかのように。ナターリヤの手を通り抜けて行った何キロメートルもの生地には、地元の聖職者が退屈しのぎに自分の家の扉や窓に描くような、込み入った多色の柄が描かれていた。均等なステッチを縫いつけながら、ナターリヤは憂鬱にこう考えていた。自分自身が町でこういう枕カバーや、布団カバーや、シーツを買えればいいのに。明るくて広い町らしい部屋で、こざっぱりしたベッドをこうした寝具で整えられたらいいのに。さらに彼女はこうも考えた、工場の大きな型紙に印刷されたこうした葉っぱ柄や渦巻き模様は、神父の妻のタチヤナがする刺繍とは比べ物にもならない。自分の人生は絶望的にだめになってしまった、壊れたミシンの針の下の布の切れ端みたいに。

「こんな時間にどこをほっつき歩いてたんだ、って聞いてるんだよ?」ナターリヤは繰り返した。

　もし素早くドアまで走り着いて庭に飛び出せば、母親が自分たちを捕まえることは確かにできなさそうだ、とカマローヴァは少し考えた。しかしなぜか、走って逃げるのはとどまっているよりもいっそう怖いような気がした。いつぞやオレーシャ・イヴァンナが、なぜいたずらに自分の子供をひっぱたいたりするの、と言ってナターリヤをちょっと責めた。ナターリヤがオレーシャを厚化

---

* 裁縫工には最低の「第一」から最高の「第五」まで五つの等級があり、五級裁縫師は非常に困難な仕事をこなすことができた。

** スイスの機械メーカー。様々な織機を開発した。

粧の売女と呼ばわって食ってかかり、村の男全部とあんたは寝てる、使い物にならなくなってなければうちの夫とも寝てただろう、と言った時、オレーシャは相手に面と向かって「鬼ババア」と言葉を投げつけ、二人は危うくつかみ合いになりかけた。が、村の人たちが二人を引き離し、泣いているナターリヤを通りへ連れ出した。痩せ細り、髪は乱れ、着古した汚いシャツを着て、両手を広げて号泣に震えながら、ごみだらけの廊下の真ん中に立っている今、母親はなるほど鬼婆に似ていた。

「クソガキが！　生みの母親にはつばを吐きかけて、他人の方が母親より大事か！　ええ、二人して何黙り込んでるんだよ？　答えな！」

「母さん、ぶつのだけはやめて……」小さな声でカマローヴァは言った。「ぶたないでください……」

ナターリヤはカマローヴァの方に駆け寄るとさっと手を振り上げ、手のひらで頬をしたたかに張った。レンカはわきへ飛びのき、壁にはりつくと腕で身を隠そうとしたが、母親は二人もろとも髪の毛を引っつかむと、クソガキ、アバズレとわめきながら廊下じゅうを引き回しはじめた。

「ママ、ぶたないで！」レンカは逃げ出そう、古靴と新聞紙が積みあがった隅へ隠れようともがいた。「ママ、痛い！」

もしおばあちゃんが生きていてくれたら、かばってくれただろう。おばあちゃんはいつも子供たちをかばってくれたし、その後で母親のことも慰めていた――子供を怒鳴りつけた後、母親はいつも台所に逃げ込んでいき、両手で額を支えてテーブルに座っていた。その姿勢のために、もつれた明るい色の髪の毛しか見えなかったが、髪の毛の下から、とぎれとぎれの悲しげな泣き声が聞こえた。おばあちゃんは椅子をそばへ近づけて並んで腰を下ろし、激しく泣くせいで震えている母親の痩せた背中を撫でてやりながら、淡々とした調子でこう繰り返していた。「なんでもないよ、ねえ。すべては過ぎ去るからね。お泣き、お泣き、すべては過ぎゆく、どうってことはないよ。我慢おし、お泣き、涙は流れる、すべては過ぎゆく。このことも過ぎ去ってしまうよ」。母親は黙ってすすり泣き、頭を揺すぶっていたが、時おりおばあちゃんに思いの丈を言いはじめることもあった。何も分かってくれてない、町でならあたしにはすべてがあったの、キャリアも、まともな家族も。でもここには何もないし、これからもけっしてあり得ないんだ、と。

「少しお泣き、それから忘れなさい、娘や」自分の言葉をおばあちゃんは繰り返して言った。「見てごらん、お前の子供たちがどんなか。そりゃミーシカはバカさ——かまうこたないよ。大事なのは子供たちじゃないか、あの子らにはこれからの人生があるんだから、子供たちのことを考えてやらなくちゃ。さあお泣き、それから忘れるんだよ……」

疲れて、母親はようやく二人を離し、くるりと向きを変え、背中をまるめ、少しふらつきながら歩き去った。カマローヴァはその背中を見ながら床に座り込んでいた。母親が部屋に消え、ドアに鍵をかける音が聞こえると、頭に手をやった。指の下で、べとべとする水気を感じた。さっと手を引っ込めると、何度か指につばを吐き、それを頭に塗りこんだ。

「カーチィ……」隅からレンカが呼んだ。「すごく痛い?……」

「まあね……」カマローヴァはもう一度慎重に頭に触ってみた。「板か何かにぶつけたかも」

レンカは隅から出てくると姉の方に近寄った。

「カーチ、ごめんね、あたし……」

「いいよ、もう。覚えてる? おばあちゃんが言ってたでしょ、『起こるべきものは避けられぬ』って」

「あー」レンカはそばにしゃがみ込んだ。「おばあちゃんが、一番目のだんなさんのことを言ってたやつだよね」

おばあちゃんの最初の夫は戦争の後駅で荷役労働者として働いていた。おばあちゃんが話してくれたところによると、ハンサムな良い男だったらしい(おばあちゃんの理解の中で、それは「背が高い」ことを意味していた)。だが大酒飲みで、遅かれ早かれ線路で眠り込んで列車の下敷きになるぞ、と周りの人が一度ならず彼に言ったのだが、笑って手を振るばかりだった。実際に列車の下敷きにはならなかったものの、ある日何かの用事で町へ出かけて行って、そこで路面電車に轢かれた(おばあちゃんはロメンデンシと言っていた。上のカマローヴァが間違いを正した時にはひどく憤慨した)。あの人は列車の中で飲んだことは一度もなかったんだから、轢かれた時は素面だった、とおばあちゃんは繰り返しよくそう言っていた。カマローヴァたちの父親の父親である二番目の夫のことも、カマローヴァたちは直接には知らなかったが、戦争から右腕をなくして戻ってきた。それでも、妻の髪を引っつかんで庭じゅう引き回し、家の外壁に打ちつけるのに、左腕一本で彼には十分だった。いつぞやおばあちゃんはカマローヴァに丸太の一本についた黒い染みを見せて、これはあたしの頭が裂けて出た血の跡だよ、と言った。カマローヴァが、そいつこそ町で電車に轢き殺されたらよかったのに、と答えると、おばあちゃんは泣きはじめた。

「ねえ、カーチ……おばあちゃんが生きてたら、良かったよね？」

「何バカなこと言ってんの？　良かったも悪かったもないよ！　口にキノコが生えたなら……それは口じゃなくて森そのもの*。ありえないよ……おばあちゃんは死んだんだ……もう寝る時間だよ、明日は朝から川に洗濯に行くからね」

「分かってるよ、でもあたし、やっぱり……おばあちゃんが生きてたら良かったって思うもん」悲しそうにレンカは言うと、黙り込んだ。

「もういいよ、落ち込むのはなし」うろたえたカマローヴァはぶつぶつこう言うと、妹の肩を少し撫でた。「おばあちゃんは死んだけど……皆死ぬんだよ、それにセルギイ神父が、死んだ人のことでいつまでも泣いたらいけないって。だって死んだ人は永遠の命を得るんだし、天国は罪深い地上よりも良いところなんだって……」

「カーチは、本当にそうだと思う？」レンカがすすり泣いた。

「セルギイ神父は嘘つかないよ。神父が言うからには、本当にそうなんだよ」

　表で雨がぽつぽつ降りはじめ、屋根に雨粒が当たって音をたてた。もし土砂降りになったら、屋根裏に這い上がって行って、深皿とかバケツを並べたてる羽目になる。おまけに夜の間何回か、雨水があふれだしていないか確かめに行かなきゃいけなくなる――カマローヴァは物憂げにこう考えた*。父親はだいぶ前に屋根を直すと豪語していたが、結局直さず、母親がそのことを思い出させると手を振って言った。もうみんな腐って崩れてるから、いっぺんに全部取り替えるか、いっそ家ごと建て直した方がよっぽど簡単だ。つぎなんぞあてててもなんの良いこともない、面倒なだけだ。今となっては雨が降りはじめると、雨粒がにぶい音をたてて、屋根裏にまかれたマツの木のおがくずに落ちる――どうしてかおばあちゃんはネズミはマツのおがくずを嫌って住み着かないと思っていたので、屋根裏にはおがくずがまかれていた。ひどい豪雨の時には雨水が部屋にまで漏れてきて、壁に赤みがかった長い垂れ跡や染みができあがるのだった。夜ごとカマローヴァたちはそうした跡や染みに人間の顔や色々な奇怪な生き物の姿などを見ていた。時々、ベッドで寝つこうとする前に、子供たちは屋根裏で雨の流れがさらさら音をたてるのを聞き、どんな動物ならこんな音をたてるだろうと想像をめぐらせるのだった。

「モグラだよ」カマローヴァは言った。「おがくずに穴を掘って、自分の子供たちのために巣を作ろうとしてるんだ」

「違うよ、ヘビだよ」レンカが答えて言った。「だって聞いてみて、パタッ、パタッ、パタッ、って……」

「ヘビは歩くんじゃなくて、這うんだよ」

「あたしのヘビには足があるんだもん」

「足のあるヘビなんていないよ！」カマローヴァはいくらか腹を立てて、暗闇の中でレンカを厳しくねめつけてやろうと肘で体を起こした。

「そういうヘビもいるの！」レンカも憤慨した。「ナメラっていうヘビには、足があるって、ゲーナおじさんがあたしに言ったもん。六本足なんだよ、おじさんは自分で見たの！　古い木の苔の中に住んでるんだよ！」

「ゲーナおじさんは酔っぱらってたんでしょ」とカマローヴァは言ったが、ゲーナに対して少し気が引ける思いがした。というのも、ゲーナおじさんは父親とはまるで違い、飲むと柔和でしゃべり好きになったからだ。そうは言っても、レンカが実在しない動物のことを勝手に考え出しては、いつも、ゲーナおじさんがそう言った、そういう動物は本当にいて、おじさんは自分の目で一度ならず森の中で見たんだ、と答えるのには腹が立っていた。「酔っ払いはなんでも見たいものを見れるんだからね、十本足のヘビだってさ」

「ナメラは六本足だもん、六本なの！」

「百六！」カマローヴァはからかった。「二百六！」

「あたしのヘビがカーチャのモグラを食べちゃうもん！」レンカの声は泣きそうに震えはじめた。「あたしのヘビはカーチャのモグラも、子モグラも食べちゃって、モグラがおがくずに掘った穴の中で暮らすんだもん！」

「穴は雨で水浸しになって」カマローヴァが続けた。これ以上言うとレンカが泣きだすのは分かっていたが、そう簡単に譲ってやる気にはなれなかった。「水の音聞こえるでしょ？　あんたのヘビはおぼれて、さようなら」

＊　起こり得ないことについて話す必要はない、といった意味のロシア語の成句。

「部屋に降りてきて、カーチャを食べちゃうんだ！　カーチャなんかひと呑みだもん」押し殺した涙まじりのささやくような声で、レンカが反論した。

「あたしがそうなら、あんただって食べられるんだよ、バカ」

「あたしのヘビだもん、あたしのヘビはあたしを食べたりしないもん！」

「食べるよ！　気づかないで呑み込んじゃうんだよ、あんたみたいにバカだからさ！」

レンカは大声で泣きはじめた。時には、カマローヴァはベッドから降りて妹に近寄り、そばに座って、こう言いながら慰めてやることもあった。そもそもくだらないことじゃん。どのみち屋根裏にヘビなんていやしないし、あそこには何もないでしょ。雨水が屋根から漏れてきて、おがくずの上に滴り落ちてるだけ。だからもめることもないよ。するとレンカは次第に落ち着くのだった。そうでなければ、レンカのバカさ加減に腹を立て、そっぽを向いて黙ったまま横たわっていた。レンカが呼んでも返事もしないのだったが、レンカは自分の方でだんだん落ち着きを取り戻し、腹を立てたまま眠りはじめる。朝になると何も覚えていないのだった。


カマローヴァは毛布を剥いだ――部屋の中は外よりも暑かったから――そして顔を壁の方へ向けた。静かだった。ただ家の中では始終きしむような音がしていて、一度は何かが廊下で音をたてるのがようやく聞き取られた。あれは猫のディーナが夜の狩りから戻ってきて、仕留めたネズミを母親に自慢しようと、両親の部屋へと引きずって行く音かもしれない。最初の頃母親はディーナを追い出し、ドアのあたりにほうきを突っ張りさえしたが、猫はあきらめずネズミを、時にはクマネズミを運び続け、明け方、ドアの下に十匹はくだらないネズミが見つかることもあった。結局ディーナは受け入れられ、母親はクマネズミの対価に牛乳かトヴァロークをカップの受け皿に載せて出してやっていた。が、そーっと耳を掻いてやろうとしようものなら、ディーナはまずシャーシャー言い出して、それから指を引っ掻いた。『なんて猫だろう？』母親はため息をついた。『誰も撫でたりしないよ……』その後で毎朝猫を褒めるようになった。それでカマローヴァは思った、もし、自分とレンカとチビたちが同じようにネズミやクマネズミを捕りはじめたら、母親は自分たちを罰するのをやめて優しく話しかけてくれるようになるかもしれない。『お前はあたしの賢い子、お前はあたしのいい子、あたしの助手だよ……』と言って。ディーナは皿をきれいに舐めながら聞き、先っぽが少し欠けた耳を時おり動かしていたが、次第にほとんどなつくようになって、時には母親が自分の砂色の背中に手のひらを滑らせることも許していた。夫との言い争いの後で母親が泣いていると、やってきてそばに座り、母親の足に温かい脇腹をくっつけたりすることもあった。カマローヴァは耳を澄ませた。もしこれがディーナなら、外へ出て行く時に少しくらいは音をたてるはずだ。するとカマローヴァは突然、玄関まで廊下を走り抜けて行って、猫の後について暑い、雨の夜の闇の中に消え去りたくなった。

「カーチ、寝てる?」ひそひそ声でレンカが聞いた。

「寝てるね」

「違うじゃん、起きてるじゃん!」

カマローヴァはため息をつくと、闇を見つめてベッドの上に座った。レンカのベッドは反対の壁際に置かれていたので見えなかったが、それでもカマローヴァには、レンカが膝を抱えて同じようにベッドに座り、暗がりの中で自分の姿を見ようとしているのがわかった。

「何?」

「何でもないよ、ただ……」

カマローヴァは少しの間黙っていた。明日は朝から川に行くんだから」

「何もないなら、もう寝な。明日は朝から川に行くんだから」

カマローヴァは再び横になると目を閉じた。しかし、五分ほどするとレンカがまた呼んだ。

「カァーチ……」

「また。何?」

「明日は皆とため池に行く方がよくない?」

「ため池で何すんの? 何、あんたはあれを見たことがないってわけ?」

レンカは少しためらったが、結局言った。

「コースチクが来るもん……」

「それって、あんたの百万長者のことだっけ?」

「何なのぉ、カーチ……みんなにガム買ってくれただけじゃん、なのにいきなり……」

「おしまい。もう寝な」

レンカは怒ったように鼻をすすった。

「百万長者なんかじゃないよ。コースチクは昨日町から来たばっかかなの。お店の向こうに別荘を借りてるんだよ」

「ベレージンのとこにってこと？」

「うんそう、ベレージンのところ。お母さんと来たの、村ではまだ誰のことも知らないって」

「だから何。そのうち知り合いになるでしょ」カマローヴァは具合のいい姿勢を探して寝返りをうった。「ハダシのアントーシュカと仲間どもとかさ。コースチクの鼻に二、三発お見舞いしてくれるだろうよ。お大事に」

「カーチカの意地悪」

「なんであたしが意地悪なの？　あんたの髪の白いモヤシ男のせい？」

「コースチクはそんなんじゃないもん！」レンカの声は憎い気持ちと腹立ちとで震えはじめた。「それに、あたしのとかじゃないもん！」

　カマローヴァは寝返りをうつと枕に顔を押しつけた。枕からは、もう長いこと洗っていない痛んだ布の酸っぱいような臭いがした。セルギイ神父の妻のタチヤナ、つまりターニャおばさんが、清潔な台所でチーズ入りの菓子パンと、ジャムと、お茶をふるまってくれたことが思い出された。話をしながら、タチヤナは片手間に雪のように白い枕カバーをつくろっていた。カマローヴァはため息をつくと頭をしばらく枕の上であちこちに動かした。


が、タチヤナは消えてくれなかった。彼女の長い指は巧みに一針一針縫っていき、端を結わえた。死んだマリヤおばあちゃんが、魔女というのはみんな縫物に長けているのだから、もし上手に縫物をする人間の女がいたら、その女からは距離を置かなければならない、なぜならそういう手合いは記憶や幸福を縫い取ってしまうこともできるから、というようなことを言っていたのをカマローヴァは思い出した。そしてもし、魔女が縫物をしているところを見たら、舌をきつく噛まなくちゃいけないよ。そうすれば相手はお前になんにも手出しはできないからね。『じゃああたしは、マリヤ・フョードロヴナ？』時おり、機嫌の良い時には母親が聞いたものだった。『あたしはどうなるの？　だって縫物工場で働いてるのよ』『お前さんはたかが三級じゃないの』おばあちゃんは理にかなった反論をした。マリヤおばあちゃん自身は縫物ができなかった。母親は、マリヤ・フョードロヴナがガウンにボタンをつけると、ガウン全体が真ん中にボタンが付いただけのくちゃくちゃの塊になってしまう、もしラシャのコートでもやらせようものなら、コートもやっぱりくちゃくちゃにしてしまうだろうと言って、意地悪でなく笑っていた。ところがおばあちゃんはこれに答えて、できる人は仕事も増える、だからお前さんは、ナターシャ、このおばあさんから何も期待できないぶん、自分につぎをあてたり、家族みんなのボタンをつけてやったりしなきゃならないだろ、と言ったものだった。その代わりおばあちゃんは村の誰よりも上手に編み物ができた。今でも寒い時期にはカマローヴァたちは、おばあちゃんが編んだまだら模様のウールの靴下と、機械で編んだように目の詰まったグレー色のベストを着ていた。ベストは裾と袖と襟ぐりのところに緑色の飾りがついていて、母親がつけた色々なボタンもついていた。

「私は十八の時にお嫁に行ったの」タチヤナは静かな声で話していた。「早かったかもしれないわね。皆が言うように、まだ遊び足りなかったのかも」

「男と遊び足りなかった、ってこと？」口いっぱいに頰張ったまま、カマローヴァはもごもごとしゃべった。

タチヤナは縫物の手を止めると、どぎまぎしたようにカマローヴァを見つめた。それから針をテーブルの端にそっと置き、ゆっくりと十字を切った。

「罪なこと！」彼女は当惑して微笑んだ。「私ったら、カーチャ！　子供の前でうっかりしてこんなこと言ったりして！」

「何が罪なことなの？　皆そうだよ、で、するだけしたら結婚するの」

「まあ何を言うの、カーチャ？」タチヤナは理解もできぬらしかった。「そんなことをどこで覚えたの？」

「別に、皆そう言ってるし」カマローヴァは肩をすくめた。「あたしはただ……それを、罪だ、罪だって……」

「やめなさい、カーチャ！」タチヤナは枕カバーを放り出すと両手を打ちあわせた。「そんな言い方をして！　夫婦はね、神によって結び合わされたものなの」

カマローヴァは笑うのを止め、肩をすくめると陰気に自分のティーカップをじっと見つめた。チーズ入りの菓子パンが、突然美味しくなさそうに見えた。

枕カバーから漂ってくる臭いを嗅がないですむように仰向けになった。あの時なぜかタチヤナの前で恥ずかしいような気がした――もっとも、娘たちと男の子が「する」ことの何がいけないのかカマローヴァには理解できなかった。もし本当にそれが悪いことなら、当たり前に皆がそうやっていて、その話をしていても何事も起こらない、ということも理解できなかった。レンカは静かにいびきをかいていた。ディーナがドアを引っ掻いた。開けてもらえないので、哀しげにミャウと鳴いた。五月にディーナは四匹の子猫を産んだが、母親は子猫をバケツでおぼれさせ、それから野菜畑の向こうにぶちまけた。レンカが不明瞭な声でうめきだし、夢うつつにうわごとを言った。

「ディンカ、あっちへお行き……」カマローヴァはささやいた。「地下に行って、ネズミをつかまえといで」

ディーナは少しの間静かになったが、またドアを引っ掻いた、と、ついにドアがきしんで少しだけ開いた。ディーナは部屋に滑り込むと、ベッドに飛び上がって、湿った鼻でカマローヴァの顔をつついた。

「何、あんた？　何しにきたの？」カマローヴァはそっとディーナの耳をくすぐった。「あんたその足、洗った？」

ディーナが低くごろごろ言いはじめ、隣に寝転がった。土と針葉樹の葉の匂いがする、ディーナの湿った毛なみを何度かそっと撫でると、カマローヴァは目を閉じてじきに眠りに落ちた。夢の中で、彼女はレンカと一緒に、森をかきわけてどこかへ向かっていた。モミの木の枝が顔にぴしゃぴしゃ当たり、足はどろどろした沼沢の土に取られた。カマローヴァは泣きたくてたまらなかったが、どうしても涙を流すことができず、喉のところに、ねばねばした不快な塊を感じていた。

2

レンカが、古くなって塗りの剥げかけた低い柵を越えて身を乗り出した。カマローヴァは仰天して前に飛び出すと、レンカの手首をつかまえた。

「落っこちたいの？」

「違うよぉ、カーチ……あたし気をつけてるもん！」

「あんたの『気をつけてる』はよくわかってるんだよ！　じっとしてな！」

「もう、カァーチ……」レンカは例のごとく言い出したが、にわかに聞き分け良くなって口をつぐむと、そばに立っているのっぽのコースチクを横目で見た。コースチクは釘付けにされたように下を見ていた。昨日と同じジーンズと、長袖のシャツを着ていて、日に灼けた明るい、まぶしいほど白い髪は汗で湿っていた。脇の下には汗の染みが点々とできていた。バカな町っ子。ガキ。ちょっと年上だとしても、ガキはガキだ。カマローヴァは汚れた指で頬の真新しい傷を乱暴に掻くと、ほかの連中を見回した。スヴェートカとパーヴリクは朝から二人で〈九番〉を一本買い込んで、手を回し合って立ち、代わりばんこに飲んでいた――見ているのが不愉快だ。ラリースカは二人の周りをうろついていた――たぶん、一口くれるのを期待しているんだろう。それか、単に何をしていたらいいのか分からないのかもしれない。ラリースカを見ていると、その長いあばただらけの鼻を指の関節でぎゅっとひねって腫れあがらせ、それから二日は赤みが消えないようにして、一生赤みが残るのではないかと怯えさせてやりたくなった。バカ女。染みだらけの牛みたいな奴だ――あんたの鼻なんか、今以上悪くなりようがないってのに。

「ねえ、一口ちょうだい……」ラリースカはとうとう我慢できなくなって、スヴェートカの瓶に手を伸ばした。スヴェートカは向こうへ手をどかした。

「あんたも買ってもらえば」

ラリースカはむっとして唇を突き出すと静かになった。買ってくれる彼氏はいなかった。以前一度カマローヴァは、ラリースカが夕方自分の家のポーチでどこかの男と抱き合っていたのを見たことがあった。暗かったので相手の顔は見分けられなかったが、どうやら、あの男とは終わったらしく、今はスヴェートカとパーヴリクの後をついて回ることだけに忙しくしていた。牛みたいな女、目も牛みたいだ。それにケツも。あんなケツをしていたら、座るのも不便そうだ。それでも、やはりかわいそうでもあった。

「いいじゃん別に、ラー……」カマローヴァはラリースカに何か励ますようなことを言ってやりたくなったが、きれいな「ラーラ」という呼び方はどうしても口にできなかった。その名前は、骨ばってのろまなスヴェートカの女友達ではなく、浅黒い肌をして髪が豊かな、そういう女の人にこそふさわしいと思ったからだ。「〈九番〉は良くないよ、うちの親父でさえ飲まないもん」

「そりゃ、あんたの親父はウォッカ専門だからでしょ」スヴェートカがくすくす笑って半ば空いた瓶を空中で振ってみせた。「あんたとチビもやっぱりウォッカ専門?」

以前はため池で大勢が泳いだものだった。だが、別荘借りの誰かが、暗い赤みがかった色をした滝めがけて橋から飛び降りる賭けを思いついた。滝はコンクリートブロックに挟まれていて、ごうごう音をたてて下へ、つるつるする藻に覆われた石だまりへ流れ落ちていた。哀れな論客は片輪になった。それ以来、土地の住民の間でため池は良くない場所と見なされており、ひと気も途絶えた。レンガの橋脚の一部は砕けていて、割れ目からスゲの束と、ナナカマドと味のしない野生のフサスグリの茂みが突き出ていた。フサスグリには透明でバラ色に近い実がついていて、なぜかそれは「アルプスの実」と呼ばれていた。橋脚だけでなく橋自体も大部分が腐っていた。橋板の何枚かが落ちていたので、赤さびた鉄の基礎が丸見えになっていた——その下では、誰かが流れを滞らせ、水路の一部を半沼の池に変えたことにオレデシュ川が怒っているかのような、強い水の流れが集まっていた。池の表面には冷ややかなスイレンがゆらゆらと浮かんでいた。

「ウー！　すごい音！」レンカが下につばを吐くと口笛を吹いた。「すっごい高さ！」

「二メートルくらいだよ、それ以上はない」コースチクが肩をすくめた。

「嘘だぁ、二メートルのはずないよ」

「じゃ、もしかしたら、二メートル半……」

「二メートル半なわけないよ！　何年も前あそこに別荘の子が落っこちて、死ぬほど怪我したんだもん！」

「二メートルの高さから落ちれば死ぬほど怪我するって」コースチクはもっともな反論をすると、不意にレンカの脇の下を骨ばった腕で捕まえた——カマローヴァは、コースチクの手の甲が傷んだように赤くなっているのに気がついた——コースチクは力いっぱいレンカを持ち上げたので、レンカの膝が柵の端をかすめた。レンカははしゃいでキャッキャと声を立てたが、目だけは、猫のディーナが母親に新聞を投げつけられた時のように、驚きにまん丸くなっていた。スヴェートカとパーヴリクがバカみたいにくすくす笑いはじめた。

「ちょっと！　何してんの？」カマローヴァは拳を固めた。「その子を離しなよ！」

「何だよ、どうってことないだろ？　別に何もしないよ……」コースチクは微笑んだ。歯並びががたついていて、しょっちゅうヒマワリの種ばかりかじってでもいたかのように、ぎざぎざした歯をしていた。小さな女の子を持ち上げられたからといって、得意げにしているような様子が鼻についた。

「耳聞こえないわけ？　その子を離しな、さもないとお見舞いするからね。分かった!?」

彼は笑うのやめると、真っ赤になったレンカをゆっくりと下ろした。

「ふざけただけだろ……」

カマローヴァはコースチクをうさん臭そうに眺めた。

「そういうおふざけで歯に隙間があくことになるんだよ、いい？」

「何がいけないんだよ」

「分かった、分かんない？」

「分かった、分かったよ……降参する」コースチクはふざけて両手を上げた。「仲直り？」

「あんたと喧嘩はしてないよ」

「ねえカーチ……」レンカが姉の腕を引いた。「どうしたの？」

「カマリッツァはいつもこんな風じゃん」一口でビールを飲み干すと、スヴェートカは騒がしく音をたてる滝へ空き瓶を放り投げた。「怒らせないほうが良いよ、噛まれて、狂犬病の注射することになるから。お腹に四十本も刺すの、知ってた？　うちの母親が野良犬に噛まれた時に注射したの」

カマローヴァは機嫌も悪くスヴェートカを見やったが、返事をしようとはしなかった。スヴェートカと言い合うのは得策ではない。一言言おうものなら、十は言い返してくる、おまけに、向こう一週間は忘れられないようなやつを。おばあちゃんだったらスヴェートカのことを「おしゃべりほうき」とでも言っただろう。

「いいよ、あたしたちもう行くから。家の仕事が山ほどあるからね、誰かさんたちと違って……」

「もうちょっといればいいだろ……その仕事ってのは、待ってくれないの？」

コースチクはなだめるように、それどころか機嫌を取るように見た。カマローヴァはうろたえて、何度か頭を回したが、最終的に、岸辺の茂みに何かを見ているようなふりをした。穏やかな天気で、風が茂みの葉をかすかにそよがせ、人間が手のひらで髪を撫でつけるように、草むらを撫でていた。朝、母親は自分で川に洗濯しに行った。カマローヴァとレンカをため池に行かせてくれたばかりでなく、アイスを買うための五ルーブルまでくれた——他人の前で恥をかかないですむように。今カマローヴァはあれこれ考えをめぐらせていた。この五ルーブルでワッフルコーンに入ったアイスが三つ買える。それだけ買ってもまだ五十コペイカ残る。レンカと二人で一・五個ずつ平らげられるし、それか、チビたちの誰かに一個あげればもっといいか。ただ、ほかの子が気づかないようにしなきゃだけど。もしくは二ルーブルと五十コペイカのフルーツ氷を二つ買うか。カマローヴァはさほどでもなかったが、レンカはフルーツ氷が好きだ。カマローヴァはいつだったか、おばあちゃんに教わった通りにキイチゴとフサスグリを砂糖と一緒にすりつぶして、冷凍庫に突っ込んでおいた。出来は悪くなかったが、アーニカとスヴェートカははじめ口に入れるのも嫌がった——棒が付いていて、包み紙にくるまれていなければならなかったのだ。川に洗い物の入った洗濯桶を運んで行った駄賃に、母親が初めてお金をくれた時のことが思い出された。あのお金でワッフルコーンのアイスを買って、レンカに持って行ってやった。店から家まで運ぶまでの間に、アイスは少し溶けだしてすっかり柔らかくなってしまった。レンカはアイスをもらうと庭へ走り去った。カマローヴァがレンカを探しに行くと、ロルドの犬小屋のあたりにしゃがんでいるのを見つけた。レンカの手の中には平らに開かれたワッフルコーンがあった。レンカは指でコーンをぬぐい、白くて甘いとろとろしたアイスをすくっては、ロルドの鼻先に差し出していた。ロルドはぺちゃぺちゃと大きな音をたててアイスを舐めていた。レンカはまた指で同じように溶けたアイスをすくうと今度は自分の口に運び、それからワッフルコーンを少し引きちぎるとロルドにくれてやり、その後はまた自分で食べた。カマローヴァはポケットに手を突っ込んでノヴゴロド城塞*の絵のついた紙幣に触れてみた（このノヴゴロドというのはどこにあるのか？　興味深かった。学校の先生の地図には載っていなかった。それか単に思い出せなかった）。紙幣は、触ってみるとぼろきれに似た感じがするほど擦り切れていた。きっと母親は、場所をあちこち変えながら、父親には隠れてお金を貯めているんだろう、とカマローヴァには思われた。だから紙幣がこんなになったのだ。

「待ってくれないよ。じゃあ、何て言うか……」カマローヴァはしばしためらった。「ありがとね、誘ってくれて」

「そうか、じゃあ」コースチクは笑いながら彼女に手を差し伸べて、男同士がするように握手をした。手のひらは乾いていて熱かった。カマローヴァは考えた、手の甲の赤い染みは——あれは、きっと、やけどだ。自分もいつか、レンカとチビたちとジャガイモを焼いていて腕をやけどしたことがあった。ジェーニャばあさんの畑からとってきた大きくてつるつるしたジャガイモがもう十分冷めたと思って、素手でつかんでしまったのだ。手はその後長いことひりひりと痛み、井戸から水を汲むのに持っていく桶の取っ手に布切れを巻くはめになった。

「帰りの道は分かる?」コースチクが聞いた。

スヴェートカがまたくすくす笑ったが、カマローヴァは食ってかかる代わりに、簡単にこう答えた。「心配ないよ、迷ったりしないから」コースチクは微笑んだ――カマローヴァには、コースチクがまた自分の機嫌をうかがっているような、まるで自分と友達になりたがっているような気がした。

「じゃ、ま、そんなとこで……」目を伏せてカマローヴァはぼそぼそ言った。「また会お。元気でね……」

「そっちも、病気しないように」

『クソくらえ。なんてバカだろう。バカもバカだ。モヤシ男』


レンカは顔をしかめ、握りしめた拳をポケットに突っ込んで歩いていた。

「コースチクは何もしてないじゃん……なんですぐそうなの?」

「そりゃ悪かったね、あんたのモヤシ男をバカにして」

レンカは何か言い返そうとしたが、考えを変えると黙り込んだ。駅からため池の方へは二つの道が伸びていた。一つは村を横断する道で、以前はアスファルトで舗装されていたが、今では小さい子たちがアスファルトの小島から小島へ――島々の間にあるのは砂ではなく、火の海だという想定で――飛び跳ねていた。カマローヴァたちが通って帰ることに決めたもう一つの道は、森を通り抜ける道で、ほとんど打ち捨てられた道だった。ここの森は暗く湿っていて、その中には誰も足を踏み入れないのだった。キノコとベリーは少なく、その代わりに倒木と、雨季には水浸しになる深い穴だらけだった。おばあちゃんは、この穴ぼこたちは戦時中に落とされた軍用爆弾の痕だと言っていた。いくつかの爆弾は爆発しないまま苔の下の地中に埋まっていて、自分の出番を待っているのだとも。

「カァーチ……」

「何?」

レンカは立ち止まると、昨夜と同じで暑いくらいだと

* ノヴゴロド州はヴェリーキー・ノヴゴロドにある城塞。一九九七年に印刷された五ルーブル紙幣には要塞壁と塔の一部が描かれていた。同紙幣は現在も有効だが、事実上流通していない。

いうのに、自分の手で肩を抱いて寒がるように身をすくめた。

「なんでコースチクに意地悪するの？　だって何もしてないのに」

「意地悪なんかしてないよ……」カマローヴァは少し考えた後、率直に聞くことに決めた。「好きなの？　あいつのこと」

「そういうんじゃないもん」レンカは赤くなった。「何それ？」

「好きなんでしょ。見て分かるんだから。あたしがあんたのこと知らないとでも？」

「好きじゃないってば！」レンカは姉の手をぐいと引いた。それからありったけの力をこめて、肩を拳骨でぶった。予想していなかった痛みに叫び、カマローヴァはばっと振り向くと両手でレンカの胸を押した。レンカの足はこらえきれず、ぐらりとよろけて、ばったりと埃の中に倒れ込んだ。怪我をしなかったのは明らかだったが、レンカの目に怒りの涙が浮かび、数秒ののちに涙が頬を伝って流れはじめた。

「好きとかじゃない！」レンカは座り込んだまま叫んだ。「バカ！　カーチャのバカ！　ノミだらけの犬！」

「バカ犬はそっちでしょ！」カマローヴァは怒鳴り返したものの、立ち上がるのを助けてやろうとレンカの方に身を屈めた。しかしレンカは伸ばされた腕を拒否した。

「バカ！　犬！　こうしてやる！　こうしてやる！」レンカは怒りに駆られて何度か埃っぽい地面を手のひらで叩いた。鼻水を垂らし、しゃくりあげながら全身全霊で大泣きした。

「あっそ、そこに座ってれば！　あんたのコースチクに助けてもらえばいい！」

カマローヴァは踵を返すとすたすたと道を歩きはじめた。しばらくたってレンカはカマローヴァを追った。もう泣きわめいてはいなかったが、大きな音をたてて鼻をすすったり、拳骨で顔をぬぐったりしていた。

「なんですぐそうなのぉ、カーチ？　なんでそうなの？」

カマローヴァは自分の足元をじっと見つめたまま、答えようとはしなかった。一年のうち九カ月はまったく死に絶えたような村に、夏の間だけ別荘族がやってくる。別荘族の大部分とはもう顔見知りだったが、ちょうどあの、のっぽのコースチクのように、新顔に出くわすこともなくはなかった。コースチクはカマローヴァと同じ十二歳か、もしかしたら十三歳にもなるかもしれない。いずれにせよ、どうして年下の子と遊びたがるのか分からなかった。一方でレンカは、まだ九歳にしかならないくせに、男の子と付き合いたいという気持ちは十四歳の子と同じくらいにもっていた。ジェーニャばあさんはレンカのことを「おませ」と言っていた。カマローヴァはつばを吐いた。タバコが吸いたかったが、巻いておいた分は全部吸ってしまったし、面倒で朝新しいのも作らなかった。村では、オレデシュ川の向こう岸に住んでいるカリンカとダーシュカの姉妹は自分のところの別荘族とつきあっていて、カリンカなど一度妊娠までして、町に中絶しに行ってきたと噂されていた。この出来事のために彼女たちはアバズレ姉妹と呼ばれていたのだが、実のところ、そのようなことは何一つ起こってはいなかった。本当のことはただ、カリンカとダーシュカが真夜中過ぎまで映画を見ていたこと、ずり落ちないように何やら込み入ったやり方でパンツにくくりつけられたストッキングをはいていたこと、駅のそばの売店で売られている、安物の匂いの強い口紅で化粧をしていたことだけだった。その同じ口紅を塗ってみたところ、カマローヴァは顔じゅうに腫れものができる目に遭った。それからさらにある時姉妹は自分の母親のよそゆきの靴から、真ん中に水色のビーズのついた皮の花飾りを二つ引きちぎった——靴ひとつにつき花ひとつ——そして花飾りを髪につけて丸一日村をぶらついていた。夕方に母親が彼女たちを捕まえて、川の両岸に聞こえるほどの音をたててぶちのめした。

「去年の秋にこの森でね、男の人が、地雷で爆死したんだって……」レンカが言いはじめた。「ヤマイグチを採ろうとしたけど、地雷が爆発しちゃったの。片っぽの腕はマツの木の上で見つかって、頭も別のマツの木のところで見つかったけど、ほかの部品はぜんぜん見つからなかったって」

「この森にはキンチャヤマイグチは生えてないよ。ナラタケか、ホウキタケなら見つかるけど」

「生えてるよ、あたし見たもん……」

「何をさ。ヤマイグチ？」

「それにシロキノコも見たよ」

「嘘ばっかし」

「嘘なんかついてないもん」

「その人は酔ってたんでしょ」

「酔ってなかった！」レンカはひどく腹を立てた。「なんですぐ酔ってるってきめつけるのぉ？　じゃあさ、酔っ払いだけが森にキノコ採りに行くってこと？」

「あんたいつも自分で言ってるじゃん、村の人は酔っ払ってる、でも町の人たちは、って……」

「酔ってなんかなかったの」レンカは言い張った。「それにあたしそんなこと言ってないもん」

　カマローヴァは肩をすくめた。喧嘩するほどのことではなかったが、実際に、村の男たちはたいてい酔っぱらって森へ行き、まずキノコは取り忘れ、代わりに顔をぶつけて戻ってくるのだ。セルギイ神父は、飲酒は喫煙と同じか、それよりも罪深いことだと主張していたが、誰も聞く耳をもっていなかったし、こう反論する者まであった。いわく、前のアレクサンドル神父はバカじゃなかったし、自分でも飲んでたじゃないか。もっともアレクサンドルは、コップに二杯ウォッカを飲んだ後で、何やら修理のために屋根によじ登り、落ちて背骨を折って、飲酒のために死んだのだが。屋根から落ちた後彼はなお数日の間は横たわって苦しんでいた。ついに死に、葬られた時、セルギイは「永眠者のための祈り」も「三位一体」も読み通せなかった。手で顔を覆ってただ立ち尽くし、タチヤナが彼を家に連れて帰る間じゅう泣いていた。

「コースチクのこと好きだったら、なにがいけないの？悔しいとか？」突然レンカが言いはじめた。

「あっちの森はさ」カマローヴァは路肩の方に手を振った。「地面の中は爆弾でいっぱいだから、たぶんその人はそのうちに一つに当たったんだろうね。おばあちゃんが、戦争の時森では激しい戦闘があったって」

　レンカが疑わしげに鼻を鳴らした。

「ドイツ人たちは後退する時に全部焼き払った」カマローヴァは続けた。「教会まで爆破しようとしたんだ、教会には弾薬の予備があったから」

「そのとき神父さんはどこにいたの？」

　カマローヴァは少しの間黙った。アレクシイ神父は、ボリシェヴィキたちの手で家族もろとも三七年に銃殺されたということを言いたくはなかった。セルギイ神父の妻と同じタチヤナという名前だった神父の妻は、十一人の子供が明け方家から連れ出されることになった時、下着一枚の姿で家から飛び出して、叫びながら、自分の大きな体で子供たちをかばおうとして、あの子の前からその子の前へと身を投げ出した。それから親も子供たちも全員一緒に、やっとのことで地面に掘られた大きな穴に埋められた。おばあちゃんはこの話をした時、自分でも泣きださんばかりだったが、ぐっと堪えて唇を噛みしめると、この話はどんなことがあっても弟妹たちに話さないようにカマローヴァに言ったのだった。

「もしこの村でドイツを止められてなかったら、あんたの町なんか、たぶん今まるで存在してなかったはずだよ」

　レンカは答えて何やら小さい声でもぐもぐ言った。カマローヴァは肝心のところは分からなかったが、そんなことありえないし、全部カマローヴァが考え出したことだと意見しているのだろうと当てがついた。森が終わり、二人は村の新しい一帯に出た。このあたりには、おもちゃのような様々な色の小さな家が立ち並んでいた。それぞれの家は「六百分の一」*の土地に囲まれ、お互いにくっつきあいながら、狭い小道で区切られていた。地元の人間はここらにはほとんど住んでおらず、町の人間が夏にやってくるだけだった。カマローヴァの意見では、色とりどりの鶏小屋を建ててそれを家と呼ぶなんて考えは、町の連中の頭にのみ浮かぶ発想だった。あれが家？　もちろん――ひと吹きすれば崩れ落ちるだろう。彼女は腹立たしげに肩をそびやかした。誰かの家の木戸から、白いもじゃもじゃした毛の、猫くらいの大きさの犬が飛び出してきて、カマローヴァに気づくと甲高い吠え声でむせびはじめた。レンカがぱっと犬に飛びつき足で小突いた。犬は驚いて静かになった。

「リューシャ、ハウス！」塀の向こうから女の人の声が呼んだ。「お戻り、リューシャ！」

　小犬は体を震わせ、憎さげにカマローヴァたちに仕上げの一鳴きを浴びせてから、木戸の向こうに駆けだして行った。歩いて行く間に、何度か町の子供たちと出くわした。子供だけのこともあれば、大人と一緒のこともあった。町の子供はカマローヴァたちに興味深そうな視線を投げかけたが、大人たちは、カマローヴァたちが本当の蚊《カマル》にでもなったかのように、まるで気づかなかった――もっとも、本物の蚊が相手なら、追い払うためだとは言っても、結局気がついたはずだ。カマローヴァは突然、誰かがこうして夏の間だけ村にやって来られて、番犬としてでなく気晴らしのために小犬を飼えるということに、耐えがたいほど胸がむかついた。カマローヴァ家のロルドは大きい、黒い毛むくじゃらの犬で、耳はよそ

＊　第二次世界大戦後、郊外の別荘は食料を自力で手に入れる有望な手段となった。過熱する個人の野菜栽培を規制するために、政府は別荘のための土地分割の規模を〇・一五エーカーに制限した。これは〇・〇六ヘクタールで、「六百分の一」と呼ばれた。

のオス犬と喧嘩した際に裂けていた。ロルドを抱いてやろうとか、せめて家の中に入れてやろうなどとは誰も考えないだろう。夏も冬もロルドは自分の犬小屋に鎖でつながれ、誰かが家のそばを通ると低い粗暴な声で吠えていた。カマローヴァは自分の前に指を広げて手を伸ばし、注意深く眺めた。手は汚く、あまりに汚かったので、汚れが時間とともに皮膚のひび割れの全部に致命的に染み込んでしまい、洗い落とすためには二時間も台所用石鹸でこすらなければならないような気がした。爪は短く、おばあちゃんの言葉で言えば「肉まで」かじり取られていた。カマローヴァとレンカが爪を噛んでいるとおばあちゃんは叱り、爪に辛子を塗ったことさえあったが、そんな風にされても二人はまだ爪をかじっていた。母親はある時、爪の破片が胃に入ると、そこで苗床の苗のように根を張って、体を突き抜けて成長することもある、と二人に言った。この脅しにも効果はなかった。ただ、カマローヴァとレンカは時おりの晩、息を殺してベッドに横たわり、自分の体の感覚や、ぴくっとした震えや、どういうわけもなく不意に体内のどこかで起こったにぶい痛みなどに耳を澄ませることはあった。二人にはそうしたことが、胃の中で爪の破片が育っていき、間もなく体を突き破って生えてくる兆候のように思われるのだった。レンカが静かにすすり泣きをはじめ、姉にこんな風に言うこともあった。こんなの間違ってるよ、だって皆も爪をかじるけど何ともないもん。足の爪までかじっちゃう人もいるけどやっぱり何ともないし、誰も爪で死んだ人いないもん。カマローヴァは返事の代わりに妹をつつくと、言うのだった。バカなことブツブツ言うんじゃないよ。大体こんなこと全部犬みたいにくだらないんだから。爪なんかのことで、下痢くらいしか起こりっこない。アーニカとスヴェートカみたいに足の爪かじったってんなら別だけど、手の爪ならなんでもないよ。もちろん、あんまり汚れてなければの話だけど。とにかく爪は生えてきたりしない。あれは母さんが脅かそうとしてそう言っただけだよ。レンカは同意したが、それでも信じ切ってはいないのが分かった。カマローヴァ自身も自分の言ったことを信じ切れず、無意識に、手を口元へ持っていって親指の爪をかじるのだった。

「何考えてるの、カーチ？」

「別に、何も」

「怒ってたりする？」

「あたしが何を怒るわけ？」

「怒ってないならいいけど……」

レンカは黙っていた。足元の道が埃を立て、白い粘土の粉が膝の上まで脚を覆った。暑さと、早足で歩いているせいで、背中に汗が流れていた。夕方また体を洗わなければならなくなる、とカマローヴァは忌々しく思った。一番年上らしく、たらいの水がもう温くなり、汚れで濁っている最後の段に体を洗うことにしていた。それに加えてレンカの前に入るアーニカとスヴェートカは、たらいの半分もの水をばしゃばしゃやってしまい、周りの床が濡れて滑りやすくなってしまうのだ。カマローヴァは喉のところに粘っこい塊の存在を再び感じた。その塊はまだ夜のうちに現れ、一日じゅうどこへも消えないで、ただちょっと下の方のどこかに降りていただけだったのが、今また持ち上がってきて、顎の下にはまり込んだような気がした。彼女は力いっぱい歯を食いしばった。あまりに力を込めたので、歯が互いに小さくきしるような音をたてた。

「ねえ、レンカ……」

「んー?」

「セルギイ神父のところに寄らなきゃ」

「なんで?」

「なんでって、お土産のお礼を言うんだよ。チビたち、たぶん、もう全部食べちゃったよ」

「だね、それがいいね!」レンカは喜んだ。家に帰るのが遅くなって、今度こそ母親の横をすり抜けるはめになりさえしなければ、どこへ行くのだって構わないのだった。

二人は途中で店に立ち寄って、一番美味しいお菓子を五〇〇グラム掛け売りしてくれるようにオレーシャ・イヴァンナに頼んだ。カモミールの花に似た形の、真ん中に赤いジャムのついた〈クラビエ〉だ。

「掛け売りね、いいですとも!」オレーシャ・イヴァンナはこってりアイシャドウをつけた大きな、緑色がかった目で姉妹を見ながら、カウンターの上に身を屈めた。それでなくとも長いまつ毛にマスカラがだまになっていたので、まつ毛にすすが振りかけられたように見えた。「ミーシカがうちの店から先週ウォッカひと瓶と〈ベラモール〉一箱をツケで買ったわよ――で、今いずこ? 探すだけむだね……」

「親父のやったことだよ……」カマローヴァは反論した。

「ねー、オレーシャ・イヴァンナ……」レンカが哀れっぽく声を引き伸ばして言った。「お願ぁい……あたしたちはお菓子ちょっとだけだもん……」

　カマローヴァはレンカの横腹をそっとつつくとシーっといった。オレーシャ・イヴァンナはくっきりと口紅を引いた口でうす笑いを浮かべた。身を屈めて立っているせいで、彼女の胸はパンくずが散らばったカウンターにほとんど触れそうになっていた。襟ぐりからのぞく谷間に消えている細い銀色の鎖が見えた。

「あんた達の親父さんはろくでなしよね。ナターリヤはどうして今まで逃げ出さないでいられたのかしらね？」オレーシャ・イヴァンナはもう一度うす笑いを浮かべた。「よく言ったもんね。『好きなればこそ』って」

「オレーシカ！　来いよ、来ないのかい⁉」パンと、穀類と、缶詰が入った棚に挟まれたドアの後ろから男の声が呼んだ。そのドアの向こうにオレーシャ・イヴァンナが「倉庫」と呼んでいる大きくはない部屋があり、主に酒類と腐らない商品が保管されていたのだが、そのほかにもテーブルが一つと、椅子が二つ、それに緑色の上張りがぼろぼろになった古いソファーが置いてあった。

「いつまで待ってりゃいいんだ⁈　そこで何のろのろやってんだ？」

「行くわ、ヤーコフ・ロマーヌィチ、今行くから！」オレーシャ・イヴァンナはいらいらした様子で額に垂れかかった暗い色の巻き毛を払った。「お客さんなの！」と言ってから、まるで自分自身に言うように小さな声でつけ加えた。「まったく、老いぼれヤギのくせに……」

「昼の二時にどんな客だよ⁉」

　今度はオレーシャ・イヴァンナは答えようともせず、ただ頭を振った。

「ほら、気も滅入るし、へとへとだし……村を出た方がいいわよ、あんたたち」

「なんのために？」レンカが先に答えて、何かバカなことを言い出すのを心配して、カマローヴァは急いで訊ね返した。「ここには川もあるしさ……」

「世界にはたくさん川があるわよ」オレーシャ・イヴァンナはため息をつき、それからほとんど見ないでポリエチレンの袋に〈クラビエ〉を詰めると、秤に乗せた。赤い小さな矢が揺れ動き、八五〇グラムを指した。オレーシャ・イヴァンナは袋を差し出しかけた。

「どう、〈ユビレーィナエ〉*は？　新しいわよ、今朝入荷したばかりだから」

「ううん、オレーシャ・イヴァンナ」カマローヴァは首を横に振った。「〈クラビエ〉だけでいいよ」

「そ、お好きなように」オレーシャ・イヴァンナは秤から袋を取り上げるとカマローヴァに渡した。「でもやっぱり買っていけば？　売り切れちゃうわよ。いつもすぐ売り切れるもの」

本当のところ、オレーシャ・イヴァンナのところで売っている〈ユビレーィナエ〉も〈クラビエ〉も、レンカが非常に嫌っているカラスムギのやつも、手の中でくだけてしまうようなパイ菓子も、一体全体本当に新しいのやら皆目見当がつかないのだったが、それもそのはずで、オレーシャ・イヴァンナは誰にでも「今朝入荷したばかり」とか、せいぜい「昨日の昼」だとか言っていたからだった。きわめて強情な客が焼き菓子が古いことを主張するような場合には、彼女は、その通りだ、これはたしか一昨日に入ったものだ、ひょっとすると先週だったかもしれないが、それより前では絶対にない、と同意することもあった。そんな時は、エレクトリーチカから降りたり、反対に乗り込む人々がせわしなく行き交い、そういう客相手にやすやすと残り物の商品を売りつけられるような駅の「デパート」と違うきちんとした商店として、彼女は一キログラムにつき五十コペイカ割引いて売ってやっていた。

「一週間後に返すから、オレーシ・イヴァンナ！」カマローヴァは買い物袋を胸に押し当てた。「万に一つだけど、二週間後になるかも」

「いいわよ、どっちでも。持っていきなさいな」オレーシャ・イヴァンナはぽっちゃりした肩をすくめ、どこかよその方を見た。そちらの方には何もないものの、アリョーシカという変わった名前の、ネズミを捕らせるために飼われている縞模様の小さな猫がいた。アリョーシカはとうの昔に空になったスメタナの缶を舐めていた。缶が床に当たって小さな音をたてた。カマローヴァは、母親がくれた五ルーブルのことを急に思い出して、ポケットに手を突っ込むと紙幣に指で触れた。

「オレーシ・イヴァンナ……」

「何、まだ何か用？」オレーシャ・イヴァンナが見かけだけ厳しいふりで聞いた。

「うん、ほら……」カマローヴァはポケットからくしゃくしゃの紙幣を引っ張り出した。「朝母さんがアイスに、ってくれたの。これ、お菓子代にして。一キロ六ルーブ

＊　ロシア語で「記念日」を意味する語から名付けられた有名なビスケット。

ルでしょ、ちょうど足りるから」

「八五〇グラム分ってことなら、もう十コペイカ払ってもらわなくちゃいけないわね」

五ルーブルを受け取りながら、オレーシャ・イヴァンナはからかった。が、カマローヴァがむすっとしたのを見ると、もう微笑んでつけ加えた。「ちょっと待って」「冗談よ、十コペイカくらい気にしないで」。冷凍ケースの透明の蓋を動かすと、そこからワッフルコーンに入ったアイスを二つ取り出した。「ほら、持っていきなさい」

「なんで、オレーシ・イヴァンナ……あたしたちお金が……」

「お菓子の分はもらったから、これは店からのプレゼント」

「オレーシャ、こっちへ来るのか、来ねえのかよ⁉」ドアの向こうで男の声が繰り返した。

「行くわよ、行くったら……。なんて辛抱のないバカだろう。何を考え込んでるのよ、カーチャ？　誰かに恋でもした？」

「そんなことないよ！」カマローヴァは飛び上がった。

「本当にありがとう、オレーシャ・イヴァンナ！」

「どういたしまして」オレーシャ・イヴァンナは答えた。

「アイスは気をつけて食べなさいね、うちの冷凍ケースはキンキンに冷やしちゃうんだから。喉を凍らせないようにね」

店から出ると、カマローヴァたちはアイスの包みを剥いた。が、アイスは確かにひどく凍っていて、少し待っていなければならなかったので、二人は袋から焼き菓子を取り出してかじった。菓子は本当に新しく、真ん中のジャムは、少しばかり乾いたヴァレーニエのように、柔らかくねばっこかった。

「ジェーニャばあは、オレーシャ・イヴァンナは魔女だって言ってるよね」レンカは二つ目に手を伸ばしかけたが、考えを変えて、裾で手をぬぐった。「ターニャおばちゃんのとこでお茶と食べたほうがいいもんね。今はアイスにしとこ」

カマローヴァは自分のアイスをかじった。冷たさが歯にしみたが、アイスもお菓子と同じくまだ新しいものだったので、ほどなくして口の中にこってりしたミルクのクリームが広がった。

「ジェーニャばあさんは誰のこともそう言ってるじゃん。ターニャおばちゃんのことまでさ」

「ヤーコフ・ロマーヌィチって誰だか知ってる？」レン

カは話を続けた。「ヴォロージンだよ。マーシャ・ヴォロージナのだんなさんだよ」

「どこのマーシャおばさんのなんだって？」

カマローヴァは慎重にもう一口冷たいアイスをかじった。

「ほらあ、あのマーシャだよ、オクサナの隣に住んでる、オクサナはペーチャの奥さんのオクサナだよ、ペーチャは〈ガゼリ〉で店に品物を配達してるでしょ」レンカは早口でべらべらしゃべりはじめた。「あのマーシャだよ」

「ああ、あの、ね……あのマーシャこそ本物の魔女だよ」カマローヴァはぶつぶつ言った。

レンカはうなずきながら、返事の代わりにただ鼻をすすった。一昨年の夏カマローヴァたちは六歳のワーニャと一緒にマーシャの菜園にもぐり込んで、ビーツをいくつか失敬した――ビーツは小さく、いびつな形で、虫に食われていたが、マーシャは盗みに気づくとすぐにカマローヴァたちの仕業と考えついて、家まで文句を言いにやって来た。母親は手当たり次第に子供たちをぶちのめした。マーシャの方は、自分のそばをすり抜けようとしたレンカをつかまえた。レンカが、あんなのはビーツじゃない、ほんとのゴミくずだと叫びはじめた時、マーシャは完全に凶暴化した。母親が不意にマーシャの方に駆け寄って、マーシャの手からレンカをひったくって、家から出て行け、てめえのいやらしいビーツでくたばるがいい、ゴミ畑に育ってるゴミをつまらせてくたばっちまえと言わなかったら、マーシャはレンカをぶっていただろう。

「そうだよね！」マーシャがレンカの髪を引っ張り、『他人さまのものを盗るとどうなるか、思い知らせてやるからね！　チビの盗人！　少年院行きだ！』と口走っていた時の赤い顔を思い出したとみえて、レンカが鼻をすすった。「ヤーコフ・ロマーヌィチはマーシャのとこからオレーシャ・イヴァンナのとこへ行っちゃえばいいんだ。いい気味だもん」

「ヤーコフは行かないよ」

「なんで行かないの？」

「オレーシャのとこには皆遊びだもん」カマローヴァはこらえきれずに言ってしまうと、袋からクッキーを取り出し、大きく一口かじり取って、念入りに咀嚼しはじめた。「それにさ」口をもぐもぐいわせながらつけ加えた。

「ヤーコフはオレーシャ・イヴァンナには年がいきすぎてるし。オレーシャはあの通り、女優みたいな美人だけど、ヤーコフはもう禿げ散らかしてるじゃん」

レンカはひひひと笑いはじめた。確かにヤーコフ・ロマーヌィチは禿げていたし、頭に残っている髪を刈らないで、毎朝濡らした手のひらで撫でつけていた。髪は禿げを隠すのではなく、オレデシュ川の岸の乾燥した藻のように、禿げの上に乗っかっていた。彼とオレーシャ・イヴァンナが一緒にいるところをカマローヴァたちは一度も見たことはなかったが、きっとオレーシャの隣だと、ヤーコフ・ロマーヌィチはもっと老けて醜く見えるだろうという気がカマローヴァはした。そうして、自分の禿げ頭を恥じるだろう。だから皆の目から逃れ「倉庫」に姿を隠して、そこからオレーシャ・イヴァンナに怒鳴るんだ、彼女が彼を怖がって、捨てられなくなるように。

「そんなら、ペーチャがオレーシャのとこに行く方がいいよ」自分のアイスを一口かじり、少し黙った後、レンカが言った。「ペーチャは一応ハンサムだもん」

「ペーチャの女房はマーシャより悪いよ」カマローヴァはずんずん歩いて、埃の小さな雲を足元から立てた。

「もしうちらがオクサナのところからビーツを盗ったらさ。間違いなく殺されるよ」

レンカは鼻を鳴らして肩をすくめた。大体からして、マーシャとオクサナは犬猿の仲で、かつ似た者同士だったた。隣人同士が仲良く付き合うことは村ではまれだったが、それでも、自家の菜園と隣家の菜園の間にコンクリートの柱を打ち建て、柱の上部に有刺鉄線を張ったのみならず、オクサナの菜園の方に柱を傾けて相手の土地を一メートル近く削るようなことを考え出したのは、マーシャくらいのものだった。オクサナは激怒してマーシャを怒鳴りつけはじめた、と、怒鳴られた方は平然としてオクサナの方に尻を向けるとスカートをまくり上げた。スカートの下に下着をつけてはいなかった。この出来事の後オクサナは、マーシカの悪党が自分に裸のケツを見せてきた、ケツにはしっぽが生えていた、と村じゅうに言いふらしていた。レンカはその時母親のところにこの話を持って行って、マーシャのしっぽはクマネズミのようにツルツルなのか、それともうちの犬のロルドみたいに毛に覆われているのか、どう思うか訊ねた。そして、母親のびんたから辛くも逃れたのだった。

「オレーシャ・イヴァンナは、いい人だよね」自分のアイスを横目に見、また一口かじってから、突然レンカが言った。

「いい人だよ」カマローヴァはうなずいた。「あたし、来年の夏はオレーシャの所で働かせてもらうつもり」

レンカは返事の代わりに何やら不明なことをつぶやいたが、言い合いをはじめようとはしなかった。レンカは足を高く振り上げてみたり、地面にこすって白い埃の雲を立てたりしながら歩いていた。カマローヴァは静かに埃を立てずに歩くように言いたかったが、そうはしないで顔をそむけると、道のわきに生えているゴボウのイガを機械的につみとりながら、行き会う人々のことを観察しはじめた。ゴボウは毎夏刈られていたにも関わらず、また頑固に生えてくるのだった。まるで皆の労力を物笑いにするかのように、ゴボウの葉は年々ひたすら厚く固くなっていった。村のこの区画に別荘族は少なく、大多数が夏の間親族を訪ねてくる連中だった。つまり、ほとんど地元の人間も同然だった。カマローヴァはゴボウのイガを大きくひと塊取り、手のひらでそれを少しもみほぐすと、ねらいをつけずに、そばを通った知らない女の子に投げつけた。女の子はきゃーきゃー言って、大きな青いリボンで結わえた髪からイガを取ろうとしながらその場でくるくると回りはじめたが、髪はいっそうひどくもつれだし、頭はすぐにも鳥の巣に似た様子になってしまった。誰やら女の人が——おそらく、その子の母親だろう、娘から離れて歩いていたのが、叫びながらカマローヴァたちの方へ飛んできた。カマローヴァたちの方は、女の人が近くまで走ってくるよりも先に、路肩のどぶを飛び越えると、全速力で小道を走り出した。

「どこの子よ⁉ 待ちなさい、調べるからね！ 調べるわよ！ あんたたちの親に文句を言ってやるからね！」

後ろから知らない女の人が叫んだ。「あんたも黙んなさい！ 何わめいてるの⁉」

女の子が短く叫び声をあげたところからすると、母親がしたたかに叩いたらしい。笑いに息をつまらせながらレンカは鼻を鳴らして、危うく転びそうになった。

「転ばないでよ！」走りながらカマローヴァは叫んだ。

「鼻をぶつよ！」

カマローヴァも楽しくなって、笑いたくなった。立ち止まって、別荘族の母親が娘の髪からイガを引っ張って取る様を見たい気持ちをどうにか堪えた。二人は中央道を外れ、オレデシュ川にかかる橋まで走り抜けたところで、ぜいぜいと息を喘がせ、埃まみれの顔を滝のように流れる汗をぬぐいながら、ようやく立ち止まった。誰も自分たちを追って来ないのをしっかり確かめてから、少し溶けたアイスを食べ終えた。アイスの表面もいくらか埃に覆われていたので、歯の間でかすかにきしむような音がたった。

「もー、カーチカ」アイスの包み紙をくしゃくしゃにしてポケットに突っ込むと、ようやくレンカが口を開いた。

「なんであの子にゴボウなんか投げるの？」

「なんでってこともないけど……」カマローヴァは言って、同じように包みを丸めてポケットにしまった。「チャラチャラしてたからさ。あんた、あの子のリボン見た？」

「え？」

「なんでもないよ」あのリボンにそれほど気に障るところが本当にあったのかどうか決めかねつつ、もしレンカがああいうリボンを結わえたら同じようにレンカの髪にゴボウのイガを投げるな、と思い、カマローヴァは答えた。思い知らせてやるまでだ。

　この場所で川は広く、水底にまで届く巨大な大丸石のまわりを物憂げに渦巻きながら、ゆっくりと流れていた。これらの大丸石はどこからきたのかとカマローヴァがセルギイ神父に聞いた時、神父はこう言った。岩石はノアの大洪水の時から川底に残っているのだよ、その時神は人間にひどくお怒りになられて、大地に雨を浴びせられたので、あらゆる川が岸を越えて荒れ狂う流れとなって、岩を押し流し、木々を根っこから引き抜いたのだよ。カマローヴァは欄干につかまって下を見下ろした。長く続いた暑さで川の水が少なくなっていたためにむきだしになった、緑色がかった灰色の大丸石は、小さな島に似ていた。ここで泳ぐ人はあまりいなかった。流れこそ穏やかだったが、川のこの場所のどこかには、二重底*があるとみなされていたからだ。誰かが酔っぱらって泳ごうとオレデシュ川に入ったが、溺れてしまい、その後見つからないようなことがあるといつも、二重底についての話が始まるのだった。なだらかな岸に生えた茂みは静かにさらさらと音をたて、川は平和そうに見えた。丸々したミズハタネズミがアシの藪からひょっこり顔を出し、あたりを見回すと、音もなく水に入ってあちら岸へ泳ぎだした。カマローヴァはこの小さな生き物が流れと格闘する様をしばらく眺めてから、クッキーの袋に手を入れ、一つ下に放った。クッキーはミズハタネズミのすぐそばに落ち、驚いたネズミは水の中へ深くもぐった。が、数瞬ののちにまた現れるとおこぼれを長い黄色い歯で咥え、手近の岩まで泳いで行ってよじ登り、体を振ると食べはじめた。

「おばあさんみたい」レンカがひひひと笑った。「ウー、背虫ばあさん！」

　こげ茶色でちくちくしたミズハタネズミの毛皮は太陽の光にかすかにきらめいていた。短い針のような毛に覆われた尻尾はじっとしていて、しっぽの端だけが水中でちょこちょこ動いていた。おばあちゃんは、こういうのはマスクラットと呼ばれていた、戦争の後はほとんどいなくなってしまった、皆殺されてしまったのだ、と言っていた。一度父親がこのネズミをつかまえて皮を剥ぎ、母親がそれで蒸し焼きを作ったことがあったが、カマローヴァは試してみる決心がとうとうつかなかったし、レンカに至っては大声で泣きはじめたので、母親は何時間もレンカを乾いたソバの実の上に膝立ちさせた。** クッキーを食べ終えると、ネズミはきちょうめんにくずを全部集め、万一に備えてもう一度岩を嗅いでから、くつろいで座り前足で毛づくろいをしはじめた。

「お礼くらい言うもんだよ、バカネズミ！」カマローヴァが叫んだ。

　ネズミはびくりとして、カマローヴァたちを黒いビーズのような目で見ると、ぎこちなく水に潜った。その後は、いくらカマローヴァたちが目を凝らしていても、もう姿を見せなかった。レンカはがっかりして水につばを吐いた。突然わけもなく、カマローヴァはやるせない思いに襲われた。それがあまりに強かったので、吠えださないでいるためには、力をこめて欄干をぎゅっと握りしめ、きしるほど歯を食いしばらねばならなかった。家々の屋根の上の空気はかすかに揺れ動き、空は、誰かが村の上に洗い上げてアイロンをかけたばかりの大きな青いカバーを広げたように見えた。あたりはひと気もなく、皆暑さで姿を隠してしまったか、下流へ泳ぎに行ったようだった。下流には細かく赤みがかった、濡れた足にやたらとはりつく砂に覆われた水浴場がいくつかあった。おばあちゃんは生きていた頃、カマローヴァたちが泳ぐのを許してくれなかった。なぜか、孫たちがおぼれると確信をもって信じ込んでいたのだ。とはいえ、カマ

＊　二番底とも。通常は水中に隠れている平らな板状の岩や、軟泥の堆積物、または川底に転がっている木の枝や丸太などが、長い時間をかけて流れの作用で塊と化したもののことをいう。これにより、川の本来の（一番目の）底の上に、庇のようにこの石板や水中の堆積物の大きな蓄積が存在することになる。それは水を湛えた狭い空間から抜け出すことはできない。

＊＊　子供に対する残酷な刑罰の一種。乾いた蕎麦粒を床に撒き、その上に子供を跪かせる。粒が皮膚に食い込み、数分のうちに激しい痛みが生じる。

ローヴァたちは、下着を洗うついでに、着衣のまま水に入り込んで泳いでいた。その後で、ひとりが枕カバーを洗っていて橋から落ちたので、もうひとりがそれを助けるために水に入ったのだと嘘をついていた。おばあちゃんはそれを聞いていつも心臓を押さえていた。もっとも、カマローヴァたちが自分に嘘をついているのも気づいていたようで、ある日自分も川へ行って、姉妹が水の中を泳いでいるのを見ると、足場の方へ降りて行き、今すぐ水から上がるように叫びはじめた。仰天したカマローヴァたちは濡れた衣服で向こう岸へ泳いで行くと、走って逃げた。結局家に戻ることを決めた時、罰を受けることをもう覚悟していたが、誰も二人を罰さなかった。というのも、おばあちゃんは心臓の具合が悪くなってしまい、母親もそのそばに座っていたからだった。家の中は鼻がむずむずするような〈コルバロール〉*の匂いがしていた。

「カーチ……」レンカがそっと肩に触れた。「ねえ、カーチ……」

「何？」

　返事の代わりに、レンカは姉に少しつぶれた手巻きタバコとマッチの箱を差し出した。

「二、三日前に作ったんだけど、吸わなかったの」

「ふーん」カマローヴァはタバコを唇に挟むとマッチで火をつけた。

「どうしたの、カーチ？」

「どうも。もう行こう、じゃないと昨日と同じになるよ」

　カマローヴァがタバコを吸い終わって、ゆっくりとした下の水の流れに吸い殻を放り投げるまで、二人はなおしばらく橋の上にたたずんでいた。

　カマローヴァたちが家に戻ったのはやはり夕方近くだった。タチヤナが長いこと解放してくれなかったし、お土産にキャベツのピロシキをどっさりもたせたからだった。苦労して持って帰り、家で小さい子たちに配ってやると、一人につき二個行きわたるほどたくさんあった。アーニカとスヴェートカは、自分たちは双子だからもっと食べても良いのだとどういうわけか思い込んで、三つ目を取ろうとした。そこでレンカがスヴェートカの頬をつねると、スヴェートカはわんわん泣きはじめ、アーニカの方は、両手にピロシキを握りしめたまま、レンカの肩に噛みつこうとした。廊下のこうした騒ぎに母親が目を覚ましたが、怒鳴りだすことはなく、自分の部屋へ来るようカマローヴァに言っただけだった。その声には、怒鳴りつけてくれるか、叩いてくれるほうがまだましだと、カマローヴァにそう思わせるような何かがあった。

二年前、母親は朝早くカマローヴァとレンカの部屋に入ってきて、カマローヴァを起こすと、ちょうど今のような声で言った。『カーチャ、レーナと早く服を着て、おばあちゃんのところに行きなさい』。秋の中頃で、夜は寒く、雨が降っていた。どうしても目がすっきり覚めなかったから、カマローヴァたちはのろのろと服を着替えた。夢のとばりの中で、カーチャは生まれて初めて何やら新しい、不快な恐怖を感じた。母親や父親の怒鳴り声とか、隣の意地悪な犬に感じるのとは似ても似つかない恐怖。親や犬に対する恐怖は子供じみたおなじみのもの、心のどこか奥底で、とどのつまりそれは本当の恐ろしさじゃないということが分かっていた。ところがこの新しい恐怖は大人のものだった。おばあちゃんが編んでくれたグレーと緑のベストをかぶりながら、カマローヴァはレンカも怖がっているだろうかと考え、そして、レンカも同じように怖がっていることを理解した。廊下から二人に母親の声が届いた。

「何よ……朝からもう酔っぱらって……神父を呼びに行ってきてよ」

父親は常に反して言い返さなかった。ハンガーから何かを外し、着替えている音がした。

「早く、早く、ミーシャ……」母親がいら立った様子で、それでいて同時に——ほとんど優しく急かした。「一生に一度でいいから、せめて人間らしいことをしてちょうだい！」母親は、今屈んで、落ちたものを床から拾い、夫に手渡しているようだった。「さあミーシャ、行ってよ……」

「ああ行くよ、行くったら！」とうとう父親が噛みつくように言った。「もう出たさ！」

玄関のドアがきしみ、家の中はしんと静かになった。カマローヴァは肩でドアの側柱にもたれて立ちすくんでいた。再び襲ってきた不快な大人の恐怖、二年前のあの恐怖に目を閉じた。それから頭を振ると、目を開け、ドアをノックし、部屋に一歩踏み入った。

母親の部屋は表よりもひんやりとしていたが、むっとするような酸っぱい臭いが立ち込めていた。古い、風通

＊　ソ連で開発されたフェノバルビタール系の鎮静剤。刺激的な臭気がある。今日では、有効性に対する科学的根拠が認められていない。

しの悪い木造の家によくあるような臭いだ。なるほど部屋の窓は開いていたが、表の空気はそよともせず、部屋の中へは入ってきていないようだった。母親はベッドのそばに座っていた。ベッドの上には、鼻の真下まで寝具に覆われて、四歳のサーニャが寝ていた。

「どう、散歩は気が済んだ？」母親の声は、穏やかに話す時でもかすれぎみで、いつでも急に叫びだす用意があるように聞こえた。足元に、しっぽをくの字に曲げてディーナがすり寄っていた。ディーナはカマローヴァを意地の悪い黄色い目でちらっと見た。するとカマローヴァには、この母親は本当に鬼婆で、本当の両親のところから自分たち子供を盗み出し、今ではただもうひたすら、その子たちが家に定刻に戻らなければ苦しめ叩くためにのみ手元に置いているのだ、という気がした。なぜか、隣からビーツを盗んだ出来事の後、カマローヴァたちがマーシャの家のそばを歩いていた時、木戸を少し開いて表へぬっと現れたマーシャが、あたしはね、あんたらの母親が裸に綿入れ上着一枚で村じゅう走り回るのを見たんだからね、と怒鳴ってきたことが思い出された。それは一年か一年半前に実際にあったことだった。父親がひどく酔って母親を殴り、着古してぼろぼろのガウンを剥ぎ取った。そこでナターリヤはハンガーから綿入れ上着を引っつかみ、裸の体にどうにか前を掛け合わせると表へ飛び出て、走りはじめた。死にそうなほど凍えて戻ってきたのは、ようやく次の日の朝方近くだった——十月のことで、庭の木々は黄色くなりはじめ、もう半分は落葉していた。マーシャが怒鳴って来た時、レンカが屈んでほやほやの牛の糞を集め、マーシャに駆け寄ってその顔めがけて投げつけた。マーシャは素早く木戸を閉めおおせたので、糞は最近緑色のペンキで塗ったばかりの木戸にべっちゃりと茶色の塊になってくっついた。カマローヴァはそっと足踏みをした。

「あたしたち、ターニャおばちゃんのところに行って来たの。お礼を言いに」

「あんたの父親は朝っぱらから酔っ払って転がってるわよ」冷たく母親は答えた。

「そう」カマローヴァはそれしか返事を思いつかなかった。部屋の中に、こもった空気と同じように重苦しい沈黙が満ちた。ようやく、母親が黙って立ちあがった。

「弟についてて。あんたたちは村をぶらつくことしかできないの。二人のうちどっちが先に子供ができるやら、分かりゃしないわ」

「でも、母さん……」

「それ以上言ってごらん……」

母親がそばを通り過ぎて、カマローヴァは首をすくめた。母親から〈ベラモール〉の臭いと、それから何か湿って酸っぱい、腐った乾草のような臭いがした。菜園を耕したか、納屋で何かしたのだろうとカマローヴァは思った。前の持ち主は納屋で雌の羊とヤギを飼っていたが、今では納屋にはあらゆるがらくたが積み上げられており、春の一番初めに父親がとうとうランプを取り替えなかったせいで、暗かった。カマローヴァ家の雌ヤギは二頭とも小さな離れで飼われていた——納屋は家のヤギには大きすぎたのだ。年寄りのニューシャは、もうほとんど乳が出なかったし、脇腹を壁にくっつけて始終眠りこけている。ダーシカの方は、きっと、母親か自分が乳をしぼりに来てくれるのを、悲しそうに待っているだろう。むんむんする部屋に立ちつくして退屈しているより、カマローヴァは、今そこへ行って、しゃがんでダーシカのつるつるして温かい乳首をしぼりたかった。だが、ダーシカのところに行かせてほしい、と言うためにカマローヴァが口を開こうとしたとたん、母親が言い足した。

「家にいなさい。もし、またどこかへ行こうとするのを見つけたら……」母親は、確実に分からせるためにいつものように娘を叩くか、それとも単に出て行くか考えるかのように、言いよどんだ。「分かった？」

「はい、分かりました」

母親が出て行き、ドアがしまった。カマローヴァは詰めていた息を少しずつ吐いた。ベッドでサーニャが軽くいびきをかくのが聞こえた。カマローヴァは近寄って行き、サーニャの額に手を置いた。サーニャの額は乾いていて、熱かった。額にも頬にも、赤い斑点が浮き上がっていた。

「どうしたの、サーニチカ。風邪？」

カマローヴァはサーニャの頭を撫で、それから、そっとベッドの端に腰を下ろした。窓の向こうで鐘ががらがらいう音が聞こえ、低く尾を引くような声で雌牛が鳴いているのか、乳が張るのを訴えているのか、それとも単に鳴いているのだろう。暑いわ、虫に食われるわで不平を言ったのが聞こえた。テーブルの下で毛づくろいをしていたディーナが、首を伸ばして意地悪げに黄色い目を光らせた。壁に寄せられたテーブルの下に半分空になったウォッカの瓶が立てて置いてあった。

「眠れ、良い子よ、眠れや……」カマローヴァはささやき声で歌いはじめた。「家の灯も消え……月は窓から銀の光をそそぐこの夜……蔵も台所も暗く……」

　サーニャがしずかにうめきはじめ、もぞもぞと身動きした。カマローヴァは口をつぐむと、サーニャの額の赤い斑点に触れ、一番大きな斑点を軽く押してみた。斑点は指の下でいくらか白くなったが、しばらくするといっそうくっきりと、イラクサかハナウドにかぶれた時のようになった。いつぞやカマローヴァたちはハナウドで笛を作ろうとして、手のひらの皮が剝けてしまったことがあった。

「何したの、サーニチカ、川に行ったの？　泳いだの？」サーニャはどこへも行っていないことを知りながら、ぼんやりとカマローヴァは訊ねた。全部の子供たちの中でサーニャは一番おとなしく、どんなことでも母親の言いつけをきいていた。父親のことはただもう恐れていて、父親の目に入らないようにしていた。レンカはサーニャがとても好きで、サーニャは大きくなったら絶対に町に勉強しに行って、教授になるんだと言っていた。

　ドアがきしみ、隙間から誰かの頭がのぞいた。

「サーニカ、どうしたの？　病気？」

「アーニカなの？」カマローヴァは妹に投げつけるものを目で探したが、適当なものは何も手元になかった。

「あたし、スヴェートカ」双子の片割れがひひひと笑う声がした。「ねえ、サーニカどうしたの？」

「なんでもないよ。病気なの」

「ふーん……わかった……」スヴェートカは明らかに立ち去りたくない様子だった。「いまどんな感じ？」

　カマローヴァはしばらく黙った。

「ミローノフのとこで一年前に男の子が死んだよ」スヴェートカが鼻をすすった。天気の話をしているか、エレクトリーチカの時刻表でも読むかのような冷たい話し方をしていた。「女の先生がね、町へ連れて行かなきゃならないって言ったのに……あそこにはあれがなかったから……あれ……抗生物質」最後の言葉をスヴェートカは意味ありげに発音した。「もしかして、うちのサーニャも死んじゃうの？」

「黙ってな」

「なんですぐそう言うのー？」スヴェートカはサーニャの顔の発疹を見ようと首を伸ばしたが、部屋には入りかねていた。

「あっちへ行きな、さもないとあんたも病気で死ぬことになるよ」

「なにそれ！」スヴェートカは鼻息を荒くした。「いばっちゃってさ！」

　返事を待たずにドアが閉まった。タチヤナはカマローヴァとレンカに泊まっていくよう説得し、母親に話をつけることとさえ約束した。母親は、もちろん、タチヤナのことは虫が好かなかったけれど、たぶんそれでも泊まることを許してくれただろう。カマローヴァはため息をついた。あのタチヤナはすごく良い人だし、家の中はいつも清潔で、教会みたいにお香とろうそくの香りがしている。タチヤナの猫も、うちのとは全然違う。丸々ふとって、三毛で、優しくて――そりゃそうだ、ネズミも、ましてクマネズミも捕らないで、きれいにしてもらって、かわいがられてるんだ。カマローヴァはテーブルの下で寝ているディーナを見た。ディーナは視線を感じると片目を開けた。カマローヴァはそっとベッドから滑り降りると、テーブルの下に四つん這いで入り込んでウォッカの瓶の方に手を伸ばした。ディーナがいっそう目を開いた。輝く黄色の目に切り込まれた黒い瞳孔がぐっと大きくなった。おばあちゃんは、ディーナは普通の猫じゃない、ヤマネコだと言っていた。だから家に暮らさないで森で暮らすべきだ、と。でも、野菜基地*からディーナを連れ帰ってきたレンカが大騒ぎして、ディーナを置いておくことになったのだった。

「なに、なんか用……あんたは飲まないでしょ」なだめるようにカマローヴァはささやいて、瓶を取ると、ディーナが腕に噛みつくよりも早くわきに飛びのいた。「ほらこれだ、バカ猫……お見通しだからね」

　ディーナは意地悪くカマローヴァを見、床に爪を立てて塗料を剥がした。それからまた前脚を折りたたんでおさまった。母親はこの座り方を「アイロン座り」と呼んでいた。

「バカ猫」テーブルの下から這いずり出ながら、カマローヴァは繰り返した。

　ベッドに座り直すと、カマローヴァはもう一度そっとテーブルの下を見た。ディーナは黄色い目を細めて相変わらずアイロン座りをしていた。カマローヴァはディーナをからかってやりたくなったが、もしかしたらディー

* 長期間にわたり野菜や果物を保管・販売する場所。青果基地とも。市場経済的な小売形態と対照的に、計画経済の下で国民に食料を供給する国家システムの一部だった。現在も、CIS諸国や東欧から野菜や果物を運び入れ、保管し、問屋や小売市場やスーパーマーケットに（ときに個人相手にも）品物を売る基地が、国内に残っている。

ナが企みに気づいて飛びかかってくるかもしれないと考えて、黙っていることにした。サーニャのベッドの端に居心地のいい場所を探した。マットレスが体の下で小さくきしんだ。

おばあちゃんは昔、熱や風邪には酢を混ぜたウォッカを胸と背中に擦りこむといい、と教えてくれた。一度、父親がひどく風邪をひいてうわごとを言いながら横になっていた時、おばあちゃんは擦りこむのにウォッカをまる一瓶使ってしまった。正気に戻ると父親はおばあちゃんの喉を引っつかんだ。もし母親がちょうどその時やってこなかったら、そのままとうとう絞め殺してしまっただろう。カマローヴァは父親の顔を思い浮かべてみて、おばあちゃんがウォッカを擦りこんでやったのはむだだった、と思った。そんなことをしなければ、あの時親父は死んでいたかもしれないのに。カマローヴァは母親の棚をかき回した。棚の一つは、あらゆる古着だの、小さなぼろ切れだのが占めていた。こうした布切れで母親は時々埃を払うこともあったが、大体にしてそれらは単にとってあるのだった。布切れをいくつかつかむと、カマローヴァは慎重に棚の戸を閉め、サーニャのところへ戻った。

タチヤナはカマローヴァたちに、一昨年にセルギイ神父がエグリジに赤ん坊の洗礼式のために呼ばれ、春の泥濘期の真っ最中に出かけて行った時のことを話してくれた。やって来てみると、赤ん坊は一人ではなくひとそろいの三つ子だったことが分かった。そして、秘儀の最中、まさにセルギイが二人目の赤ん坊の小さな手に香油を塗りこんだちょうどその時、部屋にいた母親が突然こう叫んだ。なぜ神はあたしに三つ子の罰を与えたんだろう、一人でもどうしたらいいか分からないのに。それでも双子ならともかく、三つ子だなんて！　いわく、トスノの病院で親権を放棄すればよかった、それで一件落着だったのに、お産の後あんまりぼうっとしていたもんだから、そのことに気づかなかった。後になってしまったと思っても、三つ子をなかったことにはできない、一応子犬じゃないんだし……。

「顔じゅう引っ掻いてやりたい！」タチヤナは言って、こってりとキイチゴのジャムを塗りつけた菓子パンを皿に置くと、まるで今エグリジの女の顔を引っ掻こうとするかのような手振りをした。

「そうだよ、やっちゃえばいいんだ！」レンカがまじめくさって言った。

タチヤナはもう落ち着きを取り戻して、答えの代わりにため息をつくと、十字を切った。

「セリョージャは、不平を言うのは罪だ、って。聖書も、日々の暮らしに感謝するように私たちに教えているのだからって」

カマローヴァは布切れにウォッカを少し染ませると、慎重にサーニャの胸と肩に擦りこんだ。サーニャが身動きして目を少し開いた。

「カーチカ……」

「しゃべらない方がいいよ、サーニチカ。しゃべったらだめ」カマローヴァは別の布切れを濡らし、サーニャの額に置くと、目を細めてウォッカを瓶から直接すすった。イラクサの葉でも呑み込んだように喉が灼けた。

「カーチカ、ママはどこ？」

「出てったよ」

「どこに？」サーニャが息をほっと吐きだした。「ねえ、どこに行ったの、カーチカ？」

「知らないよ。台所か畑じゃない。きっと、すぐ戻ってくるよ」

ウォッカのおかげで全身はぽかぽかと暖かくなったが、膝は針で刺されるようにちくちくと痛んだ。カマローヴァはもう一口飲むと、顔をしかめて瓶をテーブルの上に置いた。森の中で何かの鳥がしゃがれ声で鳴き叫びはじめた。その後で、古い木が倒れるような音が響いた。

「鳥が木から落ちたんだね」カマローヴァは無理して笑った。「枝に座り込んで木の皮の下の虫を食べてばっかりいたから、ジェーニャばあさんみたいなデブになっちゃって、座ってた枝が折れて、まっさかさまに落ちていったんだ。鳥が沼にぼちゃんと落っこちるところ見なくて残念だったね、サーニチカ。今ね、友達連中が近くを飛び回って、どうやってそっから引っ張り出したもんか考えてるよ。鳥を見たい？」

カマローヴァは手でお椀の形を作ると、鳥の羽根の形に見えるように指を広げた。サーニャの顔の方へ手を持って行き、鳥が飛ぶように動かしてみせた。

「暑いよ、カーチカ……毛布を取って」

「だめだよ、サーニチカ」

「取ってよう……」

サーニャはまた目を閉じると、空気が足りないかのように短くせわしない呼吸をした。顔の発疹はいっそう鮮やかに見えてきた。

「少し眠った方がいいよ、サーニチカ」

「眠れないの。クモが夢に出てくるの」サーニャは泣きそうに口を歪めた。

カマローヴァはしばらく考えていたが、瓶を取るともう一度ウォッカをすすった。

「大丈夫だよ。もし一匹でもクモが夢に出てきたら、あたしがそいつのツラにお見舞いしてやるから。スサニノまで逃げ出してくくらいにね」

サーニャは泣くのを止めて、弱々しく微笑んだ。

「カーチカは強いもんね」

「町まで逃げてくよ」カマローヴァはテーブルから瓶を取るともう一口飲んだ。「クモなんか」

「強いもんね、カーチカ……牛から助けてくれたでしょ……覚えてる、カーチカ？　牛をさ……」

春、サーニャに雄の子牛が向かってきたことがあった。冬に生まれてまだ二カ月になるかならないかくらいの小さい牛だった。牛飼いはその牛に目が届かなかったのか、それともまったく忘れてしまったのか、群れに遅れをとった子牛はカマローヴァ家の半ば開いていた木戸から庭に入り込み、春先の若草の上に座っていたサーニャを見つけると、向かって行った——おそらくのところ、純粋な好奇心で。子牛の足は長く、きれいな赤い毛に覆われていて、まだいくらか震えていた。そのために子牛は慎重に歩を進め、バランスを保とうと一歩ごとに頭を振ったり、傾けたりしていた。サーニャは死ぬほど驚いて叫びはじめた。玄関を掃いていたカマローヴァは——大人のやるように、裾をからげて手にはほうきの姿だったが——庭へ飛び出すと哀れな子牛に食ってかかり、鼻面をほうきでぴしぴし鞭打ちはじめた。子牛はびっくりしてモウと鳴くと、木戸の方へよたよたと歩きはじめたが、木戸のところでなおぐずぐずした。そこでカマローヴァはほうきを放ると子牛の痩せた尻を素足で思い切り蹴飛ばしてやったのだった。

「覚えてるよ、サーニチカ。まだ覚えてるよ……」

サーニャはまだしばらくの間大きく見開いた目で天井を見ながら横になっていたが、それからやっとの様子で壁の方に寝返りをうつと、眠ったようだった。カマローヴァはまたウォッカを飲み、残りが底にほんのわずかになったのを見て、そっと瓶を床に置いた。喉はむずがゆかったが、気持ちは少しだけ楽になった。カマローヴァは毛布越しにサーニャを撫でてやった。

「眠りな、サーニチカ、眠って……良くなるんだよ。もしクモが現れたら、あたしが……あたしたちでロルドにけしかけてやろう。クモはロルドが噛み殺しちゃうよ……」カマローヴァは拳を握って脅して見せようとしたが、指は木で作りつけられたみたいに、どうしても曲がろうとしなかった。

　セルギイ神父は言っていた。いつかの大昔には人々は病気もせず、とても長生きで、皆一つ心に神様を信じていた。ところが人間がそれほど長生きをして神を讃えているおかげで、地獄に落ちる人があまりに少なかったから、悪魔は妬ましくなった。悪魔は神様に直談判して、長い間泣いたり吠えたりしていたが、神様は聞く耳をもとうとはされなかった。それで悪魔は言った、病気にかかろうものなら、多くの人間が神にそっぽを向くようになるだろう、と。その後神様は悪魔が人間に病と衰弱を送ることをお許しになられたので、悪魔は人間のために様々な不幸を考えだしながら七つの昼と七つの夜の間地獄に座っていた。そして悪魔がそれらの不幸を人間に送ってから、実際に多くの者が不平を言いはじめ、神に背を向けたのだ。

　レンカが部屋を覗いた。つま先立ちでカマローヴァに近寄ってくると、何かが入ったカップを差し出した。

「これ……取っといたって」

　カマローヴァはカップから曲がったスプーンを引き抜くと試してみた。クロフサスグリのヴァレーニエと半々にまぜたスメタナだった。

「どーう？　おいしい？」

「まあまあ」カマローヴァは言ってもう二、三匙食べるとレンカにティーカップを返した。と、レンカはスプーンに山盛りすくって口に運び、興味ありげにじっと動かないサーニャを見やった。

「うちのサーニカ、病気なの？」

「見てわかるでしょ」

「お医者さんに連れてかなきゃいけない？」レンカはちょっと考えて、惜しそうにスメタナをカマローヴァに渡した。

「准医が何してくれるってのさ？」

「分かんないけど……診てくれて、何か薬をくれるよ……」

「そんなわけないじゃん」カマローヴァは驚いた。

　火曜から金曜の十時から十四時まで働いている准医のアレクサンドラ・ミハイロヴナは、村じゅうにやぶだと知られていた。どんな患者が来ても〈パラセタモール〉と、活性炭と、浣腸で治療していたからだった。もし

〈パラセタモール〉と浣腸が役に立たなければ、「町へ行く必要がある」と言うのだった。大体の場合、もちろん、誰も町へなど行かず、自然と病気が治るのを待っていた。准医自身もうだいぶ以前から年金受給者になっていて、来る日も来る日も「若いの」が代わってくれるのを待っていたし、そのことでどこかに手紙も出していたが、「若いの」は結局誰も派遣されては来なかったので、アレクサンドラ・ミハイロヴナは、辞めて行っちまうからね、そうしたら村は無医村になる、上の連中は思い知るがいいと脅していた。カマローヴァは顔をしかめるとスメタナの残りを平らげた。

「風邪だよ。少し病気だけど、自然に良くなる」

「どこで風邪なんかひいたの?」レンカは鼻を鳴らした。

「七月に風邪なんかひく人いる?」

カマローヴァは答えなかった。レンカはなおしばらくベッドのそばに立っていたが、それから黙って姉の隣に座ると、肩をくっつけた。窓の向こうは濁った薄闇があり、今何時なのかも分からなかった。水におぼれて、弱った唇を動かしてわずかな空気を吸おうとしているようで、不安にさせるサーニャの吐息が聞こえていた。ウォッカと、蒸し暑さと、疲労が眠気を誘った。カマローヴァは自分では気づかぬうちにうつらうつらしはじめた。まどろみの中で、きしむ床をそっと踏みしめながらレンカが出て行く音と、母親が何かの理由でスヴェートカを怒鳴っている声が聞こえた。スヴェートカは不愉快な泣き声で、何も盗っていないとか、何もしていないとか答えている。どこか別の場所へ行きたかった。窓辺に赤いゼラニウムがあって、花柄のぴかぴかのティーポットがコンロの上で湯気を立てている、タチヤナの台所でもよかった。ティーポットは沸き立ち、庭でドゥルジョークが目を覚まして哀れっぽい吠え声を返すほど、甲高い音をたてていた。レンカとカマローヴァのために焼いてくれる、チーズやキャベツ入りのタチヤナのピロシキが食べたかった。タチヤナにセルギイの話をしてほしかった。神の世界に誰かの赤ん坊を迎えるために、でなければどこぞの百歳のおばあさんを永遠の生に導くために、セルギイがエレクトリーチカの走っていないどこかへ、行きがかりの車に乗って行ったとかいう話を聞きたかった。

「少し病気なだけで、自然に治る」カマローヴァは小さな声で自分につぶやいた。「七月に風邪なんかひかない」

森の中でまた何かが音をたてた。カマローヴァは大きな出目の鳥がモミの木のてっぺんにとまっている姿を想像した。モミの木は鳥の重みで傾いて揺れ、鳥はおかしな風に頭をぐるぐる回し、翼を羽ばたかせはじめた。カマローヴァは手で口を覆ってくすくす笑った。想像の中の鳥はどういうわけかどんどん大きくなっていった。犬よりも大きくなり、今や牛と同じくらいになり、それでも大きな翼を羽ばたかせ巨大なくちばしを開けて成長を続けた。くちばしの中からペチカの火のような赤い舌が覗き、もはやおかしいどころではなく、恐ろしかった。モミの木がたわんでみしみし音をたて、鳥はついに翼を大きくはためかせると飛び上がって、長距離列車の丸いヘッドライトに似た巨大な目を光らせまっすぐにこの家へ飛んできた。カマローヴァはぶるっと頭を振ると力を振り絞って飛び上がり窓を閉めた。そのせいで窓ガラスががたがたいったので、もし母親が家にいたら、今の音を聞きつけて怒鳴りに来るのではないかと肝を冷やした。サーニャが静かにうめいたが、目は覚まさなかった。カマローヴァは呼吸を落ち着けると、もう一度サーニャの隣に腰を下ろして毛布越しに撫でてやった。

「眠りな、サーニチカ、眠るんだよ。怖くないよ。あたしたちはあんたを誰にも渡さないから。分かった、サーニ？」

カマローヴァは窓の方を横目に見たが、表はもうすっかり暗くなっていて何も見えなかった。今すぐサーニャを毛布にくるんで抱きかかえ、レンカを呼んで一緒に村の暗い道を駅まで歩いて行きたくなった。どれでもいいから深夜のエレクトリーチカを待ち、三人でデッキに乗り込んでどこかへ行ってしまいたくなった。終点の大きな州都で降りたら、そこでどうにかやっていきたい。カマローヴァは目を閉じて夢を描きはじめた。ウォッカのために目を閉じていてさえ頭がくらくらして、全部うまくいくような、それをするのに複雑なことなど何もないような気がして、気持ちが落ち着いて軽くなった。自分たちのことは迷子か、みなし子だと言おう――いや、真実を話す方がもっと良い。家で親父がぶつ、そんなのは生活じゃない、そんな親のところへなんか戻らないと言ってやるのだ。おばあちゃんは、世の中に善人がいないわけじゃないって言っていた。自分とレンカは家のことならなんでもできるし、誰かが自分たちを引き取ってくれるか、単に自分たちだけで暮らしていけたら。仕事を見つけて、サーニチカの面倒を見てやるんだ。全部うまくいく、そうすればいいだけ。明日になったらレンカに話そう……レンカはきっと、すぐに町に行こうって言うはずだ。カマローヴァは笑うのをこらえきれなかった。きっと、町の方がましだ——誰もあたしたちを見つけない。大きいし、人もたくさんいるんだから。駅でエレクトリーチカがかすかにベルの音を響かせながらがたがた音をたてて停まった。それからまた音をたてはじめた。『ルーガかトスノへ行こう』眠りに落ちていきながらカマローヴァは思った。『それか、モスクワへ』。

3

「まあ、結局そんなものよね……」オレーシャ・イヴァンナは、小さな磁器のカップにお茶を注いでいるタチヤナを見ないようにしながら、首に巻いたスカーフをいじくっていた。タチヤナが自分用に取った方のカップは、取っ手がほとんど取れていた。

「それでも、家族から引き離すよりいいわ……」タチヤナは努めて言葉を選びながらゆっくりと言った。

「家族ねえ……」オレーシャ・イヴァンナはおうむ返しに言った。「あれがどんな家族なもんだか……」

カップが受け皿に当たってかすかに音をたてた。カップにも皿にも小さな赤いチューリップの絵が描かれていた。どの花も花弁の一枚は内側の黄色をのぞかせて反り、花一つごとに二枚の小さな葉っぱも描かれていた（ところどころはすっかり剥げてしまって、緑色の塗料だけが残っていた）。ヴァジエの母親のところにもこういうティーセットがあった。ソヴィエトの時から使っていて、オレーシャが少女になる頃まで生き残っていたのはカップが二つと皿が三枚、それにティーポットだけだった。ティーポットには蓋がなかったが母親は構わず、まるで神に授かった宝物のように大事にしていた。オレーシャ・イヴァンナは考え込みながら磁器をつま先で弾いた。

「あたしは、あなたが怒り出すんじゃないかと思ってたけど……」

タチヤナは肩をすくめると向かいに座った。

「それは、大きな罪だけど、オレーシャ・イヴァーノヴナ。でもうちのセリョージャは、神様は人間より慈悲深くて、人間より多く赦してくださるって。神様はあなたのことも赦してくださるわ」

オレーシャ・イヴァンナは唇を噛みしめるとまたスカーフをいじりはじめた。話が噛み合わなかった。彼女がここへやって来たのは、タチヤナに恥じ入らせてもらえば、ヤーコフ・ロマーヌィチときっぱり縁を切る力が湧くかもしれないと思ったからだった。それなのにこの神父の妻は恥じ入らせるどころか彼女を哀れみはじめた。そしてこの哀れみや、お茶や、お茶にタチヤナが添えて出した蜂蜜やキイチゴのジャムや、朝焼き立てのチーズ入りのピロシキまでもが、うんざりさせ胸をむかつかせた。ヤーコフ・ロマーヌィチはたぶん悪人ではない――少なくとも、彼が自分の女房のマーシカをぶつという噂は村に流れていなかった。もっとも、立場をわきまえさせる程度になら時々するだろうし、そんなことすらしないのは神父のセルギイくらいのものだろう。何と言っても神父だから、そういうことをすべきではなかった。だがいずれにせよ、思いきってヤーコフを袖にするのが少し怖かった。以前付き合っていた男が別れ話の際に流血するほどオレーシャを殴りつけたことがあったからだった。見舞いにやって来たジェーニャばあさんは、どうやらあんたは妊娠していたらしいよ、と言った。流産したようだ、とも。オレーシャがはらはらと涙をこぼすと、ジェーニャは慰めてこう言った。流産と言っても、本当に早いうちだったから、赤ん坊に魂が宿っていたはずがないよ。魂ができるのはようやく七週頃、それまでは赤ん坊は、せいぜい畑のズッキーニみたいなものなんだから。今も、妊娠していたりして……分からないけど……。オレーシャ・イヴァンナは本能的な動きで腹部に触れた。

「先週マーシカが来て、毒へビでも見るみたいな目で見てったわ。なんなら、髪の毛全部むしられるかもね」

タチヤナはちらりとオレーシャ・イヴァンナを見たが、何も言わなかった。タチヤナの記憶では、オレーシャは一度だけプラトークを頭に巻いて教会の勤行に来たことがあった。プラトークの下から暗い巻き毛のカールがはみ出していた。スカートは赤いウールで、来ていた老婆の一人がそのスカートをつかんで彼女をとがめはじめた。赤いスカートなんぞで神の家に来て。おまけにこんなに短い、膝がようやく隠れるくらいの丈の――アバズレめ、太ももをむき出しにして神様に見せるなんて。オレーシャは赤くなりぱちぱちとまばたきをした。マスカラの墨混じりの涙がその顔を流れた。セルギイは、これもまたタチヤナの記憶する限り初めて腹を立てた。朗誦を止めると控えの間へ駆け込み、モップをつかんで戻ってくると、それを老婆の手にぐいと突き出し教会じゅうに響くような大きな声で言った。『お前に、愚かな老婆よ、懲罰を与える！　生神女庇護祭まで床掃除をすること！』。老婆は思わず座り込んだ。『やるよ、神父さん、やりますとも。庇護祭まで床掃除をするよ、庇護祭まで……』そして、モップを持ったまま十字を切りはじめた。

その日セルギイは夕方までむっつりし、その後一晩じゅうタチヤナの眠りをさまたげながらベッドで寝返りをうっていた。ほとんど朝方近くなって、そっと妻の肩に触れると、小さな声で言った。

「彼女はもう二度と教会へ来ないだろうね、ターニャ」

「彼女には、もしかしたら、必要ないのかもしれないじゃない？」夢うつつにタチヤナは訊ねた。「今日だって、ちょっと寄ってみただけかも……」

セルギイは返事の代わりに黙り込んでいた。ようやく眠ったのだとタチヤナは思いたかったが、夫はそうして夜が明けるまで目を閉じて考え続けていたことが分かり、その後二人は二度とこのことについて話すことはなかった。タチヤナは、どんなに努力してみても、オレーシャ・イヴァンナを好きになることができなかった——村の人間が互いにいがみ合っているほど強く彼女のことを嫌っていたわけでもなかったが、それは単にタチヤナが人の家のドアの下に牛糞を突っ込んだり、もっとたちの悪いことをすることが出来なかっただけの話で、オレーシャ・イヴァンナに対してぬぐい去りがたい忌々しさを抱いていた。だがその腹立ちの責任はオレーシャにはまったくなかった。これまで一度としてオレーシャはタチヤナになんの悪さをしたこともなければ、酷いことを面と向かって言ったり陰で言ったりしたことさえなく、ただ時おり、ほかに行く当てもないかのように話しにやって来ただけだったから。

「ねえ、たぶん……」タチヤナは少しためらってからやはり口を開いた。「自分からマリヤのところへ行ったら？　謝ったら？　彼女もきっと、キリスト教徒らしく許してくれるわ、どう？」

オレーシャ・イヴァンナは初め、オレデシュ川が突然逆向きに流れだすのを見たかのように驚いてタチヤナを見ていたが、それから面白くもなさそうに笑った。

「何を言うのよ、ターニャ！　マーシカのところへ行くですって？　あの悪党のとこへ？」

「あの人は教会に通って来てるし、神様を信じてるわ」きっぱりとタチヤナは言った。言って、バカなことを言ってしまったとはっと気がついた。

オレーシャ・イヴァンナは顔をしかめたが、彼女がすると、そんな表情でさえいたずらめいたものになるようにタチヤナには思われた。

「教会に通ってさえいれば、それがイコール神様を信じてることになるっていうの?」

タチヤナは目を伏せると黙っていた。オレーシャは少しきまりが悪くなった。いらなく神のことや、教会のことなど口にするのじゃなかった。冷めかけたお茶の上に最後の細い湯気が立った。寝室で古い壁掛けの鳩時計がカチカチいう音が聞こえるほど静かになった。

「ターニャ、あなたに言わせれば、神様の前であたしの罪はなんなの?」突然オレーシャ・イヴァンナはそう訊ねた。彼女の声からは、泣きだすのを堪えているのがわずかに聞きとれた。

「オレーシャ・イヴァーノヴナ、何をそんな……何を言うの」タチヤナはびっくりして言った。「私にあなたを裁く権利なんて」

「今まで生きてきて誰一人叩いたこともないわ」オレーシャは言い続けた。タチヤナは、今から彼女が聞くべきでは全然ないことを聞かされること、それにオレーシャの方でも、話してしまった後で、一度ならず後悔することになるだろうことを感じて、思わず目を伏せた。かといって今話すのを止めれば腹を立てるだろうし、自分はオレーシャを助けてやるどころか事態をより悪くするだけに違いない。ああ、今そばにセリョージャがいてくれたら……。

「ずっと人間を信じてたわ」オレーシャは続けた。「あたしが十四歳だった時、義父が言ったの。『納屋に来て道具を整理するのを手伝ってくれ』って。行ったわ……」冷めたお茶を飲み干すと、むせて咳き込んだ。タチヤナは石と化したようにオレーシャを見つめていた。オレーシャにもうこれ以上何も言わないで欲しかったが、話を遮る力を自分の中に見つけることができなかった。それで、ただピロシキの皿をオレーシャの方に押し出した。オレーシャはピロシキを取り、一口かじるとうすく笑みを浮かべ、悲しげに頭を振った。あのことを思い出すのはまれだったし、好きなように生きてもきた。それでもやはり思い出せば、自分と、あの時一撃で台無しにされた自分の青春が泣くほどかわいそうになるのだった。まだ夕方か夜だったならましだった——暗い間は、オレーシャの考えでは、悪いことと折り合いをつけるのはより易しい。だがあの時は朝だった、そしてオレーシャが酔いどれのようによろけながら呪わしい納屋から出てきた時、きれいな、雲一つない空ではまるで何事もなかったかのように、選り好みもせず無関心に自らの光線であらゆるものを温めながら太陽が輝いていた。庭のぐるりに生えていたライラックの茂みの中で何かの鳥が嬉しそうにさえずり、しぼりたての牛乳のように温かな大気の中をトンボが羽音を響かせ、どこか近所の庭で遊んでいる子供たちの楽しげな叫び声が聞こえていた。そしてオレーシャは、もう二度と以前のようにほかの子たちと遊んだり笑ったりすることはできないのだと悟りながら、震える濡れた指でスカートの裾をくしゃくしゃに握りしめると、意地悪な飼い主にぶたれた犬のように小さな泣き声をたてた。

「あなたどうして……」タチヤナは冷たい水に飛び込む前のように大きく息を吸い込んだ。「どうして納屋へ行ったりしたの、オレーシャ・イヴァーノヴナ?」

オレーシャ・イヴァンナは肩をすくめた。

「どうして行かないことなんてできて? 母親に言いつける? 母親はあたしと兄貴をぶってたのよ、もし言いつけてたりしたら……」彼女は手を振った。「そう、まず殴り殺されてたかもね」

オレーシャ・イヴァンナの兄のキリルは、不愛想な人間で、酒も飲まず結婚もせず、村の反対側のはずれに暮らし、駅で技師として働いていた。数年前、オレーシャの義父がオレデシュ川のぬかるんだ岸辺の古い歩道橋の下で——川幅は広いが流れはゆるやかな場所で見つかった時、まるでキリルが彼を溺れさせたように言われていた。だが地元の予審判事は、溺死人の恐ろしい顔を見て、捜査の必要はない旨を述べた。飲み過ぎた男が用を足そうと川へ降りて行って、足を滑らせ、立ち上がることができなかった——そうしてとうとう嫌な臭いのする軟泥のぬかるみで窒息してしまったのだろう、と。オレーシャと付き合った男たちは火のようにキリルを恐れ、もし何かあっても、自分のことを兄貴には言いつけないでくれと頼んでいた。オレーシャも心の奥底で義父の死についての噂を信じていたから、一度も男のことを言いつけたことはなかったし、時たま兄が店を訪れて調子はどうかと訊ねようものなら、万事順調で生活も穏やかだとだけ答えていた。お客は相変わらずライ麦のパンとマカロニを買っていくけど、二キロのプリャーニクは店ざらしで干からびはじめたから、丸ごと捨てるはめになりそう、といった具合に。キリルは黒い口ひげでフンと言い、探るようなまなざしで妹を見たが、それ以上しつこく聞き出すことはせず帰って行った。

最後に二人が腹を割って話をしたのは母親の葬儀の時だったが、それも普通の会話には至らず、オレーシャは、自分がぶち壊してしまったのだと後で自らを責めた。あの時参列者は少なかった。生前母親は村の誰とも付き合いがなかったし、まして夫の死後は、家に引きこもって子供たちの仕送りで暮らしながらひたすら酒を飲んでいたからだ。結局そのまま死んだ——静かに、眠ったきり目を覚ますことなく。葬儀は余計な騒ぎもなく行われた。オレーシャが覚えているのはただ、空がどんよりしていて細かな雨がぽつぽつ降っていたことだけだ。棺が墓に収められると、村の男たちは棺を埋めるべくスコップを振るいはじめた。オレーシャは一歩引いたところにいた——母親が地面に葬られるのを見たくはなかった。キリルも少し離れたところに立っていた。ポケットから〈ベラモール〉を取り出し、口に咥えると妹の方へ近寄ってきた。二人はしばらくの間黙っていた。ややあって、キリルは火のついていないタバコを口の端からもう一方の端へ咥え直すと、細めた目で妹を横目に見て、言った。

「なあ、オレーシカ……早く嫁へ行ったらどうだ。お前にはまともな男が必要なんだ」

「まともな男なんてどこで見つけるの?」オレーシャはうす笑いを浮かべた。「言い寄ってくる連中はいるけど、あいつらからは何も期待できないし……」

兄は顔をしかめると拳を握りしめた。オレーシャは、隙間風が吹き込むような寒気が背中に沿って首筋に走ったのを感じた。

「だからだよ。そのヤギどもからお前を守ってくれるまともな男が要る」

「だって兄さんがいるもの」オレーシャはそう言った後で言葉に詰まった。目の前で、頭を傾けひそめた眉の下からこちらを見ながら立っているキリルは、他人のようだった。その時だった。自分の腕が意思をすり抜けたかのように兄の方へ伸び、そっと触れた後で、兄の肩をつかんだのをオレーシャは見た。そして彼女は、自分の声なのだろうが、どこか遠くから響いてきたような声を聞いた。「キーリャ、教えて、あれは兄さんがあいつを……」

キリルは身震いすると肩からオレーシャの手を外し、地面にぺっとタバコを吐き捨てた。

「気でも狂ったか! 何を言い出すんだ?」

「でも、……」オレーシャは顔が真っ赤になるのを感じた。「誰にも言わない、もしそうなら、キーリャ、誰にも……」

「バカめ！」意地悪い声でキリルは繰り返した。「まだお袋の葬式の最中だってことを思い出せ……」

「でも、あたし……」オレーシャは曖昧に言いかけたが、もう兄は彼女に背を向け、ポケットに手を突っ込んで向こうへ歩き出していた。その後長い間兄はやって来なかった。たとえ往来で妹に会っても顔をそむけるのだった。ある日オレーシャは自分が兄の方へ出向いて行こうと決めた。仲直りするにせよ（喧嘩したかも疑わしければ、どう仲直りすればいいのか定かではなかったが）、再び兄に重苦しく無愛想な目で見られるにせよ、しまいにはふびんに思って許してくれるかもしれないと考えたのだ。だが彼女が仕事の後で村の反対側のはずれの兄の家にたどり着いた時――家は、兄が家族と住むことを見越して建てたので、平屋とはいえ大きく、まだしっかりしていた。結局兄は家族をつくらず、とうとうすべてにあきらめをつけて、家のことも放棄してしまった――ドアをノックしても、誰も答えなかった。

『きっと、まだ駅にいるんだ』胸の中で何かが騒ぎはじめたのを感じつつも、オレーシャはそう考えた。

彼女はマニキュアをした爪で、三角屋根を支えている粗雑にかんな掛けされた支柱をいじり、目につくところに板が積み上げられている荒れ果てた庭を空虚な思いで眺めながら、しばらく玄関ポーチに座っていた。一昨年の夏キリルは道具類をしまっておくための納屋を増設しようとした。板材は運んできたが、結局納屋の建設には手をつけず、板は用を失って放置され、もう腐りはじめていた。雨模様の日が続く間に板にひょろひょろしたピンク色のキノコが生えてきた。子供たちが「めそめそ」と呼んで指で割って遊ぶのを好むキノコだ。キノコを触ると、鼻水そっくりの、ただし頬紅や口紅のように鮮やかなピンク色をしたねばつきが手に残るのだった。レンカ・カマローヴァはこのねばねばを唇に塗ってみたことがあると言っていた。とても苦く、その後半日の間つばを吐き続けるはめになったそうだ。この話を聞いたオレーシャ・イヴァンナはカマローヴァの姉妹に自分の使いさしの化粧品を分け与えてやるようになった。二人は時おり店が閉まる頃合いを見計らって駆け込んできては、化粧の仕方を教えてほしいと頼んだりしていた。誰もいなければ、オレーシャは店のカウンターに小さな鏡を置いて、遠くから見た時に片方がもう片方より大きく見えたりしないように均等に頬紅をつける仕方や、マスカラがだまにならないようコームでとかす仕方を教えてやった。オレーシャ・イヴァンナは、下のカマローヴァの方が姉よりも化粧に興味を示して、ひっきりなしに、自分が町へ移ったら誰も村生まれだなんて気づかないね、と繰り返していたことを思い出して、うすく笑いを浮かべた。

板材の一枚を、長い触角のある甲虫がせっせと這い回っていた。住み着くことができるかどうか、雨でじっとりと湿った木や、日ざしで乾いてひび割れた木を確かめているらしい。オレーシャはため息をつくともう何度か支柱をいじり、いっそうしっかりと大きな花模様のプラトークにくるまった。キリルはなんて立派な男だろう——何でもできて頭もしっかりしているし、飲まないし、顔も良い（彼女はしばらく考えた後で、そこまでハンサムではないかもしれないが、村の大半の男よりはましだし、それに肝心なのは顔ではないと結論した）、それなのに独りで暮らし、家は次第にがたがきて、この通り庭の板材もいたずらに腐っている。もったいない。

夕方が近づき、寒くなってきた。とうとうオレーシャは決心して立ち上がり、裾を軽く払うと、さほど期待もせずドアを押してみた。ドアは思いがけず開き、家の奥からむっとした臭いが漂ってきた。

台所の床でオレーシャは兄を見つけた。兄はうつぶせに横たわっていたが、顔は横を向いていたので、長い間寝て鼻が押しつぶれた顔の半分が見えた。一瞬オレーシャ・イヴァンナはキリルが死んでいるものと思い肝を冷やしたが、兄の半ば開いた口からはかすれたかすかな呼吸が聞こえていた。醜く突き出した濡れた下唇を、光る灰青色のハエが這っていた。オレーシャ・イヴァンナが最初にしたのはハエを追い払うことだった。それからこもった空気を少しでも逃がすために台所の全部の窓を開けた。歪んだラベルの貼られた何本かの瓶が壁のそばに並べられていた。オレーシャは瓶を眺めた。兄はどこでこんなバカげた品を手に入れられたのだろう、駅の「デパート」だろうかと通りざまに考え、それから手洗い器のそばに落ちていた雑巾を取ると、濡らして、まず台所の床を、次いで廊下を拭いた。寝室を覗いてみた——誰も使っていないようにがらんとしていて、壁際に扉が半開きの洋服ダンスがあるだけだった。別の壁際には分厚いチェック柄の肩掛けに覆われた古いソファーがくっつけて置いてあった。オレーシャは肩掛けを取り上げてポーチへ出て行き、そこで埃を払った。元あったように寝室に持って行くつもりだったが、キリルが寝ている台所へ戻ると、兄を肩掛けでくるみ、夜の間に隙間風が入り込まないように端を脇腹の下に押し込んだ。彼女がせかせかと動き回っている間、キリルは目を覚ましもしなければぴくりとさえ動かなかったが、一度だけ重苦しく息をついた。オレーシャ・イヴァンナは兄の肩を撫でた。と、締めつけられるようなかわいそうさに喉が突然ぎゅっとなり、目がひりひりしはじめ、熱い涙が頬を流れた。彼女は鼻をぐすぐすいわせると手の甲で顔をぬぐった。

「なんでこんなことしたのよ、キーリャ……兄さんは飲まないじゃない……」彼女は兄のジプシーのように強い髪に指を滑らせ、べとつく汗に濡れた額に触れた。「キーリャ、納屋を建ててしまえばよかったのに。板が、ほら、庭でもうすぐすっかりだめになっちゃう……。兄さんは良い人じゃない、なんでもできるじゃない、結婚すればいいのに、そしたらあたし奥さんと仲良くして、奥さんを助ける……。あたしに結婚しろって言ったでしょう、でも自分こそ……そうよ、兄さんなら村のどんな女だって飛びつくわよ。兄さんさえその気になれば……」

兄は黙っていた。オレーシャは、兄が黙っているのはひどく酔って眠っているからだと頭では理解していたが、気持ちでは、兄は全部聞いていて、理解もしているのに、彼女に怒っているせいでわざと黙っているような気がしていた。彼女に腹を立てているから天涯孤独のように一人で暮らし、家族をつくらず、納屋さえ建て終えないでいる、これも同じように彼女を責めるため、村の連中に見せつけてやるためのような気がした。

「あたし、キーリャ、行かなきゃ……」腹立たしげに彼女は言った。「明日も仕事だもの。こんなことしてたら、兄さんはクビになるわよ。後の祭りよ」

それでも兄は黙っていたし、いっそう絶望的になったようにさえ思われた。

「行くわね、キーリャ」オレーシャは繰り返して言い、それからつけ足した。「ここへはもう来ないわ。その気になったら、自分で来ることね」

「いいわ、ターニャ。もう行くから」オレーシャ・イヴァンナは指の中でスカーフの端を丸めると、もうこれは埃だらけだから洗わなくちゃ、と考えた。「ピロシキごちそうさま」

「よかったら、少し持って行かない？」タチヤナはどきどきして言った。「今朝焼いたばかりだから、出来立てよ」

そんなに急ぐことはないのだし、オレーシャがもう少し、せめて夕方まででも一緒にいてくれたら嬉しい、と言いたかったのだが、うまい言葉が出てこなかった。タチヤナは例によって、家にセルギイがいないことを悔やんだ。

「セリョージャがお勤めからお腹をすかして帰ってきたらどうするの？」オレーシャは笑わないでおこうとしたが、唇の端が上にわずかに上がってしまった。「オレーシカが来てピロシキを食べ尽くしていったって？」

「オレーシャ・イヴァーノヴナ、なんでそんな風に？あなたのことをそんな風に言ったりしないわ……」タチヤナはもごもご言い、オレーシャ・イヴァンナはもうこらえきれずにぷっと吹き出すと、手で口を覆った。タチヤナは戸惑ったように彼女を見つめ、自分もおずおずと笑いはじめた。

「やめてよ、ターニャ！」オレーシャ・イヴァンナはテーブルからペーパーナプキンを取ると、マスカラを落としてしまわないように注意しながら、思いがけず目に浮かんだ涙をぬぐった。「冗談よ！」

タチヤナは黙り込んだ。オレーシャは自分のことが好きではないのだ、自分のことを笑っているのだという気がした。それなのに自分のところへ生活の愚痴をこぼしに来ては、助言を求めるのはほかに誰も適当な相手がいないからだ――もっとも駅の向こうにはオレーシャの女友達のリザヴェータ・イヴァーノヴナ、短く言えばリューシャが住んでいた。これは過酸化水素で灼けたような明るい髪の（村では陰で「フィンランド女」と呼ばれていた）、活発な若い女で、オレーシャ・イヴァンナはいつだか、リューシャと付き合っているのは、二人で一緒にいると男と知り合うのにもっと具合がいいからに過ぎない、と言った。フィンランド女のリューシャとジプシー的美人のオレーシャは人目をひき――奇しくも同じイヴァーノヴナの二人は、望むと望まざるとに関わらず記憶に、後では心の中に残るのだった。何年か前にオレーシャとリューシャがある別荘族の男に同時に一目ぼれした時、リューシャはオレーシャに譲った。譲ったものの、それから長い間、つまり男が町の持ち家に帰り、一夏のアバンチュールのことを思い出すのも忘れた頃になるまで、駅を越えてオレーシャのところへ顔を出さなかった。

それが不意に何事もなかったかのようにツルコケモモのパスチラ*の箱を手に店へやって来た。そして閉店した後夜遅くまでお茶を飲みながらオレーシャと話していた。それでもオレーシャ・イヴァンナの方はいざという時リューシャのところへは行かないのだった――おそらくは、あの時に男を譲ったのが自分ではなかったために。あるいはタチヤナの知らない何か別のことが理由で。

「さあ、ターニャ、本当に行くわ……長居しちゃったもの。ありがとね。もし怒らせたのならごめんなさい」

「何を言うの、オレーシャ・イヴァーノヴナ。怒ったりなんかしていないわ、誓って！」自分の声に偽りの響きがあるようにタチヤナは感じた。そして、折悪しく思い出された――ある日練乳を買いに店へ行った時、いつものカウンターにオレーシャを見出さなかったので、呼びつける代わりにカウンターの後ろへ回ってそっと「倉庫」のドアを押し開いた。狭くて埃っぽい、夏の日の光があふれる部屋の中で、オレーシャ・イヴァンナとヤーコフ・ロマーヌィチを見た。ヤーコフ・ロマーヌィチはタチヤナに対して横向きに立っていたが、それでもすぐに、オレーシャよりはるかに年上で、頭髪がほとんど残っていないヤーコフの姿が目に飛び込んできて、そのことでタチヤナはいっそう恥ずかしくなった。乱れた暗い巻き毛と大気中にちらつく埃に囲まれた驚きの顔が彼女の方を向いた。その時タチヤナは慌ててドアを閉めた。オレーシャはその後一度もこの出来事をタチヤナに思い出させようなどとはしなかったし、全体に、何事もなかったかのように振る舞っていた。

「本当に？」ためらうタチヤナを見て、やっぱり今日は余計なことをしゃべりすぎたと思いながら、オレーシャはまた聞いた。

「まあ、本当よ、本当に！」タチヤナは手を打ち合わせた。「何を言い出すの？」

「それならいいわ。おたくのセリョージャにあたしから、ってキスしておいて」オレーシャ・イヴァンナがタチヤナにウィンクをすると、こちらはすっかり途方に暮れてしまった。「ババアたちを脅かすために、そのうち教会のお勤めに赤いスカートで行くからね、って言ってね」

「また、何を言うの、オレーシャ・イヴァーノヴナ……」

「本気よ、いいかげんなことは言わないわ。あたしが誰かを騙したことがあって？」オレーシャは大声で笑った。

「あの赤いスカートにアイロンかけて、丈をもっと短くして行くわ、ざまあみろってね！」

彼女が出て行った後も、タチヤナは庇を支える蔓に覆われた柱にもたれてしばらくポーチにたたずんでいた。いつもオレーシャ・イヴァンナと話をしたり、それどころか彼女のことを考えたりするだけで、『彼女の魂の平穏は恐慌に陥った』――セリョージャならきっとそんな風な言い方をして、適した祈りを唱えるようにすすめただろう。タチヤナはため息をつくと、何かから身を守ろうとするかのように胸の前で腕を組んだ。村の噂話を聞かないでおこうと努めていても、オレーシャ・イヴァンナが流産したという話は彼女の耳まで届いていた――それも何度も、と。ただ村の女たち老婆たちは、流産なんかしていない、あれはオレーシャ・イヴァンナが同情を買うためについた真っ赤な嘘だともつけ加えていた。本当はオレーシャがトスノかガッチナに行って子供を堕ろしたんだ。一度や二度のことじゃない。健康な女がバカさゆえに最初の子を堕胎する、そうしたら一巻の終わりで、次に子供が欲しいと思ってももう授からない。神はそうやって罰を与えるのだが、オレーシャにはどこ吹く風だ。家の前の小道を猫が歩いてきて、タチヤナのすぐ前に陣取ると、緑色のまん丸な目を上目につかいながらミャアミャア鳴きはじめた。撫でてくれるの？　それとも呼んでない？　この子がまだ子猫だった時、タチヤナはセルギイの反対をおして獣医に連れて行き避妊手術をした――子猫が生まれて、村の誰かに分けようにもうどの家にも二、三匹ずつ猫がいたし、のら猫に至っては数え切れないほどだったから、ならばと殺すはめにならずにすむように。

「ごめんね、ムルカ」相変わらず自分を見上げてくる猫にタチヤナは言った。すると猫は呼ばれたものと決めて鳴くのを止めると走り出し、ポーチの階段をよじ登ってタチヤナの足にまとわりついた。

「おバカさんね」タチヤナは屈んで猫の耳をくすぐった。ムルカはトラクターのようにごろごろ言いはじめた。

「口がきけないものね」

外は暑く、道のわきに茂っているゴボウの上で大気が波うち、細かく震えているように感じられた。オレーシャ・イヴァンナはけだるい動きで首のスカーフをはずした。少しだけ太いことをのぞけば、くっきりとした鎖骨

＊　マシュマロに似た菓子。

のくぼみのある彼女の首は白く美しかった。一昨年の夏に付き合った別荘族の男の一人が、彼女の首はロシア美術館にあるエカテリーナ二世の肖像画の首みたいだと言ったことがあった。そして彼女の首筋を指先で優しく撫でた（ヤーコフ・ロマーヌィチはそんなことは決してしなかった）。オレーシャ・イヴァンナは村の郷土博物館を除いて美術館へは行ったこともなかったが、自分のどこかがエカテリーナ二世に似ているのだと思うのは気分が良かった。女帝は若い頃全ロシアにその美貌で知られたとどこかで読んだことがあった。タチヤナはオレーシャの店から遠く離れたところに住んでいたので、知り合いにはほとんど会わなかった。オレーシャ・イヴァンナは家に挟まれた狭い道を、かすかに頭を後ろに反らせ、目を半ば閉じたままゆっくりと歩いて行った。

なんだかんだ言っても町に暮らすよりここの方がいい。静かだし、道のわきには花々が揺れているし、マルハナバチがブンブンいっている。ぴかぴかのハナムグリがニワトコの花粉をせっせと白い花粉籠に集めている。オレーシャ・イヴァンナはニワトコの茂みのそばで立ち止まると、青と緑色に輝くハナムグリを少しの間見つめ、それからそっと指先を伸ばした。ハナムグリは腹を立てたようにぶーんと唸りはじめ、さやばねを広げると透明な赤味がかった羽で飛び上がり、大儀そうに別の花へ飛び移った。

「バカね」あざけるように彼女は言った。「ちょっと触ろうとしただけなのに」

ハナムグリになれたらいい。きれいでぴかぴかで、花から花へ飛び移り甘い蜜を飲んで、誰のことも気にしないのだ。オレーシャはいつか町の男に――彼女をエカテリーナ二世に似ているといったのとは別の男に聞いたことがある。ハナムグリの性別はどうなっているのかしら。こんなに派手できらきらしているからメス？ それともオス？ 町の男は（彼女がその男のことで覚えているのは、男のとても滑稽な眼鏡と、短く刈り込んだ顎ひげだけだった）大声で笑うと、実際のところ甲虫類はオスもメスも同じ、皆同じ顔つきなんだと答えた。オレーシャはその時、この男はバカで、ひげを生やしているのも賢く見られたいからだと思った。だって自然界で皆同じ顔に作られていることなんてありえない。

彼女は両手を頭の後ろに回すと伸びをした。村はいいのはいい、とはいえやっぱり夏は短く、夏の後ではいつも九月の雨、悪くすると八月の半ばにもう雨が降る。そして村は灰色に退屈になり、別荘族は徐々に各地へ散っていき、店に顔を出すのはウォッカか〈ベラモール〉を買いに来る男どもだけになるだろう。女の連中は、買い物に来るというよりはおしゃべりをしに来るようなものだ。町に出て自分を見捨てた子供や孫のことを二十分ほどもこぼすくせに、買うといったら二ルーブル分くらいが関の山だ。もっともこちらも、プリャーニクは干からびているし、パンは昨日のだし、肉の缶詰は古いといった有り様なのだが（あの肉の缶詰といったら！ 探検隊が極地に持って行くやつだ）。そんな具合に五月の末まで村の連中と過ごさなければならないことを考えると、オレデシュ川に身を投げたくなる。

「よう、オレーシャ！ 久しぶりじゃねえか！」

オレーシャ・イヴァンナはびくりとした。ペンキの染みだらけの麻ズボンのポケットに手を突っ込んだヤーコフ・ロマーヌィチが、彼女の方へ歩いてきた。歯に草を咥えていた。オレーシャはそれを見て、若く見られたくてやっているんだと意地悪く考えた。ポケットに手を突っ込もうが、草を咥えようが、その顔もハゲも、ほかのことも隠れやしない。ヤーコフ・ロマーヌィチはゆっくりと彼女に近寄ると、あたりを見回した――誰もいないだろうな？――オレーシャの腰を軽く抱え、頬に鼻を押しあてた。そのために咥えている草が半分に押し曲がった。彼から、紙巻きタバコとあまり洗っていない体の臭いが混じった、酸っぱいような嫌な臭いが漂ってきた。

「バカね、ヤーコフ・ロマーヌィチ」オレーシャ・イヴァンナはそう言うと彼を押しのけた。「治る見込みのないバカ」

「今日はやけに威勢がいいじゃないか？」ヤーコフ・ロマーヌィチは驚いたように言うと彼女にキスをしようとした。だがオレーシャが顔をそむけたので、愚かしく空中で唇をぴちゃぴちゃ言わせるだけに終わった。「どうしたんだよ、え？」

「おたくのマーシャが知ったら、髪の毛を全部抜かれちゃうもの」オレーシャ・イヴァンナはようやく彼の腕から逃れると、一歩後ろへ下がった。「あんたには、ヤーコフ・ロマーヌィチ、どうでもいいことでしょうけど」

「マーシカの奴がなんだってんだよ……」彼は草を吐き捨てるとポケットから〈ベラモール〉の箱を取り出し、一本引き抜いて口に咥えた。「マーシカがお前をどうかするって？ なあに、あいつは気づきゃしねえ……」

「気づくわよ、気づかないはずないもの」オレーシャ・

イヴァンナはもう一歩後ろへ下がった。「彼女、ひょっとすると、あたしをオレデシュ川に沈めるかも。あんたとはもうだめよ……終りにしなきゃいけないの」

「ごちゃごちゃ言いやがる！」ヤーコフ・ロマーヌィチは腹を立てはじめた。「気づくだと！　沈めるだと！　あいつは怒鳴るくらいがせいぜいさ、うちのマーシカはな。母親はあいつが歌手になるもんだと思ってたが、あいつは製材所の料理女になった。歌の才能はどこへやったらいいってわけで、朝から晩まで怒鳴ってやがる。隣の家に怒鳴ったり、犬に怒鳴ったりな」

「あんたには？　ヤーコフ・ロマーヌィチ」

「そんなこと思いついてみろ！」ヤーコフ・ロマーヌィチはうす笑いを浮かべた。「夫を敬うってのはどういうことか、すぐあいつに教え込んでやる」

「で、あたしにも、教え込む気ね」挑戦的にオレーシャ・イヴァンナは訊ねた。「もし気に入らないことでもしたら」

「お前にも、必要ならそうするさ。どこぞの女王様でもあるまいしな」

オレーシャ・イヴァンナはひそめた眉の下から彼を見やった。ヤーコフ・ロマーヌィチの方こそ大した王子様でもないくせに、「教え込む」だなんて、その短い手でやれるものならやってみれば、と言いたかった。だが、相手が本当に殴るつもりになることを恐れて黙っていた。そしてまた無意識に腹部に触れた。もし彼の、ヤーコフ・ロマーヌィチの子なら、泥沼だ——どうにかして自分で片をつけなければならない、十五の小娘じゃないのだから。村では悪し様に言われるだろうが、言わせておけばいい。言いたいことをほざけばいい、あたしを見くびらない方がいい。

「なあ、オレーシャ……」ヤーコフ・ロマーヌィチは彼女の肩をつかむと軽く揺さぶった。「どうしたんだよ、本当に？　マーシカは何も気づきゃしねえよ、それをお前は急に……そうだよ、気づくもんか……どこから気づくって……」

オレーシャ・イヴァンナは頑なに首を振った。

「彼女は奥さんなのよ……あの人には権利があるの。それにこれは罪なことだわ、ヤーコフ・ロマーノヴィチ」

「なんだそりゃ？」ヤーコフ・ロマーヌィチは事態を飲み込めぬ様子で見開いた目を彼女に注いでいたが、とうとう理解すると、吸わないままだったタバコを吐きだして拳の中でぐしゃぐしゃにした。くずが地面に捨てられ、はがれた紙が弱い風に持ち上げられてわきへ飛ばされ、アザミの棘にひっかかるのを、オレーシャは暗い気持ちで見ていた。

「罪なことだわ、ヤーコフ・ロマーヌィチ」彼女は頑固に繰り返した。「罪なのよ、それだけなのよ。終わりにしなければ」

「なん……罪だと、つまり……お前、神父の妻と話でもしたのか？」

オレーシャは黙っていた。

「なあ、オレーシカ、俺が恥ずかしいのか？　俺じゃ不足だとでも？」ヤーコフ・ロマーヌィチは意地悪く目を細めた。「言えよ、何ふくれっ面してやがる？」

オレーシャは唇を噛みしめ、答えなかった。ヤーコフ・ロマーヌィチは、もちろん、威勢のいいところを見せたいだけで、今折れてみせれば怒り出しもしないだろうし、すべてこれまで通りにいき、後でそのことを思い出しもしないだろうと分かっていた。しかしオレーシャは譲りたくなかった。同じことの繰り返しだからだ。男どもが愛しているのは聞き分けの良いオレーシャで、一言でも意に添わぬことを口にしようものなら、すぐ顔に拳骨が飛んで来るか、良くてもぽんと捨てられる——どこへなりと行っちまえ、オレーシャ・イヴァーノヴナ、お前さんだけが村の美人ってわけじゃないんだ。良い女はほかにもいる、もっと従順なのがな。別荘族たちは彼女にプレゼントを買ってくれた。もちろん大して良い物ではなかったが、オレーシャをエカテリーナ二世と比べたあの男は、ガーネットのついた銀のブレスレットとイヤリングをくれた。イヤリングも小さいながら銀で出来ていて、オレーシャにとてもよく似合った。目の前の男はせいぜい店へ来る道の途中で摘んだ花を、あるいは菓子の袋をもってくるだけだ。取りなよ、オレーシャ・イヴァンナ。お礼を聞かせてくれよ。そもそも、向こう岸に住んでいる彼が、こちら岸で何をしているのだろう。

「こんなところで何しているのよ？」意地悪くオレーシャは言った。「まさか自分もどこぞの神父の妻のところに通ってるとか？」

「そうだとして、何だよ？　お前に何の関係がある」ヤーコフ・ロマーヌィチは怒りをこめて答えた。「さんざん乗り回された女のくせに、生意気言いやがって……」

「今なんて言ったの？」

「聞こえただろ！」ヤーコフ・ロマーヌィチは急に本気でいきり立った。ことが白昼の往来で起こっていたのでなければ、とっくに愚かな女の髪を引っつかんで、自分の立場をわきまえて芝居がかったまねなどできなくなるように引き回してやるところだった。「神父の妻のところに行ったのか？　お前が俺に罪のことなんかぬかすのか⁉　お前こそ死ぬまで祈って許してもらうべきだろうが、ほざきやがる……」

オレーシャ・イヴァンナは自分の鼓動がますます早くなり、頬が紅潮していくのを感じ、顔をそむけると手のひらで顔を覆った。バカな中年男。あんたみたいなのに優しくしてやったなんて、あたしもバカだ。おまけに、あたしの方がずっと悪いみたいに言うじゃないか。人にだけは見られたくなかったが、誰かが曲がり角の向こうに姿を現してこちらへ歩いてくる。彼女は目を細めた。こんな天気に黒づくめの服を着ようなんて思いつくのは彼以外にあり得なかったから、どうやらセルギイ神父に違いなかった。きっと暑いだろう。大きな花模様のブラウスを着て、プラトークで頭を包んだ見知らぬ女の人がセルギイと一緒だった。慌てた風に何事か神父に話しかけていて、オレーシャの見たところ、彼女が袖のところをつかんでいるせいで、神父は横に頭を傾けて歩くはめになり、前をまったく見ていないようだった。

「お呼びでないのが来やがった！」ヤーコフ・ロマーヌィチは腹立たしげにつばを吐いた。「いつもそうだ、用もねえところへ……」

オレーシャ・イヴァンナはうす笑いを浮かべると、姿勢を正して手慣れたしぐさで髪を整え、そっぽを向いた。

「なんだよ、神父に美人に思われたいのか？」意地悪くヤーコフ・ロマーヌィチは聞くと、彼女の腕を取ろうとした。だがオレーシャは手を払うと肩越しに言った。

「あんたに関係ないでしょ、仮にそうだったとしても……」

ヤーコフ・ロマーヌィチは不意に彼女の手首をきつくつかんだ。オレーシャは危うく悲鳴をあげかけたが、堪えて噛みしめた歯の間からぼそぼそ言った。

「離して……人前で恥をかかせないで」

「かかせるね、もちろん……」

「いいかげんにしてよ！　もううんざりなんだから！」

さきほどオレーシャが脅かしてしまった虫が戻って来たのか、新しいのが飛んできたのか、ハナムグリが重たそうにニワトコの花に落っこちた。真夏にかけてこの虫はたくさん飛んでいるので、子供たちは捕まえてマッチ箱に閉じ込める。子供の頃オレーシャも一度甲虫をマッチ箱に閉じ込めたことがある。オレーシャは、虫が自分の手元で、マッチ箱の中で生き続けてほしくて、細かく刻んだ野菜と、焼き菓子のくずと、砂糖水を食べさせようとした。だが虫はどれにも手をつけず数日後に死んだ。オレーシャは虫をマッチ箱に入れたまま菜園のはずれに埋めた。今となっては、自分はあの時泣いたのか泣かなかったのか思い出せない。たぶん、全然泣かなかったのかもしれない。今は泣き出したかった——だが涙は出なかった。怒りだけが、うっかりしてパンの柔らかいところを丸呑みした時のように、喉元をふさいでいた。

「離してって言ってるでしょ……人に見られるわ」

ヤーコフ・ロマーヌィチは何か答えようとしたが、自分でもやり過ぎに気づいて、手を離した。彼女は手首をさすった。大したことない、大事なのはあざが残らないようにすることだ。帰ったらキャベツの外葉で湿布を作らなくちゃ。だが今すぐ立ち去ることはできなかった。後戻りはできないし、わきへ逸れてもゆけない——古い橋まで続く一本道で、その上セルギイ神父がもうこちらに気がついて手を振っていた。オレーシャ・イヴァンナは、ヤーコフ・ロマーヌィチが自分の後をのろのろとついてくるのを背中で感じながら、ゆっくりと神父の方へ歩いて行った。

「神父さん、こんにちは！　今日はなんだか早いのね……」

見知らぬ女性はちらりと敵意あるまなざしをオレーシャに、次いでヤーコフに向けると、ようやく気づかれるくらいのうす笑いを浮かべた。『ばれてるんだ、みんな知ってるんだ……』オレーシャの頭の中でそんな考えがひらめいた。今となっては、穴があったら入りたかった。もっと良いのは、タンポポの綿毛のように身軽になって、地面から飛び上がり飛んでいくことだ——どこまでも遠くへ、風が運んでいくままに野原の上を、森の上を飛んでいくのだ。周囲であらゆる虫や鳥が鳴きたてる、太陽はその光で熱い震える大気を切り裂く。皆自分を見て口をぽかんと開けたまま立ち尽くしている——後になって、自分たちの元からオレーシャ・イヴァーノヴナが飛び去ってしまったことを惜しがってくれるかもしれない。穀類やタバコをつけで売ってくれる人がもういなくなったから。彼女は見知らぬ女を見ると同じようにうす笑いを浮かべた。花柄のプラトークで頭を包んでおとなしそうに見せていても、全部分かってるんだから。あんただってあたしと変わらない、あんただってヤーコフみたいなのと不倫してるんじゃないの？　女は彼女の考えが聞こえたかのように、顔をしかめると目を伏せた。

「今日は晩祷がないからね」セルギイはヤーコフが伸ばした手を取ると困ったように指で額をぬぐった。まるでお勤めがないのは都合が良くないかのようだった。「だから今家へ帰るところさ……良ければお茶を飲みに来るかい？」オレーシャが、たった今タチヤナのところから帰ってきたのだと言い出すよりも早く、早口につけ加えた。「ヤーコフ・ロマーノヴィチには、きっと用がおありだろうけれど、あなたは寄って行ってくださいよ、オレーシャ・イヴァーノヴナ。タニューシャと女性の語らいをね、私と話しても面白くないだろうし……」

　最後の方を彼はまったくむにゃむにゃと言って、また指で額をぬぐった。カマローヴァ家の姉妹はいつぞやオレーシャ・イヴァンナに、セルギイ神父は子供たちにやるために〈クルフカ〉を持ち歩いているのだと言っていた。

「テレビでも買ってやればいいのだけど」オレーシャ・イヴァンナがためらったのを見てセルギイは言い足した。「夜に縫物をする間、ドラマでも見られればね……でもどういうわけかお金が貯まらなくてね。あちこちに入用なもので。そういうわけで、私が苦しんでいる人を自分なりに慰めている間一人っきりで座っているんだ。だから、寄って行くかね？」

「もちろん、神父さん、喜んで……行くに決まってるでしょ？」

「よかった！」セルギイは目に見えて喜んだ。「あなたは、スヴェトラーナ・イリィニーチナ」信者の方へ向き直った。「ロマン神父に、コケモモとクロウベリーが生りはじめたら、タニューシャが神父のためにジャムを作りますから、と伝えてください。くれぐれもよろしく、近いうちにお別れの挨拶をしに必ず参ります、とね」

「伝えますよ、神父さま！」女はうなずくと、もう一度横目にオレーシャ・イヴァンナを見て、それから低くセルギイにお辞儀をした。「私に御赦しを、神父様。それに祝福を」


　夕方、空はタールを塗りつけたように黒くなりはじめ、ちらちらする星の斑点に覆われた。オレーシャ・イヴァンナは窓のそばへ椅子を近づけると少し開いた。と、部屋の中に濃い花の香りが流れ込んだ。誰のためにこの花たちは夜の間だけ香りを漂わせるのだろう？　彼女はいい香りのする空気を深く吸い込み、それからテーブルの上に置いてある丸い小さな鏡に向き直ると、濡らした布巾でそっと化粧を落としにかかった。きっと、あの花は単に自分のために香っているのだろう、男のいない女でも、自分自身のために身ぎれいにして、マスカラを塗り、口紅をつけ、もっと高いヒールの靴を選ぶことがあるように。そうするおかげで、寒くて雨がしとついていてさえ、世界が感じよく思えるのだ。彼女は鏡に映った自分の姿をじっと見つめた。目の周りに黒いマスカラが染みつき、頬では濡れたお白粉が痕をつくっていた。もし今ヤーコフ・ロマーヌィチが自分を見たらぎょっとするだろう。セルギイ神父なら、驚きはしないで、こんな汚らしい自分にも優しい言葉をかけるかもしれない。良い人だ、セルギイ神父は。タチヤナも良い人だ。二人に子供がいないのだけが不思議だった。子供は愛から生まれると言われているのに。もし愛から生まれたなら、その子は生涯幸せに暮らすのだ。オレーシャ・イヴァンナは布を振って裏側にたたむと頬をぬぐった。そういうことなら、カマローヴァ家にはさぞや大きな愛があるのだろう、上の子たちはもう村じゅうぶらついているし、じきに男の子と遊ぶことも覚える――と、また愛が始まるわけだ。気の毒な子たち。皆かわいそうだ。でも自分のことがいっそうかわいそうだった。飛んで行ってしまえたらいいのに、本当に。それかテレビのあのマリアンナみたいに、百万長者のルイス・アルベルトと結婚できたらいい。*ただ口ひげのある男は好きじゃないから、アルベルトはひげがないほうがいいけど。彼があたしをメキシコかアルゼンチンのどこかへ、いつもあったかくて、海とヤシの木があるところへ連れ去ってくれる。それかカリフォルニアへ。もうこんな不潔さを、組合のバカげた売店を、あのヤーコフ・ロマーヌィチを見ないですむのなら、どんな条件でも呑もう。ヤーコフ・ロマーヌィチは、ところで、ひげを生やしている――まばらでこわい口ひげだ。オレーシャ・イヴァンナが剃ってほしいとどれだけ頼んでも、決して剃ろうとしない。

「きっと、そんな愛なんてないのよ」オレーシャ・イヴァンナは鏡に映る自分に言った。「だから幸せなんてものもない。皆がそう言ってるだけ」

＊　一九七九年にメキシコで制作されたテレノベラ（原題：Los ricos también lloran）の登場人物。一九九一年から一九九二年にソヴィエト連邦で放映され、大変な成功を収め、大衆文化に大きな影響を与えた。

窓の向こうで穏やかな濃い闇が彼女に応えていた。セルギイ神父にからんでいたあの女は、スサニノから来たのだ——スサニノにはすっかり年老いたロマン神父がいた。十年前にタチヤナとセルギイの結婚式を挙げた神父で、それ以来セルギイは彼に強い愛着を覚え、仕事の都合が許せば彼の元を訪れてもいた。オレーシャはロマン神父に会ったことは一度もなかったが、彼の話はよく聞いていた。魂の癒しと肉体の治療、正教会の聖職者と田舎のまじない治療師をごちゃまぜにしている村の女たちは、ロマン神父がリューマチを手当てで治しできものを祈祷で治したようなことまで言っていた。ともかく、ロマン神父が善良で物事に精通した人物であることはこれらのことから明らかだった。それに、時とともにこの村のセルギイも、きっとロマン神父のようになり、やることなすこと噂のたねにされるようになり、当人はこうした噂をどうしたものやら分からないだろう、ということも明らかだった。匙を投げるよりほかない——言いたいことを言わせておこう、判断は神がなされる。オレーシャは鏡にぐっと屈み込んだので、彼女の呼気で、端に少しひびの入った鏡が丸く曇った。彼女は丁寧にまつ毛からマスカラのだまを取った。明日はまた店に出て、カウンターの後ろに立ち、クッキーを余分に二〇〇グラム買うように村の女たちを説得し、ピョートルが〈ガゼリ〉で品物を運んできて、裏口のドアを鳴らしはしないかと待ち望んでいなければならない。ピョートルはハンサムだ、ヤーコフ・ロマーヌィチとはわけが違う。ヤーコフ・ロマーヌィチが重荷だった——今となっては逃げ出すのも難しくなっている。それに女房も、彼より悪いわけではないにしても、悪党だ。オレーシャ・イヴァンナは瞼を閉じて布巾で拭いた。店にいるのは退屈で哀しい。縞模様の猫のアリョーシカはいるけれど、腕に飛び乗って来てちょっとの間甘えた後は一日じゅうどこかに姿を消してしまい、戻ってくるのはようやく店じまいになって、スプーン一杯のスメタナをもらえる時になってからだ。そうして来る日も来る日も続く、この日々には終わりがない、オレーシャ・イヴァンナが老け込んで、村の老婆の一人になり、はきつぶした靴をはいて夕方には灰色の毛足の長いショールにくるまるようになるまでは。自分の人生にはメキシコもアルゼンチンも、ましてカリフォルニアもないのだろう。

「痛っ」彼女はうっかり布巾の端を目に入れてしまった。

「何してくれるのよ……」

通りから女の笑い声が聞こえてきた。男の声がそれに応えた。

「どうだい、ナージ、明日来るだろ？」

「行くわ」女の声は呼吸が乱れていた。まだ笑いがおさまっていないらしい。「どこへ行けばいいの？」

「クラブのところへ来いよ、分からないみたいな言い方して……」

「分かってるってば……」

村のクラブの後ろにライラックの生い茂る谷があり、若者たちは下へ転げ落ちるリスクもいとわずこの谷でよく抱き合っていた。オレーシャ・イヴァンナは鏡で自分の目を見ながら微笑んだ。目は少し赤くなっていたが、化粧は入らなかったようだ……この谷にはブヨが多く、茂みの枝は顔に刺さったり腕を引っ掻いたりして、居心地はまったく悪かった。

「ほんとに来るよな？」男の声。イリニフ、それともロゴージンのとこの子だろうか？　声では判断がつかない。

「行く、行くったら……なんでバカみたいに疑るの？」キス。少女がまた笑い出し、その後、手で口を覆ったらしい。

「じゃ、来いよ……待ってるから」

「そ、待ってて！　ワーニチカ」くすくす笑いはじめた。

ワーニチカ。ということはつまり、イリニフだ。あの子はろくな目に遭わないだろう——女ならだれでもいいオス犬だもの。二週間ほど前オレーシャ・イヴァンナは彼がプラットホームでどこかの少女と抱き合っているのを見た。もしかすると、あれが今谷に呼ばれているこの少女なのかもしれない。

「嘘じゃねえな？」

「嘘なんかつかないったら、しつこいんだから……疑り屋のおバカさん」

またキス。それから静かに枝がかさかさと音をたてた。去り際に塀のわきに生えている茂みをうっかりこすって行ったのだ。

オレーシャ・イヴァンナは振り返って、夜の間窓を閉めておくべきか考えた。だが、朝方涼しいように開けておくことにした。家から出て表を素晴らしく歩き回れるというだけでも、夏はいい。ただ寂しい……彼女は自分の陰気な顔を鏡に見ると、首を横へ傾げた。大丈夫よ、オレーシャ・イヴァーノヴナ。あなたはまだ若いし、楽しめることだってある。それにこの村の男だけが男じゃないわ。もしかしたら、村にやって来た百万長者に好かれるかもしれないし――お金持ちは物好きだから、退屈しのぎにこんなへんぴなところまで探検しにきたりするかもしれないもの。オレーシャ・イヴァンナは乱れた髪を直すと、鏡の中の自分に向かってうすく笑った。

4

翌朝サーニャの具合はもっと悪くなっていた。全身が熱くなり、ひゅうひゅう音をさせながら息をしていた。カマローヴァが呼んでも辛そうに頭を動かすだけで何も答えず、目さえ開けなかった。瞼が赤くなり、少し腫れて、黄色い目やにに覆われているのが見えた。「サーニチカ、どうしちゃったの……」カマローヴァは弟の額に手を滑らせると汗でくっついた髪をよけてやった。「具合が悪いの、そうでしょ？」

「カーチカ……」苦しそうにサーニャが息を吐いた。「カーチカ……水飲みたい……お水もってきて、……」

カマローヴァは台所から冷たい水を持ってきたが、サーニャはむせて咳き込みはじめ、水を全部毛布にこぼしてしまった。カマローヴァは口の中で罵った。昨夜飲んだウォッカのせいで喉がいがらっぽく、口の中は、腐った乾草でも食べたような嫌な味がしていた。レンカが部屋を覗いた。寝ぼけた顔つきのまま、髪の毛はくしゃくしゃで白い髪の房が四方に突き出していて、枯れたアザミに似て見えた。

「ねーえ、どう？」レンカは鼻をすすった。「サーニャ、どうなった？」

「どうもこうも、病気だよ……」

レンカは部屋に滑り込むと後ろ手にそっとドアを閉めてベッドの方へ近づいた。つま先立ってサーニャの顔を覗き込むと、静かに口笛を吹いた。

「母さんは？」カマローヴァは聞いた。

レンカは弟から目を離さないまま肩をすくめた。

「全然分かんない。昨日の夜出て行ったけど、どこに行くか言わなかったもん」ひひひと笑って、「きっと、恋人のとこだ」

「バカ」

「なんですぐバカって言うのー？　冗談も分かんないの？」

レンカの言う「冗談」は、もちろん、自分で思いついたのではなく、誰かの話を立ち聞きして覚えたのだった。

今や、母親に恋人がいるとどこでも言いふらしかねなかった。その上、その恋人の目は何色で、禿げているのか巻き毛なのか、仕事は何をしていてどこに住んでいるのか――セムリノかガッチナか、町から来ているのか、そういうこともあれこれ考えだすだろう。レンカのやりそうなことだ。そうして村では、七人も子供がいるくせに、と言われるようになる。マーシャは母親が綿入れ上着だけの裸の姿で村じゅうを走り回った時の、忘れかけていた記憶を思い出す……サーニャがもぞもぞして、小さくうめきはじめた。体内で何かが胸を圧迫していて、正常な呼吸をさせないかのようだった。

「いい、レンカ、准医のところへ行ってきて」

別の場合なら、母親の恋人の件でレンカと絶対に言い合いをしているところだったし、つかみ合いにまで至りかねなかったが、今カマローヴァは、重苦しい空気の中で、苦労して言葉を押し出しながら静かにそう言った。レンカは驚いたように何度かまばたきをすると、小さな声で反論した。

「自分で言ったじゃん、何もしてくれないって……なのに今行ってくるの？　それに今日月曜日だよ、診療所はやってないよ」

「行ってきて、って言ったでしょ！」カマローヴァは、自分の喉元で突然空気が尽きてしまい、言葉がべたべたしたものになって歯にまとわりつくような感じがした。

「家まで行って引っ張ってきて……うちのサーシャが死にかけてるって」

「サーニャ、死んじゃうの？」レンカは目を大きく見開いた。

カマローヴァは小さくきしむ音がするほど歯を食いしばった。

「死にかけてるって言って。分かった？」

レンカは返事の代わりに鼻を鳴らすと肩をすくめたが、さっと向きを変え、裸足で床板を鳴らしながら素早く出て行った。

「バタバタして」レンカの行った後に小さく言ってカマローヴァはサーニャの上に屈み込んだ。すっかり静かになり、ようやくかすかないびきが聞き取れるだけで、どうやっても抜け出せない悪い夢でも見ているかのように瞼がぴくぴく動いていた。白い肌のところどころが早くも日焼けで剥けはじめていた――カマローヴァ家の子供たちは皆日焼けに弱かったが、サーニャは特にそうだった――所かまわず、五、六個ずつも赤い発疹がくっきりと現れていた。カマローヴァは発疹のひとつを押してみた。昨日のように、発疹は一旦消えた後、また浮かび上がった。ひょっとして、発疹をいっぺんに押すか、マッチであぶれば消えるかもしれないと考えたが、サーニャをマッチで焼くのがかわいそうだったし、発疹を全部一度に押すとして、妹たちを呼んで手伝わせても絶対に押しもらすだろう。ひとつでももらせば、何の甲斐もなくなってしまう……。准医は何をすべきか考えて例の〈パラセタモール〉を処方するだろうが、もしかすると、この発疹にそれがちょうど効いて役に立つかもしれない。それにもしかしたら、〈パラセタモール〉はサーニャを治すために特別に作り出された薬なのかもしれない……カマローヴァは次々に浮かんでくるバカげた考えを追い払おうと頭を振った。立ち上がり、部屋に少しでも新鮮な空気を取り込むために窓を開けた。

「待っててね、サーニチカ、すぐだから……レンカが医者を連れてくるからね。〈パラセタモール〉をもらったらあっという間に良くなるから」

手のひらを窓台について身を乗り出した。青みがかった霧の中で森が揺れ動いていた。地面の上にはもう蒸気が上がりはじめていたとはいえ、まだ涼しかった。ということは、夕方近くにきっと雷雨になるだろう。カマローヴァは雷雨が好きだった。アーニカとスヴェートカが雷が光るたびにきゃあきゃあいって、どこかの隅へ逃げ込もうとするから、とりわけ好きだった。カマローヴァ家の家は一番はずれに建っていたので、家の向こうにはもう森と野原があるばかりだった。野原を突っ切ってミーヌィまでの道が通っていたが、通るのが困難な道でそこを行く人は少なかった——蚊とブヨの腹を満たしてやりながら、まともな道もない野っ原を何時間も歩きたがる物好きはそうはいない。と、カマローヴァは昨夜この道でセルギイ神父に出会ったことを思い出した。セルギイが良い人だとはいえ、神父と、まして葬式から帰ってきた神父と出くわすのは良くない徴だった。生きていた頃おばあちゃんはセルギイと出くわすといつも彼を罵っていた。いわく、なんだってこうあんたにぶつかるのかね。あんたと会った後はいつだって、井戸の桶が落っこちたり、お粥が焦げたり。なんで自分の居場所にじっとしていないのさ。家なり教会なりにいればいいのに、いつも表にいて、悪魔があんたを運んでくるんだ……。普段は物静かなセルギイ神父は腹を立てて、厳しい声で言いはじめるのだった。

「いいですか、マリヤ・フョードロヴナ……」

おばあちゃんは聖職者を怒らせたことに有頂天になって、両手を腰に当てて言い返していた。

「いいですとも、ご存知ですとも。マリヤ・フョードロヴナはもうじき七十歳だからね」

「迷信を信じるのは罪ですよ。もしあなたのお粥を焦がしたくないのなら、家を出る時忘れないよう、目印にプラトークの端を結んでおけばいい。* そうすれば聖職者に会おうが、あなたによれば私を運んでくるらしい悪魔に会おうが、なんの影響も受けずにすみますよ」

「ほら、また！」マリヤおばあちゃんは腹を立てた。「あたしはまだプラトークの端を結んだりしないよ！何かい、あたしがすっかりもうろくしたとでも？　プラトークの端なんぞ、自分のところのターニカに結ばせとくんだね！」

「井戸の桶はもっときつく結んでおいて、お粥は慎重に見てやればいいんです」セルギイはいっそう憤慨した。「読み書きのできる人が、恥を知ればよい！　ターニャはプラトークの端を結んだりなど決してしません、彼女はあなた方とちがってジンクスを信じていませんから！信仰心のある者にとってジンクスを信じるのはみだらなことです。それは迷信であって、信仰とは主なる神を信じることです。家に忘れものをして取りに戻ることになったら呪いで病気にかかると怖がって、敷居につばを吐いたり鏡を見たりする、邪眼や魔術を恐れる、これは迷信ですよ！　あなたは教育のある人じゃありませんか、分別をつけねば……」しまいには「信仰」と「迷信」と「教育」について脈絡もなくなった神父は、口をつぐみ非難に満ちたまなざしをマリヤにじっと注いだ。

「またそれだ！」こちらはおとなしくならなかった。「ほら、またあたしに恥をかかせる気だね！　あんたはまだそんなことのできた年じゃないよ！　分かった？　若造のくせに！」

「それはそうと、あなたですね」セルギイは不意に思い出した。「マリーナ・セルゲーエヴナの猫に油性塗料で白い斑点を描くように孫たちに教え込んだのは。マリーナ・セルゲーエヴナは猫の毛を刈るはめになったんですよ！　こんなことになって胸が痛まないのですか？」

「よく考えて物を言うんだね！」マリヤはいきり立っ

＊　プラトークの端に小さな結び目を作っておくと何かを忘れないという民間の言い伝え、およびそれに由来する言い回し。

た。「あれはジェーニカのバカが子供らに教え込んだんだ、あたしはまだそんなバカをしたりしないよ！　マリーナのやくざ猫はしょっちゅう道路を横切ろうとしたり足元に飛び出そうとしてる、あんたそっくりにね！　自分の教会に座り込んで神に祈ってればいいものをさ！」

「いいですか、ねえ、マリヤ・フョードロヴナ……」

「いいですとも、ご存知ですよ。あんたこそ聖衣を塗料で塗るべきだね、あの猫みたいにね、お前さんから害がうつらないように！」

そろそろと細い脚を動かしながら、窓枠を伝ってニワオニグモが上へ登って行った。カマローヴァは外へ出してやろうとふっと息をふきかけてから、思い出した。クモを見たら知らせがある、質問をすることもできるし、クモは必ず答えをくれる。そこで彼女は、サーシャに聞こえないように声をひそめて聞いた。

「クモよ、クモさん、背中は灰色、糸は白、教えて、うちのサーニチカはよくなる？」

クモは動かなくなり、脚をたたんだが、ややあってゆっくりと向きを変えると、カマローヴァを光るしずくのような目で眺め、そっぽを向いて先へ這っていった。カマローヴァは、クモが「よくなる」と言ったのか「よくならない」と言ったのか考え込んだ。正しく質問する方法は知っていたが、正しく答えを理解する方法は知らなかった。レンカならたぶん知っていただろうが、レンカは准医を呼びに行ってしまった。

「カーチカ……」弱々しくサーニャが呼んだ。「カーチカ、窓開けて……暑いよ……」

「開いてるよ、サーニチカ」カマローヴァは弟に近寄ると額に手のひらを乗せた。額は乾いていて、いっそう熱くなったようだった。今すぐ手を引っ込めなければ、自分もサーニャのように乾いて熱くなってしまうような気がした。だが恐怖のために彼女はなお手を弟の額にくっつけたまま、手の外し方も分からなかった。

「カーチカ……カーチカ……暑い……」

「暑くない、サーニチカ、暑くなんかないよ」カマローヴァは言い聞かせはじめた。「今は朝だもん。それに夕方には雷雨が来て、雨が降るよ」

「ジェーニャばあがぼくをペチカで燃やすの」かすれた声でサーニャが急にそんなことを言った。「みんな言ってるもん、魔女だって。ぼくを食べようとしてるんだ。カーチカのことも……レンカも」

「レンカは喉につかえるよ」カマローヴァは鼻を鳴らし

た。「村の連中はなんでもかんでも魔女だって言うんだから。ターニャおばちゃんのことだって、赤毛だから、魔女だって」

「ターニャおばちゃんは魔女じゃないよ」辛そうにサーニャは言った。「いい人だもん……お菓子くれたもん……ぼくを教会に洗礼に連れてってくれたもん。きれいだったね、教会の中……」

「どうやってそんなこと覚えてるの、サーニチカ？」カマローヴァは驚いた。「その時まだたったの二カ月だったじゃない」

「ターニャおばちゃんもきれいだよね……」聞こえなかったようにサーニャは息を吐いた。「お菓子くれたの……ジャム入りの浮き輪パンも……」

「もうしゃべらない方が良いよ、サーニチカ……黙ってれば、すぐに良くなるからね。そしたらターニャおばちゃんがジャムとチーズ入りの浮き輪パンと、くるみの形のクッキーと、干しブドウの渦巻きパンを持って来てくれるよ。すごい上手なの、この間あたしとレンカに焼いてくれたんだ。良くなったら、みんなでターニャおばちゃんのところに遊びに行こうね」

ようやく手を引っ込めると、慎重に自分の手のひらに触れてみた。皮膚がいつもより少し温かくなっただけだった。

「サーニチカ……あのね、あんたは絶対元気になるってクモが言ったよ」弟が黙り込んだことが、うわごとを言っているのよりも恐ろしくて、カマローヴァは嘘をついた。「聞いてる、サーニチカ？　怖いことないからね、こんなの単に……」

「ぼく暑い、カーチカ……」聞こえていないかのようにサーニャが言った。「あいつの家の中におっきなペチカがあるの、天井まで届くくらい……空まで」

家の中は静かだった——皆まだ寝ているのか、どこかへ出かけたのか。窓の向こうで鳥がさえずるのと、川のほとりにたくさん生えている甘く香るシナガワハギや、フユガラシや、赤いクローバーから花の蜜を集めに飛び回るマルハナバチのうなり声だけが聞こえていた。窓の隅でクモが放射状に支えの糸をぴんと張った。今度は腹から短い、粘着性の糸を伸ばしながらせっせと巣を広げていった。大きくて青いハナムグリが未完成のクモの巣にまともに飛び込みかけたが、ぎりぎりのところで方向転換すると飛び去った。母親は、サーニャがまだほんの小さかった頃、兄姉の誰かが隙を見て弟のベッドに近寄り、枕を取り上げてサーニャの顔に押しつけ、窒息させて殺そうとした、と言っていた。母親は犯人が誰なのか知らなかったが、カマローヴァは双子に目星をつけていた。アーニカが計画して、スヴェートカが実行したのだ、スヴェートカの方が肝が据わっているから。二人の方では、やったのはレンカだと繰り返していた。ほかにいるはずがない、自分たちはワーニャと畑でアカフサスグリを集めていたと言って。サーニャ自身は、そんなことは何も覚えていないし、きっとママが夢でも見たんだと言っていた。カマローヴァは目ににじわりとにじむものを感じて、ぱちぱちとまばたきをした。大声で泣きださないように拳でこすった。

レンカは正午頃戻って来た——准医を連れずに一人だけで。サーニャはまた寝入った。

「なに、医者は来ないって？」不機嫌にカマローヴァは聞いた。

「怖くなったんだよ」レンカが説明した。「高熱が出てるなら、たぶん、伝染病だろうって。でも〈パラセタモール〉は、うちらだけで薬局で買えるって、処方箋なしで」

「で、こんな長いことどこをほっつき歩いてたの？」サーニャを刺激するのを恐れて、カマローヴァはひそめた、意地の悪い声で訊ねた。

「べつに……」レンカは頭をひねくり回したが、姉のまなざしにあうのを恐れて結局床を見つめた。「あたし何も……」

カマローヴァはレンカの耳に一発くらわせるのをこらえると、部屋から出て行った。

「今はどうしたらいいの？」背後からレンカが聞いた。

「弟と座ってて」肩越しにカマローヴァは言いつけた。

「もし出歩こうなんて、……」腹立たしげに手を振ると最後まで言わなかった。どこにも行かないようにレンカに言ったところでなんの意味があるだろう。二分もすればどのみち全部忘れてしまう。もうすぐ十歳になるというのに、まだバカもバカだ。自分がレンカの年だった時には、母親に一人で川に洗濯しに行かされたし、スサニノにもエレクトリーチカで行かされたが、やってのけた。ところがレンカはこの通り、医者を呼びにやることもできない。どことも知れず昼までぶらついておいて、図々しく何も悪さはしていないみたいな目でこっちを見てくる。

カマローヴァはポーチに出て、レンカと自分の隠し場所からタバコを取ると吸いはじめた。タバコを吸っているところを母親に見られればただではすまなかったが、今は怖くなかった。母親が戻って来て自分を捕まえるならそれでもいい、しらを切ったりはしない。どんなきつい罰でもおとなしく受けよう。そうしたらきっと、サーニャはよくなる。サーニャが病気になったのはきっと自分かレンカの罪のせいだから。本人はまだ悪いことなんてできないくらい小さいんだから……だから自分がちゃんと泣いて神様にお願いすれば、神様は絶対サーニャを健康にしてくれるだろう。そんな考えがふと思いついて、カマローヴァは紫色のキンセンカの茂みにタバコをぽいと放り捨てた。教会に行って健康祈願のろうそくを立ててこなくちゃ。そうすれば確実にサーニャは治る。セルギイ神父は、家族の誰かが病気になったら、健康祈願のろうそくを立てることが絶対必要だと言っていた。それが一番確かな方法だよと言って、カマローヴァに奇蹟者ニコライにお祈りする仕方を教えてくれた。奇蹟者ニコライは子供たちの庇護者で、病気を回復してくれ、悲しみを癒してくれるのだ。

「ニコライ様……」あの時セルギイに倣って祈祷の言葉を大文字で書きつけた、くしゃくしゃの紙がまだポケットに入っているかのように、無意識にポケットを探るとカマローヴァはつぶやいた。「奇蹟者ニコライ様……護り手様、あらゆる不幸からの庇護者様……」

ロルドが犬小屋で静かにうなった。カマローヴァはそちらに注意を向けることなく、その先はなんだったか思い出そうとして顔をしかめた。

「どうぞお助けください。奇蹟者ニコライ様、弟の、神のしもべサーニカをお守りください。弟のこと神様に頼んで、違う、そうじゃない……」

ロルドがいっそう大きくうなると、鎖を鳴らしながら犬小屋から飛び出した。

「ロルド、静かにして!」カマローヴァは拳で脅した。「頼んで、奇蹟者ニコライ様、神様に健康を、苦しみから救いたまえ……苦難から……苦しみから……それから、ええと……」

木戸がきしみ、ロルドが全力で吠えたてた。

「静かにったら! シッ! 座れ、こら、ロルド!」カマローヴァはロルドに叫んだ。「そこにいるのは誰? 怖がらなくていいから入って来て! 噛まないよ、良い犬だから!」

木戸が少し開いて、戸口からバカげたジーンズとバカげた白いシャツを着たコースチクが姿を見せた。シャツはもうかなり汚れていて、大きな灰色の染みが袖口についていた。カマローヴァは彼を認めると、驚きのあまりただもう口をあんぐり開けた。

「僕……」ためらいがちにコースチクは切り出したが、突然身を震わせると手のひらで自分の頬をぴしゃりとやった。「ちぇ、町とちがってめちゃくちゃ蚊が……やあ、カーチャ……僕……」

「へーえ」威嚇するようにカマローヴァは声を引き伸ばした。「何しに来たのさ？　近くを通ったとか？　うちを覗いていこうってわけ？」

「いや、ただ……」コースチクは指で頬を掻き、おかしな風に肩をぴくぴくさせた。前には腕にだけ見られた、やけどに似た赤い斑点が、今では額にもあるのが見えた。それに、シャツの襟からものぞいていた。どうしたのかカマローヴァは聞きたかったが、質問したりすれば、まるで自分が相手に興味があるとか、自分たちが友達だとか想像されてしまう、とも考えた。

「で、何してるの？　忘れものでもした？」

コースチクは黙っていた。カマローヴァと話したいが、何を話せばいいのか、何よりもどのように話せばいいのか分からないといった様子で言いよどみ、バカみたいに頭を揺らして、蚊に食われた頬を掻いていた。

「忘れものか、って聞いてんの。頭に穴でも開いてて、歩いてる間に全部こぼれちまったとか？」村の女が誰かのことを怒鳴りつける時そうするように、カマローヴァは腰に手を当てると一歩前に踏み出した。このバカは、ロシア語が分からないとでも？

「レーナが言ったんだよ……」コースチクは腹を立てた風ではなく、もぐもぐとそう言うと、また黙った。

どうりでレンカがあんなに遅かったわけだ！　弟が病気だってのに、あいつはモヤシと無駄口を叩いてたんだ。後でひどいからね……

「で？　レンカがあんたに何を言ったって？　さっさと言いなよ、家の仕事が山ほどあるんだから、長話してるひまはないの」

「レーナが、君らの弟が病気になったって言ったんだ」突然、ひどく真面目な調子でコースチクが答えた。やにわにカマローヴァよりもずっと年上になったようだった。

「弟はここにいたらいけないよ、病院へ連れて行かなくちゃ」

「なんであんたにそんなことが分かる？　なに、あんたは一番賢いとでも？」

温かい風が柔らかい波となって庭に吹きこみ、地面からいくらか色あせた草木を巻き上げて空中で回転させ、また地面に放ると、遠くへ吹いて行った。

「僕は……」コースチクは一瞬口ごもったが、その後で挑戦的に言った。「俺の方が年上だし、町に住んでるから、分かるんだよ」

「はあ？」カマローヴァは拳を握りしめるとポーチの階段を一段降りた。「今なんて言った？」

「別に怒るようなことは言ってないだろ……ちょっと年上だから、分かるって……」

「あんたがどうして年上なわけ？」

「だってもうすぐ十三歳だし……」

「あたしだってもうすぐ十三だよ、何も……大層なことありゃしない、あたしだって……」

カマローヴァは少し嘘を言った。誕生日はごく最近、五月にあったばかりだったから、次の誕生日まではほとんど一年残っていたのだ。だけど、のっぽが嘘をついていないって、誰に言いきれる？——もしかしたら、町では早めに年を数えているのかもしれない。そもそも、こんな奴ここには必要ないんだ……「それからほかになんて言った？」

「そう、だから……弟を町に連れて行かなきゃいけないって……バカだよ……村のバカ女！」思いがけずコースチクがかっとなった。顔に鮮やかな赤い斑点が浮き上がった。「いいか、村にいたら弟は死ぬかもしれないんだぞ！」

「はああ⁉」カマローヴァは声を長く引き伸ばして言った。「誰がバカだって⁉　なまっ白いモヤシ！」

「ごめん、そんなつもりじゃ」コースチクはすぐ自分でも驚いたように言った。と、もう年上のようには見えなくなった。「あのさ、カーチャ……」

「ここから出ていけ！」カマローヴァは叫んだ。「二度とうちの庭に顔出すんじゃないよ！」

「カーチャ、聞けったら！」カマローヴァを怖がって立ち去りたいような様子だったが、コースチクは言うのをやめなかった。「うっかり言ったんだ、取り消すよ。仲直りするだろ？……」

「消えろって言ったんだよ！　何が仲直りさ⁉　今犬を放すからね、いい⁉」コースチクに飛びかかって、赤い点々のあるバカげた白い顔を拳骨で殴りつけてやりたかった。これ以上サーニャが死にかけているだなんて口をきけないように、二度とレンカに〈ラブイズ〉や〈ターボ〉を買ったりしないように、町に逃げ帰って二度と戻ってこられないように。「え!? 聞いてんの!? うちのロルドは先週人を噛み殺しかけたんだよ！ 分かったらさっさと消えな！」

コースチクは後ずさりをしはじめた。彼よりも頭一つ分背が低いとはいえ、カマローヴァが今にも本当に殴りかかってきて鼻を折られるような気がして恐ろしくなったのだ。クラスでは一番背が高かったが、しょっちゅうほかの男の子たちに殴られていた。ママはあざに氷の入った袋を押し当て、それから嫌な泥のような臭いのするこげ茶色の軟膏をそっと塗りながら、いつも繰り返し言うのだった。『鼻が折れなかっただけでも、良かったわ……』。そして、もし鼻が折れたらすぐに病院へ行かないといけない、折れた鼻が変な風にくっついて一生ぶさいくな顔になるから、とつけ加えるのだった。コースチクは自分のことをそれほどかっこいい方だと思ったことはなかったが、折れ曲がった鼻はあまりにあんまりだとは思うのだった。

「分かったよ、分かった。カーチ、何だよ……」コースチクは降参するように両手を上げた。「良かれと思っただけじゃないか……」

「良かれと思っただけ、そうだろうね、もちろんさ」カマローヴァはすぐそばまで詰め寄ると敵意に満ちた目で下から彼を見上げた。「うちの妹にも金輪際近づくんじゃないよ。分かった？」

「どうして……」コースチクはすっかり困惑した。「レーナとはただの友達だよ」

「あたしの言ったこと分かったの、それとも分かんない？ もし今後うちの子にあんたがつきまとってるところを見たら……自分のせいだからね、いい!?」

「つきまとったりしてないよ……」

「分かったの、分かんないの!?」

カマローヴァは彼に向かって手を振りあげた。コースチクは飛びのいたが、カマローヴァは結局自分を殴るつもりはなく、脅しているだけなのを悟ると、肩をすくめた。とうとう道へ出て行った。別れのしるしのつもりか手を振ってみせ、歩き去った。カマローヴァは彼を目で見送った。レンカはあいつのどこがいいんだろう。かっこよくもないし、スタイルも悪いし、歩き方にしたって、自分のむだに長い手足をどこへやったらいいのかも分からないみたいにやたら振り回すような感じで、埃ばっかり立てているのに。

「バカな奴」つばを吐いた。「なまっ白いモヤシ……」

コースチクに対する憎悪はなぜか突然消え去った。草を摘んで歯に咥えると、背中で塀にもたれて頭を後ろへ反らした。空を雲が流れていた。セルギイ神父はカマローヴァに、空の上の方ではいつも風が吹いていて寒いのだと教えてくれた。カマローヴァは反発した。地面より高くて、太陽に近いのに寒いなんてことあるの？　太陽に近いってことは、つまり、もっとあったかいってことでしょ、寒いんじゃなくて。もし天空が寒かったら天使たちはどうなるの？　まさか凍えたり、冬に人間がするみたいに綿入れ上着を着たりするはずないでしょ、だって天使たちはいつもイコンには薄着で描かれてるし、なんなら靴もはいてないよ。『天使たちにはね、エカテリーナ』セルギイ神父は答えた。『暖かさは必要ないんだよ。肉体を持たない永遠のものだからね。それに天使が皆天空を羽ばたいているわけじゃなく、彼らの多くは私たちの中に暮らしているんだ。私たちを助けて、いろんな不幸があった時に支えてくれるためにね。もしつらいことがあったら、空を見上げて守護天使がなんと言っているか聞いてごらん。そうすればすぐに良くなって、心が鎮まるよ』。カマローヴァは太陽に灼かれないように目を軽く閉じると、天使が自分に色々な慰めの言葉を言い、時おりセルギイ神父がするように、自分の頭を手で撫でてさえくれるところを想像しようとした。だがその代わりに浮かんだのは病気のサーニャだった。サーニャは相変わらず暑い、窓を開けてと繰り返していた。体の発疹は、全身がペチカの中でくすぶる石炭に似て見えるほど、ますます鮮やかになっていった。

5

コースチクは走り出すのをどうにか我慢しながら早足に歩いていた。だいぶ前に道を曲がって、もう見られているはずもなかったのに、まだカマローヴァが背中を見ているような気がして、そのために居心地も悪ければ、自分が恥ずかしくもあった。どうして言いたかったことを言わなかったんだろう。おまけに村のバカ女呼ばわりしてしまった。どうやって謝ったらいい？　なんなら今すぐ戻るか？……もしカーチャがまた犬をけしかけるとか鼻を殴るとか言って脅しはじめたら、すぐにさえぎって厳しい声で言ってやる、「君は、カーチャ、まず人が言うことを聞いて、それから手を振り回せばいい……」。彼は立ち止まり、しばらく考えながら立ち尽くしていたが、それからもう意を決した様子で自分の家の方へ歩き出した。頬がひどく痒かった。町では毎晩入浴する習慣なのに、ここでは公衆浴場へ行くのは週に一度、それも全身のアトピーを見られるのを恥ずかしがって、大急ぎでたらいの水をかぶるだけだったので、頬ばかりか全身が痒かった。コースチクはうすうす気づいていた。ふちの皮膚は剥がれたみたいに白っぽくなっている、この赤い斑点のせいで、同級生は仲良くしてくれないし、女の子は自分と付き合おうともしない。これは本当に重要なことに思われた。ところがママは、アトピーなど問題ではなく、原因は彼の引っ込み思案にあり、息子は一人っ子だから然るべき人付き合いができないのではないかと考えて、そうして結局、夏の間別荘を借りることが必要だと思いつき、そのために二カ月の休暇を取ったのだ。今親子は小さな夏の家に暮らし(家主はその家を「中二階」と呼んでいた)、ママは毎晩コースチクに、今日は誰と遊んだのと聞いては、新しい友達を絶対に家に呼ぶように言っていた。

彼は足元の小石を力いっぱい蹴飛ばしたが、小石は大きすぎて飛んでいかず、少しばかり転がっただけだった。往来で叫びださないように歯をきつく食いしばりながら、コースチクは片足でぴょんぴょん飛び跳ねた。そばを通った女の子――その子には大きすぎる、小さな花模様のついたワンピースから判断すると、村の子だろうが、ちらっと彼を見てバカにしたようにくすくす笑いはじめた。

「何がおかしいのさ」コースチクはぼそぼそ言った。

「なあに、まじめぶって!」女の子は近くへ来ると彼の腕を取った。「ここに別荘借りてるの?」

「ほっといてよ」コースチクは腕を外すとそっぽを向き、ほとんど走っているくらいの早足で歩きだした。

「なによ、バカ!」女の子は背後から叫ぶと大きく笑った。「ひょろひょろのっぽ! 野原に行って石ころ蹴ってくれれば! あっちには石がたくさんあるわよ! 少しは知恵がつくんじゃない! バーカ! バーカ!」

彼女はまだ何か叫んでいたが、コースチクはもう聞いていなかった。彼はむしゃくしゃしながら、上のカマローヴァは大きくなったらちょうどあんな風になって、着古しの、彼女には大きすぎる小さな花模様のワンピースを着て村を歩くようになるんだろうと考えた。目をちらちらさせるあんなワンピースは、学校で女の子たちが笑いものにする、絶対にする。カマローヴァは隅に隠れるようにして立ち尽くし、鼻をぐすぐす言わせるだろう、そして自分はカマローヴァが食ってかかっていき、犬をけしかけると言って脅すのを見ることになる。バカはそっちだ、バカ、バカ女！　振り返ってさっきの女の子に何か言い返してやりたくなった。だが振り向いてみると、彼女はもういなかった。家と家の間のどこかの小道に折れて、もう彼のことなど忘れたらしかった。

「バカはそっちだろ」彼は小さく言うと踵を返した。

バカなことをした。村は町と違って大きくないのだから、必ずまたさっきの少女と出くわすだろう。相手はきっちり自分のことを覚えただろう、覚えないわけがない、この暑さにバカみたいなシャツを着たのっぽのことだもの……次に自分を見たらまた叫びはじめるだろう。『バーカ！　野原に行って石ころでも蹴れば！』。それにしても、どうしてここではしょっちゅうお互いにバカ呼ばわりしているんだろう、普通に話すことはできないとでもいうのだろうか？　コースチクは顔が赤く、頬が熱くなるのを感じた。まだここへ来たばかりなのに――『こいつはケツ作だな』、お父さんならそう言っただろう。そしたらママは顔をしかめてパパをたしなめるだろう、もしバカをやりたいなら仕事場だけにして、家で子供の前ではやめて、と言って。コースチクはため息をつくとまた頬を掻いた。

ひと気のない埃っぽい道路のわきにどぶが流れていて、ずっと遠く先、大気が暑さで揺らめいているところで道はするどく曲がっていた。道の両脇に沿って家が立っていた。どの家もいずれ劣らず古く、ひしゃげて色あせていた。かつてはこの家々が水色や、黄色や、オレンジ色の明るい色に塗られていたとはにわかに信じがたかった。まして、海水浴場に法外に高い代金を払うこともなく、中部地帯の静かな美しさを満喫することができ、毎日流れの穏やかな、砂底まできれいな川で遊べるのだから、村は夏に行きうる場所としてうってつけのところだと見なされていたなどとは信じがたかった。コースチクは、今すぐ駅まで走って行って、帰りの切符を買いたくなるほどわびしくなった。この埃っぽい道路や、合間でたやすく道に迷ってしまったり、繋がれていない犬が飛び出してくるようなこの退屈な家々を見ないですむなら、しつこい虫の音、特に家の中を夜ごとに飛びまわる蚊のプーンという羽音を聞かないですむなら、もう二度水の赤茶けた、両岸にスイレンといやらしい黄色がかった褐色のあぶく(下のカマローヴァは、上流に養豚場があって、このあぶくはそこからいろんな汚いものが水に捨てられるせいなのだと彼に言った)の漂う川に近寄らないですむなら、それだけでよかった。逃げ出せばいいんだ、ここから出て行けば——この家々からも、川からも、決して本当に仲良くはなれないだろう新しい友達からも、逃げ出したかった。

「ママ、家へ帰ろうよ。夏休みに文学の宿題がたくさん出たんだ、でもここにはまともな図書館もないし……」ママになんと言ったものか考えて、小さく独り言を言いはじめた(ママはなぜかこの癖のことでひどく胸を痛めていた。コースチクがひとりでもぐもぐ言っているところを見つけると、心の中で考えなさい、と必ず言うのだった)。「ママ、僕もう大学に入る準備をはじめた方がいいと思うんだ——大学へは早く入る方がいいんだよ、何年か早い方がいいくらいだって自分でも言ってたじゃない。でもここじゃ勉強なんかできっこないよ、ここの子たちはタバコを吸うかサッカーしてるかだけだし、女の子もみんなバカだし、タバコは吸うし」この一点を強調するだけで十分だと考えて、少し口ごもった。村の人間は全員タバコを吸う——〈ベラモール〉だろうが〈プリマ〉だろうが、自家製のタバコだろうが——ママが自分に賛成するにはそれだけで足りるはずだ。ママはタバコに我慢できなくて、しょっちゅうそのことでパパにがみがみ言って、冬でさえバルコニーで吸ってって追い出すくらいなんだから。それに究極、ママがカマローヴァたちを見たとしたら——なんて言うか?——「ここは良くないよ、ママ、家に帰ろうよ……」言い終えると、なんとなしに目を上げて周囲を見回した。家が終わって、カミツレと、その合間のそこかしこからのぞく、ペーパーナプキンの柄に似たヤグルマギクの頭で白みがかって見える小さな空地の真ん中に、三角形の屋根つきの井戸が立っていた。最近塗られたばかりで、井戸は日の光にてかてかと光っていた。何人もの手でこすられてなめらかになった金属製の取っ手が、たった今誰かが水を汲んで去って行ったようにかすかに揺れ動いていた。コースチクは目で人影を探しながらあたりを見渡したが、通りに人の気配はなかった。なおしばらく立っていた後、そろそろと井戸に近づいていき、蓋を外すと中を覗き込んだ。中は清々しくも寒く、コンクリート製の壁からしずくが下へ落ちる音が聞こえた。

「おーい！　ウーウウー！」コースチクが叫ぶとひんやりした闇が応えた。彼はちょっと後ずさってから、また前に屈むと、もう一度叫んだ。自分の声が下へ落ちて行き、だんだん低くなって伸びていき、消えてしまう前に巨大なコンクリートの筒を満たそうとして、やがて聞こえるのはしずくの音ばかりになり、また静けさが戻ってきた。始終水がこぼれているせいで、井戸の周りの地面は滑りやすくなっていた。コースチクは、夏休みが始まる前にママが買ってくれた〈プーマ〉のジョギングシューズがさぞかし汚れてしまっただろうと考えた。（今ここに誰かが来て、『そこで何してるのさ⁉』って言う、僕はびっくりして手を滑らせて、底へ落ちて行く）彼は目を細めると井戸の中に落ちて行くところを想像した。自分はざらざらした垂直の壁にしがみつき、氷のように冷たい水に窒息しかけている、人が集まってきて、どうやって引き上げるか手を振り回して言い合いはじめるけれど、何も思いつかなくて、結局自分はおぼれてしまう。次の日の夕方には、それかもっと早くに、このニュースが村に素早く広がる――誰かがカマローヴァに言う、井戸に……。背中を伸ばすとあたりを見た。十歩ほど離れたところの柱に「森林通り」と書かれた看板が掲げられていた。……中央道と森林通りのどん突きにある井戸で別荘借りの子がひとり溺れたよ――最初は、それがほかでもなく自分のことだとは分からない、ところがその後で気がつくんだ……だがここで想像は行き詰ってしまい、そのことについてカマローヴァが何と言うか、どんなに考えようとしても思いつかなかった。心の底から、カマローヴァにわっと泣き出してもらい、昨日自分を怒鳴りつけ犬をけしかけるといって脅したことを後悔してほしかった。だがその代わりに、想像のカマローヴァは肩をすくめると軽蔑するように言うだけだった。「やっぱりバカだったね。何の用で井戸に入り込んだりしたんだろ？」

コースチクは失敗に終わった想像を追い払いながらもう一度目をぐっと細め、それから、長い鉤にぶら下がっている大きな亜鉛めっきの桶をつかむと、井戸から数歩後ろに下がった（桶にくっついている鎖がじゃらじゃらと重い音をたてた）。そして桶の底に残っていた水を頭にかぶった。水は思っていた以上にたくさんあったうえに、あまりに冷たかったので、彼は唇を噛んだ。水が背筋をぞっとするような感じで伝っていった。彼は慎重に桶をもとあった位置に吊り下げると、井戸の蓋を閉め、道路まで戻った。シューズは実際にねばねばする黒い汚れで汚くなってしまい、シャツは透けるほど濡れてしまった。コースチクは手のひらで髪を撫でつけた。なんだって水なんか浴びたんだろう？

路肩に生えている、白い花に覆われた大きなバイカウツギの枝を弱い風がかすかに揺り動かしていた。時おり空気中に甘ったるい、ほとんどむっとするような匂いが広がった。バイカウツギの上でハチとアブが飛び回っていた。同じ花から二、三匹がいっぺんに蜜を吸おうとして、毛の生えた横っ腹でおかしな風に押し合ったり、腹を立てたようにブンブンうなったりしていた。

「バカは僕だ！」自分に声をだしてコースチクは言うと、花の中へもぐり込もうとしているマルハナバチにそっと指で触れた。ハチは怒ったようにうなった。

氷のような水を浴びたおかげで、爽やかで気持ちがよく、暑さももはや苦しいほどではなかった。傾いだ家々も、埃っぽい道路も、もうわびしく汚らしいようには見えず、それなりに居心地がいいようにさえ思えた。そして、ここにもう数日いてもいいような気がしてきた。なんなら一週間、それか夏の本当の終わりまで、雨が降り出して新学期が始まる頃までいるのはもっといいような気がした。コースチクは拳を握りしめると顔をしかめた。いや、決めたことは決めたことだ、女の子みたいに後からごちゃごちゃ言うのはなしだ。出て行く、それだけだ。『丸。改行。次行からはじめ』――こんな場合にお父さんが言っているように。

「中二階」まで来て、ポーチにいるママを見つけると、家を出る時に一時間後に戻ると言ったことを急に思い出した。ところが、丸四時間ではないにせよ、おそらくもう三時間は経っていた。ママは細い腕でレモンイエローに塗られた手すりにつかまって立ち、太陽に目を細めていた。ぴったりした明るい水色の丈の長いワンピースと、細い人工真珠のネックレス。そろそろ白髪になりはじめたのをヘンナで染めている髪は、家ではいつもきれいにカールされていたが、今は乱れて風に軽く揺れていた。コースチクはその姿に見惚れて、ママはやっぱりこの世で一番美人だ、と思った。すると突然思いがけずこんな考えが頭に浮かんだ。上のカマローヴァは大人になったらあんな風に、きれいな服を着たきれいな人になる、僕のことを「バカ」「のっぽ」呼ばわりしたあの女の子みたいな風じゃなく。カマローヴァ家の半ば崩れかけたポーチにちょうどあんな風に立って、きれいな細い手で手すりにつかまりながら、強すぎる日差しに目を細める。彼はびっくりして立ち止まると頭を振った。

「コースチャ!」太陽に目がくらんでいたために、木戸のすぐそばまで来た時にようやくママは彼に気がついた。「 まあなんて言えばいいの!? コースチャ!」

怒る時にはいつも『まあなんて子なの!?』、もしくは『まあなんて言えばいいの!?』と言うのだった。その後にはたいてい、不当なほど長い非難か、時には涙が続くことに決まっていたので、コースチクはこの口癖を恐れていた。ママが泣き、泣いた後で、自分が話しかけても聞こえないふりをわざとらしく見せつけながら一日じゅう黙り込むのをやめてくれるなら、怒鳴られる方がましだし、叩かれてもいいとさえコースチクは思っていた。

「ママ、ごめん……」彼はポーチに近づくと、上がってそばを通り抜けて家に入る決心がつかずに立ち止まった。

「ごめん、わざとじゃないよ」

「わざとじゃないですって! ママはあんたがどこにいて、何してるかも分からなくて……今頃きっと川でおぼれちゃったんだって」顎が震えた。コースチクは、今にもママが大声で泣きだすんじゃないかと肝を冷やした。

「それか……」

(それか、井戸に落ちちゃったかと)コースチクはそう考えたが、声に出して言わないように自分を抑えた。そんなことをすれば本当に泣き出してしまう。

「それか、森で迷子になったかと」ママは言い終えた。「自分のすることをよく考えてるの、コースチャ? ママたちは家にいるんじゃないのよ……」

「ママ、ごめんってば……」コースチクはなすすべもなく繰り返した。「許してよ……」そう言いながらも、平和で住み慣れた町から僕をここへ引っ張って来たのはママなのに、と考えた。町には図書館もあるし毎日お風呂に入れる、夜はソファーに座ってアニメも見れるし、もし許可が出ればお父さんのコンピューターでゲームをすることだってできるし、退屈だの蚊だのに悩まされることもない。

「許すですって!」ママは怒って繰り返した。「許しても明日には同じこと、いつもそうじゃないの。もう家に入りなさい、テーブルにお昼があるから……もうみんな冷めちゃったわよ」

彼はおとなしく階段を登った。ママの頬にキスしようと思ったが、ママは、表に何か面白いものでも見つけたようなふりをしてそれをよけた。が、庭には人っ子一人おらず、灰色で毛がぼさぼさの、耳の垂れ下がった犬が面倒そうに埃の中で骨を転がしていただけだった。骨は結局どぶに落ちた。

二人して黙って昼食を食べ終え、コースチクはママが皿を洗うのを手伝い、家の中をちょっとぶらついたり、家主の野菜畑をうろついたりした。野菜畑の一番奥まったところには、イチゴを植えた畝が二つあった。誰も見ていない間に、二、三粒イチゴを摘みとった——果肉は固く、酸っぱかったが、それでもおいしかった。その後で、また一時間くらい散歩する許可をもらった。ママはしぶしぶ、時間通りに戻ってくることを期待もしないような態度で送り出したが、彼は予定よりも早いくらいに帰った。それに、ママを喜ばせようと、帰り道に駅の商店に寄ってパンとトヴァロークを買いもした。ここを出て行く話は言いそびれてしまった。ママの気分が少しでも良い時、例えば明日にでも切り出す方が良いと思ったし、それが正しい気もしていたが、まだ夜早いうちに床に就くなりなぜか気分が重苦しくなって、暗闇の中でようやくそれと分かる天井を眺めながら、長いこと仰向けに横たわっていた。

もし本当に町に戻ったとして——何をすればいいのか？　同級生は皆思い思いのところに行ってしまうのが常で、休みの間誰かと会ったことは一度もなかった。一日じゅう家に閉じこもって課題図書を読む。新学期が始まれば、自分とダーシャ——ビン底眼鏡で歯列矯正をしているブス——以外、誰も夏にそんなものを読んでこなかったことが明らかになるのだ。ニーナ・ミハイロヴナはあきらめて言うだろう、誰も宿題をやってきていないなら、学期の間に少しずつ読むことにしましょう。なんといっても夏が夏らしいのは子供の間だけですもの、大人になったら……。それから何か大人の人生についての退屈で面白くもないことを言いはじめる。それを聞くくらいなら、早く大人になった方がましだと思うような話だ。

下のカマローヴァをため池で持ち上げたりして、バカだった。ガムもバカげた結果に終わったし、上のカマローヴァはもう自分とは口もきこうとしないだろう。いつも、何をしても皆のような具合にいかない。コースチクはため息をついて横向きに寝返りをうち、頬の下に手を差し入れると目を閉じた。それでも眠れはしなかった。自分には友達もできないし、人付き合いもできないというママの意見は正しい――終業式の時にカーチャ・グロモヴァをダンスに誘ったことが思い出された。同じカーチャでもカマローヴァにはまったく似ていない町のカーチャは、クラスで一番背が高く、一番きれいな女の子で、実にうまく髪も結えばママのアイシャドウを塗りもし、だぶだぶの茶色の制服さえ彼女にはともすると似合っていた。近づいて行って、足をもじもじさせながら彼女の前に立って、何一つ言うことさえできなかった――カーチャは彼が自分を誘いたがっていることにすぐさま気がつくと、美しい口でうすく笑いを浮かべてスラリとした鼻筋をしかめた。その仕方は、ミミズか小虫か、とにかく女の子が嫌いないやらしい何かを見たのかと思いかねないほどだった。コースチクはうつむいてぼそぼそ言った。だが目を上げた時、カーチャはもうそっぽを向いていた。何事もなかったかのようにディーマ・スミルノーフとおしゃべりをしていた。二人とも、コースチクはミミズや小虫でさえなく、そもそもそこに存在もしていないかのように振る舞っていた。目に涙がにじんだのを嫌悪感とともに感じると、彼はくぐもった声ですすり泣いた。

部屋にそっとママが入って来た。ベッドに横になり、常夜灯をパチンとつけてソフトカバーの本をぱらぱらとめくりはじめた。ママはそういう本をたくさんもっていたが、読み終わっても捨てず、古紙回収にも出さなかった。あれもこれもそのうち読み返すから、と言って。お父さんは気分次第でママをからかったり、腹を立てたりしていたが、二、三度こうした本を全部集めて捨てようとしたことがあった。そのことでママは長い間怒っていた。コースチクはページを開いたまま捨て置かれていた一冊を手に取ったことがある。そこにはどこかの侯爵と、彼が愛を打ち明けたどこかのルイーザのことが書いてあった。侯爵とルイーザは、誰も見ていない隙に机の下で小さくたたんだメモを回し合ったり、授業の後校舎の裏でキスしたりしている、ディーマ・スミルノーフとカーチャ・グロモヴァにどこか似ていた。二人の様子がまざまざと想像されたので、コースチクは一節も読み終えないうちに本を閉じてもとの場所に置き、どうして賢くて厳しいママにこんな本が必要なんだろうと考えた。ママはまたページをめくると重くため息をついた。

「ママ……」ひそひそ声でコースチクは呼んだ。「ママ、起きてる？」

「どうしたの、コースチャ？」

「ママ、聞いて……あのね、ここで友達が出来たよ」返答がなかったので、彼はそっと言い足した。「村の子たちなんだ。女の子が四人と、男の子が一人だよ」

ママはまだ少し黙っていた。コースチクはページがかさかさいう音をまた聞いて、自分の言ったことが全然聞こえていないのかと思ったが、ようやく、ちょっとからかうような口調で聞き返してきた。

「びっくりね、四人も女の子と？」

「別に、単に知り合っただけなんだけど……ため池に一緒に行ってきたんだ」ママが小さく嘆息したので、コースチクは急いで言い終えた。「そんな高い場所じゃないし、端まで行きもしなかったよ、橋の上にちょっと立ってただけで（滝の上でチビのレンカを持ち上げ、カマローヴァが自分に拳を振り上げたことを思い出すと、ママに嘘をついていることが恥ずかしくなった）。なんか、たぶん、二人の女の子とは本当の友達になったかも。その子たち村の一番はずれに住んでるんだ、森の近くに」

「そう」ママは平たく答えた。

まだ何かほかのことを言ってくれるのを待っていたが、ママは黙って本をめくっていた。静寂に耳をそばだてながら横たわるうちに、かなりの時間が過ぎたことに気がついた。静寂の中、どこか壁紙の裏でコオロギが鳴き、棚か、狭いゴミだらけの屋根裏でか、何かがガサゴソいった――たぶんネズミだろう――そのことはママには言えない。ママはネズミが怖いのだ。人生でせいぜい一度か二度しか見たこともないのだったが、ところが村ではどの家にもネズミがいる。小さい方のカマローヴァはコースチクに、冬にネズミたちがカーチカのフェルト長靴に巣をつくったと話していた。カーチカが棚から長靴を取った時に、いちおう靴を振ってみたら、わらとネズミのうんちが落ちてきたの。

「ネズミ本体は？」コースチクは驚いた。

「ネズミは、たぶん、ディンカが食べちゃった」レーナは肩をすくめた。「それか、自分でどこかに逃げたの」ちょっと考えると、やおらくすくす笑って言い足した。「考えてみて、カーチカが足を長靴に突っ込んだら、ネズミ！」

「そしたら踏みつぶしちゃうよ、きっと」コースチクは少しぞっとした。

「だね！」レンカは同意し、姉が飛び上がるところを想像してまたひひひと笑った。ところが急に悲しげになった。哀れな母ネズミとその子たちが可哀そうになったらしい。

ママは、田舎へ行こうと決めた時、ネズミのことも、村の家にはお風呂がないことも、水を井戸から組んでこなければならないことも、朝は手洗い器で顔を洗わなければいけないことも、考えていなかった。その上、がちゃがちゃ音をたてるこの装置には、水を出すために手で押し上げなければいけない小さな棒がついていて（ママはこの棒を「くちばし」と呼んでいる）、この棒は時々ひっかかってしまい、ようやく押し上げることに成功するなり水があまりにも強く流れ出してあちこちに撥ね散らかり、素足まで濡れてしまう。コースチクは、こうしたことが全部ママには気に入らないのを見ていた。さらに気に入らなかったのは、家に座っていようが表の暑さの中を歩いていようが、蚊やアブを手で追い払わなければいけないことだった。それでもママはなぜか町へ戻ろうとはせず、ほとんど毎晩、別荘を借りることにして本当に良かった、ひと夏の間自然の中で過ごせるんだから、と繰り返していた。

「ママ……」コースチクはもう一度呼ぶと耳を澄ませた。ベッドの上の常夜灯はまだついていたし、ページを繰る音も聞こえていたが、ママは答えなかった。屋根裏でまたガサゴソいう小さな音が聞こえた。

（ママに、屋根裏に本当にネズミがいるって言っちゃえばいいんだ）コースチクは考えた。（一度なんか部屋の中でもネズミを見たって……いや、ネズミをベッドの上で見つけたって言う方がもっといいや……枕の下に巣を作ってたって、だから枕の下にわらとネズミの糞が……）

とうとう彼は眠りはじめた。夢うつつの中で、自分がママと話をしているような気がした。カマローヴァたちとため池に行ってすごく楽しかったよ。カマローヴァの家ってこんな風でね、家には鎖で小屋につながれた犬がいるんだけど、大きくて、黒くて意地の悪い犬で、一度、家の庭に入り込もうとした人を噛み殺しかけたことがあるんだって。カマローヴァの庭で何しようとしたんだろうね、だって庭なんてものじゃなくて、正真正銘の荒れ地で、生えてるのもアカザとイラクサだけだし。でもその代わりヤギを二匹飼ってて、上のカマローヴァは自分で乳しぼりもできるんだよ……『それからね、弟が病気になったんだって、ママ、あの子を町の病院へ連れて行かなくちゃ、パパが診てくれるように……』心の中でか、それともとても小さく声に出してか、もうすっかり寝入りながらコースチクはぶつぶつ言った。カーチカへの怒りと、今日一日にあった嫌なことのために忘れていたこの大事なことが急に思い出されて、自分を取り巻いている夢のもやの中に溶けていった。ママはとうとう本を読むのをやめると、常夜灯を消した。町では決してあり得ないほど静かになった。

6

教会の中は涼しく、お香とろうそくと鉋をかけたばかりの木の匂いがしていた。先週スサニノから、あちらの神父に派遣された男たちがやってきて、左の宝座の痛んだ床を張り替えてくれたのだ。セルギイ神父は感謝のしるしにウォッカを二本渡そうとしたが、彼らはしばらくの間口ごもっていた――ウォッカは欲しいのだが、決まりが悪いらしかった。だが結局仲間の一人がぶつくさ言った。

「要らねえよ、神父さん。アレクシイ神父に怒られちまう」

「彼はそんなに厳しいですか?」セルギイは驚いた。

「そういうことじゃねえけど」スサニノの男たちは答えた。「ただ さ……神様のための仕事に、お礼をもらっちゃならねえって言うんで」

「アレクシイ神父には分かりませんよ。それに神様は赦してくださる」セルギイは肩をすくめた。お体裁にもぐもぐ言ったのちに男たちはウォッカを二本とも取り、タチヤナが焼いた大きなキャベツのピローグも取った。あっという間に飲み尽くし食べ尽くすと、小さな丘を下り別れの挨拶をしながら、もしまた何か直す必要があれば呼んでくれと言った。

教会は大きくはなかったが、地元の信者たちの努力で居心地よくしてあった。玄関の部分には誰かが家から持ってきたパッチワークの小さな絨毯が敷かれていたし、その隅には教会のなまけ者の猫、ワーシカのために皿が置いてあった。セルギイ神父は入り口前の階段に猫の皿を何度か移したのだが、いつの間にかもとに戻されるので、結局皿にも、猫が皿からトヴァロークやひき肉をこぼしたり、絨毯の上で寝たりすることにもさじを投げることになった。おかげで絨毯の角は始終フェルト状に固まって覆われていた。カマローヴァはゆっくりと二つの古いろうそく立ての間を通り抜け、薄闇に目を慣らすために教会の真ん中で立ち止まった。カマローヴァがまだほんの子供で、レンカはまだ生まれてさえいなかった時からもう相当な年だったニューラばあさんが、イコンからイコンへとゆっくり歩き、ブリキの箱にろうそくの燃えさしを集めて回っていた。背中がほとんど九十度に折れ曲がっているせいで、ニューラばあさんは一日のほとんどの時間地面を見て過ごしていた。カマローヴァに気づくと、むくんだ足を大儀そうに地面にこすりながらそちらへ向かって二、三歩踏み出した。足を止め、離れたところから震える手で十字を切った。

「こんちわ、ニューラばあちゃん！　セルギイ神父はどこか知らない？」カマローヴァは目いっぱい声を張り上げて訊ねたが、ニューラばあさんは唇に長い骨ばった指をあてがってしーっと言った。カマローヴァは近づいて行くと声をひそめて繰り返した。「神父さんは今どこか知ってる？」

「なんて言ったのかね、嬢ちゃん？」キンキンした声でニューラばあさんが聞き返した。「おっきな声で言っとくれ、おばあさんには聞こえないよ。片方しか聞けないからね、戦争の時に傷を負って……」

「ちぇっ……」カマローヴァは舌打ちをした。

カマローヴァたちのおばあちゃんは、戦争や、その時に負った怪我についてニューラは嘘八百を並べているると信じていた。戦争の間ずっとニューラは自分の夫とノヴォシビルスクにいて、当地で放蕩し、とうとう夫を悩ませるほどになって、夫が彼女の頭を重たいガラスの水差しで殴ったのだ。そのせいで右の鼓膜が破れて右耳が聞こえなくなったが、左耳は単に加齢のために聞こえが悪くなっていた。この暑さにもニットの上着を着こんでいるニューラを見、ほころびのある灰色のプラトークや、極端に折れ曲がった背中や、細かく震えている頭を見て、カマローヴァは、この老婆がどうしてノヴォシビルスクみたいな遠いところで、大昔に、水差しを頭にくらうほど放蕩できたんだろうと考えた。

「神の家でつばを吐くんじゃないよ」怒った口調でニューラばあさんはカマローヴァをたしなめた。「そんな癖は改めるんだね……あたしらの若い頃にはなかったよ」

皆自分たちの若い頃にはなかったと言うけれど、実際には同じことで、床につばやひまわりの種を吐いたりしていたんだろう、とカマローヴァは言い返したかった。だが口をつぐんで代わりにこう言った。

「神父さんはいつ帰ってくるか、知らない？」

ニューラばあさんは首を振った。

「昨日の夜から出かけたよ。昔と違って、村じゅうで一人しか聖職者がいないんだからねえ」

カマローヴァは、ニューラばあさんが昔はどうだったという話の先を続けるのを待っていたが、ニューラはこう聞いただけだった。

「神父さんになんの用だね？」

「うちのサーニャのためにお祈りを頼みたくて」カマローヴァは考えた。サーニャが病気になったとニューラばあさんに言えば、夕方には村じゅうがそれを知ることになる。だが言わなかったとしても、どのみちニューラは何か考えだして吹聴して回るだろう。「一番チビのサーニャが病気になったんだ。もう三日になるんだよ」

ニューラばあさんは返事の代わりに歯のない口をもぐもぐさせ、持っていたブリキ缶を覗き込むと、指でろうそくをかき回した。

「ライラックがもう枯れちまったのは良くないねえ。あれを煎じてやればいいのに。昔うちのお母さんはそうやってあたしを治してくれたものさ。お茶みたいに煮立てて、飲ませたり、うがいさせたりして……あたしがあんたくらいの年の頃、ちょうど夏だったけど、急に病気になって、ずいぶん弱ったもんさ。ところがほらごらん、この年まで生きながらえたよ……もうお墓に呼ばれてるのに、行ききれないんだから……」苦しそうにため息をついた。「せめてゴボウの葉でも煎じておやり、熱にはよく効くからね。ゴボウの煎じ汁を作ってサーニャにうがいさせてごらん。タンポポでもいいよ、これもよく効くからね。どうやって煎じるかは知ってるね？」

「うん、知ってる」カマローヴァはうなずいた。

「おやまあ……知ってるかね。そうかい……全部細かく刻んで、熱湯を注いで、エキスを出すんだよ。その後ガーゼで濾す。分かったかい、せっかちさん？」

「ありがとう、ニューラばあちゃん……やってみる……セルギイ神父に会ったら、うちのサーニチカのためにお祈りしてって言ってくれる？　いい？」

「言うよ、言いますとも……」ニューラはろうそくの燃えさしをいじくるのをやめるとスカートのポケットに手を突っ込んだ。「あんたらは皆してやたらに神父さんをわずらわせて、神様に祈ってもらうのは簡単だとでも思ってるんだから……ほら……」ポケットから、一本七十五コペイカする黒いろうそくを取り出した。「ほら、お嬢ちゃん、マリア様の前に立てて自分でサーニャのために祈るんだよ」

「でもあたし……」カマローヴァは少し困惑したが、結局ろうそくを取った。

「なんだい、お祈りの仕方が分からないのかね？　なんでもよーく知ってるのに、マリア様にお祈りする方法は知らないのかね、え？」

マリア様へのお祈りの言葉はただのひとつも知らないと打ち明けるのを恐れて、カマローヴァは目を伏せた。「主の祈り」でさえ、覚えているのは『天に在す我等の父や。願は爾の名は聖とせられ。爾の國は來り』の部分だけで、その先はもう思い出すのが難しいのだ。

「至浄なる童貞女よ、天上の無形の者より最高く為れり」単調な小さな声でニューラばあさんがつぶやきはじめた。「我等涙と共に爾の至浄なる聖像の前に立ち、感傷の霊、謙卑の心を以て爾に祈りて、爾に藉りて諸悪より救はるることの堅固なる望を懐く。……お祈りを知らないんなら、できる仕方で祈るんだよ、嬢ちゃん。きれいな心で祈れば、神様は聞き届けてくださる」

「ほんとにありがとう、ニューラばあちゃん！」カマローヴァは両手でろうそくを抱きしめるとうなずいた。

「今立ててくる」

「立てておいで」ニューラばあさんはカマローヴァから離れると手近の燭台から流れ落ちた蝋を取り除きはじめた。「そうすりゃ、神父さんを用もなくわずらわせないですむからね。帰り道にゴボウとタンポポを集めて、家で煎じるんだよ。誰も彼もつまらないことで神父さんにお祈りを頼んでからに……」

彼女はなおも小声でぶつぶつ言っていたが、カマローヴァはもう聞いていなかった。マリア様のイコンに近づくと、一本立っているきりで、もう半分まで燃えていたろうそくのゆらめく火の上に、自分のろうそくの芯を慎重にかざした。火が芯を舐め、いやいやながらに這い上がり、おぼろげな、ようやく見えるくらいの小さなオレンジ色の点を灯した。カマローヴァは吹き消すのを恐れて息を止めたが、しばらくすると結局火は消えてしまった。両手でろうそくを持つとイコンの前にそれを置いた。

「神様」目を閉じて、タチヤナとオレーシャ・イヴァンナを足して二で割ったようなマリア様が、自分の方に赤い法衣に包まれた頭を傾けて聞いてくれている姿を思い描きながら、カマローヴァはささやいた。「神様、うちのサーニチカが良くなるようにしてください」

震えるろうそくの光の中でマリア様の顔は生きているかのように見えた。輝く瞳の大きな目が、悲しそうにこちらを見ていた。

「だって今は夏です」カマローヴァは言い足した。「それにうちのサーニャは川に泳ぎにさえ行かないんです。母さんが行かせないから、まだ小さすぎるって……」

数年前、サーニャが話しはじめた時のことをカマローヴァは急に思い出した。あの時母親がサーニャにお粥を食べさせようとしていた。サーニャはもう二歳になりかけていたが、首を振ったり体を反らしたりしていた。部屋に入ってきたカマローヴァを見ると、大きな泣き声で言ったのだ。『カーチカ！』と。もっとも、『カーッカ！』か『カーシカ！』というような音になってはいたが、カマローヴァはすぐさま、サーニャがお粥を食べたくなくて、そのことを母親に伝えてほしがっていることが分かった。彼がとうとうしゃべりはじめたことに母親は喜んでいるような、それとも単に驚いているような様子だったが、お粥を食べさせるのを実際にやめるとサーニャを寝かせた。その後サーニャは長い間何も話さなかった。目の前でカマローヴァが叩かれたり怒られたりした時だけ、涙を流して叫びはじめるのだった。『カーッカ！　カーッカ！』。ついに母親がサーニャに手を振り上げるまで叫び続けた。それからサーニャはまた黙り込み、明るい灰色の、ほとんど何の感情も見られない目を大きく見開いて、ただカマローヴァを見つめていた。

「神様、あたしたちを許して、もしあたしたちが何か悪いことをしたんなら……至聖生神女マリア様……許して、サーニャはまだあんなに小さいんです、川へも行けないんです、庭で遊んでるだけなのに、どうして病気になったの？　お願いです、うちのサーニャが良くなるようにしてください……病気が治るようにしてください……」

レンカは、サーニャが話すのが一番上の姉の名前だけだということに気分を害していて、小さい子たちの部屋に走って行っては、いつも床に積み木を広げて一人で遊んでいるサーニャの前に座り込んで、一本調子に繰り返していた。

「サーニチカ、レーナ、って言ってみて。ほら、サーニチカ……言って、レーーナ」

サーニャは積み木から手を放すと顔を上げたが、何も言わず、いつものように、バカみたいに、なんの表情も浮かべずレンカを見ていた。

「うちのサーニャはおバカだ」レンカはため息をついた。

「誰に似てそんなにおバカなの？」

「カーッカ！」サーニャが答えた。

お祈りの後で教会を出たカマローヴァは、数歩進んでから振り返った。逆光で眺めるせいで、小さな丘の上の教会は黒く、屋根の上の十字だけが端っこを光らせているように見えた。セルギイ神父は、教会が初めは建築材料のための、戦時中には弾薬の倉庫として使われていた当時、十字架は取り外されて議長が自分の家の地下に隠したのだと言っていた。もしそのことが明るみに出れば議長は銃殺を免れなかっただろうけれど、どういうわけか皆十字架のことを忘れてしまったので、十字架は古いテーブルクロスとタオルにくるまれて、議長の家の地下にソヴィエト政権の終焉する時まで置きっぱなしになり、その後発見されて教会の屋根に戻されたのだ、と。セルギイが聖職者になったばかりの頃、十字架は金箔がほとんど剥がれて黒ずんでいたので、みすぼらしく見えた。だがスサニノのアレクシイ神父の援助のおかげで金箔を貼り直せることになり、今では、よく晴れた日に太陽の光が直に十字架に当たると、まるで純金のように輝いていた。

途中でカマローヴァはオレーシャ・イヴァンナの店に寄ったが、店には行列ができていて、オレーシャ・イヴァンナは別荘族の頑固な中年女性相手に「バターは一週間くらいどうってことない」と論じていた。「もし本物のバターならね。都会じゃ粗悪なマーガリンしかないから、本物のバターなんて見かけないでしょう。あんなマーガリンは炒めものに使うのが関の山で、もしクリームを作ろうなんてものなら、焼き上がったお菓子は全部ゴミ箱行きね。カマローヴァは、たぶん、オレーシャ・イヴァンナに全部話すべきかもしれない、話を聞けばオレーシャ・イヴァンナはきっとサーニャに何かお菓子か、煮詰めた練乳の缶をくれるだろう、そう考えながらドアのそばにしばらくたたずんでいた。だがオレーシャ・イヴァンナがマーガリンについて客に講釈し終わるのを待ちきれなくなって、ニューラばあさんに言われた通りゴボウとタンポポを集めるために店の裏へ行った。家へ帰りたくはなかったが、そうすべきなのも明らかだった。レンカはどのみちどこぞへドロンしただろう……モヤシのところへ飛んでったに違いない。きっとそうだ。ならあいつの鼻に一発くらわせて、元いたところへ追い返してやる——カマローヴァは拳を握りしめた。タンポポとゴボウががさがさ音をたて、指の間に嫌なべとつく汁が流れ出た。あのモヤシのツラにこれを全部投げつけてやったら……カマローヴァは頭を振った。なんであんなバカに食ってかかったりしたんだろう？　あいつがレンカを町へ連れていくかもしれないから？　連れて行きたきゃ行けばいいんだ、あの子は町でさぞモテるだろう……もっともあいつはレンカをどこへも連れて行ったりできやしない、ぐずでのろまだから。両親も許しやしないだろう、こんな村の子のレンカなんかなんの役に立つの？　あなたに必要なのは町の子のマーシェニカ・ダーシェニカなのよ、と言って。大体、実際のところまだ子供だ、無駄に背が高くても。

「ハーイ、カマリッツァ！」

　カマローヴァはびくっとした。振り向いて、スヴェートカとパーヴリクの姿を認めた。スヴェートカとパーヴリクは手を繋いで立っていた。カマローヴァはそれを見て不愉快になった――こいつらはきっと誰にも見られないでキスをするために店の裏に来たんだ、ところがあたしがいたんで、がっかりしたに違いない。どうやって人目につかないところでいちゃつくか考えなきゃならなくなったわけだから。カマローヴァは意地悪くスヴェートカに笑いかけた。

「何、なんか用、ヤギ女？」

「ヤギはそっちでしょ！」スヴェートカは鼻を鳴らし、パーヴリクの手を放すと、人差し指と小指を立ててコルナ・サイン*をつくった。「夕飯のために草集めてんの？」

「あんたに関係ないでしょ」

「何さ……」スヴェートカは腹を立てはじめた。「ヤギみたいなケツしてさ」

「もういいだろ、今につかみ合いになるぜ」パーヴリクはスヴェートカの手を取ろうとしたが、彼女は振り払った。

「望むところだよ！」カマローヴァは二人の方へ踏み出した。「一発食らいたい？　なら今お見舞いしてやるから」

　スヴェートカは汚い言葉で言い返す代わりに、不意に何やらぎこちなく足踏みをした。「要するに、カマリッツァ、あたしたちあんたを探してたわけ。あんたんとこのチビたちが、あんたは教会へ行ったって言ったの。教会からあんたについてきてたんだよ」

「嘘はたくさんだよ」

「嘘なんかついてないったら！　ほんとに探してたの！」

「で？　それから？　なんか見つかった？」

「ま、大体ね……」スヴェートカは、町の女の子らしくいつも肩からぶら下げているかばんに手を突っ込んだ。

「あんたにハッカのお菓子と養蜂場の蜂蜜を持ってきてあげたよ。うちのおばさんに親戚が送ってきたんだ」かばんから袋を取り出すとカマローヴァに差しだした。

「どう、もらう？　これはあんたの弟にだよ、要するに、早く元気になるようにさ」

「もらうよ、……なんでもらわないわけ……」カマローヴァはそう言って目を伏せた。スヴェートカとパーヴリクに対する怒りは消え去った。鼻が不愉快にむずむずしはじめた。近寄ると、スヴェートカは彼女の手の中に丸めたポリエチレンの袋を押し込んだ。

「ありがと」カマローヴァはぼそりとつぶやいた。

「どういたしまして」町の習慣でスヴェートカは答えた。

「で、あんたんとこのサーニャはどうしたの？」

「なんでもない。風邪ひいただけ」

「へーえ」スヴェートカは声を引き伸ばした。「どうやったら夏に風邪なんてひけるのよ？　あったかいのに」

「あんたに言われなくても、あったかいのは知ってるよ」

「あたしが冬に風邪ひいた時、病院に入院したの。両側性肺炎だったって分かったわ」スヴェートカは言った。

「半年も学校を休んだんだから」

パーヴリクが感心したように口笛を吹いた――スヴェートカの両側性肺炎が羨ましいような様子だった。

「それであんたはそんなにバカなわけ」

「自分でしょ！　人間らしく付き合ってやってんのに、あんたはすぐそうやって……」

「分かったよ、怒んないで。怒るとろくなことないよ。サーニャがよくなったら遊びに来なよ、大きな溝にイモリを取りに行こ」

カマローヴァはハッとなったが、言葉はもう発されてしまった。イモリのいる大きな溝は、そもそも、レンカと自分の秘密の場所で、そこへは誰も、まして町の子など連れて行ったことがなかったのだ。ところがスヴェートカは、お菓子と蜂蜜の缶の入ったこの袋で、特別な権利を突然安く買いあげてしまった。

「イモリってかっこいいよな」パーヴリクがくちばしを入れた。「スヴェートカ、イモリを捕まえたことはあ

＊　人差し指と小指は立て、親指、中指、薬指はたたんだ状態の手を使ったジェスチャー。コルナはイタリア語で「角」を意味し、手の形が動物の角に似るためこう呼ばれる。ロシア語では「ヤギ」、「ヤギの角」などと表す。侮辱的な意味のほか複数の意味をもつ。

る?」

スヴェートカは黙っていた――カマローヴァが自分をバカ呼ばわりしたことに腹を立てているらしかったが、村育ちのパーヴリクにもまだ見せてもらったことのないイモリには興味が湧いた。

「いいよ、そのうち行こ。そのイモリを見にね」

「じゃ、遊びに来て」カマローヴァは、もう道路の方へ向かいながら、スヴェートカとパーヴリクに集めた草の束を振った。「じゃね」

スヴェートカは何も答えなかったが、カマローヴァは、相手が自分の背中を見ているのを感じた。たぶん、自分が両側性肺炎のことを笑ったから腹を立てているのだろう。『エレンと仲間たち』を見に来いとも誘わなかった――イモリのお礼にそうしたってよかったのに。両側性――バカバカしい! スヴェートカのくしゃみなんかパーヴリクに喜ばせておけばいい。半年学校を休んだって、大した手柄だ。自分なら、その気になりさえすれば、肺炎なんかなくたって半年学校に通わないことができるだろう。もっとそうしたければ一年だって休める、おまけに誰も一言も言わないはずだ(『一言も言わない』というのは誇張だった。母親は彼女が遊び呆けていることを知ったら、きっと彼女を容赦なく鞭打ったに違いない)。でもそんなつもりはなかった、そうしたくなかったし、学校も、八年生が終わったら州の地図をくれると約束してくれた学校の先生も好きだった。もし「良」か「優」で進級すれば、先生はもっと何かくれる、本とか、色鉛筆のセットとか――色鉛筆は、まあ、レンカにくれてやろう。学校の先生が新品の地図や、本や色鉛筆をくれて、皆の前でほめてくれるところを想像すると、気持ちが少し明るくなった。道沿いに広がっている谷のそばを早足に歩いて行った。谷で何かが枝をぽきぽきいわせ、鳥がさえずっていた。もしこんなに急いでいなければ、道路から逸れて鬱蒼とした黒い茂みを覗き込むところだった。茂みの向こうでは数メートルにわたってなだらかな下りが続いたのち、急な斜面になっていた。いつだかレンカが足を踏み外してそこへ落っこちたことがあり、カマローヴァたちは、ぼろぼろの服と全身引っ掻き傷だらけの姿で家へ帰って来たわけを、長い時間かかって母親に説明することになった。レンカはおまけにサンダルまでなくして、母親はとりわけこのサンダルのことで怒った。サンダルはまだ新品同様だったからだ。母親が前の夏に買ってきたばかりで、まだ一、二度しかはいていなかった。カマローヴァは汗ではりつく髪をどけようと、歩きながら手で額をぬぐった。大丈夫、サーニャは良くなる――皆でまた谷へ行ったり、川へ泳ぎに行ったり、二番目の深間に貝殻を集めに行ったりしよう。スヴェートカも呼んでやってもいいかもしれない。パニクるだろうけど……とにかく、サーニャが元気にさえなれば。彼女は立ち止まると、スヴェートカの包みとゴボウの葉を片手で胸に押し当てた。汗と一緒に道路の灰色の埃が頬に広がるのを感じながら、空いている方の手で顔をぬぐった。もちろん、サーニャは良くなる。良くならないなんてことあり得ない。良くなって皆で一緒に谷へ行ったり、イモリを捕まえに行ったりするんだ。谷や溝へサーニャを連れて行ってあげたことは一度もなかった。今度は連れて行こう、絶対に。

「絶対に連れて行くからね、サーニチカ」必ず本当のことになるように、声に出してカマローヴァは約束した。

家の薄暗い玄関間の壁際で、アーニカとスヴェートカがしゃがみ込み、下着から取り外した縞模様のゴム紐を妙な恰好に伸ばした指の間に広げて、あやとり遊びをしていた。スヴェートカが勝った――より複雑な形を作った方の勝ちだ。

「入室禁止！」姉の姿を認めると、アーニカが自分のあやとりを放り投げて先に叫んだ。「ここか台所にいるの」

「なんで？」カマローヴァは驚いた。軽くめまいがして頭にもやがかかったようになった――きっと太陽に当たりすぎたのだろう。

「ガッチナからサーニカのお医者さんが来たの」自分の方が先にそのことを知ったのを得意がるようにアーニカが答えた。カマローヴァはバカのように立ち尽くし、目をしばたたかせている。「誰も部屋に入ってきちゃいけないって。後でみんなのこともみるって」

「お母さんが連れてきたの」スヴェートカがつけ加えた。「ピョートルおじちゃんが、店に品物を運んでる車で乗せてってくれたの……」

「それからお医者さんと一緒に戻って来たの」スヴェートカが全部話してしまって、自分の分がなくなるのを恐れたアーニカがさえぎった。

「そう……」なぜか手のひらが熱く湿りはじめたために、手にしているゴボウとタンポポの束と、スヴェートカのくれた袋が一瞬ごとに重たくなっていくのを感じながら、カマローヴァはそう言うのがやっとだった。「レンカは?」

「ほかの子と台所にいるよ。何もってるの?」

「べつに……」カマローヴァはゴボウを下に落とした。ゴボウの葉はかさかさと軽い音をたてながら床に落ちた。「ヤギに取ってきたの。これはスヴェートカがくれた、あの子のおばさんから、おばさんの親戚が送ってきて……」

「カーチカ、どうしたの?」アーニカが近くに寄って来て、好奇心いっぱいにカマローヴァの顔を覗き込むと袋を手に取った。「もしかして、泣いてるの?」

「泣いてなんかない……」カマローヴァはアーニカを手で追い払うと、壁に背をもたせかけながらゆっくりとしゃがんで、目を閉じた。

「あやとりする? ゴムがもう一本あるよ」どこか遠くでアーニカが話し続けていた。「それかあたしのやつあげる。欲しい? レンカは台所でほかの子たちとヴァレーニエを開けたの。お母さんが、一瓶開けてもいいって……五〇〇グラムの……カーチカ、聞いてる? ヴァレーニエ食べる? クロ……クロフサスグリのだよ」

「ヴァレーニエはいいけど……」カマローヴァは言った。自分の声がとても小さく、同じようにどこか遠くから聞こえてくるような気がした。「この蜂蜜はサーニャのだよ。風邪によく効くから」

「いいよー、お医者さんがみてくれたら、蜂蜜あげよう」スヴェートカが言った。「お医者さんがねえ、ぜんぜんおじさんじゃなくて、村の人っぽくもなくて、町とかモスクワから来たみたいなんだよ……聞いてる、カーチカ? こんな服でね、眼鏡かけててね、かばんもってるの。かばんの中に道具とか抗生物質とか入ってるのかな、どう思う? きっと、サーニャの喉をみるんだよね。村のせんせいはこんな風にしたよ、『べろを出してアーって言ってごらん。そうじゃなくてこういう風に、アーーって』……それからアイスの棒みたいなの口につっこんでね……」

スヴェートカは目いっぱい舌を突き出すとヤギのようにえずいてみせた。アーニカがそれを見てけたけた笑いはじめた。

「何で笑うの? 笑ってる……サーニカの病気を調べて治すにはお医者さんにはこれが必要なの、なのに笑うもん。ねえカーチカ、言ってよ……言ってよ、何笑ってるんだって……」

カマローヴァは目も開けず黙っていた。自分の妹の名前が、町から来たあのスヴェートカと同じスヴェートカだということが変に思えてきた。きっと、町から来たスヴェートカなんていなくて、パーヴリクと遊んでいるのは自分の妹なのかもしれない。じゃあ、溝にイモリを捕まえに行くとか、二番目の深間に貝殻を集めに行く時にも、こっちのスヴェートカを一緒に連れて行かなければ――しばらく喜ばせてやればいい。アーニカとスヴェートカはどこか遠くで言い合いを続けている。駅から列車の音が聞こえてきた。スヴェートカとアーニカとパーヴリクが全員でこの列車に乗って行くところが思い浮かんだ。三人の声はもう森の向こうだ、そして声も聞こえなくなって、それから聞き分けのつかない「ブー・ブー・ブー」という音だけになり、スヴェートカ――町の方のスヴェートカが、カマローヴァにあっかんべをして、ヤギみたいにめえめえ言っている。カマローヴァがサーニャのために集めたゴボウの葉をむしゃむしゃとむさぼりはじめる。カマローヴァはとても重たく熱くなってしまった手をどうにか持ち上げると、額に当てがった。額もやっぱり熱く、どういうわけかもう妹たちが話しているのも聞こえなくなった。しばらくして、母親の声が遠くから届いた――はじめは怒ったような声、それから驚いたような声。カマローヴァはこの声に答えようとした。レンカと谷に行かなきゃいけない、と言いたかった――レンカがどこでサンダルをなくしたか思い出したから、見つけ出せるから。だがなぜかどうしても唇を動かすことができず、口の中も全身も、まるで夏が暑さで自分の全身をすっぽり覆ってしまって、どこかへ――川の向こうへ、野原の向こうへと引っ張っていくような気がした。野原ではミーヌィへ続く埃っぽい道路がくねっている。長い黒い法衣に身を包んだセルギイ神父が、風に帽子が飛ばされないように片手で押さえながら、洗礼式から帰ってくる。

長い夏

少女たち

村は低地に広がっていて、四方からすっかり沼沢の森に囲まれている。夏の中頃にはこの森にキノコが顔を出す。それはしなびてぬるぬるした、柄の細いヤマイグチだ。おばあちゃんはこのキノコを〈シャッポ〉と呼び、私と妹に取りに行かせる。妹はキノコの柄を二本の指でつかみ、汚いものでも触るみたいにそれを苔から引き抜く。ジャガイモと一緒に炒めると、〈シャッポ〉はちょっとないほど美味しいのだけど、たくさん採れることはそうそうない。ミミズとナメクジが私たちより先に食べてしまうから。とても長いゴム長は妹のほとんど膝まで届いている。

「蚊《カマル》だ！」妹は広げた手のひらで私のおでこをぴしゃりと痛いくらい打ち、その拍子に小さな赤い点をなすりつける。

「呼んだ、もしかして？」

鬱蒼としたトウヒ林からのぞいているのはとがった小さな顔だ。鼻はそばかすで覆われている。前髪はまばらで、白っぽい。

「ねーえ、もしかして、呼んだ？」

「蚊をひっぱたいたの」

「あたしたちそこにいっからね、なんかあったら呼んで」

カマローヴァ家の二人の姉妹、カーチャとレーナだ。カマローヴァ家の兄弟姉妹は全部で七人、だけど私たちはこの二人とだけ仲良しだ。残りの子たちは、いつも腹ぺこで、髪もとかしていないしお風呂にも入っていない——まるで野原の草みたいに育っている。彼らの中で一番上のカーチャは、二匹のヤギの放牧をしていて、朝から晩まで下着を洗っている。でもその下着は、まるで一回もきれいになったことがないみたいに、すぐさま汚れてしまう。去年父親が、晩酌のために自分用に取っておいたソーセージだかサラミの切れ端だかを、カーチャが全部食べてしまったというので、カーチャの左耳の耳たぶを引きちぎった。カーチャの絶叫と泣きわめく声からは何ひとつ分からなかった。真夜中に駆け込んできて、ドアを叩いたり蹴ったりしたのだった。一晩泊まって、妹の櫛で白っぽい髪を左側に撫でつけると、帰っていった。私たちは二、三日後にカマローヴァ家を覗いてみた。カーチャは金だらいで下着を洗っていた、レーナは庭で縄跳びをしていた。

「何しに来たのさ？」

「私たち友達になりに来たの」

「テストを受けてもらうよ」

私たちは庭の真ん中に立った。カマローヴァ家の庭は本物の荒れ地で、傾いた塀の下からアザミが生えているきり。カーチャはレーナから縄跳びを取り上げると、全力で私たちのむき出しの脚をしたたかに打ちのめした。

「合格？」妹はその時まで細めていた目を開いた。

「いいや」上のカマローヴァは妹に縄跳びを返すと、片頬でにやりと笑った。

「だって私たち黙ってたし、動きもしなかったよ」

「逆だよ、それが必要だったんだ。ぶたれるってのに、立ちんぼしてるなんてさ。バカじゃないの。バカとは友達にならないよ」

一週間後、下のカマローヴァが駆け込んできて、窓の下に立って、通りじゅうに聞こえるくらい大声で泣きわめきはじめた。

「町の人たちぃ！　町の人たちぃ！　助けてぇえ！」

外に出た。レーナはきつく手首をつかんで私たちを引っ張りはじめた。彼女の小さい頭のてっぺんは私の妹の肩までも届いていなかった。全身骨ばっていて、やせっぽちで——骨と皮ばかり。カマルはまさしく蚊《カマル》だった。

「カマル、あんたって蚊そのものみたい。だからあんたの姉ちゃんはカマリッツァ」

「じゃ、そっちは悪党だもん」

「あんたたちこそ悪党じゃないの、人を縄跳びでぶつなんて？」

下のカマローヴァは白い髪の真ん中の細い分け目まで赤くなった。

カマローヴァ家には犬のロルドがいる。牧羊犬と猟犬の雑種。たいていこのロルドは、主人たちの家と違って堅固に作られた犬小屋のすぐそばに、鎖に繋がれて座っている。小屋の中に入って行くのは怖がっている、というのも、もうずっと前に、カマローヴァ家に住み着いている雌猫のディーナが小屋の中に巣を作って、八匹の子猫を産んだから。今日のロルドはいつもより悲しそうだ。ロルドのもじゃもじゃ頭は低く伏せられていて――今にも地面にくっつきそう。時おり、ひどく咳き込んでいる。

カーチャは背筋をぴんと伸ばし、金だらいの上で激しく手を動かしている。石鹸のしぶきがあちこちに飛び散っている。カーチャの手のひらや指の皮膚は真っ赤で、まるで老人みたいにあかぎれている。

「うちの犬が死にかけてるよ」

近寄ってみる。ロルドは信頼した様子で首をもたげると、私たちに巨大な頭を差し出す。犬小屋からディーナの意地悪そうな顔がぬっと現れる。妹がロルドの頭を手で抱えて、少し持ち上げる。そうして私たちは、ロルドのぱっくり開かれた大きな口や、大きく賢そうな目や、ぴんと立った耳をチェックする。ロルドは、時々吐息をついたり、控えめに少し咳をするくらいで、じっと我慢している。ついに私たちはロルドの右の鼻の孔を覗き込む――ピンク色の柔らかな鼻の中で何かがきらめいている。

「カマリッツァ、あんた、針をなくさなかった?」

カーチャは、村の男の子たちが聞いたらうらやましがりそうなくらい、乱暴な答え方をする。

針は、カーチャの筆箱にあったカラス口で引っ張り出された。ロルドは文句も言わずにオペに耐えたけれど、ついに解放された時には、ディーナのことを忘れて後ずさった。ディーナはすぐさま爪と牙の全部でロルドの皮膚に噛みついた。

上のカマローヴァが近づいてきて、じろりと見ると、凝り固まった血に覆われた針を取り上げて指でひねくり回した。

「あんたたちのおばあさんは、売春婦だって皆言ってるよ」

「魔女だって言ってるんだよ」下のカマローヴァが訂正する。

私の妹は一瞬のうちにいきり立つ。

「あんたんとこの親父なんかアル中じゃん。昨日うちの窓の下の道路の真ん中で倒れてたよ。俺は、村の大統領だって叫んでた。なんなのこの村、こんな……」

カマローヴァ姉妹二人ともの顔が同時に泣き顔に歪む。「鼻水なんか引っ込めてよね」妹は興奮している。「ガリガリの、チビのくせに、生意気!」

「デカ女!」上のカマローヴァが叫び、拳で鼻をぬぐうと妹に飛びかかる。

その後カマローヴァ家のごみだらけの台所で乾パンとお茶を飲んだ。手洗い器の下で引っ掻き傷だらけになった顔の汚れをこすり落として、土埃にまみれた衣服を一カ所に集めた。カーチャは私たちのシャツとショートパンツを長いことハエ叩きでぱちぱち叩いていた。

「町に行ったことあるよ」上のカマローヴァが陰気に言う。「ヴィテプスク駅とか、劇場とか、教会とか、それにあんたたちの家も見たけどさ。あたしだったら、絶対町に引っ越したりしないね、あんたたち町の人は、あそこでお互いの頭の上にクソしてんだ」

「それってマンションの下水設備のこと?」妹が推理した。「ほら、やっぱりバカ!」

「そっちこそ」カマローヴァはだらだらとハエ叩きを振った。「あんたたち、町の人間は皆、ちょっと頭おかしいね。きちがいの高慢ちき。鼻はまだ雲に届かないわけ、デカ女?」

「村の連中は皆アル中のくせに! あんたの父さんも、肝硬変で死ぬに決まってる!」

妹が私に手を振ろうとしたけれど、遅かった。言葉はもう発されてしまった。二人のカマローヴァはまたすすり泣きはじめ、私たちは立ち去った。家でおばあちゃんは長い間、私たちのぼろぼろになった見た目のことで泣き言を言ったり、ため息をついたりしていた。そして、翌日の朝早く私たちをヴィリツァの公衆浴場に連れて行った。公衆浴場を私たちは火のように恐れていた。監獄や病院に似た長い灰色の建物、灰色の、何かぬるぬるしたもので覆われた洗い桶、むんむんする薄暗がりの中で入り乱れる女の人たちの裸の体。浴場では、私たちはいつもあまり動かないように努めていた。たいてい、私がどこかひと気の少ないところにつま先立つと、妹が洗い桶から熱いお湯を浴びせかけてくれ、その後交代するのだった。一番の苦しみは、膝まで届こうかという私のお下げだった。おばあちゃんは、洗った後に髪を乾かすのは時間がかかりすぎると考えていて、だから私の髪にタオルを巻きつけ、頭の上に巨大なターバンをこしらえて、駅に向かって埃だらけの暑い道を引っ張って行くのだった。私は汗びっしょりになり、頭のてっぺんからつま先まで埃に覆われてしまうのだった。

カマローヴァ家には自前の風呂場があった。すごく小さい、地面にめりこんだみたいな小屋だった。ヴィリツァの公衆浴場の後で私たちは、おばあちゃんに内緒でこの小屋でお風呂に入った。その間カーチャは敷居のところの草むらに座っていた、「町のおバカさんたちが一酸化炭素中毒にかかったら、あたしたちが有罪になる」と言って。お風呂に入った後で川に行った。水は氷のようで、藻草の長い房が軽く揺れ動いていた。上のカマローヴァが藻草の一番茂ったあたりへレンカをこづくと、レンカはきゃあきゃあ言って、わきへ飛びのき、つるつるした石に足を滑らせて、白い頭頂部が水の中に隠れる。

「あの子は泳げないんだ、泳げないんだよ！」カーチャは叫び、レンカの後を追って飛び込んでいく、私たちもすぐ後に続いて、レンカの腕や、やたら振り回される足をつかむ。ピンク色をしたクワイの花から虹色のトンボが空中に飛びあがり、そして私たちは、柔らかな水草に全身覆われて、やっと岸にたどり着く。

「学校を卒業したらここを出て行くんだ」カーチャは頭の後ろに両手を回し、熱い地面に横になる。

「町に行くの？」

「まさか！　どこかもっと遠くだよ、森の中。小屋を建てて暮らすつもり」

「なんでそのために学校を出なきゃなんないの？」

「なんでって……社会に対して義務を果たさなきゃなんないでしょ」

「うわ、変なの！」私の妹は笑いながら、カーチャのすぐそばに腰を下ろし、彼女の白い髪から、糸みたいな水草の緑色の葉をはらってやる。

「変なのはそっちでしょ！」

下のカマローヴァは無関心な様子で小指で鼻の孔をほじくっている。

「あたしもカーチカと一緒に掘立小屋で暮らすんだ」

「また始まった！　あんたは連れて行かないよ、泣き虫は要らないんだから」

レーナは指を鼻に突っ込んだまま泣きはじめる。

「私たち、いかだを作って、川を下ってみたいな」

「もし上手にいかだが作れりゃ、最初の深間まで行けるよ」

「三番目の深間まで行きたいの」

「ふん、嘘ばっかり、三番目までなんて行けっこないよ、デカ女！」上のカマローヴァは地面から立ち上がって、妹を意地悪そうに見た。「沈むのがオチさ」

翌朝四人でロルドの犬小屋の後ろ壁を引きはがした。チーズサンドを作って、何本か水の入った瓶を持って行って、そして岸から一メートル離れた所で沈みはじめた。

下のカマローヴァは仰天してまた泣きわめき、カーチャは罵詈雑言をまき散らした。後ろ壁は乾かされて、元通り打ちつけられた。その間ディーナは足元をうろついていて、何度か私と妹のくるぶしに噛みついた。

「ほらね」上のカマローヴァが、ミントティーを入れながら曖昧な言い方をする。「大体さ、そもそも……」

「自分だって……」

川べりの斜面にカマローヴァたちはターザンロープを作った。背の高いヤナギの太い枝に、縄で真っすぐ水平な横棒をくくりつけたのだ。カーチャは横棒をつかむと、猛烈に走り出し、飛び上がり、転げ落ちた、そして斜面をゴロゴロと転がりはじめた。

「深間までは歩きでも行けるよ、そこの野原に道があるから」

「牛がいるもん」

「牛がなんだってのさ？」

私の妹は牛が怖いのだ。何年か前、角の生えた頭を脅すように傾けて、小さなまだらの子牛が妹を追いかけたから。妹は、広大な草原の半分を駆け抜け谷間に転がり込み、どうにか難を逃れた。子牛はしばらく谷間の境の所で足踏みしていたけど、何に腹を立てていたのだったか忘れて、自分の群れの方にのろのろと戻って行った。

「何さ、牛が噛みつきでもするっての？」

カマローヴァたちは笑う。妹はしかめっ面で乾パンを噛み砕いている。カマローヴァの家は村の一番はずれに立っている。暗くなると、森がざわめき、森の中で何かがぱちぱち音をたてたり、きーきーきしんだり、何かの鳥が鳴いたり、シクシクしたりするのが聞こえる。上のカマローヴァがろうそくを二本燃やして、テーブルの上にそれを置く。二つの小さな炎は左右に揺れ動き、影は、まるで逃げ出そうとしているかのように、剥がれた壁紙を伝って震えている。

上のカマローヴァは突然泣き出し、頭を落として、もう長い間洗っていない髪を大人のような手でむしりつかむ。

「カマリッツァ、どうしたの？」

七月、一番暑い時に、カマローヴァ家は水疱に病みついた。カーチャは体をかきむしる弟や妹たちに必死になって緑色の皮膚薬を塗ったけど、自分自身も全身ぼつぼつができていたし、いつもと同じように、朝と晩にヤギを放し、庭で下着を洗っていた。私たちはこの時までにもう水痘をやっていたので、カマローヴァ家のために食料を買って行った。

「ねえ、町には、劇場や、博物館があるんでしょ？」カーチャは指で頬に触れると、拳を握り締める。

「劇場も、博物館もあるよ」

「たくさんあんの？」

「ものすっごくたくさん！」妹はカマローヴァ家のポーチの階段からさっと立ち上がり、両手を広げる。「ペテルブルクにもたくさんあるけど、モスクワにだってたくさんあるよ、エルミタージュ、クレムリン、マリインスキー劇場、トレチャコフ美術館、それに……」

妹は、まるで私たちがペテルブルクとモスクワを合わせた一つの町に住んでいるみたいに、交互に数え上げる。太陽が妹のきれいな顔を照らしている。

「ふうん。ま、どれにも行きたかないけど。退屈で死んじまうだろうから」

「何も退屈なことなんてないよ」妹は腹を立てる。「夏休みの最中に病気になる方がよっぽど退屈じゃん」

カマローヴァ家の父親は村の出身ではなく、いつだかだいぶ前にペテルブルクから越してきて、この土地の娘と結婚し、残ったのだったが、決まりきった村の生活に耐えられず、ひどく飲みはじめた。たて続けに四人の女の子と三人の男の子を産んだ妻は、最終的に、カマローヴァ姉妹の表現によれば「疲れて死んだ」ので、主婦の仕事は当時十歳だったカーチャの肩にのしかかることになった。レーナ以外の妹たち弟たちは一番上の姉を好きではなく、怖がっていた。カーチャが彼らを怒鳴りつけ、長い枝で足を鞭打ったから。


ワッフルコーンに入ったアイスは五ルーブルで、もしコーンがしけってしわしわになっていれば、二ルーブル五十コペイカだ。カマローヴァたちは果樹園の横を走っているアスファルトの道路を通って、歩いてヴィリツァまで行く。別の道もある——森の中を通り抜けるのだ。でも、上のカマローヴァはジプシーをいやがっている。ジプシーを乗せた四輪馬車は日に二回、朝と夕に道を通る。ジプシーたちは、朝は馬車の荷板に、夕方には乾草の山に座り、声を張り上げて陽気な歌を歌っている。私たちを見ると、とっ捕まえて海の向こうの国に売り飛ばすぞと叫ぶ。その国では空が銀で出来ていて、銀の空には黄金でできた太陽と星があって、昼と夜は交代することなく、毎日がお祭りだという。

「捕まえてよ！　売り飛ばしてよ！」

私たちは荷馬車の後を走って行く、ジプシーたちは笑い、本当に捕まえようとするみたいに、私たちに手を伸ばす。

「今に、恰好の日和にあいつらがあんたを捕まえて、本物のジプシーにしちまうよ」私の妹は肩をすくめて、こめかみのところで指をくるくる回してみせる。

「何さ、信じてないね？　スカートに派手なプラトークでめかしこませて、あんたにトランプ占いを教えこむよ――見てのお楽しみだね！」

「それの何が悪いっていうの？」

「占うのは罪だからだよ。あんたは地獄に堕ちて、悪魔どもがあんたの舌をピン止めしてさ、地獄の業火の上にぶら下げるんだから」

「中世の人みたいだね、あんたって。カマローヴァ」

「自分こそ！　デカ女！」

二年前に上のカマローヴァはアイスクリームのために貯めたお金をジプシーの女に渡した。女は、カマローヴァの手のひらの上で長い、真っ赤な爪をしばらく動かして、幸せな花嫁になるだろうと請け合った。その時以来、カーチャはジプシーぎらいになった。若いジプシーの娘がレーナに優しくして、きらきら光る小さなガラス玉で出来たネックレスをあげた時には、カーチャは妹をぶって、ネックレスを投げ捨てた。

「地理の授業なんて嘘っぱちだね。ありもしない国のことを説明してるんだよ」

「スイスのことでも言ってるの？　違う？　それかイギリスのこと？」

「イギリスはもしかしたら、あるのかも知れないけどさ。スイスはあり得ないよ」

「じゃアメリカは？　アメリカは存在してるの、カマリッツァ？」

「まずその、カマリッツァってのやめてよ。そんで、アメリカなんて存在しないから」

上のカマローヴァは茂みからクロフサスグリをむしり、裾で指をぬぐう。下のカマローヴァは、つま先だって首を伸ばし、水まき用の水が入った錆びた樽を覗き込んでいる。樽の中には親指くらいの大きさのゲンゴロウが住んでいる。酸素を吸うためにゲンゴロウが水面に上がってくる、レーナは嬉しそうにきゃあきゃあ言う。秋の初め頃、樽は空になり、樽の底で私たちは干からびたゲンゴロウを見つけるだろう。

　細い小枝でカーチャはトビケラを巣から突き出そうとしている。

「缶に水張って飼うんだ。ビーズをぶち込んだら、あたしにブレスレットを作ってくれるよ」

　おばあちゃんはベリーを摘んで食べることを許していない。ヴァレーニエを作るから。砂糖は絶対によく調べることが必要だ、木くずが混じり込んでいるし、ある時なんて妹は鍛造の釘を見つけた。下のカマローヴァは釘に有頂天になった。店の売り子は、青みがかったヒナ鳥の肉をいくつか買ってからでないと砂糖を売ってくれない。ヒナ鳥はロルドが食べる。私と妹はヴァレーニエの瓶を町に持って行く。一、二カ月後ジャムはカビに覆われ、私たちはジャムを捨てる。


　月が夕方のぼんやりした空の中をただよっている。私たちはカマローヴァ家のポーチに座っている。ディーナは階段の下の方で香箱座りをしていて、時々野性の黄色い眼で私たちを見る。空のどこか遠くで雷がごろごろしている。上のカマローヴァは新聞紙で上手に「ヤギの足*」を巻く。タバコの代わりに乾燥させたキイチゴの葉を詰めるのだ。暗闇に目を細めている。

「去年の夏、雷にあたって人が死んだよ」

「死んだりしなかった。酔っぱらって、野原で、古いニレの木の下で眠り込んだだけ。雷はニレの木に落ちて、ニレは裂けて燃えたけど、その人は朝に目を覚まして家に帰ったんだよ」

「でもあたしは自分で見たんだもん」

　カーチャはタバコを吸い、地面につばを吐く。

「そりゃ自分で見たでしょうよ……嘘つき、大嘘つき……」

「町じゃ、雷がなったら、皆隠れんの？」

　沼の水は空を反射しない。沼に点在している苔地を、妹は慎重に渡り歩いていく。妹の足は長くて、小さな子みたいに細い。おばあちゃんは、仔馬みたいだって言う。妹は身を屈めて、近眼らしく目を細めながら、地面から

＊　新聞の切れ端などで自家製タバコを作る方法はいくつかある。「ヤギの足」と呼ばれる方法では、円錐状に巻いた紙をくの字に曲げて細い方を吸い口とし、後からタバコを詰める。見た目がヤギの足に似るためこのように名付けられた。

去年の葉っぱを拾い上げ、わきへ放り出す。森の中で貨物列車が轟いているのが聞こえる。

「見て、ながーい列車！　三百個は車両がある！」

「千個あるよ、カマリッツァ、千個だよ！」

カーチャは妹の方に身を乗り出す、足を滑らせてぴちゃぴちゃ音をたてる苔地の上に落ちる。透きとおった虫の群れが苔の下から舞い上がってきて、空中に飛び散る。私たちは道に迷い、ようやく森を出たのは、昼が、もやのかかった七月の夕暮れに交代した頃だった。レーナは疲れて泣き、カーチャの腕にしがみついている。カーチャの方は唇を引き結んで黙っている。カーチャの長靴の中で水ががぼがぼ音をたてている。カマローヴァ家のポーチで、意外にも素面で、怒りに満ちた父親がカーチャとレーナを出迎える。レーナはさっと家の中へ姿を消す。父親はカーチャの髪をつかんで、無言のままカーチャの頭をドアの側柱に数回打ちつける。妹は私の手を引っ張る、私たちは道伝いに歩いていく。夕闇の中では、私たちの足元から軽い、おしろいみたいな土埃が舞い上がるのが見えない。

上のカマローヴァには自説がある。ツァーリが、いちばん悪い人間たちを集めてこの森に追放し、逃げないように高い塀で囲い込むように命じた。でも悪い人間たちは塀を少しずつ壊し板の上に乗せて運んで、それで自分たちの家を建てたのだと言う。ツァーリのことについて聞かれると、カマローヴァはずるそうに眼を細めて、口の端でにやっと笑って何も答えない。誰かがマリヤ・チエレンチェヴナの野菜畑からビーツを盗んだ時、無関係のカーチャとレーナは「予防」のためにぶたれた。

カーチャがおしゃれをしている。ガラスのエメラルドがついたピンで白っぽい髪を結わえて。女ジプシーが落としたピンなのだ――これはカーチャの秘密だった。村には三つ道があった。中心を通っている道がひとつと、村はずれのがふたつと。村はずれの二つの道は歩きでしか通り抜けられない。妹はいつも私と手をつないで歩いている。カマローヴァたちはポケットに手を突っ込んでいるか、歩きのテンポに合わせて手を振り回すかだ。誰もカーチャのエメラルドのピンには注意を払わない、と、カーチャはピンを髪から引き抜き、顔をしかめ、ポケットにしまいこむ。キツツキが木の幹でコツコツ音をたてている。それを見てレーナが、どうしてキツツキの頭から赤い帽子が落っこちないのと何度か聞く。カーチャは答えの代わりに妹の後頭部をぴしゃりとはたく。

「カマリッツァ、学校を卒業して、そんで町の私たちのところに越しておいでよ」

「そこで何しろってのさ？」

「大学に入りなよ」

上のカマローヴァは埃につばを吐く。

「あたしたちは入れてもらえないよ」

夕方頃ついに雷雨になる、雷が黒くなりはじめた空を這い回っている。


妹は窓のそばに身動きもせず座って、うちの庭に生えている巨大な白樺の木の枝が揺れ動くのを見ている。妹の前の机には本が広げた状態で置いてある。妹はその本を一日に二、三ページずつ読んで、文学の授業の課題を夏の間に全部読み終えられないいんじゃないかと心配している。部屋にたったひとつの小さなランプは、天井から長いコードでぶら下がっていて、かすかに電気のぱちぱちいう音をたてながらまたたいている。ランプが消えてしまうとろうそくを灯すことになるのだが、おばあちゃんは、火事の原因になるからと言って、私たちがろうそくを灯すのを好まない。表で雷鳴が轟き、窓に雨の最初の大きな一粒がぶつかる。妹は重苦しくため息をつき、中身を読まないで本のページをめくっている。

「カマリッツァが、去年雷の球を見たって言うんだよ。カマリッツァたちの部屋にまっすぐ飛び込んできたんだって」

「へえ、それで？」

「ものすごく怖かったってさ。こういう、電気で出来た球で、七色に色が変わるんだって。球の前では絶対動いちゃいけない、ちょっとでも動いたら――すぐに何もかも燃やし尽くされちゃうって」

妹は私のベッドへやって来て、足を曲げ、膝を抱えて座る。妹から伸びた影がごつごつした形になって床に伸びる。

「近いうちに森へ〈シャッポ〉を取りに行かなきゃね。雨の後はたくさん生えるから」


レーナは大声をあげて泣きじゃくっている。時おり泣き止んでは、大きくしゃくりあげてまた泣きはじめる。カーチャは腰掛に体育座りしている。きつくひき結んだ唇はろうそくの灯りで青みがかって見える。妹はついに決めて、カーチャの肩にさわる。

「ねえ……ほら……カマリッツァ……」

カーチャはやっと唇を開き、ひそひそ声で答える。

「妹と弟をどうしたらいい？　あたしたちはどこへ行けばいいの？」

妹がカマリッツァの方に二脚椅子を運び、私たちは皆並んで座る。窓の向こうでは森が低くざわめき、ジプシーを乗せて走って行く荷馬車にロルドが二度ほど吠え付く。カマローヴァは腰掛の上で体を揺らしている、まるで生きていない人みたいに。

水面下の流れ

「町の人たちぃ！　町の人たちぃ！　出ておいでよお！　父ちゃんがマスクラットを捕まえたよ！」

　やっと日が出はじめたところだ。下のカマローヴァが頭を後ろに反らすようにして窓の下に立っていて、待ちきれなさから手を振り回し、飛び跳ねている。

　マスクラットは、古い、携帯型のヒヨコの檻の中にいる。隅っこに身をひそめているので、大きな動かない毛の塊に似ている。妹がおそるおそる指で脇腹に触ると、毛の塊はちょっとだけ身震いする。

「どうやって捕まえたの？」

「素手でさ！　こいつが親父にどんな風に噛みついたと思う？」

　カーチャは片頬でにやりと笑い、私たちの顔の前に人差し指を突き出す。

「こんな歯があってさ、こんなだよ！　こんな！」

　荒れ放題のカマローヴァ家の野菜畑を突っ切って、檻を川の方へ持って行く。キイチゴの茎が服に引っかかり、腕をしたたかに引っ掻く。マスクラットは長いこと檻から出たがらない、私たちは手のひらで檻を叩いて音をたてたり、細い木の枝で突っついたりした後、ようやく離れていた方がいいんじゃないかと思いつく。ほどなくして毛の塊は向きを変え、小さな獣は、用心深そうに臭いを嗅ぎながら檻のすき間から小さな鼻面を突き出したかと思うと、まっしぐらに水の中に飛び込んでいく。

「泳げ、チュー助」下のカマローヴァが私の耳元でつぶやく。


　夕方、カマローヴァの父親は、娘たちや息子たちの誰でも、手当たり次第にひっぱたく。一番上のカーチャは半ば崩れた、むき出しの防水シートが剥げかかっている屋根によじ登り、資材の亀裂に生えている苔からひと塊引き剥がして、父親に投げつける。

「くたばれ、死んじまえばいいんだ、ろくでなし！」

「ガキどもを育ててみりゃいい、後でお前が困ることになるだろうがな……白い毛の悪魔め」

私たちの隣人のジェーニャばあさん――カマローヴァたちは「魔女」とあだ名をつけている――が、大儀そうに塀に寄りかかりながらカーチャの叫び声を聞いている。私たちを見ると、腹だたしげに地面につばを吐く。

「まだここにもいた！　赤毛と黒毛の悪魔め！」

妹はジェーニャにあっかんべをする。


夕方、野原は海に似ている。

「あたし海って見たことない」カマローヴァは草の波に丸っこい小石を投げ、耳を澄ますふりをする。草はざわつき、どこかでバッタが一匹、断続的に鳴いている。

「だいいち、海ってどんな感じ？」

「おっきくて、きれいで、しょっぱいよ」

「海にはネズミたちも住んでる？」小さい方が口をはさむ。

「何言ってんの!?」上のカマローヴァがレーナの肩をつねる、とレーナは叫び声を上げる。「聞いたでしょ、海はしょっぱいって！　塩水を飲むのはクジラだけなんだよ。あんた、クジラがどんなか知ってる？　クジラはね、頭を水の中に入れて泳いでるの、でも背中は水の上に出してて、この村みたいな村をそっくり乗っけて運んでるんだよ。もしクジラを怒らせたら、クジラは全身水にもぐっちまうの、そしたら皆死んじゃうんだよ」

「嘘が始まった……」

「嘘なんかついてないよ！　この目で見たんだ！」

「だってあんた、海を見たことないって言ったじゃん！」

カマローヴァは黙って、靴のつま先で地面をほじくっている。

「クジラは海だけにいるんじゃないもん。オレデシュ川とかにもいるんだよ」

妹はため息をついて、私の手を引く。私たちは道に沿って野原を突っ切って行く。足元で大地は柔らかくはずみ、何か小さな生き物たちが草むらから飛び出しては、私たちがその正体を確かめるよりも先に、素早くまた隠れる。カマローヴァは力いっぱい身振り手振りをしながら、オレデシュ川が本物の海くらい広くなるところでクジラを見たとか、自分はクジラの背中によじ登って、背中の上に広がった村を歩き回り、その村で一人の男の子と友達にさえなったとか喋っている。

私の妹は草を摘みとり、ほんのり甘い茎を噛んだりしていたけど、ふと訊ねる。

「感じの良い子だった?」

「誰がよ?」

「だから、あんたが友達になったたって男の子」

「まあまあ、いい感じだったよ」

「なんでこっちに来ないの?」

「それは……」カマローヴァは考えはじめる。「できないからだよ」

しばらくの間私たちは黙って進む。妹は次々に草を摘んでは、噛み、荒々しい動きでわきに投げ捨てる。

「カマリッツァ、私はさ、その人たちが水に棲むどんな生き物にも姿を変えられる、とは聞いたよ。でも人間の見た目になることだけはできないの。動物にだけなれるんだよ」

炭火で焼いたジャガイモとパンほどおいしいものはない。上のカマローヴァは果樹園から盗んできた小さな根っこ芋を注意深くひっくり返し、熱い灰の中に埋めていく。空気中には煙と、刈り取られた草の匂いが立ち込めていて、川からは新鮮な冷気がただよってくる。村のどこかで犬が遠吠えをし、その声に別の一匹が応え、さらにその後でもう一匹がそこに加わる。犬たちは涼しい夕闇の中で鳴き交わす、そして、この犬の会話のせいで、まるで静けさがいっそう強まるみたいに感じられる。私たちは話をしたくもなく、黙って、パンを噛み、灰からジャガイモを取り出し、指先でその皮を剝く。川で水しぶきがあがる、と、カマローヴァが飛び上がり、もう皮を剝き終わったジャガイモを灰の中に落っことす。

「あー、もう!」

「びっくりしたの?」

「自分だって驚いたでしょ、のっぽ!」

「そっちはチビ虫、蚊とんぼ!」

妹がカマローヴァに自分の小さなジャガイモを差し出す、カマローヴァは妹の腕を叩き、そうして二つ目のジャガイモが一つ目に続いて灰の中に落っこちる。

私たちは川沿いの小道を歩いている、ひっきりなしに足を踏み外しかけ、お互いにつかまり合いながら。カーチャは噛みしめた歯の間から静かに罵っている。ついに小道は小川に突き当たる、私たちはそろそろと小川を越え、野原に出る。上のカマローヴァは腕を左右に広げ、私たちから走り去る、私たちの方は彼女の後を追って走って行く、彼女に向かって叫ぶ、でもまるで聞こえないみたい。ついに私たちはカーチャを捕まえる、みんなで一緒になって湿った草の上に寝っ転がる。オオアワガエリの茎からバッタが飛び降りる。

「ねえ、あんたたち……大きくなっても、あたしらのところに遊びに来てくれる？」

「絶対来るよ」

「嘘つき！」

カマローヴァはどすんと座り込む。星がきらめく夜空を見据えながら座っている。星の一つが急に離れて、落っこちる。カマローヴァは音をたてずに唇を動かしている。

「カマルィチ……」

「触んないでよ！」

道に抜け出る。カマローヴァは先を歩いている――小さな、ひとりぼっちの姿が草の波の中に見える。下の方は私たちと一緒に歩いている。私たちの手を握り、足元を見たり、時々姉の方に目をやったりしている。

「カーチカはいい人なの」

「あんたのカーチカは意地悪よ」

レーナは私たちを見捨て、カーチャに追いつき、姉の手を取って、振り返り、私たちにしかめっ面をする。

「私たち遊びに来るからね！　絶対に来るからね！」カマローヴァたちに妹が叫ぶ。


金曜日の夕方はカマローヴァ家の台所で交霊会。上のカマローヴァがろうそくを灯し、紙きれに一風変わった飾り書きをし、誇らしげにその紙を、青いふち取りのある歪んだ皿の上に広げ、リンゴを上に置く。

「カマローヴァ、プーシキン呼んで！」

「だめ。プーシキンは皆に呼ばれて疲れてんの。ジェーニャばあちゃんがプーシキンを呼んだ時、めちゃくちゃ怒鳴られたんだから」

「えー、じゃあゴーゴリ！」

「ゴーゴリもだめ。ゴーゴリは生きたまま葬られて、その後、棺が開けられた時、立ち上がって言ったんだよ。『なぜお前たちは私を、偉大な作家を、生きたまま地面に埋めたのだ？』って」

妹は笑い、リンゴを取って少しかじる。

「あっ、全部だめになっちまった！　今日はもう誰も呼べないよ！」

「カマル、じゃあ前には誰を呼んだことがある?」

上のカマローヴァは不機嫌そうに黙り込む、と、下のが突然言い出す。

「カーチカはドストエフスキーを呼んだの。あたし自分で見たもん。こんなに背の高いおじいさんで、顎ひげは床に着くくらいだったの」

「床に着くくらいだって!」

「そう言ってるでしょ! ドストエフスキーはあたしたちを抱きしめて、言ってくれたもん。『嘆くでないぞ、娘たち』って。かわいそうがってくれたの」

上のカマローヴァがろうそくを吹き消し、窓を開ける、夕方の涼しい空気が台所いっぱいに満ちる。窓台の上に静かに、影のように、猫のディーナが飛び上がる。


「ねえ……」

妹は一心にオオアワガエリの茎をかじっている。

「どう思う、ジェーニャばあさんは本当に魔女だと思う?」

「カマローヴァ……」

「そう、カマローヴァが……」

「カマローヴァが見たんだもんね、ばあさんが夜中にペチカの煙突から飛び上がるとこ。それに、ジェーニャのところには、悪魔が結婚してくれって通ってきたんだって」

妹は茎を放り投げ、いら立たしげにつばを吐く。妹の頬に赤い斑点が燃えあがる。


私たちは長い間暗い緑色に塗られたドアを叩いている、と、ついにジェーニャがドアを開けてくれる。明るい玄関から清潔な、白樺の枝ほうきの匂いがただよってくる。二匹のぶちのある子猫、マーシュカとダーシュカがジェーニャばあさんの足元をくるくると回っている。妹がオートミールクッキーの袋を差し出し、私たちは何を言ったらいいか分からなくてもじもじする。ジェーニャは私たちを玄関に通し、大部分をロシア式のペチカが占めている部屋に連れて行く。子猫は二匹ともペチカの上に飛び上がり、丸まって二つのふわふわした毛の玉になる。

私たちはあたりを見回す。壁にはイコンと質素な額に入れられた白黒写真が下げられていて、窓にはゼラニウムの植木鉢。清潔な板張りの床、花柄のフロアマット、円いテーブルは黄色い防水布のクロスに覆われていて、椅子が二つと肘掛椅子がひとつ。肘掛椅子の上には編み物が置かれている。

「どうしたね?」とジェーニャばあさんが言う。

私たちは肩をすくめる。ジェーニャはゆっくりと、左右に体を揺らしながら台所に入って行き、そこにしばらくいた後、ティーポットと大きな磁器のティーカップを三つ乗せたお盆を持って戻ってくる。全部をテーブルに並べて、自分にはふちの欠けたカップを選び、お茶をそれぞれのカップに注ぎ分けると、また出て行って、今度はみずみずしいキイチゴでいっぱいのアルミの深皿を持って戻ってくる。

「ジェーニャおばあさん……」妹は熱いティーカップを手のひらで包み込み、深く二、三回湯気を吸い込む。「おばあさんは本当に、その……」

「なんだい?」

「魔女なの?」

妹はテーブルの下で私を膝で小突くと、絶望的に赤くなり、深皿からキイチゴをひとつかみつかんで、口に押し込む。ジェーニャばあさんは静かに嘆息して、十字を切った後、急にうすく笑いを浮かべる、彼女の目の周りにしわが寄る。

「魔女だよ、お嬢ちゃん」

「じゃあ、おばあさんのところには本当に悪魔が結婚してほしいって通って来てたの?」

「来てたよ、お嬢ちゃん……」

子猫たちがペチカの上で騒ぎまわっている。ジェーニャばあさんはため息をつく。

「……だけどそれは若い頃の話、若くてきれいだった頃のね」

「いいかげんにして! なんで嘘なんかつくの、大人のくせに!」

怒りだか、困惑だかのために、妹はもう真っ赤になって、椅子の上でそわそわして、戸口に視線を投げる。

「魔女なんだよ、魔女ですとも」ジェーニャばあさんは繰り返す。「うちの玄関にはほうきが置いてあっただろ――気づいたかね?」

私たちはジェーニャばあさんに、背中に村をまるごと乗せているクジラについて訊ねる、ジェーニャばあさんはすべてに頷き、そういうこともあるよ、と言う。この世では何だって起こり得るが、彼女の若い頃にはそれ以上にいろんなことがあった。ただ、今では物覚えが悪くなり、足も、若い頃のようには動かなくなっている。夕方、私たちは彼女が野菜畑に水を撒くのを手伝う、小さな畝から小さな畝へと、重いブリキのじょうろを運ぶ。

カーチャは一心不乱にたき火の中の炭を転がしている。

「あたし、あのガヴリールのこと知ってたんだ」

「おぼれた、あの？」

「おぼれたんじゃないよ、川の二重底に引きずり込まれたんだ」

下のカマローヴァが我慢できない様子でそわそわする、妹はいら立って肩をすくめる。

「誰が引きずり込んだのさ？」

「きまってんでしょ、あの……引きずり込む……」

カマローヴァは意味深に黙り込み、唇を引き結ぶ。たき火がゆっくりと燃えあがって行くのを見て、その中に太い乾いた枝をくべる。

「ガヴリールは夜になる度に川に行って、そこで女の子と会ってたんだよ。ほら、ちょうどこの崖のところで会ってたんだよ」

「本当⁉」

「何が『本当⁉』だってのさ？　有名な話よ、どんな女の子かって……」

「カマルィチ、もったいぶらないでよ！」

「有名な話よ、川に住んでるのはどんな女の子たちか」

茂みの中で、何かの鳥が歌い、長いもの悲しげなさえずり声を出していたのが、急にぱっと静かになる。私たちは耳を澄ませる、暗闇に目をこらす、でも見えるのは、とても深く思える水の上に広がったヤナギの長い枝だけだ。

「彼女のことも分かるよ」カマローヴァは続ける。「彼女はさ、たぶん、彼を自分のところに引き留めておきたかっただけなんだ。でも彼の方はぜったい川の中に入っていこうとしなかった、いつも怖がってね。でも仲間連中にからかわれたもんだから、結局崖から飛び降りることにしたわけ。彼女が彼を沈めたのは、ようやく三度目の時だよ」

「ジェーニャばあさんが言ってたよ、あんたの男の子のことを見たって。あんたのことを聞いてきたって」

カマローヴァは私の妹をじっと見る、それから顔をそむける。

「彼は月にいっぺん現れて、崖を歩き回るんだよ。さみしいんだね、たぶん。で、彼女はそこに座って、彼がどこにも行っちゃわないように見張ってるんだ。彼女のしっぽは……」

カマローヴァはすすり泣き、何度か深呼吸して泣き止む。妹は、たき火が消えはじめていることに気がついて、枯れ枝を投げ込む。

赤土や、でこぼこした窪みや岩棚で出来た、切り立った崖の壁に影が映ると、妹の背丈はいつもの六倍にもなる。私たちはできる限り崖にぴったりと身を寄せながら、手探りで下に下りて行く。腕と足が緊張で震え、妹の顔は粘土の埃まみれになり、汗の小さなしずくが妹の顔に曲がりくねった線状の跡を残した。ウシアブがぶーんと低い音を出しながら空中を飛んでいる、私たちの肩に止まる。アブに噛まれる間、妹は黙って、ただ唇を固く結んでいる。妹は左手に、端に石を結わえたロープを一巻き握りしめているから。

ほとんど同時に私たちは水の中に飛び込む。水の深さは妹の腰のあたりまでしかないけど、私は水草に覆われた石の上で足を滑らせて、粘土の壁につかまる。上から見るのと違って、ここからだと、川はいっそう暗く深いように見える。

「ほらあれだよ……」

川の真ん中で水は小さな渦巻きをつくっていて、下に流れ落ちて行くように見える。

「もうちょっと近くに寄らないと。ここからじゃ投げ込めない」

岸から二歩のところで流れは激しくなる。私たちは足を踏み外すのを恐れて互いの腕につかまり合う、妹が私を引っ張っていく。

「やめといた方がよくない？」

「怖くなったの？」

「もしかして、カマローヴァは、ほんとのことを言ってるのかも」

妹は答えないで、苦労して手を振り回す、と、石は渦巻きのど真ん中に落ちて行く、手にしているロープが激しく震えて、ほどけはじめる。

「あんたたちい！　そんなとこで何してんのお⁉」

カマローヴァたちの白茶けた金髪頭が対岸に現れる。妹は予期せぬことに驚いてロープを離してしまう。ついにロープは水の下に消えてしまう。

「持ってかれちゃった！」有頂天になって下のカマローヴァが叫ぶ。「あんたたちも持ってかれちゃうよ！」

妹は何も答えなかった、激しく頭を振った。手を取り合って、私たちは苦労して、なだらかな岸に向かってよろよろと歩いて行く。足元は粗砂だ。砂が歩くのをじゃまし、私たちはくるぶしあたりまで砂の中に埋まってしまい、まるで誰かが実際に私たちの足をつかまえているように感じる。妹の手は熱くて、湿っていて、少し震えている。

上のカマローヴァが不意に驚いたような金切り声を上げ、私の妹はバランスを失って、転び、頭まで水に浸かってしまう。

「ほら、ほら！　あんたたちの方に泳いできてる、逃げて！」カマローヴァたちは腕を振り回しながらくちぐちに絶叫している。二人の傷んだ白い髪が風にはためいている。

妹が浮かび上がってくる。妹の顔には藻がべっとりはりついている。マスクラットが、短い脚でてきぱきと水をかきながら、岸まわりの流れに逆らって泳いでいる。妹が水につばを吐く。

カマローヴァはいろんな風に震えるろうそくの炎を注意深く見つめている。夏の間は時間が縮まったり、伸びたりする――なぜかは分からないけど。

「ねえ、ちょっとさ、何でもいいから話してよ……」

「何を？　あたし何も話すことなんかないよ。黙ってる」

「じゃあ、黙ってて」

「だから、黙ってるじゃん」

レーナがお茶を入れ、店で買ってきた、乾燥ぎみの平焼きパンを大きく切り分ける。上のカマローヴァはパンに煮詰めた練乳クリームをこってり塗りつけ、噛みちぎると、念入りに咀嚼する。

「町じゃこんな練乳クリームないでしょ」

「これは町で作ってるんだよ。缶のラベル見てみたら」

カマローヴァは缶を取って、火のそばに持って行き、ゆっくりと回転させる。目を細めると言う。

「嘘だね」

「だったらそっちの……」

妹は言葉半ばで口をつぐみ、自分の平焼きパンのひと切れをかじる。熱すぎるお茶をぐっと飲んだせいで咳き込みはじめる。

「あたしは特別なメガネを持ってたんだよ、水中でものを見るためのさ。なくしちゃった。それか、もしかしたら、盗まれたのかも」

「町から買って来てあげようか？」

「町にはあんなメガネないよ」

カーチャはため息をつく。練乳クリームを塗ったパンを皿の上に置くと、わきへ押しやる。

「へえ、聞かせてよ」

「自分でさっき、『黙ってて』って言ったでしょ」

カマローヴァはニヤリと笑う。

「自分で言ったんだよ、『黙ってて』ってさ。だから、黙っとくよ」

「もう話してったら！」

妹はかっとなる。下のカマローヴァは、カマローヴァ家の台所の隅に、なにに使うのか分からないけど置いてあるへこんだソファに座り、両手で膝を抱えて、目をまん丸くして姉を見ている。

「魔法のメガネだったんだよ。そのメガネをかけると、水中の生活が観察できたわけ。水の中はね、あたしたちの地上とほとんど同じにできているんだけど、ただ清潔なんだ。彼らのところじゃきれいな家があって、全部の家の前には、庭と、リンゴとプラムのとれる果物畑があるの、それで小道はちっちゃな貝殻と、色とりどりの小石で敷き詰められてるんだよ。皆畑仕事したり、小さなクジラに乗って移動したりしてる。で、一番深い淵には……」カマローヴァは考え込み、何口かお茶を飲む。「一番深い淵には彼らの王様が住んでるんだ。王様には五本のしっぽがあるんだよ、こんな風に」

「それは嘘でしょ」

「あたし何も嘘なんかついてないよ！」憤慨でカマローヴァの唇が歪む。「ハダシにあの魔法のメガネをブン取られてなけりゃ、あんたにも見せてやったのに！」

「嘘ついたでしょ！」妹は主張する。「しっぽが三本っていうなら、まだともかく、五本は嘘よ！」

「あんたの妹は良い子だね」カマローヴァはたき火から出た熱い灰を火掻き棒で掻き分け、その中に小さなジャガイモを押し込む。「大人になっても、あたしたちのところに遊びに来てくれるか聞いてみて」

「私たち二人で遊びに来るよ」

カーチャは肩をすくめる。

風が古いヤナギを揺り動かす、そうすると、まるでヤナギの枝の上に髪の長い女の人が座っているように見える、その女の人は水の方に身を傾けて、水の中で髪の毛をすすいでいるように見える。カーチャは拳で顎を支えながら火の消えたたき火の前に座っている。それで、いつもよりいっそう痩せて小さく見える。妹は下のカマローヴァと一緒に、パンとマッチを取りに家へ走って行った。

「じゃあ、あたしは岸に座って待ってる。もし必要なら、百年でも座り通して、待ってるよ」

彼女は深くため息をつく、さっと立ち上がり、川の方へ走って行く、と、彼女が手のひらで水を掬い取りそれを上に向かって投げているのが聞こえる、水は大きなしずくになって降り注ぐ、そして何か驚いた生き物がシュルシュルと音をたて、フトイの茂みの中で動き回るのが聞こえる。

雨の後

「聞こえる？」

「何が？」

「歌ってるみたいじゃない」

　妹は痩せた肩を少し動かし、横っちょに頭を傾ける。

「エレクトリーチカだよ」

　弾むような空気の中でヒツジバエがぶーんと低い音をたてている。いつだったか、ヤナギの細い枝でハエを追い払っていた時、妹はハエの一匹をちょうどまっぷたつにしたが、二つのまだ生きている半身ずつは砂埃の中に落っこちて、長い間うごめいていた。妹は、足で踏みつぶすことをとうとう思いつくまでの間、口と目を丸くしてハエを眺めていた。

「ねえ、あれ……」

　野原の向こうに、湿地帯の川岸を隠している、シダレヤナギの低い茂みが見えている。茂みから二つのごくちっちゃな人影が見えたり、また隠れたりしている。大きな方は腕を振り回し、ピンの頭ほどの大きさの拳で脅している。ちらちらする草の向こうに、今にも見失ってしまいそうなもう一方は、いやいやするように頭を横に振っている。

「カマリッツァがチビを水に追い込もうとしてるんだ」

　妹はオオアワガエリの茎を摘み取り、二つに折って歯で挟むと、私の顔の方に身を傾け、脅かすようにオオアワガエリの「口ひげ」をひくひく動かして見せる。

「私はオサムシだぞ！　ブブブブーン！」

　夏が始まったばかりの頃、上のカマローヴァはレーナに泳ぎを覚えさせようとしていた。レーナは木の小さな橋の上に座って、支柱と手すりを兼ねた橋の棒杭にきつくつかまっていた。十字を切って、水の中に滑るようにもぐると、げらげら笑った。

「ここにマットレスみたいのがある！」

それからも相変わらず棒杭を握りしめたまま、まるで川の水がレーナをぽーんと押し上げたように、レーナは高く飛び上がった。上のカマローヴァは腹を立てた。

「泳ぎなよ！　なにバカなことしてんの!?」

レーナはあかんべをして、姉に水を撥ねかけると、いっそう高く跳ね上がった。靴屋みたいに罵りながら、カーチャは着古した服をかなぐり捨てると、無駄のない動きで橋から水の中にさっと消えた。その一瞬後、彼女は水から飛び出した。手に何か、黒い水草の塊みたいな、ずぶ濡れになった毛皮のコートの切れ端みたいなものが握られていた。レーナは金切り声を出し、弾丸のように水から飛び出て、両肘とも血だらけにしながら四つん這いになって橋の上を這い回り、立ち上がると逃げて行った。

「もう水に入れようとしたりしないよ。チビには、今じゃどの水たまりにも水死体がちらついて見えるんだもん」

上のカマローヴァが私たちに気づいて手を振った。

私の妹の夢は画家になることだ。毎晩妹は私にポーズをとらせる、三夏連続して相変わらず同じ肖像画に手を入れ続けている。その肖像画には十九世紀風のスカートをはいて上に高く髪形を作ったお姫様が描かれている。

「これはオフィーリアでしょ、有名なバレリーナの！」

下のカマローヴァが叫んで絵に指を押し込んだ。お姫様の頬にそばかすができた。

カマローヴァたちは隠れている。数日前にカマローヴァ家の犬のロルドが、ハダシと仲間の少年たちに金属ワイヤーで「絞め殺され」た。その復讐に、カーチャは鉄道の土手に張り巡らされている同じようなワイヤーをハダシの家の木戸に巻きつけた。朝、罠にかかったのはハダシの父親で、すぐさま野獣のように怒り狂って、息子を恐ろしいほどひどい目にあわせた。涙にむせびながら、ハダシはカマローヴァ家のきょうだい全員を絞め殺すと誓った。マリヤ・チェレンチェヴナのところから罐に牛乳を入れて戻ってくるところだった妹が、塀の向こうから響いてくる、「殺してやる！　殺してやる！」というハダシの声を聞いたのだ。

子供の頃には夏はとても長く、心配事などないように感じられる。私たちはヴェールバにパンをあげている。彼女は私たちの手のひらから柔らかい唇でパンを食べ、鼻息を吹きかけ、長い間とかしてもらっていないたてがみを振りたてる。妹はヴェールバの首に抱きついて、身を屈め、馬の赤い腹の下を覗き込み、ひそひそ声で叫ぶ。

「違った！　オスだからヴェールヌィって名前にしょう！」

　私たちは飛び跳ねたり、お互いに追いかけっこしながら、道を走って行く、カミツレが空気中を薬局の匂いでいっぱいにしている。ヴェールヌィは目の前に投げられた黒パンの塊を食べている。驚いたように私たちを見送り、つらい仕事で傷んだ、関節の腫れあがった脚を踏みかえる。


　川はさまざまなごみを運んでいる。落ち葉に枯れ木、巻貝の空っぽの殻とか。川の真ん中には藻に覆われた小さな島があって、そこまでたどり着くには泳いで行くしかない。上のカマローヴァは、島には宝物が埋められていると確信している、そういうわけでとうとう私たち三人は島までたどり着く。レーナは岸に、そこかしこ蚊に食われた両足をお尻の下にして座っている。島はアシの茂みだということが分かる。私たちは腰まで軟泥に浸かり込み、上のカマローヴァは皆の一番先を行き、黒っぽい茶色をしたどろどろしたものに胸まで埋まる。私の妹がカマローヴァの手をつかんで引っ張る、カマローヴァは抵抗して白茶けた頭を振る。

「ちょっと、意地張んないでよ！」

「デカ女！　ひっぱんないで！　あたし脚をつかまれてるんだよ、見えないの!?」

「誰があんたの脚をつかんでるって、カマリッツァ？」

「ヴォジャノイ、ヴォジャノイ*がつかんだの、今もつかまれてる！」

　カマローヴァは顔を歪め、目を吊り上げ、背中の方にひっくり返ろうとする。レーナは膝を掻くのをやめ、岸辺を右往左往し、手を振り回しているものの、水に入る勇気はない。

「あああー、助けて！　助けてぇ！」

　カーチャは思いがけないほどの力で私と妹をアシの茂みに引きずり込む。妹は怒って赤くなり、カマローヴァの細い前腕をつねろうとする、とカマローヴァの方は素早く逃げて妹の指に噛みつく。

　太陽の下で泥は灰色がかったかさぶたみたいに固まる。カマローヴァは私の妹と、どうする方がいいかで争っている。つまり、泥が乾ききるのを待って爪で剥ぎ落す方がいいか、それとも川で洗い落とす方がいいか。

「教えてよ、カーチカ、どうやったらあんたみたいのが生まれてくるわけ？」

「付き合ってくれって頼んだ覚えはないよ」

妹は肩をすくめて眉間をこする。と、指までも泥に覆われていることに気がついて、川の方へ降りて行く。私は妹について行く。カマローヴァはぴょんぴょん跳ねながら、私たちに向かって憎さげに叫んでいる。

「あたしは泥が乾いて、自然に落ちるのを待つからね！あんたたちは、町のずぶ濡れニワトリだ！」


村では夜になると電力がないことがよくあるから、私たちはろうそくのそばに座っている。妹は鉛筆でメモ帳に絵を描いていて、私は本を読んでいる。使い古されたオイルクロスに覆われたテーブルの上を、太った黒い甲虫が、用心深く足を運びながら這っている。テーブルの端、ろうそくの小さな円いともしびが規則正しく揺れているところまで来ると、虫は動くのをやめる。

「ねえ、あそこに本当に水死体があったのかな？」

「カマリッツァは、あったって言ったけど」

「そりゃ、カマリッツァは……」

妹は鉛筆で甲虫をつつく、と虫はコトンと乾いた音をたててひっくり返り、死んだふりをする。

夢を見ながら妹はうめき、寝返りを何度もうち、ついにベッドから落っこちる。おばあちゃんが妹を抱き上げる。しきりに身を傾けては、呼吸に耳を済ませたり、妹の額にさわったり、何ごとか小さくつぶやいたりして、一晩じゅう妹のそばに座っている。


下のカマローヴァが朝っぱらから窓の下に立っている。直立不動の姿勢、後ろに反らされた頭、そばかすだらけの鼻、とかされていない白い髪の束。

「町の人たちい！　アウーウ！　町の人たちーい！　なんで出てこないのお?!」

「妹が病気なの、熱があるの！」

レーナは考え込んでいる、その後再び頭を反らし、考え抜いた悪口をいかにも満足した様子で叫ぶ。

「バッカみたい！」

私はバタンと窓をしめる。二分後にはレーナはもうドアを叩き、私たちのいる二階目がけて急な階段を駆け上

＊　スラヴ神話の水の精霊。老人の男性や半魚人の姿で描かれる。

がる。おもちゃの入った箱によじ登って、赤い毛糸ででてきた猫の耳をつかんで箱から取り出す。

「ちょうだい！」

「だめ。あんたに必要ないでしょ？」

　レーナは胸に猫を押しつける。

「なんで病気になったの？」

「ただそうなったの……」

　妹は壁の方を向いて、壁紙の穴を指でほじっている。レーナは黙って、手で毛糸の猫をもてあそんだり、汚い裾をいじったりする。

「あのね、カーチカがハダシにヤギのうんちをあげたの、レーズン入りのチョコだって言って」

「で、食べたの？」

「食べたよ！　食べたし、スタスも食べたよ！」

「チビすけ、あいつら今度こそあんたたちをぶっ殺すよ」

「ほんとにぶっ殺されるよね」レーナは同意する。

　妹は橋から身を乗り出し、橋の下の方にはりついた大きな巻貝を剥がしている。陸上で貝は殻に隠れていて、厚い扉で入口を塞いでいる。妹は指先で注意深く扉の端っこをひっかけたり、巻貝をもう一度水の中へ浸からせてやったりしてしばらく持っていたけど、殻の扉は開かれることはなく、それで妹は貝を離してやる。二週間のどしゃぶりの雨の後で満水になった川は、花崗岩の大丸石の上をなめらかに流れている。日照り続きの時には、水面に裸足を垂らしながら、その大丸石の上に座るのが好きだ。

　私たちは川のほとりを歩いている。妹はゆっくり歩こうとしてくれているけど、それでも私はしょっちゅう引き離されてしまう。足元の地面は木の根っこでふくらんでいる。

「ところでどう思う……」

「何を？」

「だから……」

　妹は地面からヤナギの枝を拾い上げると、手に持っていじり回して、ため息をつきながら放り投げる。また雨がぽつぽつと降りはじめる。

　レーナがあぐらをかいて床に座っている。テーブルの上に低く屈みこんだカーチャは、レーナの毛糸猫のために服を縫ってやっている。一心不乱に糸を引っ張っているのだが、熱心さのあまりに古い針が折れてしまう。カーチャは針を窓から放り投げ、もつれた糸とだいぶ前に着つぶした服から取ったボタンでいっぱいの段ボール箱を長い間引っ掻き回し、何度か何かで指先を刺し、勝ち誇ったような叫び声とともに新しい針を手に入れる。

「カマローヴァ！」

「何さ？」

「なんでもないけどさ！　あんた、『安全のためのテクニック』って聞いたことある？」

「そりゃあんたんところの、町での話でしょ、テクニックなんぞ……」

妹は箱からレースの切れ端を選び出すと、猫のおもちゃのしっぽに結びつける。レーナは有頂天になって声をあげる。

「カマリッツァ、学校を出たら町の私たちのとこに越してきなよ！　くる？」

「またそれ言いだした！」

カマローヴァはさらに何か言おうとするけど、口が急に歪み、唇を噛みしめる。針を爪の下にしたたかに刺してしまい、涙を流しはじめる。

窓の向こうを荷馬車が通って行く。馬のヴェールバが自分の酔っ払いの主人を家へ運んでいるのだ。レーナは飛び上がって窓の外を覗き込む。

「お金貯めて、買い取るんだ」

「ヴェールバは年寄りだよ、じきにソーセージのために売られちまうね」

「あんたってほんとに意地悪、カマリッツァ！」

「なんにも意地悪なんかじゃないよ、あたしは正直者。あんたたち町の連中は、だいたい人生ってものを分かってんの？」

「じゃあんたはよく分かってるわけ！」

カマローヴァは答えの代わりに妹にあかんべをする、私たちはまた喧嘩になる。

雨が防水シートがむき出しの屋根をさらさらと伝い、べたつく埃を地面にはりつけ、道端のどぶから野菜畑に水をあふれさせる。井戸から水を汲むにも、もう長い、ものすごい音をたてる鎖のついた桶を降ろす必要はない。水を汲みたかったら、長い両腕があれば事足りる。私たちは小さな傘をさして散歩する、それでカマローヴァたちは私たちに「アオジロタマゴテングダケ」というあだ名をつけてからかっている。

「おばあちゃんが言うには、昔は雨水を飲んだものなんだって」

「まさか。生まれてこの方村に住んでるけど、雨水を飲んだことなんて一度もないよ！」

「だって百年前の話だもん！　あんたはまだこの世に存在してなかったの」

「そんなこと知らないけどさ、あんたのばあちゃんだってその時はこの世に存在してなかったよ」

レーナは私の傘の下に隠れている。カーチャはオーバーシューズで水たまりに入り込んで、これ見よがしに音をたてる。濡れた白い髪がカーチャの額と肩にはりついた。カーチャはルサルカに似ている。

マスクラットが川沿いの茂みから鼻を突き出して、つやつやしたビーズの目で私たちを見つめている。レーナがネズミに家から持ってきた乾パンを投げてやる。

「お食べ、チュー助！」

小さな獣は乾パンの匂いを嗅いで、ためらうようにひげをぴくぴくさせると、くるりと向きを変え、音もたてずに水の中へ入って向こう岸まで泳いで行く。濃くなっていく夕闇の中で、水の流れがひどくネズミを押し流すのが見える。カーチャは前の雨で湿った地面から立ち上がると、岸辺を歩き回り、「敬礼」みたいに手を額にくっつけて川の暗闇を見つめ、細い首を伸ばす。

妹は夢中で長い指を地図のあちこちに動かしている。私たちの川は、上の、西の遠く離れたところにある大きな沼沢地から始まり、主に人の住んでいない湿原地帯を流れ、森と荒れ野の間を曲がりくねり、赤土の崖に挟まれて終わっている。

「高さは六、七メートルくらいなんだって」妹は川のカーブのうちの一つを示しながら言う。鉄道から近い、村の人たちが「ガヴリールカ」と呼んでいる高い崖のあるところだ。カマローヴァの話では、この名前はガヴリールという若い男の名前から由来したもので、その人は賭けで三度崖から飛び降りたのだが、二度は浮かび上がったものの、三度目に沈んだ。皆はガヴリールを世界中に探したけど、とうとう見つからなかったのだと言う。

「……なぜなら」カーチャは目を大きく見開いて人差し指を上空に持ちあげる。「ガヴリールは二重底の中まで引きずり込まれたから。彼は今でもそこに横たわってるんだよ、ところが満月の夜になると……」

「カマリッツァ、嘘はもういいってば！」妹は怒る、妹の頬骨に鮮紅色の斑点が燃えはじめている。

「あたしは嘘なんかついてないよ！」カマローヴァはいきり立つ。「この話のどこが嘘だってのさ？　あんたも自分で月夜にその崖に行ってきな、見るだろうから！」

「あっそ、そこで私が何を見るわけ？」

「何も見ないね、何も見られやしない！　知りもしないことに口出ししないでよ！」


カマローヴァたちはうちに残って、ソバの実のお粥にミルクをかけて一緒に夕飯を食べる。妹はスプーンをわきに置いて、上のカマローヴァをじっと見る。見られている方は気づかないようなふりをしている。

「カマル・カマルィチ・カマロフスキー」

手のひらで口を押えながらカマローヴァが爆笑する、と鼻からミルクが散り、ソバの粒が二つ三つ飛び出して、私たちは皆笑う、はじめは我慢しながら、そのうち大声で。おばあちゃんが部屋から飛び出して来て、頭をふりふり、両手をぱちんと打ち合わせる。

「おとなしく食べることができないのかねえ、気狂いみたいな声をだして！　喉に詰まらせるよ！　こっちまで窒息しちまう」

おばあちゃんは弱々しい老人の手で妹の後頭部をぴしゃりとやる、それでも私たちは、へとへとになって、目に涙が浮かんで、頭の中ではきんきん音がするまで笑っている。


妹は夢を見て何か微笑み、落ち着かずにあっちからこっちに寝返りをうっている、と、突然泣きはじめる。

「どうしたの？　何の夢を見たの？」

妹は寝ぼけた何も分かっていないような目で私を見る、しきりとまばたきをする。

「わかんない。夢なんか見なかったと思う」

私たちはぴったりくっついて座り、ひそひそ声でおしゃべりをする。妹の呼吸は、走った直後みたいに荒い。

「あ、思い出した……水死体の夢を見たの」

「朝になったらカマローヴァに文句言ってやんなきゃ。チビのこともあんなに脅かして」

「うん、わざとじゃなかったんだろうけど」

妹は考えている、神経質に爪を噛み、自信がなさそうな様子で繰り返す。

「わざとじゃないよね、ただ単に……やりすぎて……」

カマローヴァたちは果樹園の建設現場に人工砂利を何度も取りに行き、ポケットいっぱいに詰め込んで、川岸を歩いている。

「もし小石が浮いたら、願いがかなうってこと！」

「あんたたちの石は全部沈んでるよ、町っ子さん！」

「カマル・カマルィチ、あんたたち、そんな石どこで手に入れたの？」

「だから言ったでしょ、のっぽ！　これは魔法の石なんだよ、ほら！」

カーチャが凍りつき、人工砂利がカーチャの拳の中で砕ける。ハダシと仲間たち――全部で七人――が、小さな丘を下って、ゆっくりと私たちの方に歩いて来ている。ハダシは口全部でにやにや笑っている。

「ようお前ら、出くわしちまったな？」

上のカマローヴァは大きく振りかぶって、ハダシに大量の砂利を投げつけると、レーナの襟首をつかんで川の方に引きずった。レーナは金切り声をあげて、腹這いにばったり地面に倒れ込み、草にしがみついた。男の子たちは一瞬ぽかんとした後、私たちを指さして爆笑しはじめた。レーナが姉の胸を、その後頭を蹴り、自由の身になると四つん這いで岸から離れた。私たちは川に飛び込んで、振り返らずに泳いだ。妹は水の下に隠れていた石に足をぶつけた。

風が年寄りヤナギの長い枝を揺らし、水にそよがせている。

「あれは年とったルサルカなんだよ、ところでさ」

カマローヴァは地面とほとんど平行に伸びている幹をよじ登り、太い枝の一本に落ち着くと、汚れた裸足を下に垂らしている。

「ルサルカたちはやっとの思いで岸に陸にたどり着くと、足で地面に根を下ろすんだ、そんで木に変身するんだよ」

「あーあ、始まった……」

妹は銀色のヤナギの葉を二、三枚むしりとって水の上に流す、でも葉は岸のまわりをくるくるするだけで、アシの茂みに引っかかってしまう。

「嘘つくのもいいけどさ、ほどほどにしといてよね。ルサルカにどんな足があるっての？」

カマローヴァは枝の上にぴょんと立ちあがる。

「何⁉　あたしが嘘ついてるって⁉　あんたは見たこと

「何のこと？」

「ううん、別に……」

私たちは四人で森を横切ってゆっくりと歩いて行った。レーナは頭を低く下げながら歩く、そして小さくすすり泣いている。細かな雨がぽつぽつと降っている。


ないくせに、自分こそ黙ったら！」

「じゃあんたは、つまり、見たわけ？」

「見たよ！　全部見たんだから！」

「ルサルカをあんた見たの？　足のある？」

妹は怒って真っ赤になる、カマローヴァはますます強く枝を揺さぶる、ついに枝は耐えられなくて、ひびが入って、しゃらしゃらいう音や水の音をたてながら川に落ちて行く。私たちはカマローヴァを引っ張りあげるために飛び込む、カマローヴァは頭のてっぺんから足のつま先まで、泥とウキクサでべっとり。

「嘘つきすぎた罰でしょ？」

「うるっさいなあ！」


夕方になるとエレクトリーチカが十分ごとに通って行く。私たちはレーナを鉄道の土手のところで見つけた。妹と上のカマローヴァがワイヤーをほどいてやった。

「ねえ、カマリッツァ……」

カーチャは手を振っただけ、そっぽを向いてしまった。エレクトリーチカがごとごと音をたてながら線路を通って行った。

「そもそも、歌ってるようには聞こえないけどな」

底なし沼

夏の間、月は空にはりついた、生焼けのブリヌィ*みたい。白夜――ぜんぜん白くはない、濁ったバラ色の空を背景に真っ黒な森の塊がかすかに揺れている。この塊の中で何かがきしみ、ため息をつき、夜鳴き鳥が時おり悲しげに叫び声をあげている。上のカマローヴァは、この鳥が三度鳴いたら不吉の知らせ、七度鳴いたら死の知らせだと言う。妹は、道でまっぷたつに切り裂かれて、青みがかったかすみに覆われて揺れ動く野原を、巨大な半円の形で野原を囲んでいる森の暗闇を見つめている。森から一筋の霧が抜け出て来て、地面に降り注ぎ、草の上に散っている、どこか遠くを指さす。

「底なし沼が湯気をはいてる」妹が意味深に言う。

道を通って行きたくないので、私たちは野原に出て行く。鬱蒼とした、刈られていない草むらは私たちの腰よりも背が高く、するどい草がむきだしの腕をちくちく刺すから、私たちは腕を頭の上に高く上げ、ゆっくりと気をつけながら分け入って行く。野原の上を不安げなタゲリのつがいが飛び回る。タゲリは、泣いているような、質問するような声で「誰の《チィー》!? 誰の《チィー》!?」と叫びながら、私たちの頭上をくるくる飛び回っている。

「巣を踏みませんように」

「踏んだりしないよ。ところで、誰かが底なし沼に行ったんだって?」

「カマリッツァが行ったって。沼の真ん中に島があるって」

「コースチクがカマリッツァに花をプレゼントしたよね」

コースチクは私たちより五歳年上だ。いつも自転車に乗っていて、髪の色はとっても明るいけど、カマローヴァたちみたいに白茶けてはいない。顔はおとぎ話の王子様みたい。レーナは彼の写真を私の手帳の一冊に見つけて、そーっとページを破ると、カーチャへのプレゼントに持って行った。ところが上のカマローヴァは怒って、妹の髪を引っ張った。それから破られたページを私たちに返してくれた。

妹は腕を降ろさないまま肩をすくめる、それでおかしな格好になる。

「あいつはハダシの仲間だよ」

「もしかしたら、良い人かも」

妹は再び肩をすくめ、歌うように声を引き伸ばす。

「沼地にはヒキガエル、野菜畑には百姓女、さわるな、我にさわるな！」

「ジプシーがカマリッツァに王子様を予言したよね。馬跳びする？」

妹はぱっと腕を降ろす、妹の、ちょっと赤毛のつむじが湿った草むらの中に隠れる。私は両方の手のひらを妹の肩につけ、妹を馬跳びで跳び越える、顔中に湿った花粉がぺっとりくっつく。私は着地する、腰を低く低く屈める、妹は強い指で背中に触れるか触れないか、簡単に私を跳び越える。野原は、不安になった虫たちの、不満げなおしゃべりでいっぱいだ。何か大きい、恐ろしげなものが目の前の草むらから立ち上がり、森の方へ逃げていく。

私たちは笑い、腕を振り回す、妹は口笛を吹こうとするけれど、笑っているのでぜんぜんうまくいかない、で、それがまた私たちをいっそうおかしがらせ、二人のうちどっちかが「おばあちゃんに叩かれる」と言い出すまで笑わせる。ジーンズもシャツもぐしょ濡れの私たちを見ておばあちゃんは咎めるように頭を振るだろう、それで、今後は一切夕方の散歩に出さないと脅かすだろうことを思い出して、ぴたっと黙り込む。

「オオヘラジカを見たって言おう、ヘラジカが道に飛び出してきて、私たちシカから逃げるために野原に走り込んだって」

笑いがおさまるや否や、私たちはまた力尽きるまで笑いはじめる。助け合って、道に出る。家に帰った時、おばあちゃんはもう眠っていて、私たちは静かに、濡れてすっかり汚れた服を引っ張って脱ぐとベッドに横たわって、すぐに眠りはじめる。

「底なし沼のところまで行きたかった？」

* ロシア風クレープ。ブリヌィの円形は太陽を意味し、謝肉祭（マースレニッツァ）では春のシンボルとして食される。

「底なし沼は遠いもん。行かない方がいいよ」

「カマローヴァは……」

「カマローヴァは嘘ついてるんだよ」

納屋の切り立った屋根の上で、妹は頭の後ろで手を組んで、長々と寝そべっている。夕焼け空をゆっくりと雲が流れている。

「町の人たちい！」

「えっ、なあに？」

カマローヴァ姉妹が白茶けた頭を反らして庭に立っている。

「たき火しに来る？　パンとジャガイモがあるの」

「もしかして、コルホーズ*の畑からとってきたの？」

「多くを知ると、早く老けるってね」

カーチャはしなやかな小枝に小さく切った黒パンを刺して、赤い筋が見える熱い炭の上に並べ、慎重にひっくり返している。

「隣の家で今週牛が逃げたんだけど、戻ってこないんだ」

「底なし沼に入り込んだのかも」

「もしそうなら、一巻の終わりだよ」

しばらく私たちは黙って座り、ゆっくりと黒くなる炭を見ながら、底なし沼のことを考える。沼はどんな風で、どうやったらたどり着けるんだろう。村を囲んでいる森の中には深い沼が山ほどあると言われている。カマローヴァは、もしこの沼に入り込んだら出ることはできない、必ず沈んでしまう、なぜなら沼地には特別な毒草が生えていて、その匂いを嗅ぐと人は記憶と視力を失ってしまうからと言う。底なし沼は、「ウサギの小脚」というワタスゲの一種が生えているあたりから始まっている。だからおばあちゃんはほとんど毎日のように、森を散歩していてもしウサギの小脚の茂みを見たら、すぐさま引き返すようにって私たちに繰り返し言う。

「うちには町に親戚かなんかがいるんだよ。ひとりがうちに来たんだ、おばさんか何か……」

パンが小枝から落っこちる、カーチャは罵って、パンを指で拾おうとし、やけどする、灰で灰色になった指を口に突っ込む。

「カマローヴァ、出しなよ！　毒だよ！」

「おばさんが来たんだってば、二日うちにいたんだけどさ、三日目に親父が飲みすぎて、おばさんの髪を持って庭を引きずり回すわけ。おかしかったよ」

下のカマローヴァは笑い、私の妹は軽蔑したように鼻を鳴らす。

「とーっても面白いね、カマリッツァ」

「何さ？　親父がおばさんを引きずるとおばさんがきいきい言ってさ。いや、噛みつこうとしたのかな。あたしなら噛みつくね」

カマローヴァはちょっと黒くなったパン切れをついに炭から引っ張り出すと、ぽりぽり音をたててそれをかじる。レーナは燃えかすから、豆みたいに小さいジャガイモを取り出す。

「底なし沼には島があるんだよ。岩が水から突き出ててさ、おっきくて、島みたいなの。この岩の上に、むかーし昔仙人が住んでたんだって。聖者だよ。その人はもうすぐ死ぬって時に岩の上に呪文を書いたんだ。もしその呪文を全部読めたら、願い事はみんな叶うし、長生きできるんだよ」

「あんた、行ったことあるって言ったじゃん。なんで読まなかったわけ？」

カマローヴァは黙って、集中した様子で新聞の切れ端から手製のタバコを巻き上げ、中にキイチゴとコケモモの乾いた葉を詰め込むと、吸いはじめる。

「行ったけどさ。普通の言葉で書いてなかったんだもん」

「カマリッツァ、コースチクはあんたにほんとに花をくれたの？」

「くれたけど？」

「あんた底なし沼に行ってないんでしょ。底なし沼なんてないんだよ、そういう噂があるだけで」

「じゃ、ほかに何があるっての？」

妹もタバコを巻いている、ゆっくりと、カマローヴァみたいに上手じゃないから、妹のタバコはきれいな円錐形にならなくて、何だかもろくてぐしゃっとしている。

ハダシと仲間たちがある日私と妹をスイレンの茂った古い川床に追い込んだ。私たちはフランネルのゆったりしたシャツを着ていた。妹は赤で私は青。まだ夏の真っ盛りだというのに、空から、秋に降るような小雨が降ってきた。男の子たちは岸に立って、にやにや笑ったり、地面につばを吐いたりしていたけど、結局私たちをどうしたものか思いつかなくて、立ち去った。しばらく待っ

＊　半官半民の集団農場のこと。ソヴィエト連邦の終焉とともにコルホーズは解体されたが、形態を多少変えて維持されたり、あるいは単に農場の名称として定着した例は見られる。

てから、私たちは川床から這い出した。足先から頭までくさい臭いのする軟泥で汚れてしまった。

妹はタバコを吸っている、良い香りのする煙越しにカマローヴァを見ている。

「彼もそこにいたよ……」

カマローヴァは口を開き、何か言いたそうにするけど、その代りに頭を振り、黙ってそっぽを向く。下のカマローヴァはさらに二本タバコを巻いて、一本私にくれる。森の中で夜鳴き鳥の悲しげなとぎれとぎれの声が響いている。村の方では、眠りから起こされた犬が夜鳴き鳥に応えている。鳥が黙ってしまうと、カマローヴァはてきぱきと聞く。

「ねえ、何回鳴いた?」

「三回鳴いたよ」

「違うよ、休みがもう一回あったもん」カマローヴァが言い返す。「こうやって鳴いたでしょ、グー・グーって。その後もっかい同じように鳴いた、だからつまり、四回鳴いたんだよ」

妹はほとんど燃え尽きたタバコを地面で消す。

「ぜんぜんそんなじゃなかったよ、こうやって鳴いたの、グーウ・グーウ・グーウって。きっかり三回鳴いたよ、不吉の知らせだ」

「四回鳴いたって言ってるでしょ、四回鳴いた時は何も意味してないんだよ。三回か、七回鳴いたんなら、それは意味があるけど、四回なら、何の意味もないの!」

カマローヴァは青ざめ、妹の頬骨には赤い斑点が浮かぶ。結局、妹がゆっくりと言う。

「そもそも、夜鳴き鳥が鳴いたんじゃなかったのかも」

「そうかもね」素早くカマローヴァが同意する。「夜鳴き鳥はもっと違う風に鳴くもん、もっと長くさ。さっきのは短く鳴いたもんね」

「確かに短く鳴いたよね、グーグー、って」

「だからそうあたしが言ったじゃん!」

「違うよ、そうは言わなかった。もっと違う言い方だったよ……」

森の中でまた鳥が鳴く。長く、もの悲しげに、まるで誰かの死を悼んでいるみたいに。下のカマローヴァが鼻をすする。

「寒くなってきた。八月ってもうほとんど秋だよね」

「あの鳥はさ、ジプシーなんだよ」消えたたき火に乾いた小枝をかき集め、マッチをしゅっと擦りながらカマローヴァが言う。

「どんなジプシーよ、カマリッツァ？　あんたって、まったく！」

「どんなって、普通のジプシーだよ」カマローヴァは言い張る。「あそこにジプシーが群れをつくってたんだよ、鉄道のすぐそばにさ。群れの中に若いジプシーの女がいたんだ、めっちゃくちゃ美人の。ゾーラって呼ばれてた。で、村の男のひとりが彼女を好きになった、アンドレイって男だけどさ、うちから二軒離れたところに住んでた。鎖でつながれたみたいにしょっちゅう彼女の後を追い回してたね。彼女の方はずっと気のない風にしてたけど、でも彼は彼女にいろんな贈り物を買ってやったり、家の仕事を手伝いに行ってやったりしてた。で、とうとうゾーラも持ちこたえられなくなって、アンドレイに惚れちゃった。二人は一緒に暮らしはじめたんだ、アンドレイはゾーラを群れから自分のところに連れてきた」

カマローヴァは口をつぐむと、燃えあがったたき火をゆっくりと棒でかき回した。

「で？」

「で、って？」

「その後何が起こったの？」

「別に何も」物思いに沈みながらカマローヴァがゆっくりと言う。「その後はよくある話。二人に子供が生まれた。彼はだんだん彼女にうんざりしてきた、で、飲みはじめた。うちの親父ともよく飲んでたよ。その後で家に帰るでしょ、ゾーラは夫に怒鳴るわけ、あんたはあたしの青春を台無しにしちまった、家計は火の車だし、子供たちはぼろを着てる、って言ってさ。で、泣く。彼はなんとなく彼女をいっぺんぶった。いっぺんぶって、にへんぶったら、その後は夢中になっちまった。ゾーラは右や左の目の下に青あざを作って村じゅう歩き回る、でもどうしたらいい？　親戚もいないし、ジプシーの群れは場所を変えて行っちゃった。友達もいない。結局、彼女はなんとか口実をつけて自分のアンドレイを森に呼び出して、絞め殺したのさ。自分の方は夜鳴き鳥に姿を変えると、茂みの中に飛び去った。で、今じゃそこで、自分の台無しになった若さを悲しんで泣いてるんだよ」

私たちは耳を澄ますけれど、鳥はもう鳴かない。たき火がひどくはぜる。カマローヴァがうっかりして松ぼっくりをくべたのだ。

「ところでおばさんはどうしたの？」

「どうしたって？」

「なんのために来たわけ？」

「ああ、それは……」カマローヴァは肩をすくめる。

「ただ単にさ……遊びに来たんだよ」

「おばさんはあたしたちを町に連れて行きたかったの」

チビが立ち上がる。上のカマローヴァは妹からタバコを取り上げると、火の中に投げる。

「あんたはまだタバコ吸うには早いよ」

レーナはたき火に背を向けて座っている。一心不乱に小指で鼻をほじりはじめる。

「うちにチーズがあるよ。誰かチーズ食べたい？」


雌牛のミルカが、野原からの帰りに間違ってうちの庭に迷い込んだ。途方にくれたように角のある大きな頭を左右に振りながら、背中で木戸をふさいで立っていた。妹はミルカを見ると悲鳴を上げて家に走り込んだ。窓から身を乗り出し、道で待っていたカマローヴァたちに、牛のそばを通らないように叫んだ。上のカマローヴァは悪態をつくと、細い腕で牛のお尻を押して、木戸をくぐり抜けた。牛の方に前から近寄って、牛の濡れたような、ちょっと出っ張った目をじっと覗き込んだ。

「茂みから枝をもぎとって、牛の顔に近づけてみて」窓から妹が言った。

カマローヴァは答えなかった。突然牛の柔らかい、ピンク色の鼻に顔を近づけ、牛の首を抱きかかえた。痩せた背中が震えた。ミルカは一声モーと鳴くと、静かにちりんちりんと首の鈴を鳴らした。間違った場所に来てしまったことに気づき、後ずさりしようとしはじめ、後ろ向きに道の方へ出て行った。

「牛がぜんぜん恐くないの、カマリッツァ？」

「オスは恐いよ。雄牛には、まあ近づかない方がいいね。オスの羊とか、ヤギにもね。でもメスの牛とか、ヤギとか羊には近づいても平気。あたしメスの牛と、ヤギの乳しぼりだってできるもん」

カマローヴァは、牛やヤギの乳しぼりをするにはどうしたらいいか見せてくれる。

「牛の乳首はこんな感じだよ。短くて、つるつるしてんの。でもヤギのは長くて、乾いてて、つかみやすいんだ」

「じゃあ羊のは？」

「羊のはどんなか知らないよ。胸んとこ毛だらけだもん」


道は池のところで二つに分かれる。左手にはまだいくらか村が続いていて、その先は野原が広がっている。右手はすぐに森がはじまる。男の子たちは森の入り口のところをきれいにして、小さな円い空地を作り、三本の太い丸太で両側にゴールを立てた。空地を「サッカー場」と名付けて、朝から晩までそこでボールを追いかけている。前を歩いている上のカマローヴァは、分岐点のところで右に方向転換し、歩調を早め、「サッカー場」のそばを行き過ぎながらこっそりとコースチクに目をやる。コースチクは白いシャツと半ズボンの姿で、周りの友達よりもすらりとして背が高いように見える。

下のカマローヴァが急に姉の腕をつかみ、釘付けになったみたいに突っ立つ。

「なに？」

「この道はジプシーが使ってるの」

「ジプシーがなんだっていうの？」

レーナは、頬を涙だらけにし、大きく鼻を鳴らしながら、急に大声で泣きはじめる、私たちは我さきにとレーナをなだめる、森の中で、夜鳴き鳥がはっきりと三度泣きわめく、まるで、すぐそばで鳴いているように感じられる。下のカマローヴァは落ち着きはじめる、手で頭を覆い、膝を折ってちいさく縮こまって、しきりにすすり泣く。

「昼の鳴き声はどういう意味かな。昼間はカウントされないもんね」

「確かに。意味があるのは夜鳴いた時だけだよ……ねえ、レンカ？」

レーナは動かない、だから私たちは三人で無理やりレーナを立たせる。両側に森が広がる道の先は水平線の向こうに消えている。道の上の、長い三角形をした空は、まるで空の代わりに誰かが、たった今洗い上げたばかりの明るい水色の布地を引っ張って広げたような色合いに見える。

「ねえ、カマリッツァ……」

「今度は何よ？」

「ジプシーのゾーラの子供たちはどうなったの？」

「どうもこうも……」カマローヴァは炭から取り上げたばかりの熱々のパン切れに、棒状に切ったチーズを乗せる。「ゾーラは、夜鳴き鳥に変わると、森の中で泣きはじめて、自分の子供たちの名前を呼んだんだ。子供たちは夜中に目を覚まして、聞くわけ、ママが森から自分たちを呼んでるのを。で、立ち上がった。髪をとかして、顔を洗って、着替えると森のママのところに行った。ところがゾーラは子供たちをあの底なし沼のところにおびきよせたんだ。子供たちは沼に入り込んだ、でも出ることができない、で、みんな道に迷って、はまり込んじゃった」

「ここで何してんだよ?」

村に戻る道をふさぐ恰好で、男の子たちが一列に並んで立っていた。ハダシはにやにや笑っていた。

「ええ?」

妹は、私と下のカマローヴァの腕をつかむと、森の方へ私たちを引っ張った。カーチャは一歩前に進んだ後、まばたきもしないでコースチクをじっと見据えた。明るい太陽のためにカーチャの目は髪の毛と同じように明るい色に見えた。

「あんたあたしに花をくれたよね」

コースチクはきまり悪そうにひひと笑うと、肩をぴくぴくさせ、仲間を見回した。

カマローヴァは屈んで、地面から石を拾うと、黙ってそれをコースチクの顔目がけて投げた。コースチクは叫び声を上げて、顔を手で覆った。

ハダシはカマローヴァを捕まえようとし、カマローヴァはさっとすり抜けた。一瞬後に私たち全員は、道端のどぶを跳び越えて、森の中をまっしぐらに駆けだしていた。私たちに驚いた夜鳴き鳥がすぐそばで鳴いていた。近すぎて、何度鳴いているのか分からなかった。森の湿った地面がぴちゃぴちゃ音をたて、足をとらえたから、今にも捕まってしまうんじゃないかという気がした。男の子たちは叫んだり、笑ったりしながら私たちを追っていた。逃げてもむだだと分かっているのだ。彼らの楽しげな叫び声は、夜鳴き鳥の長く尾を引くような、悲しそうな鳴き声とまじりあっていた。ところがその直後、突然背後で恐ろしい咆哮と何か割れるような音が響いた。まるで、巨人が森の下草をかきわけて出て来て、怒りか、それとも空腹で吠えたみたいだった。私たちは走り続けた、太陽に焼かれた苔の上に落っこちるまで。苔のあちこちからは「ウサギの小脚」の細い茎が突き出していた。

「もう十分」カーチャは息を吐いた。長い間それ以上一言も言えずに、ただ苦しそうに呼吸していた。私たちも話そうとしたけれど、やっぱり呼吸をしずめることができなくて、苔の上に鉄のような味のする、粘っこいつばを吐き出した。

「もう十分」カマローヴァが繰り返した。「これ以上進むと底なし沼だよ」

つい今しがたまで誰かが走っていたとか、真っ昼間に夜鳴き鳥が叫んでいたとは思えないくらい、森の中は静かだった。影で蚊柱がかぼそい音をたてていた。そして何かがぱちぱちいったり、きしきしいったりした後、森の下草の中でまた何かが大きくみしみしと音をたてはじめた。レーナは手で膝を抱えて縮こまると、すすり泣いた。

「来る！」

低木の茂みが割れた、そしてその間から、用心深くひづめで苔を踏み確かめながら、牛が出てきた。私たちを見て、牛は立ち止まった。頭を振ると、首に下げられた小さな鈴がにぶくちりんちりんと鳴った。

「ミルカじゃない！」カマローヴァは金切り声を上げると、飛び上がって牛に抱き着いた。「ミーロチカ！　見つかった！」

鉄道の踏切を越えると村は終わり、その後は何キロにもわたって、ひと気のない道が森の中を続いている。時おりひどく埃を立てながら車が道を通って行き、車を避けるために、底に黒い沼地の水が溜まった道端の深いどぶに飛び込むはめになる。男の子たちはこの道を歩かない。自転車をひきずって踏切を越えるのが面倒なのだ。

カマローヴァは、この道をずっと行けば、十字路に行き着くと言う。右に進めば車道に出られて、左手に行けば林道に出る。そしてもし林道を曲がれば、村のほぼぐるりを囲んでいる沼地にまっすぐ行けると言う。

「林道が作られた時、スサニノかセムリノまで道を通したかったんだけど、沼地に行きあたってさ、トラックが二台そこに沈んじまった。結局この計画はうっちゃられたわけ」

カマローヴァは細い腕をひどく振り回し、時おり足元に落ちている小石を蹴とばしながら歩いている。

「底なし沼を干しちまおうともしたんだけど、どうやってもうまくいかなくてさ、全部むだだった」

「カーチカ、あんたってなーんでも知ってるんだね」

「知らないのに、それっぽく言ってるんだよ」

カマローヴァは不機嫌になったけど、何も答えない。

「ねえ、あんたたち……」突然彼女は言いはじめる、口ごもり、いら立ったように埃につばを吐く。

「ねえ、もしあたしがあのおばさんに電話するって言ったら、どう思う？　あれだよ、うちに来たあのおばさん……」

「どうって？　電話できるんだから、すれば？　准医師支所に電話があるじゃない、明日の朝一だって……」

「あんたに言われなくたって！」カマローヴァは妹をさえぎる。「なんでもかんでも一番良く分かってるってつもり？」

　彼女はポケットからマッチと二本のタバコを取り出して、火をつけ、一本をレーナに渡すと、吸いはじめ、歩調を早める。妹もポケットからマッチとタバコを取り出し、剥がれていた紙の端につばをすると、丁寧にもとの位置にくっつける。何度かマッチを擦り、タバコを吸いはじめ、明るい七月の太陽に目を細めながら、前を行くカマローヴァを見ている。

カマローヴァ

妹が、赤い背びれと赤い水かきをもった、大きなまだら模様のイモリを捕まえた。三リットル入る瓶に水を張ってイモリを入れると、藻草を投げ入れた。カマローヴァたちは目をそらしもせず、瓶の中をゆっくりと泳ぐイモリを物珍しそうに見ている。

「きれい。これってドラゴン？」

「イモリだよ」

「イモリってドラゴンの子供？」

妹は黙る。下のカマローヴァは妹の手を引っ張る。

「ねーえ？」

「うーん、そんなところかな」

カーチャは疑わしそうに指先でガラスを叩いている。夕方に私たちはイモリを池に放してやった。

カマローヴァたちの父親が暴れて、子供たちを手あたり次第にぶちのめしはじめると、一番上のカマローヴァは下の弟妹たちを納屋に追い立てて、鍵をかけ、自分は屋根の上によじ登り、そこから父親めがけて屋根材の破片や木っ端を投げつける。父親はにぶい音をたてて拳で納屋の戸を殴りつけながら、火をつけるぞと言って脅す。

「そんで火をつけて、焼き尽くしちまったらさ」カマローヴァはたき火につばを吐き、薪の上で蒸発するつばが立てる弱い、シューという音に耳を澄ましている。「あいつに何になるってんだろうね？」

「あいつはクズだもん」レンカが相槌を打つ、とカーチャは妹の後頭部をぴしゃりと音をさせて叩く。

「汚い言葉使うんじゃないよ」

「カーチャはいいのに、なんであたしはだめなの？」

「あたしの手はこんなでしょ、見なよ？」上のカマローヴァはたき火の前に、自分の長い、痩せた手を伸ばす。大きな手のひらにはたこやまめがいっぱいある。

「これはあたしが火の草を集めたからこうなったんだよ」

「始まった」妹は地面から立ち上がると、ズボンの埃を払った。「私家までチーズ取りに行ってくる」

「火の草の葉はナイフみたいにするどくて硬いんだ」カマローヴァは広げた指をレーナの鼻先に突きつけながら続ける。「その草は火の湖の岸に生えてるんだよ、湖の中には炎のドラゴンが住んでるんだ。でもあんたの手はどう？」

カーチャはレーナの手首をつかみ、炎の方にぐいと引っ張る、レーナは金切り声を上げる。

妹は大急ぎで作ったサンドイッチ四つを持って戻ってくる。上のカマローヴァはすぐに三つつかむとレーナに二つ渡す。

「あんたって飢え死に島から来たみたいね……」

「あんた、うざいよ」

妹は肩をすくめ、残ったサンドイッチを二つに割ると、半分を私にくれる。

「で、あんたは見たわけ、カマリッツァ？」

「誰をさ？」サンドイッチを口いっぱいに頬張りながらカマローヴァが聞き返す。

「だから、ドラゴン」

「見たよ。ドラゴンはうちのニワトリどもを引きずり回してさ、鶏小屋を焼きはらったんだ」

妹が笑い転げ、カマローヴァは腹を立てる。

「何さ、信じないの？」

「信じるよ、信じるよ、ただささ……」妹は私の脇腹を肘でつつく。「ね、カマリッツァを信じる？」

「あんた言ってたじゃない、父ちゃんが酔っぱらってその鶏小屋を……」

カマローヴァは慌てずにサンドイッチを食べ終えると、意味深に答える。

「いつもすぐに本当のことを話せるわけじゃないし。信じてもらえないこともあるじゃん」

カーチャはそれ以上腹を立てず、火の方に足を伸ばし、地面に手のひらをついて頭を後ろに反らせながら、たき火から少し離れたところに座っている。お下げに編まれていない白い髪は、肩に乱れかかっていて、夕方の風に少し揺れている。

「町じゃ、同じ家で暮らしてても、お互いのこと知らなかったりするんだってね。うちも親父とそうなれればいいのに」

「無理でしょ。家族だもん」

「そんならあんたたちの町はろくでもないね」物思いに沈みながらカマローヴァは言う。「町に行っていいことなんて一個もない」

「あんたに何が分かるのさ?」

「じゃあ、あんたはよく分かってるわけ」

カマローヴァは頭の後ろで手を組んで地面に長々と寝そべり、目を閉じている。茂みから猫のディーナの意地悪そうな顔がぬっと現れ、黄色い眼で私たちをするどく一瞥すると、たき火の灯りの届かない真っ暗な夕闇にまた隠れる。この村に別荘住まいしている人はそう多くない。私たち以外には、痩せた人見知りの男の子を連れたお母さんがひとり(たぶんその子はチョーマと呼ばれている)と、孫を連れたおばあさんが何人かいるだけで、この人たちは、私たちがカマローヴァたちと付き合っているせいで、仲良くしてくれない。その内の一人で、下のカマローヴァにちょっとの間ビーズのブレスレットを貸すのを断った人のベランダの窓に、カーチャは馬の糞を浴びせかけた。警察沙汰にまでなったけど、警官はカマローヴァの作品を見て、ただふーむと言って肩をすくめただけだった。「子供相手にどうしようと言うんです?」

妹は薪割りがじょうずだった、まるでモスクワでそればっかり勉強してきたみたいに。微動だにせず立ったまま、強い腕を振り上げて、重い斧を振り下ろす。と、正確にまっぷたつになった薪が別々の方向に飛んでいく。私は飛んでくる木にあたらないようにポーチの上の方に座っている。妹はそのうちに疲れて私に斧を渡すだろう、と私は、斧の歯に食い込んでしまった薪をはずすのに苦労することになるのだ。

「カマローヴァんとこの納屋に入ったことある?」妹は訊ねる、でも答えを待たずに続ける。「なんでもあるんだよ……熊手でしょ、大鎌でしょ、でっかいフォークも、全部錆びてて山積みになってるの、で、明かりはないんだよ。どうしてカマローヴァはチビたちをあそこに閉じ込めるんだろ?」

私は肩をすくめる。私に分かるわけがない。

「で、私思うんだけど。もっといいのはさ、どう考えても、どうにかして父親の方を……父親を納屋に追い込んだらいいんじゃない。あ、カマローヴァんとこの猫だ」

ディーナが少し開いた木戸をさっと通り抜ける。耳を後ろに倒して、斜めに庭を横切ってくると、さっとポーチに飛び上がって、腹立たしそうにミャオと鳴く。

「食べたいのかな。カマローヴァがえさをやるのを忘れたんだ」

「カマルはディーナにネズミをやってるよね。ディーノチカ、ソーセージはほしい？」

常夏の国もあると言うけれど、私たちの北方では、夏は、考える間もなく終わってしまうくらいに短い。家の庭がぬかるみに変わってしまう秋に、雪が家の一階よりも高く吹き寄せる冬に、どうやってカマローヴァは家事をこなすのだろう？　ディーナはごろごろ言いながらソーセージを二本ひと呑みにすると、三本目の真ん中を歯で咥えてポーチから飛び降り、あっという間に姿形も見えなくなった。

「子猫たちに持ってったんだ」

「ねえ、薪割りはもういいよね？」

「ううん、もうちょっとやる。疲れてないもん」

妹は斧を振り上げる。妹のシャツは汗でぐっしょりだ。風が家の裏手に生えているハンノキの木々を揺り動かし、木々は豪雨が近づいてくる時に似た、じゃらじゃらという音をたてる。

「ずーっと昔はうちの親父はここらの地主だったんだよ。今と違って、でっかくてきれいな家と雄馬を持ってたんだ。親父は馬にまたがってあたりを全部見回ったんだよ、そしたらどこでだって皆お辞儀したんだ」

たき火の中に何かを見つけようとするみたいに、火をじっと見つめながら、カマローヴァは言う。

「眉毛が焼けちゃうよ、カーチ」

「でもその後……」カマローヴァは顔をしかめ、鼻をこする。

「忘れたの？」

「うん……ちょっと忘れた……ところであんたは、のっぽ、大きくなったら何になりたい？」

「画家かな、たぶん」

「へえ、そう……」カマローヴァは言葉を思い出そうとするみたいにゆっくり言う。「チビはバレリーナになりたいんだってさ」

「あんたは？」

「あたしが何よ？」

「あんたは何になりたいの？」

「あたしがだって？　あたしは何にもなりたくないね！」

カマローヴァは急に怒りだし、ポケットから手製のタバコを取り出すと吸いはじめる。

何日か私たちはカマローヴァたちと会わない。カマローヴァのところでは家の仕事がたくさんあるから。で、彼らの家の庭のそばを通った時、カーチャが、疲れてへとへとのレーナに叫んでいるのを私たちは聞く。

「どこへ行こうってのさ？　こっち、こっちに置くんだよ！　とんま！　止まれったら、誰に言ってると思ってんだよ！」

妹は道端に生えたオオアワガエリの茎を引っこ抜くのに夢中だ。

「どう思う……」言いはじめるけど、おしまいまで言わない。

「どう思えばいい？」私は、妹の言おうとすることが分かったようなふりをしながら言う。妹には言葉半ばで言い止める癖がある、まるで考えが突然とてつもなく深いところに沈みこんでしまうみたいに。

「カマローヴァが言うの、もし長い間息を止めて、池の中に深く潜ることができたら、地球の裏側にある、火の国に出ることができるって。火の国じゃ、人々が火の草を集めたり、炎を飲んだり、家畜の代わりにドラゴンを飼ってるんだって。どう思う、嘘かな？」

風が吹きはじめ、涼しくなり、温かい蒸気が湿った地面からあがってくる頃、夏は特に素敵だ。空気は、ナイフで切り取ってパンの上に乗せられそうに思えるくらい濃密になる。妹はまっすぐ姿勢を伸ばし、まるで本当に水に潜ろうとするかのように、腕をさっと振り上げると前に動く。

夜の間じゅう、警察官以外には、道で誰にも私たちは会わない。警察官はそばを通り過ぎ、その後立ち止まり、叫びかけて訊ねる、こんなに遅くに私たちが散歩していることを、保護者は知っているのかって。

「だって夏だよ」妹は質問に答える。と、警察官は、手を振って自分の道に去って行く。

思いがけずカマローヴァたちが夕方近くにやって来て、うちの納屋の屋根によじ登る――夕日を見るために。

「カーチカが発見したの、太陽はね、水なんだよ」赤みがかった太陽の円盤を指で指しながら、信じ切った様子でレンカが言う。「だから宇宙では太陽は球になるの。カーチカは学校で二点*をとったの」

＊　ロシアの学業成績は五点満点法で、五点が「優」、四点が「良」、三点が「可」となっている。これより下は不合格で、二点が「不可」、一点は「最低点」を意味する。

カーチャは拳骨の先でレーナのおでこをつつくけど、そんなに強くではない。レーナはちょっと身をよじるだけで、お返しに姉の肩をとんと押す。

「水じゃないんだったら、何だってのさ？　ほら、今に太陽が地平線まできたら、流れ出すよ。あたしらのところじゃ太陽はゆっくり流れるけど、南じゃ早いんだよ」

「南に行ったことあるの、カマリッツァ？」

「あたしが南になんの用があるっての？」曖昧にカマローヴァは答える。「南じゃ人間は逆立ちで歩いてるんだとさ」

「なんのために逆立ちなんかして歩いてるわけ？」

「南じゃ地面が熱いからだよ」カマローヴァは怒る。「南じゃ太陽が地平線に沿って早く流れ出すんだ。だからだよ！」

「分かった、分かった……そんなにカッとしてさ」妹はなだめるように言って、つけ加える。「誰も反論してないじゃない？」

カマローヴァは陰気な様子で座り、指で屋根から資材を剥がしている。太陽は地平線に触れ、私たちは両目を細めたので、目に涙が浮かぶ。すると、まるで太陽の端っこが小さな泡になって本当に沸騰していて、ゆっくりと溶けはじめ、しずくがしずくを追って、地平線を越えてあふれだすような気がする。

村はずれで三軒の家が同時に燃えた時、私たちはおばあちゃんに連れられてヴィリツァの浴場に行っていた。カマローヴァたちはほかの人と一緒に桶で水と砂を運んだけれど、家は結局燃えてしまい、燃えあとには焼け焦げた丸太と黒くなったペチカの煙突だけが残った。

「すっかり！」上のカマローヴァが意味ありげに言う。「あんな火は、水も砂も恐くないね、風だって好きなんだ」

「住んでた人はどうしたの？」

カマローヴァは肩をすくめる。

「今のところ、親戚の家に移ってるよ。村じゃ何かあればいつも親戚さ。町じゃ、きっと、こうはいかないね」

「町では人間は逆立ちで歩いてるよ」

「こっちは真剣に話してるのに、バカにして！」カマローヴァはすぐに憤慨する。「家が三軒燃えたんだよ、原因を明らかにしなくちゃ。今に調査が始まるよ」

「何を調査するわけ？　あんたの言う親戚とやらが、酔って火をつけたんだよ。毎年おんなじことの繰り返し」

カマローヴァは決定的に腹を立て、足元の小石を蹴とばしながら、しばらくの間黙って歩く。

「あたしは、たぶん、あんたが人生で見たことないようなものを見たよ」

「で、何を見たの？」

「全部を見たのさ」カマローヴァは口の中でもぐもぐ言う。「毎週火曜日に風呂に行くなんて意味ない。そんなにしょっちゅう洗い立てなきゃいけないなんて、町ってのはよっぽど泥だらけなんだね」

カマローヴァたちは、ドングリ、コーヒーのおり、ろうそくの炎、蜜ろう、青いふち取りのある小皿、鳥や虫の飛行、雲の形など、手当たり次第にどんなものでも使って占いをする。カマローヴァはたき火に茎や小枝を投げ込み、それらがどんな風に炎熱に縮み、ぱちぱち音をたてるか注意深く観察している。顔をしかめ、舌打ちしたり、縦や横に頭を振ったりする。

「何か分かったの、カマリッツァ？」

「男の子たちはさ、ところで、たき火にいろんな小さい生き物とか、カエルとか、野ネズミとかを生きたまま投げ込むんだよ」

「食べるの？」

「何て？」カマローヴァは草木の観察をやめる。「何を食べるって？　単に見てるんだよ」

森の伐採のために湿原はいっそう広がって、その結果もともと村があった場所に大きな湖ができた。その湖には、湿気で腐食した家屋の残骸がそこかしこにあるのが見える。もし、フミン酸のために黒く、軟泥のために濁った水に石を投げれば、にぶい水の音が響き、いくつかの波紋がなめらかな水面に、まるでいやいやながらのようにゆっくりと広がるだろう。高い川岸には残っている家がいくつかあったものの、大部分の人はあちこちに出て行ってしまい、その中でも比較的若くて丈夫な者は町へ行ってしまった。村に残ったのは余生を送る数人の老人だけだった。私たちは長いこと目当ての家を探し、黒っぽい緑色の塗料の名残りをまだいくらか残しているドアを叩く。ジェーニャばあさんはすぐにドアを開けず、まず私たちは玄関で彼女がゆっくりと足を引きずって歩いている音を聞く。ついに、重い掛け金が回転する音が響く。

「おやまあ、赤毛の悪魔と黒毛の悪魔！」私たちを見ておばあさんは両手を打ち合わせる。足元には大きい、ぶちのある猫が二匹まとわりついている。

「これ、マーシュカとダーシュカ？」

「この子らはもう孫さね」

　ジェーニャばあさんが微笑む、と彼女の顔全体が、まるで一度も若かったことなんかないように、しわしわになる。妹は敷居のところから焼き菓子の大きな袋を突き出し、ジェーニャばあさんは私たちを家に招き入れてくれる。清潔な玄関を通り、部屋に入る、そこには昔と同じロシア式ペチカがあって、壁にはイコンと写真。ただ、あのゼラニウムだけは、窓台から消えていた。私たちは黄色い防水布のクロスで覆われた丸いテーブルに座る、ジェーニャばあさんははき古したスリッパをひきずってひどく音をたてながら、台所へゆっくりと歩き去る。妹は飛び上がって後を追い、すぐにお盆を持って戻ってくる。お盆の上にはティーポットと磁器のティーカップが三つ。私は座って、ジェーニャばあさんが自分用にふちの欠けたカップを選ぶまでの間、これは昔のあのティーセットなのか、そうでないのか考えをめぐらせる。

「キイチゴはないよ。果物畑が全部水浸しになっちまったからね」

「そうなんだ……」

　私たちはため息をつき、熱いお茶を少しすすり、焼き菓子をかじってみるものの、何から話をはじめたらいいのか分からない。

「もし水がもっと上がってきたら？」ついに妹が切り出す。

　ジェーニャばあさんは黙って頭を振り、膝の上で丸まってた猫を撫でている。彼女の指は本当に細くて、関節が大きく膨れていて——わずかに震えている。

　私はお茶を大きく一口飲み、咳き込む。

「ジェーニャおばあさん……あの時、全部見てたんでしょう？」

「えーえ？」ジェーニャは微笑んでいる。

「だったらなんで、全部を話さなかったの……警察の人に？」

「あたしは何も見てないよ、お嬢ちゃん。目がとても弱くなったからね」

　私たちは順番に池に飛び込む。池の水はしぼりたてのミルクみたいに温かい、そして酸っぱいような軟泥の臭いがしている。岸はぬかるんでいて滑りやすいから、私とカマローヴァは腹立たしげにつばを吐いている妹を苦労して水から引き上げる。固い地面の上にやっとまぬがれた妹は、ぬるぬるしたウキクサに覆われた顔を手のひらで長いことぬぐい、髪をしぼり、芝土の上で足を踏みならす。カマローヴァに飛びつくと、相手の鼻の下に、フィグ・サイン*を突き出す。

「私、池の底まで足がつくよ、分かった、どう?」

「そんな気がしただけでしょ」落ち着き払ってカマローヴァが答える。「もっぺん試してみて」

「気がした！　そんな気がしただけだって！」妹は髪の根本まで真っ赤になる。「自分であのくっさいとこに潜ってみたら！」


強い風のために森のはずれでは木々が揺れ、葉がさらさらと音をたてる。カマローヴァは頭をちょっと横に傾けて、非難するように言う。

「ふん、ひそひそ話をはじめたな……」

カマローヴァは、風の強い八月の夜には、森の中で、長い、曲がりくねった小さな火が一本の木から別の木へ飛び移るのを見ることができると言う。時々、火の玉がいつもより長く枝の上に止まるようなことがあると、夜の空にほとんど溶け込んでしまいそうな灰青色の煙が木から立ちのぼる。沼地に降りても火の玉は消えずに、ただ静かに、しゅっという音もしぶきもたてずに、沼の底に消える。

「そうやって起こるんだよ」カマローヴァは目を見開いて、唇を固く結ぶ。「そういう風に……もし家の屋根に火の玉が止まったら――ひどいことになるよ」

突然黙り込む。妹は近寄って行き、その顔を覗き込む。

「カマル、どうしたの?」

「なんでもない、目にごみが入っただけ」


突風がタンポポからふんわりした綿毛をもぎとり、空中に踊らせる。カマローヴァたちは願掛けをするために綿毛をつかもうと飛びつくけれど、綿毛は手の中に入らない、指の間をすり抜けてしまう。妹は身を屈めて、一度に数本のタンポポをもぎとると、カマローヴァに差しだす、でも相手はそっぽを向いてしまう。

「それはフェアじゃないよ」

* 握り拳の人差し指と中指の間から親指を出すジェスチャー。スラヴ文化圏では、嘲笑や軽侮、拒絶を意味し、卑猥な意味をもつ場合もある。

私たちは笑う、灰色味を帯びた白い玉を吹くと、ばらばらになる。こうして、自分から私たちの手の中に入ったり、髪にもつれたりするほどたくさんの綿毛が舞う。

「画家になりたい！」

「バレリーナになりたい！」

「心の中で願わなきゃいけないんだよ」カマローヴァが怒る。「心の中でさ。でなきゃ何も叶わないよ」

彼女はいくつかの綿毛を捕まえると、目を細め、きつく唇を引き結んで、身動きもせず固まっている。

「うちの親父はツァーリのところにだって自分の馬で通ってたんだよ」カマローヴァが言う。「ツァーリは親父に特別な賞状をくれたんだ」

「どんなツァーリよ、カマリッツァ？　今はツァーリなんかいないんだよ」

「あたしはあんたに今のことを話してるんじゃないよ。これはすごく昔の話なの」

カマローヴァはたき火に枯れ枝を放り込む。「聞きたくないなら、何も話さないよ」

妹は何か仲直りするようなことを答え、私もそうする、カマローヴァは態度を和らげると話を続ける。

「だから、つまり……これは、大きな火事が起こる前のことなんだ。村の半分、ううん、半分以上が焼けたんだよ。きっと、あの池のところで見張り番をしていた連中の誰かが、目を離して……」

「ねえ、カーチカ……それはいくらなんでも」

「あたしがなんだっての⁉」カマローヴァはあんまり素早く立ち上がったから、たき火から火花がいろんな方向に飛ぶ。「あたしが言いたいのは、この火事の後にツァーリが親父に腹を立てて、全部取り上げたってこと。だから親父は悲しくて飲みはじめた。ほら、チビが証明してくれるよ」

レーナは熱心に頷く。

「そうだったんだよ。それにカーチカは嘘なんか絶対つかないよ、いつだってほんとのことしか言わないの」

妹は池の黒い水に石を投げ、水面に浮かんだ円の数を数える。

「五だ、今、七、九。石の大きさに関係あるのかな、それともほかのこと？」

なんて答えたらいいか分からず、私は道から小石をいくつか拾い上げると、次々とそれを池に投げる。

「だめだよ、一個ずつ投げなきゃ！　どうやって円を数えればいいわけ？」

村から町まではエレクトリーチカで約一時間半だ。パヴロフスクとプーシキンにしか停まらなければ、一時間もかからない。妹は冷たい窓ガラスにおでこをぴったりつけて、窓の外をちらついて飛び去って行く木々を眺めている。パヴロフスクまで道は森の中を通っているのだ。森の中で時おり、あまり大きくもない駅や、もっと小さな駅に出くわす。「お降りの際は先頭の二車両から」*というやつだ。空色の更紗のワンピースを着た太った女の人が座席の間を歩いて行く。

「アイス！　アイスだよ！　アイスのほしい人？」

私たちは二十五ルーブルのワッフルコーンに入ったアイスを二つ買う。

「コーンのつぶれたのはないの？」妹が聞く。

女の人は驚いたように微笑んで、頭を振る。彼女の、ヘンナで染められて、小さなたくさんの輪っかのように縮れさせた髪が斜めの日差しに輝く。

「なんて早く夏が過ぎちゃったんだろ。まるで夏なんかなかったみたい」

エレクトリーチカは車輪を鳴らして滑るように走る。間もなく森は野原に取って代わり、その後は、郊外の真新しい家屋の、単調な景色が広がりはじめるだろう。

「どう思う……」妹が言いはじめ、いつものように黙るけれど、すぐに、見失いかけた考えに戻る。「どう思う、その時カマリッツァのカーチカを、警察は信じたのかな？」

私は首を横に振る。もちろん、信じなかっただろう。だって大人がどうして信じられただろう、単に同情しただけだ、そしてほかの人たちも同じように同情した。たとえあんな父親だったとしても、七人の子供たちがみなし子になってしまう、そんな決断を下すことは不可能だったのだ。

「私もそう思う」妹が同意する。「火のヘビが池から飛び立って、家の納屋を焼いたんだって言ったんだもんね。子供たちは窓から這い出すことに成功して、ジェーニャばあさんのとこにいたけど、父親は、ジェーニャが怖か

* 利用者の少ない郊外の駅では、プラットホームが列車の車両全体の長さに満たないほど小規模であるため、降車可能であるドアは限定される。その場合このようなアナウンスが入る。

ったからそこに入れなかった。カーチカが、ジェーニャは魔女で、ペチカの煙突を通って毎晩悪魔が通ってきてるって脅かしてたから」

列車はゆっくりと駅に近づいていく。すべてが、あまりにも遠い昔のようだったから、それが真実だったように思えた。本当に、長い、曲がりくねった火が偶然カマローヴァ家の納屋の屋根に座り込んで、それで乾草を乗せた古い屋根板が燃えあがったのだ。

上のカマローヴァは池の岸辺にしゃがんでいる。ぎこちなく広げた指で慎重にウキクサをかき分け、目を細めて、暗い、ほとんど黒い水をじっと見つめている。

「イモリでも捕まえたいの？」

カマローヴァは首を横に振る。もう少しで池に落っこちそうなくらい前に進むと、水を汲み取る。と、赤味がかった手のひらに一瞬イモリが姿を現し、そしてすぐに水の中に滑り去る。

「だって、ほら……行っちゃった……」

「イモリに何か用でもあるの、カマリッツァ？」

「別に……」カーチャは立ち上がると、埃まみれのスカートをゆっくりとはたく。「別に……瓶に入れたらどうかと思っただけ。レンカが、ドラゴンに育てたがってるから」

「またあんたは、妹に大ぼらふいて」

「なんですぐあたしが嘘ついてるって言うわけ？」

カマローヴァは挑戦的な態度で妹を見る、白いまつげがかすかに震えている。それから顔をそむけ、また池の方に屈み込む。私たちはカマローヴァと並んで腰を下ろし、私たちの背中を照らしている太陽が地平線にすっかり沈んでしまい、肌寒い、静かな八月の夜が訪れるまで、彼女が水の中で手を動かすのを見ている。

訳者あとがき

本書はロシアの現代作家アナイート・グリゴリャンの長編小説『オレデシュ川沿いの村』および連作短編『長い夏』の全訳である。底本として Поселок на реке Оредеж. М.: Эксмо, 2019. および Долгое лето // Волга. № 5-6, 2015 г. Саратов: Редакция журнала «Волга», 2015. を使用した。

アナイート・グリゴリャンは一九八三年十月十六日、レニングラード（現在のサンクト・ペテルブルク）で生まれた。早くから生物学に興味をもち、サンクト・ペテルブルク国立大学生物学部で免疫学を専門に学んだ異色の経歴の持ち主である。二〇〇七年に同学部を卒業し、生物学研究室での数年の勤務を経て、二〇一〇年に生物学博士の学位を取得している。一方で文学および文学研究に対する彼女の関心は次第に高まり、二〇一一年にサンクト・ペテルブルク国立大学文学部外国文学史学科の修士課程に入学、アメリカ文学を専攻し二〇一四年に同課程を修了した。

修士課程への入学と同じ頃に文筆活動を始め、二〇一一年にペテルブルクのヘリコン・プレス社からデビュー作『機械仕掛けの猫』を出版、ドイツ・ロマン派的な幻想性とペテルブルクの日常風景が溶け合う作風で大きな反響を呼んだ。翌年にはニューヨークのアイルーロス社から長編『土くれと砂からできたもの』を発表。自然科学的世界観や生物学の深い知識に基づく描写が古代神話のモチーフと絡み合い、独特の力強いストーリーを生み出した。

幻想と現実の高度な混交を持ち味とするアナイート・グリゴリャンの作品は文学関係者の間で早くから認められていたものの、作者自身にはある時期まで、自らの創作はどこか技巧的な、一種の言語遊戯のようなものに思われていたという。転機となったのは、のちに文芸誌「ウラル」に掲載された二作目の長編『未知なる神々へ』だった。この作品には古代シュメールやアッシリアの神話に対する関心が引き継がれているが、それだけではない。執筆を通じ、巧みな筋立てを作り出すよりも、物語がある種の予感のように、いわばおのずから浮かんでくるのに任せるような新たな手法の可能性を感じた。さらに、『未知なる神々へ』の完成後はドストエフスキーやレスコーフなどロシア古典文学の影響を受けたスタイルに惹かれていったという。

こうした二つの変化が合わさって大きな実を結んだのが、二〇一五年に「ヴォルガ」誌に掲載された連作短編『長い夏』である。一九九〇年代のロシア社会を背景にしつつ、ロシア文学の伝統的な枠組みを用いて子供たちのひと夏を描いた同作は、全編に漂う繊細なノスタルジーによって多くの読者の心をとらえた。そして『長い夏』の世界観と登場人物の一部を受け継ぎ、発展させるかたちで、二〇一八年に三作目の長編『オレデシュ川沿いの村』が発表された。『オレデシュ川沿いの村』は幅広い読者層から支持を得ただけでなく、«Лицей» «Фикшн35» «Ясная поляна» «Большая книга» といった数々の文学賞にノミネートされるなど、「新しい田舎の散文」として批評界からも高い評価を受けている。

本書では刊行とは逆の順序で作品を収録した。そのわけを述べつつ、以下簡単に作品の解説を試みたい。

『長い夏』と『オレデシュ川沿いの村』はいずれもロシアが複雑な時期にあったソ連崩壊後の一九九〇年代を背景にしている。世の中が変動し、仕事を見つけられなかったり、働いても賃金が支払われなかったりして、多くの人が希望を失っていた時代だった。市場経済への移行下で貧困や不平等が急速に拡大し、九〇年代後半から二〇〇〇年代にかけて農村は特に荒廃した。カマローヴァ家の父親が働いている様子もなく、酔って子供を虐待するようなことは、このような社会状況を反映している。このことと関連して、ロシアの別荘（ダーチャ）文化についても触れておきたい。日本では別荘というと有閑階級が所有するイメージが強いが、ロシアの別荘は必ずしも高級な不動産ではなく、菜園付きの木造小屋といったものに近い。普段は都会に住んでいる人が、五月頃から九月、十月頃まで郊外に別荘を借りて滞在し（週末だけのこともある）、野菜や果物を育てたり、自然に触れたりなどして過ごすのである。ただでさえ農村が困難な状態にあった時期に、町からやって来る別荘族と、村の住人たちとの間に摩擦が生じることもあり得たし、両者の世界はそもそも多くの点で異質なものでもあった。そのことは、作中の子供たちの人間関係にも微妙な影を落としている。

しかしながら、自身九〇年代に子供時代を過ごした作者の体験に基づいて、かなりの程度現実の社会事情を反映するかたちで書かれているとしても、これらの作品は自伝ではないし、当時の「暗部」を単純に描くものでもない。読者が気づかれたように、二つの作品には数々の「食い違い」が見出される。なるほど、カーチャ・カマローヴァとレーナ（レンカ）・カマローヴァ、〈ハダシ〉のアントンなど何人かの人物は『長い夏』と『オレデシュ川沿いの村』に共通している。また、「村」とその周辺の地理条件にも重なりあう点が認められる。だが、『長い夏』でカーチャが十歳の時に死んだことになっているカマローヴァ家の母親は『オレデシュ川沿いの村』では存命でいる。『オレデシュ川沿いの村』のコースチクは町から来た「なまっ白いモヤシ」だが、『長い夏』に登場するコースチクは「王子様」のようにハンサムな村の少年だ。ともすれば読者を戸惑わせかねないこれらの相違は、なにゆえに生じるのだろうか。それは、先に述べたような作者の創作手法に関係がある。アナイート・グリゴリャンはインタビューで次のように述べている。

意識してテーマを選ぶことはしません。物語は、むしろ、ひとりでに生まれ、ある時「これが私の次の作品になる」と気がつくのです。〔……〕大人になってから、子供時代を別荘で過ごしたクラスニツィへ行った時、遠い過去があざやかに記憶によみがえってきました。『オレデシュ川沿いの村』の登場人物が非常に約束性の強い典型を有しているのは確かです。とはいえ物語は、私が言ったように、明確なアイデアとしてではなく、漠然とした、言葉では把握しにくいもの、つまり「予感」としてやってくるのです。小説は、太陽の光が何か特別な方法で草を照らしたりすることや、何気なく見た風景やメロディーから生まれます。私はそれらのことを分析しようとは思いません。メカニズムになったとたん、魔法は消えてしまうからです。

彼女が重視しているのは感覚的な断片であり、断片のひとつひとつに応じてエピソードやキャラクター、語りの方法などが都度組み合わさることで、物語があたかも「ひとりでに生まれ」てくる。同じエピソードや人物が別の作品で再話され、ときに異なる展開を見せるような手法は、ソ連に生まれ、のちにアメリカに亡命した作家ドヴラートフのそれをも彷彿とさせる。

物語の首尾一貫性よりも個別の出来事や感覚的な一瞬に注目する書き方はまた、二つの作品の時間表象を特徴的なものにした。『長い夏』は印象的な短いエピソードの連なりから構成されるが、注意深く読めば、各々のエピソードの前後関係はとても複雑にされていることに気がつく（カマローヴァ家の犬のロルドの鼻の孔に刺さっていた針は、どこからやってきたのだろう?)。『オレデシュ川沿いの村』でも、実は第一部の方が第二部の二年後の話なので、時間の流れが逆転されているのである。面白いと思うのは、作中時間に対する操作や指示は注意深くかつさりげなく行われているため、意識することなく読み進めることもまた可能だという点だ。気づかずに読む場合には、それは些細な違和感や疑問となって、独自の幻想的な魅力を作品に与えてくれることだろう。反対に時間表象の特徴を知った上で読めば、繰り返し新たな発見を得ることができるはずだ。何より、このような時間の構成は作者の文学的態度の凝縮とも言うべきものでもある。再び本人の発言を引用したい。

私にとっては、テキストが登場人物と読者に希望を与えるものであることが重要でした。それに、一貫したシュジェート(プロット)は最終的に重要ではなく、作品は個別の出来事から成っているのですから、叙述の筋を維持するという課題は私にはありませんでした。人生において、時間は常に直線的であり、希望は未来にのみ向けられるものだとしたら、文学にはこのルールを少しだけ崩す力があります。

『オレデシュ川沿いの村』において、第一部のカーチャ・カマローヴァは家の手伝いに追われて学校に行けなくなったことが書かれている。ところが第二部のカーチャはまだ学校に通っていて、八年生の終了時に州の地図をもらうことを楽しみにしている。あるいは第一部で粗悪なウォッカに中毒して死んだと言われているゲーナおじさんは、第二部ではまだ生きていて、鳥の見分け方をカーチャたちに教えてくれる。たとえばこのような仕方で、時系列の逆転は「登場人物と読者に希望を与える」のかもしれない。そしてこの言葉のうちに、古典から現代文学――たとえ表面上どれほど過激に見える作品であっても――まで脈々と続く、文学の力を信じ頼むロシア文学の根源が感得される気がする。

日本の読者にも作者の思いが伝わればという願いを込めて、本書では刊行順にこだわるのではなく、カーチャが大好きな町の友達と並んで座っている場面で物語を終えられるよう、『長い夏』を後に収録した次第である。

最後にそれぞれの作品の特徴的な文体について触れておきたい。『オレデシュ川沿いの村』では、発言の引用を示す《MOJ》という言葉の多用や、直接的な挿入によって、特定の人物の思考や言葉が三人称の語りの客観性を浸食する場面がしばしば見出される。いわゆる「地の文」に個々の感情が染み出すような独特の文体は、愛情を胸に抱いていてもそれを表現する術を持たない村の人々の姿を、一種の群像劇として効果的に浮かび上がらせている。他方、『長い夏』はほぼ全編が現在時制で語られている。そのことが各エピソードの時間的関係を組み換え可能にしているだけでなく、過去とも現在ともつかぬ不思議な時空間に物語の最後の場面を描きだす役割をも果たしているのである（なお、訳者は共著『ロシアの物語空間』（水声社、二〇一七年）に『長い夏』の抄訳を紹介した際、文体や作品の時空間構造の特性に関する詳しい分析を行った。アナイート・グリゴリャンのこれまでの作品についてはそちらでも紹介しているので、ぜひご一読いただければと思う）。特徴的な原文の味わいを余すことなく伝えるような訳文を作ることができたか、読者の判断をあおぐよりほかない。

言葉に関してさらに言えば、『オレデシュ川沿いの村』は、文学的な約束事に縛られない自然で豊かな口語で読む人の心をつかんだという。そのことは名前の呼びかけを取ってみても分かる。商店を営むオレーシャ・イヴァンナは、村の大半の人にそう呼ばれているが、イヴァンナはイヴァーノヴナという父称（ロシア人の名前は名・父称・姓の三つから成る。父称は父親の名前を元に作られる）を少々乱暴に、田舎風に縮めたものだ。彼女に対して「オレーシャ・イヴァーノヴナ」と丁寧に呼びかけるのはセルギイ神父とその妻タチヤナなどごく一部の人だけであり、そのことは作品の唯一の良心とも言うべき彼らの性質、および彼らとオレーシャの関係の在り方を読者に知らせる合図となっている。このように呼びかけには人間関係や状況、発話者の気分に応じていくつものバリエーションがあったが、日本の読者にとっては混乱を招く恐れもあり、全体的に簡略化せざるをえなかった。同じく原文ではロシアに特有の食品の名称や、商品名などがふんだんに使われていたのだが、九〇年代の暮らしをいきいきと伝えるはずのこれらの言葉が、逐一訳出することでむしろこわばった雰囲気を作りだしてしまうことを避けるため、場合によって日本語の類する名称に置き換えたことを断っておく。

外国人にはつかみにくいスラングや、くだけた日常会話の解釈などについて、アナイート・グリゴリャンさんご自身から教えて頂くことができたのはじつに幸福な体験であった。また、生物学を修めた彼女らしく、二つの作品には多種多様な動植物の名前が出てくる。日本では馴染みのうすいものも少なくなかったこれらの固有名詞について、サンクト・ペテルブルク植物園の職員でいらっしゃるアレクサンドラ・メドヴェーデヴァさんに詳しく説明して頂いた。お二人の寛大なご協力に心から御礼を申し上げたい。ともかく翻訳はあらゆる点で試行錯誤の連続であったので、思った以上に時間を要した。長引く作業にお付き合いくださり、貴重なご提案を数々してくださった水声社の板垣賢太さんに、深く感謝を申し上げる。

二〇一五年に初めて『長い夏』を読んだ時、カーチャ・カマローヴァというキャラクターを非常に魅力的に感じた。読者が彼女を知り、現代ロシア文学期待の若手作家に親しむきっかけと本書がなることを願う。

二〇二一年六月

髙田映介

著者・訳者について――

アナイート・グリゴリャン（Анаит Григорян）　一九八三年、レニングラードに生まれる。二〇〇七年、サンクト・ペテルブルク国立大学生物学部卒業。二〇一四年、サンクト・ペテルブルク国立大学文学部外国文学史学科修士課程修了。作家、翻訳家。おもな小説に、『オレデシュ川沿いの村』『長い夏』のほか、『機械仕掛けの猫』（*Механическая кошка*, Геликон Плюс, 2011）、『土くれと砂からできたもの』（*Из глины и песка*, Ailuros Publishing, 2012）、『蛸』（*Осьминог*, INSPIRIA: Эксмо, 2021）などがある。

*

高田映介（たかだえいすけ）　一九八五年、愛知県に生まれる。京都大学大学院文学研究科博士後期課程研究指導認定退学。博士（文学）。二〇二一年十月より、神戸大学国際文化学研究科講師。専攻は、ロシア文学。おもな著書に、『世界の瞬間――チェーホフの詩学と進化論』（二〇二〇）、『ロシアの物語空間』（共著、二〇一七、いずれも水声社）などがある。

装幀――宗利淳一

オレデシュ川沿いの村

二〇二一年八月二〇日第一版第一刷印刷　二〇二一年八月三〇日第一版第一刷発行

著者――アナイート・グリゴリャン

訳者――髙田映介

発行者――鈴木宏

発行所――株式会社水声社

東京都文京区小石川二―七―五　郵便番号一一二―〇〇〇二

電話〇三―三八一八―六〇四〇　ＦＡＸ〇三―三八一八―二四三七

〔**編集部**〕横浜市港北区新吉田東一―七七―一七　郵便番号二二三―〇〇五八

電話〇四五―七一七―五三五六　ＦＡＸ〇四五―七一七―五三五七

郵便振替〇〇一八〇―四―六五四一〇〇

URL : http://www.suiseisha.net

印刷・製本――モリモト印刷

ISBN978-4-8010-0568-6

フィクションの楽しみ

ある感傷的な小説　アラン・ロブ＝グリエ　二五〇〇円
もどってきた鏡　アラン・ロブ＝グリエ　二八〇〇円
パッサカリア　ロベール・パンジェ　二〇〇〇円
ステュディオ　フィリップ・ソレルス　二五〇〇円
環　ジャック・ルーボー　四〇〇〇円
パリの片隅を実況中継する試み　ジョルジュ・ペレック　一八〇〇円
傭兵隊長　ジョルジュ・ペレック　二五〇〇円
眠る男　ジョルジュ・ペレック　二二〇〇円
煙滅　ジョルジュ・ペレック　三二〇〇円
美術愛好家の陳列室　ジョルジュ・ペレック　一五〇〇円
人生使用法　ジョルジュ・ペレック　五〇〇〇円
家出の道筋　ジョルジュ・ペレック　二五〇〇円
Wあるいは子供の頃の思い出　ジョルジュ・ペレック　二八〇〇円

ぼくは思い出す　ジョルジュ・ペレック　二八〇〇円
秘められた生　パスカル・キニャール　四八〇〇円
骨の山　アントワーヌ・ヴォロディーヌ　二二〇〇円
1914　ジャン・エシュノーズ　二〇〇〇円
エクリプス　エリック・ファーユ　二五〇〇円
長崎　エリック・ファーユ　一八〇〇円
わたしは灯台守　エリック・ファーユ　二五〇〇円
家族手帳　パトリック・モディアノ　二五〇〇円
地平線　パトリック・モディアノ　一八〇〇円
あなたがこの辺りで迷わないように　パトリック・モディアノ　二〇〇〇円
『失われた時を求めて』殺人事件　アンヌ・ガレタ　二二〇〇円
デルフィーヌの友情　デルフィーヌ・ド・ヴィガン　二三〇〇円

モンテスキューの孤独　シャードルト・ジャヴァン
二八〇〇円
涙の通り路　アブドゥラマン・アリ・ワベリ
二五〇〇円
トランジット　アブドゥラマン・アリ・ワベリ
二五〇〇円
バルバラ　アブドゥラマン・アリ・ワベリ
二〇〇〇円
ハイチ女へのハレルヤ　ルネ・ドゥペストル
二八〇〇円
赤外線　ナンシー・ヒューストン　二八〇〇円
マホガニー　エドゥアール・グリッサン　二五〇〇円
憤死　エドゥアール・グリッサン　二八〇〇円
草原讃歌　ナンシー・ヒューストン　二八〇〇円
リトル・ボーイ　マリーナ・ペレサグア　二五〇〇円
ポイント・オメガ　ドン・デリーロ　一八〇〇円
沈黙　ドン・デリーロ　二〇〇〇円
暮れなずむ女　ドリス・レッシング　二五〇〇円
生存者の回想　ドリス・レッシング　二二〇〇円

シカスタ　ドリス・レッシング　三八〇〇円
これは小説ではない　デイヴィッド・マークソン
二八〇〇円
ライオンの皮をまとって　マイケル・オンダーチェ
二八〇〇円
神の息に吹かれる羽根　シークリット・ヌーネス
二二〇〇円
ミッツ　シークリット・ヌーネス　一八〇〇円
メルラーナ街の混沌たる殺人事件　カルロ・エミーリオ・
ガッダ　三五〇〇円
連邦区マドリード　J・J・アルマス・マルセロ
三五〇〇円
石蹴り遊び　フリオ・コルタサル　四〇〇〇円
モレルの発明　A・ビオイ＝カサーレス　一五〇〇円
テラ・ノストラ　カルロス・フエンテス　六〇〇〇円
古書収集家　グスタボ・ファベロン＝パトリアウ
二八〇〇円
欠落ある写本　カマル・アブドゥッラ　三〇〇〇円
[価格税別]